U0477315

本书由洛阳师范学院文学院中国语言文学一级学科建设经费资助出版

本书系"河南高等学校哲学社会科学创新团队"
（2016-CXTD-08）阶段性成果

本书系河南省教育厅人文社会科学一般项目
"'梁鼓角横吹曲'与南朝边塞诗研究"（2017-ZZJH-361）研究成果

洛阳师范学院"河南文化传播与社会发展研究中心"研究成果

古代中国研究丛书／曹胜高 主编

北朝文学南传研究

于涌 著

中国社会科学出版社

图书在版编目（CIP）数据

北朝文学南传研究／于涌著. —北京：中国社会科学出版社，2016.8

ISBN 978 – 7 – 5161 – 8385 – 4

Ⅰ.①北… Ⅱ.①于… Ⅲ.①中国文学—古典文学研究—南北朝时代 Ⅳ.①I206.2

中国版本图书馆 CIP 数据核字（2016）第 133327 号

出 版 人	赵剑英
责任编辑	张　林
特约编辑	张甲子
责任校对	刘　娟
责任印制	戴　宽
出　　版	中国社会科学出版社
社　　址	北京鼓楼西大街甲 158 号
邮　　编	100720
网　　址	http://www.csspw.cn
发 行 部	010 – 84083685
门 市 部	010 – 84029450
经　　销	新华书店及其他书店
印　　刷	北京明恒达印务有限公司
装　　订	廊坊市广阳区广增装订厂
版　　次	2016 年 8 月第 1 版
印　　次	2016 年 8 月第 1 次印刷
开　　本	710×1000　1/16
印　　张	18.75
插　　页	2
字　　数	313 千字
定　　价	69.00 元

凡购买中国社会科学出版社图书，如有质量问题请与本社营销中心联系调换
电话：010 – 84083683
版权所有　侵权必究

《古代中国研究丛书》总序

曹胜高

求木之长者,必固其根本;欲流之远者,必浚其泉源。中华文明经历了五千年的发展,不仅积累了丰富的国家治理经验,成为我们的历史传承;而且形成了许多优秀的文化传统,成为我们的标识。这些经验和传统,已经成为当代中国建设的历史基础和文化积淀,而且必然会成为未来中国发展的思想资源和学理支撑。

研究古代中国,一是要以历史视角观察中华文明的演进过程,更为理性地思考古代中国在国家建构、行政调适、社会整合、文化建制方面的历史经验,清晰地揭示中华文明何以如此,将之作为世界文明史的基本结论。有了准确的自我认知,便能以学术自觉推动文化自觉,广泛地参与未来全球文明的共建。二是要从学理角度辨析古代中国演进的规律性特征,概括出中华文明一以贯之的历史渊源、发展脉络、基本走向,总结出对中华文化的独特创造、价值理念、鲜明特色,作为世界秩序建设的理论支撑。有了清醒的文明定位,便能以学术自信支撑文化自信,全面主导未来世界秩序的重建。

这就需要当代的学术研究者,能以赓续中国学术的学脉为己任,以新的人文主义情怀面对一切历史经验、思想进程、文学创作,注重以新方法、新材料、新思路、新视野审视中国固有之学问,通过对中国古典文献的推陈出新,对中国优秀文化的温故知新,对中国传统学术的守正创新,以历时性的研究、共识性的成果,推动古代中国研究的不断深入。

基于上述考量,我们编辑出版"古代中国研究丛书",意在对中国传统学术、中国基本典籍与中国优秀文化的一些重要问题、重大关切进行跨学科综合研究,选取古代中国在文学、历史、哲学以及艺术等学科发展演生的关键环节进行深入研究,不仅致力于总结其"所以如此",而且着力分析其"何以如此",资助出版一批具有前瞻眼光、原创意识、深厚学理的研究成果。期待与同道者合作。

2015 年 12 月 8 日于长安

序

曹胜高

  中国古代文学的研究，就本质而言，可视为广义的历史研究，既在于研究对象皆在过往，又在于研究思路常出于还原。对过往历史场景的还原，一赖于文献资料，二赖于历史想象。文献资料如舟，历史想象如楫。若无合理而恰当的历史想象，存世的文献资料便如不系之舟，或羁于岸畔，或随波逐流，既无方向，亦无端绪。历史研究之成就，初见于考证之得失，终决于历史想象之高下。

  历史想象，是基于熟知历史总体进程之后对未知现象的合理推测，即胡适所谓的"大胆假设"。史传弥久，而资料愈加阙如。必赖历史想象，方可将残纸断简之记载置于广阔的历史背景之中，还原其本义，烛照其性质，明辨其作用，或抽丝剥茧，或老吏断狱，以片言只语之记载迥然观出浩荡之天地，最见为学之功力。即便资料丰赡，若无历史想象之才能，亦望洋兴叹，莫明乎涘渚。司马迁能于百家之言黄帝且文不雅驯之记述中，削芟浮词，深明其于中华文明之贡献，进而建构中华文明之谱系，遂以历史想象而完成史学建构。故举凡治史，成就之高下，既见于考证之细密，更出于想象之宏促。

  历史想象之路径，决乎其端，成乎所达。汉儒之论三代，亦以想象出之，其所言三代之史，非史学之史，乃经学之史。经学之本，在于依经立义，即借助传世文献之解读，形成有益于治的政治学说，意在阐释意识形态，故其所言之禅让、所述之兴亡、所论之贤不肖，皆用于明其学说而非还原史实。史学之本，在于明辨事实，若以史学观之，经学文献或基于经学文献而建立的阐释系统，常不能坐实。古史辨之所辩，正是以历史考证之眼光观察经学家的历史想象，则多见其凿空之处。

  文学研究中的历史想象，既要借助经学家历史想象之长于思想建构，方能于草蛇灰线之记载中，寻绎文学演进之思想进程；又需借助史学家历史想象之明于历史大势，方能克服文献之不足徵，还原历史事实。故文学研究之多方，不在于执一而驭万，而在于操千剑而用于一断。

中国历史之大势，一曰东西，二曰南北。东西是为文明之融合，南北多为文明之冲突。太昊、黄帝之东迁，是为文明之渐进；周之伐殷，秦一六国，汉制关中而瓴山东，其非文明之异，而在于时势之不同而分强弱。而南北之分立，则在于文明程度之不同，黄帝之伐蚩尤、匈奴之窥汉室、五胡临华、突厥临边、金元迭代、满清入主，其所产生的冲突，源出于文明程度之差异。中华文明之演进，常以东西形势决定国家之归属，而以南北形势决定天下之格局。夏商周秦汉之易代，皆为国家秩序之调整，其所变不过制度而已。而匈奴、五胡、突厥、金元、满清之南下，所变者在于衣冠。孔子"被发左衽"之叹，正在于以衣冠为表征而言文明之不同。中华历史演进之阶段性，在于先以东西之并而定于一姓，以决出朝廷之归属；再以南北之争而决于一统，以确定天下之秩序。

由此观察魏晋南北朝，正是东西、南北形势转化之枢纽。商周秦汉之开国，皆出于侯王之代雄。此间匈奴、鲜卑、羯、氐、羌之入主中原，乃此前历史未有之变局。三代之经典、诸子之学理、秦汉之政论，皆未提供如何应对夷夏移位、衣冠之变。故自东晋南迁至隋灭陈之二百七十二年间，是为中华文明整合之一大关键：文明差异所导致的冲突，若能在文明演进中化解甚至融合，必然实现文明的突破，从而诞生出更具张力的文明形态，成为下一个历史阶段的内在经验。北魏对华夏文明的接受、南北朝对佛教的共同认同、对天下秩序的一致要求，从文明、宗教、国家三个维度决定了文明的冲突最终是通过相互认同、彼此借鉴来解决，此后之史论不辨华夷，只论僭伪，是为隋唐之后解决国家与天下秩序的经验示范。

与之相对应的是，南北朝文学是隋唐文学得以繁荣的积淀期。魏晋学术，北朝得其骨干，南朝得其血肉；魏晋文学，北朝得其气质，南朝得其文华。骨干气质盈其魂魄，血肉文华润其风采。南北之分立，使得文学分途发展，各循其主干而增其枝叶。北朝之尚依经立义，要乎务实；南朝之重踵事增华，尚乎清丽。既往之研究南北朝文学之互动，皆以南朝为本位，以东晋、宋、齐、梁、陈之文学形态言之，多论南朝之于隋唐文学之贡献，鼻息北朝文学之影响。

隋唐以关中为本位，气质重乎贞刚，此乃盛唐气象之本源。若以北朝文学为本位，观察其形成，辨析其特质，最能明晓隋唐气质之所成、根性之所在、华彩之所附。就目前的研究而言，习惯认为南朝文学之于北朝文学影响之深远；然就历史进程而言，北朝之于南朝，逐渐具有压倒性的优势。北朝使臣、北地僧人、北地音乐之南下，皆对南朝之公文、文化、歌辞影响深远。南朝文人之北上，表面看是南朝文学之北传，实乃南朝文人之北化，因北朝文风浸润而出新。庾信文章老更成，代表的便是北朝对南朝文学的改造。故而讨论南北文学之不同，亦当如言诗分唐宋之界定。就区域而言，南北之文人各有所产，然梁陈及隋之间，南北斯为两种风气，北周亦有尚清绮者，梁陈亦有慕横吹者。北人南下，得其清通；南人北上，得以贞刚。由此观察，入北周、北齐、隋及唐之南朝文人，皆可视为受北朝文学之影响者，此乃广义之南传。

历史想象之维度，既在时间，亦在空间；时间长于辨因果而短于言分布，空间长于辨交互而难以论消长。讨论北朝文学之南传，就时间而言，既要叙述北朝学风文风之演生，又要讨论南北交流之时序，前宗汉魏，后及隋唐，博备方能理而治。就其空间而言，既要讨论地理之南北，又要讨论文风之南北，以思致推想，以史实载笔，精透方能而准。于涌作此文之艰辛，于此可见；此文开辟之力，亦于此可知。

于涌性情闲和，雅致多方，款款绎之，有魏晋风度。其能博览六朝史书，选取关键问题讨论之，最能见其思力；其能于诸多论述中，辟以蹊径，勾勒出南北文学互动之新线索，亦能观其笔端。古亦有言，人文化成，于涌随我读书七年，为文日渐清通，可资造就；为人更加厚重，可赖托付。毕业后仍试图以北朝之学为研究对象，遂迁于洛阳，观其风土、察其名物、验其民俗、征其故实，追本溯源，浸润其中，岂能无成乎？余每回洛下，常与其踏踪名物，寻访故旧，风咏而归，其间之情谊，浮词安能道之乎？

是为序。

2016 年 1 月 26 日

目 录

绪 论 …………………………………………………………… (1)

第一章 南北分立与北朝文学的形成 ………………………… (14)
  第一节 永嘉南渡后南北文学之分化 ……………………… (14)
  第二节 北朝文学对汉魏传统的继承 ……………………… (27)
  第三节 南朝文学对北方文化的想象 ……………………… (40)

第二章 正统之争与北魏文学之演进 ………………………… (56)
  第一节 北魏入洛前汉化进程与文学表现 ………………… (56)
  第二节 孝文帝正统意识及其文化改制 …………………… (68)
  第三节 南北争胜与孝文帝的文学推进 …………………… (84)

第三章 聘使往来与南北文学互动 …………………………… (95)
  第一节 "妙简行人"与"一门多使" ……………………… (95)
  第二节 南北朝聘使职事考论 ……………………………… (108)
  第三节 李彪使南与南北文化争胜 ………………………… (118)
  第四节 交聘与南北朝文学交流 …………………………… (132)

第四章 胡乐南传与南朝边塞诗的形成 ……………………… (147)
  第一节 羌胡伎与西北乐舞之南传 ………………………… (147)
  第二节 《敕勒歌》的形成及其经典化 …………………… (160)
  第三节 南朝边塞诗对"陇首"意象的塑构 ……………… (172)

第五章　北僧南下及其对南朝文学的影响 ……………………（183）
　　第一节　北僧南下表现形态及文化意义 ………………（183）
　　第二节　南下僧人与晋宋间山水意识之演进 …………（200）
　　第三节　南北朝佛教论难及其文学意义 ………………（214）

第六章　北文南传及入北南人的肆应 …………………（230）
　　第一节　由温子升论梁朝对北魏文化态度之转变 ……（230）
　　第二节　李昶、徐陵之交与南朝对北朝文学之接受 …（242）
　　第三节　入隋陈人仕宦心态与文学表达 ………………（254）

余论　南北融通与初唐文统的构建 ……………………（269）

参考文献 ……………………………………………………（282）

后　记 ………………………………………………………（290）

绪　　论

一　本论题的研究价值

北朝文学历来是魏晋南北朝文学研究的弱项，而其对南朝文学影响的研究，则又属弱中之弱。虽然近年来不断有北朝文学以及南北文学交流的研究著作出现，但相对于繁盛已久的南朝文学研究，北朝文学研究仍有待进一步扩展及深化。

因为继承汉晋学术传统，北朝文学有其自身的发展特点，与南方重视文学的独立特质不同，北方更多关注于文学的实用性及功利性。因此，以南朝的文学视角来看，北朝文学是落后的。但隋代及初唐国家统一之后，在试图建立新的文统时，皆不自觉地将北方作为参照对象，以北朝文学之传统为基点，来纠正南朝文学的弊病。譬如魏征在《隋书·文学传序》中强调"若能掇彼清音，简兹累句，各去所短，合其两长，则文质斌斌，尽善尽美矣"，就是在一统前提下，对南北文学进行审视的结论。这一现象说明，北朝文学的价值，在唐代人眼中便已经有所显露，但却没有受到后人相应的重视。

北朝文学在 20 世纪 80 年代以前的研究比较冷寂，其原因不仅有北朝文学作品存世少、文学价值薄弱等自身存在的缺陷，也与前人研究范围的设定及成果的有限相关。80 年代后，曹道衡先生才开辟了北朝文学研究的新局面，此后，吴先宁、周建江等学者，也陆续对北朝文学进行系统而全面的研究。21 世纪以来，对北朝文学的关注有所增加，其涉及范围从文学作品、文人心态、文学思想，到政治、宗教、民族、文化等多方面，皆已取得丰硕的成果。但在南北文学关系的研究上，尚有待进一步挖掘，而且，当前的研究基本上仍以南朝对北朝的传播和影响为主，较少关注北朝对南朝的反作用。

其实，关于北朝文学对南朝文学的影响，曹道衡先生早已提出假设，他在《南朝文学与北朝文学研究》一书中说："关于南朝文风的影响北朝，前人已有很多论述，至于北方文风对南方文人究竟有没有影响，有多大影响？我们至今还几乎没有进行什么研究。然而历史的事实是否只有南风北渐，没有北风南渐？这就很值得怀疑。"[①] 然而，这一怀疑得到的回应比较微弱。从理论上讲，两种对峙的政权不可能没有任何文学上的交流，[②] 而且，这种交流也不可能只是单向性的，没有回应和反馈的。南朝文学对北朝文学的影响是显而易见的，但是北朝文学对南朝文学的接纳情况，以及接纳后的反作用，乃至影响，也是不容忽视的。

因此，以南北互动为切入点，以北朝文学对南朝文学的影响为视角，对北朝文学与南朝文学的关系进行深入研究，具有一定的理论价值与研究意义。这体现在：

首先，对北朝文学研究的意义。当前对北朝文学的研究，主要集中在还原北朝文学历史原貌、描述北朝文学演进轨迹、北朝文学作家作品等方面，而对南北互动背景下引起北朝文学发展动因的探究、北朝文学自身特质的形成及其对南朝文学的影响等问题关注度不够。尤其在南北对峙的特殊背景下，北朝文化的主导者采取何种姿态对待南朝先进的文化制度，其在汉化过程中又体现了怎样的慕南心理？这一心理对北朝文学的发展有何影响？都可从北魏一系列汉化改革的历史动因中加以审视。对这些问题的研究，不仅可以丰富北朝文学的研究内容，还可以深入理解南北文风不同的政治内涵。

其次，对南朝文学研究的意义。欲拓展南朝文学研究的空间，除了深入挖掘南朝文学固有研究领域外，还应以外来文化为切入点进行审视。诸如永嘉南渡时期，大量北方僧人亦随士人南下，其对晋宋间山水意识的形成有何作用？以"羌胡伎"为代表的北朝乐舞对南朝音乐、文学产生何种影响？南朝士人对北方地理意象的接受和改造，对边塞诗固定意象的形

---

① 曹道衡：《南朝文学与北朝文学研究》，江苏古籍出版社1999年版，第284页。
② 如宋与金的对峙，与南北朝时期的情况颇类似，学界对两者之文学交流已经有所研究。如沈文雪：《文化版图重构与宋金文学生成研究》，光明日报出版社2009年版；胡传志：《宋金文学的交融与演进》，北京大学出版社2013年版。

成有何影响？北朝文人及作品的南传，对南朝文学观念的影响何在？对以上问题的研究，可以从多方面、多角度透视南朝文学演进的轨迹，从而扩展南朝文学研究之层面和深度。

最后，对南北文学融合研究的意义。目前，对南北文学融合的研究，多集中在隋及初唐时期，这实际是以结果来反观成因的做法，这种做法固然可以清晰地描述初唐以后文学融合的情况，但对南北文学如何由最初的分化，经历不同的发展阶段，并最终走向融合的过程，描述不清，并且南北间何以具有融合的基础？似仍需进行深入探讨。本书以永嘉南渡后士人的分化、地域的分化对文学分化的影响，北朝对汉魏"风骨"精神的继承，南朝对北朝刚健文风的期待，隋及初唐文统确立之过程等问题为视角，试图从因到果地对南北朝文学融合过程进行梳理，或可对南北朝文学融合研究有所补益。

基于以上认识，本书的研究意义可概括为：以南北朝文学互动与文学融合为研究范围，以北朝文学为视角，采纳文学与史学相互观照的研究范式，针对南北正统之争、北僧南下、聘使往来、胡汉音乐交流、南北文人作品之流动、南北文学观念之融合等多方面的研究，可以扩展北朝文学研究的深度和广度，并深化南北朝文学融合研究。

二 本论题的研究现状

（一）南北朝文学互动研究

2001 年北京出版社出版了由吴云先生主编的《魏晋南北朝文学研究》一书，将 20 世纪的六朝文学研究分成多个专题（如建安文学研究、阮籍嵇康研究、陶渊明研究、南朝文学研究、北朝文学研究等），并进行了细致而全面的梳理。该书在阐述观点、总结规律的同时，能够进行观点的评述和修正，具有一定的资料价值。出于研究内容的需要，本书试图在此书的基础上，将时间延续到 21 世纪前十年，将范围缩小到"南北朝文学交融和新变"这一具体问题上。

最初，对南北文学融合的研究是随着对北朝文学的重视而进行的，是北朝文学研究的附属。20 世纪早期对南北文学融合的认识，始于刘师培《南北文学不同论》，刘氏从地理因素上阐释了南北学风、文风不同的根本原因，对南北文化特征作出了首次解释。并认为"隋唐文体，力刚于颜谢，采缛于潘张，折衷南体北体之间，而别成一派"，① 初步提出了南北融合的趋势，然而刘师培只从宏观进行概论，对南北文风如何具体影响隋唐文学未作深究。继刘师培后，谢无量《中国大文学史》（1918）、胡适《白话文学史》（1928）、谭正璧《新编中国文学史》（1936）都没有更深入探究南北文学的融合过程。刘大杰《中国文学发展史》（1943）也寥寥数语，一笔带过。值得注意的是林庚先生的《中国文学简史》（1954），从南北文风交流的角度进行论述，并对温子升评价颇高，认为其《捣衣诗》是"南北交流统一的先声"。

新中国成立后至"文革"前，对南朝所谓"贵族文学"的深入研究不够重视，更不论北朝文学的开拓创新。因此，这一时期在南北文学融合研究上，处于荒漠阶段。"文革"以后，曹道衡先生的研究开创了北朝文学研究的新局面，其对北朝文学的研究被学界称为具有拓荒性质。在曹道衡、沈玉成先生的《南北朝文学史》最后一章中，讨论了南北文风的融合。由南北方士人的社会地位以及生活状况的不同所引起的学风之不同，进而讨论其对文学风格差异的影响。值得注意的是，曹道衡、沈玉成提出文学交融的原因有三方面："一、边境上的通商互市、行旅往来。二、某些士人和家族的迁徙，如南朝历次政治斗争中不少失败者逃奔北方，江陵陷落后大批士人被俘入北。北朝尔朱荣之乱后不少士人南投梁朝。三、战争中南北疆域的变更。"② 这三点原因是此后研究南北文学交融背景时所无法回避的问题。而在总结其融合特点时，特别强调了北方文人的作用："这种融合是以北为'体'，以南为'用'的产儿，而其催生者则是生长于北方而能真正吸取南方文学英华精粹的北方文人。"③ 体现了其重视北朝文学作用的视野变化。1999年出版了曹道衡的《南朝文学与北朝文学研究》，用了极大的篇幅讨论了北朝文学的地域特征、北方文人的生活状况、孝文帝迁洛与北朝文学的兴起、北朝文学的特点和得失等重要问题。此外，曹道衡还有《东晋南北朝时代北方文化对南方文学的影响》④《南北文风之融合和唐代文选学之兴盛》⑤ 等单篇论文对南北方文学关系作深

---

① 刘师培：《清儒得失论》，中国人民大学出版社2009年版，第257页。
② 曹道衡、沈玉成：《南北朝文学史》，人民文学出版社1991年版，第492页。
③ 同上书，第499页。
④ 曹道衡：《中古文学史论文集》，中华书局1986年版。
⑤ 《文学遗产》1990年第1期。

入研究，尤其是前一篇，将研究视角由传统的南方影响北方，转为北方对南方的影响，明显地提高了北朝文学的文学史作用和价值。应该看到，南北文学的融合是在北朝文学的研究和扩展基础上进行的，而在对北朝文学的研究中，避免不了以南朝为参照点，以南北文学的比较来研究北朝文学的演进。曹道衡针对地域文化的不同，对学术文风的影响进行了深入的研究，将研究视野集中在北朝文学上，且注意将历史背景、区域地理、文化传统与文学研究相融合，其晚年论文多从此思路。曹道衡在北朝文学研究上有筚路蓝缕之功，虽然有人批评他的方法是重材料轻理论，但如果没有其梳理工作，北朝文学的研究不会有更深入的拓展，南北文学交融的研究也只能停留在表面的论述上。

继曹道衡之后，1997 年中国社会科学出版社出版了周建江的《北朝文学史》，是第一部关于北朝的断代文学史，该书系统描述了北朝文学发展的过程，总结出北朝文学"三峰一谷一低落"的整体特点。其书虽然对北朝文学进行了细致的梳理，但缺乏与南朝文学的互动研究。20 世纪 90 年代的论文中，多有从历史文化角度讨论南北文化互动的，如牟发松《南北朝交聘中所见南北文化关系略论》[①] 是以南北朝聘使往来为焦点讨论南北文化互动的首篇文章。又如王琛《南北朝的交聘与文学》[②] 将聘使交往范围缩小到文学交流上。曹道衡的博士生吴先宁在《北朝文化特质与文学进程》[③] 中提出南北文化交流以及北人对南朝文化的接受，通过三种途径进行："其一是书籍的流通，其二是使者的互聘，其三是南人入北带去的南方文化。"此外，葛晓音《八代诗史》认为"南北互通聘使，特别是南人北投，对北魏诗歌的影响最为直接。""东魏、北齐较多接受南方影响，还与当时南北通好，使者来往比北魏更为频繁有关。"[④] 可见这一时期，学者不约而同地意识到南北互聘与文学融合的关系，但并未就此专门作深入研究。

这一时期，虽然在对南北文学融合中强调北朝文学的作用，但也没有忽视以南朝文学为主流的传统观点。唐长孺先生在《南朝文学的北传》

[①] 《魏晋南北朝隋唐史资料》，1996 年集刊。
[②] 王琛：《南北朝的交聘与文学》，《古典文学知识》1997 年第 2 期。
[③] 吴先宁：《北朝文化特质与文学进程》，东方出版社 1997 年版。
[④] 葛晓音：《八代诗史》，中华书局 2007 年版，第 232 页。

中继承了传统说法，认为"北魏太和以后文学的复兴实质上即是仿效南朝文学的文体文风，北朝末期，南朝文学完全占领了北方文坛"。他认为，南朝文学对北朝早期文学处于指导地位，又提出"北土文学的重振实际上是南朝文学的北传"，具体体现在徐陵、庾信等文人的入北活动及创作上。并将其南朝文学北传的范围延续到唐代，认为"文学的衔接实际上是南朝文学北传过程，始于北魏太和间而完成于唐代。"[①] 这一观点对强调南朝文学的重要价值，以及对北朝文学的影响是十分必要的，避免了在研究北朝文学时，过于强调北朝自身特质而忽视南朝主导作用的弊端。

可以说，20世纪90年代属于北朝文学逐渐被重视的时期，也是对南北朝文学交融初步探讨的时期。这一时期虽然研究成果较少，但指出了南北文学融合研究的基本方向和存在问题，为此后的研究开辟了道路。

这一时期的研究特点可以总结为：其一，对北朝文学研究逐渐有所重视，但并未形成规模，研究著作少，虽然形成了一些研究热点，但研究力度和深度显然不够。其二，重视南北文化方面的交流互动，包括聘使往来，但只是将其作为一个因素加以强调，没有以聘使为主要研究对象进行研究。实际上，聘使的文学表现及其背后所代表的家族文化特征，最能直接反映南北朝时期的南北文化冲突。南北双方的交往首先以对立姿态出现，所以，在互聘过程中以折服对方为目的之一，在这种矛盾中，政治上的正统地位是南北双方主要的争论焦点。其次是文学才华的彰显，而南北不同的文学特征如"词义贞刚""贵于清绮"，都能直接或间接在聘使的语辞及创作中反映出来，所以，对聘使文学表现及活动的研究尚有极大的开拓空间。其三，仍以强调南朝文学主导为主，对北朝文学影响南朝文学的认识和研究力度均不够。

21世纪前十年，随着对北朝文学的研究进入全面深化时期，对南北文学交融的研究更加引起学者重视，也提供了进一步深入研究的可能性。

进入21世纪以后，曹道衡先生将研究的重心逐渐放在南北朝文化异同形成原因的探究上，并发表一系列论文如《"河表七州"和北朝文化》[②]、

[①] 唐长孺：《南朝文学的北传》，《武汉大学学报》1993年第6期。
[②] 原载《齐鲁学刊》2003年第1期。后收入曹道衡《中古文史丛稿》，河北大学出版社2003年版。

《略论南朝学术文艺的地域差别》①、《北朝黄河以南地区的学术与文化》②、《略论南北朝学风的异同及其原因》③、《从〈文选〉看中古作家的地域分布》④、《黄淮流域和中古学术文化》⑤、《北朝社会环境对学术和文艺的影响》⑥、《东汉文化中心的东移及东晋南北朝南北学术文艺的差别》⑦ 等。其中前三篇收入《中古文史丛稿》一书。这些研究将地域文化与文学特征联系起来,并将视野拓展到东汉甚至更早以前,从学术、文化、地理、家族等因素探究南北不同文学风格的综合成因。河北大学出版社2003年出版曹道衡先生《中古文史丛稿》,将这些研究成果基本收入,能够体现其由微观入宏观的研究理念及价值。2000年出版曹道衡与刘跃进合著的《南北朝文学编年史》,以及2003年中华书局出版的曹道衡、沈玉成《中古文学史料丛考》是对此段文学文献深入研究的阶段性成果,在翔实考证基础之上提出的新见是更能令人信服的。

这一时期,对南北朝文学交流整体研究有不同程度的关注,其代表有:吴功正《南北朝文学之交流》,首次以南北朝文学交流为研究中心,对南北文风不同的特征及其融合的表现做了讨论,得出南北文学融合"在一些杰出的创作个体身上表现出来"的结论。⑧ 康震《试论南北朝三地诗歌的文化精神:兼及南北诗风融合的文化动因》以关陇文化、山东文化、江左文化为中心,对三者之间的互动以及文学融合进行了考察。⑨ 李建国《论南朝文学批评视域中北朝文学的缺席:兼论南北文学融合的实质》注意到了南北朝文学批评中的批评视角问题及其对南北文风融合的影响。⑩ 陈未鹏《北朝文学南北观念的嬗变研究》及其《论北

---

① 原载《南京师范大学文学院学报》2002年第9期。后收入《中古文史丛稿》。
② 原载《福州大学学报》2002年第5期。后收入《中古文史丛稿》。
③ 《河南大学学报》2004年第4期。
④ 《齐鲁学刊》2004年第6期。
⑤ 《文史哲》2004年第5期。
⑥ 《周口师范学院学报》2005年第1期。
⑦ 《文学遗产》2006年第5期。
⑧ 吴功正:《南北朝文学之交流》,《南京晓庄学院学报》2002年第1期。
⑨ 康震:《试论南北朝三地诗歌的文化精神:兼及南北诗风融合的文化动因》,《江海学刊》2002年第2期。
⑩ 李建国:《论南朝文学批评视域中北朝文学的缺席:兼论南北文学融合的实质》,《三峡大学学报》2003年第1期。

朝后期文学与南朝文学的融合》，以北朝为中心，勾勒出"北朝文学的南北观念的苏醒与自觉、反思与逆动以及南北文风碰撞交融的嬗变轨迹"①。陈恩维《试论模拟与北朝文学的南方化》将北朝文学模拟南方文学的过程分成三个阶段：第一阶段为北魏初到孝文帝迁都前，为北魏文学在模拟中复苏的阶段；第二阶段为孝文帝迁都到东西魏分裂，是全面模仿南方文学阶段；第三阶段为东西魏分裂到隋统一，是北方文学与南方文学走向全面融合的阶段。② 这种分法虽然清晰，但过于笼统，且容易忽略北方对南方影响的因素。另外，刘培《论南北文风交融的途径》、尹兴东《南北朝文学交流及其理论构建》等文章虽然对南北文学交融有所认识，但或失之简略，或因循前人，皆无突破性进展。③

此时期以文化交流为主的专著主要有两部较有价值。王永平《中古士人迁徙与文化交流》集中考察了两汉至隋的士人迁徙情况及其对文化交流的作用。其中，在南朝流亡士人对北魏文化的影响、青齐士人的北迁与北魏文化、隋代江南士人的北上、江左文化的北播等问题上做了大量有益探索，④ 是此段时期南北朝文化交流研究中的代表作品。复旦大学骆玉明先生指导的博士生王允亮的《南北朝文学交流研究》，是首部以"南北朝文学交流"为题目撰写的专著。他总结南北朝交流的主要渠道有聘使往来、僧徒流动、战争商贸及其他方式，并通过对庾信、王褒、颜之推、兰陵萧氏、徐陵、赵郡李氏等文人流亡活动的考辨，试图揭示文人流亡对南北文化交流的作用。最后讨论了南北文学交流对南北文学发展的影响，其侧重点主要放在了北方文学上。⑤《南北朝文学交流研究》是对南北朝文学交流进行研究的首部专著，其开辟价值和意义自不待言。此外，北京大学金溪的博士论文《北朝文化对南朝文化的接

---

① 陈未鹏：《北朝文学南北观念的嬗变研究》，福建师范大学硕士学位论文，2005年。《论北朝后期文学与南朝文学的融合》，《宁波广播电视大学学报》2007年第2期。
② 陈恩维：《试论模拟与北朝文学的南方化》，《湖南文理学院学报》2006年第4期。
③ 刘培：《论南北文风交融的途径》，《通化师范学院学报》2001年第2期；尹兴东：《南北朝文学交流及其理论构建》，山西大学硕士学位论文，2010年。
④ 王永平：《中古士人迁徙与文化交流》，社会科学文献出版社2005年版。
⑤ 王允亮：《南北朝文学交流研究》，复旦大学博士学位论文，2007年，由上海古籍出版社2010年出版。

纳与反馈》[1]，更是立足于北朝，以文化为视角，讨论南北交流中的北朝作用。从中不难看出，"北风南渐"的问题已经开始引起学界的普遍重视。

(二) 南北朝交聘研究

南北朝文学交流的主要途径之一即聘使往来，对此，上文所引吴先宁、葛晓音等人已经有所认识，但未作深入探究。21世纪以后，在聘使往来研究上，产生许多成果，其中2010年就有两篇以此为选题的硕士论文产生（李大伟《南北朝时期聘使研究》、刘永涛《行人与魏晋南北朝文学研究》，详见后文论述），可见此问题已经得到学术界的广泛关注。

在历史方面的研究主要有以下值得注意的著作及文章：洪卫中《南北朝妙简外交使者简析》对聘使选择"不仅要求其博学、机辩，还要容止可观，并能坚持使者气节"，[2] 其所关注的是"妙简"这一选拔程序。陈金凤《北周外交略论》通过分析北周外交在与北齐、陈周旋过程中展现的策略方针，肯定了外交对北周强国、统一的作用。[3] 韩雪松《北魏外交制度研究》从历史学、外交学角度，细致描述了北魏外交机构设置、外交职能、外交礼节、遣使制度、接待制度等具体问题，其中文书交往制度极富文学研究价值。[4]

有学者不满足于仅将交聘作为观察的媒介，而试图将其作为研究对象来考察，台湾大学历史学博士蔡宗宪的《南北朝交聘与中古南北互动》就将交聘视为主要的研究对象，对其内部展开整体性的探讨。如对交聘的原则、目的、流程、礼仪、人员、互动交流、路线与时程等具体问题都做了深入研究，其工作为研究南北文学交流提供了极大方便，尤其文章后所附"南北朝交聘编年表"，更为检索省去麻烦。[5] 其在《中国历史地理论丛》中发表的《南北朝的客馆及其地理位置》一文，也显示了台湾学者成熟规范的学术面貌。[6] 李大伟的《南北朝时期聘使研

---

[1] 金溪：《北朝文化对南朝文化的接纳与反馈》，北京大学博士学位论文，2012年。
[2] 洪卫中：《南北朝妙简外交使者简析》，《青岛大学师范学院学报》2006年第4期。
[3] 陈金凤：《北周外交略论》，《北朝研究》2008年第一辑。
[4] 韩雪松：《北魏外交制度研究》，吉林大学博士学位论文，2009年。
[5] 蔡宗宪：《南北朝交聘与中古南北互动》，台湾大学博士学位论文，历史学研究所2006年版。
[6] 《中国历史地理论丛》2009年第一辑。

究》也列出南北朝聘使交往列表,虽失之简略,但也可看出其用力之处。① 另外,日本学者掘内淳一《南北朝间的外交使节和经济交流》也将眼光放到聘使这一现象上来,② 从中可以看到聘使这一现象受关注的程度。

可以看出,对聘使往来的研究多集中在历史方面,其与文学的关系研究力度不够,所见仅有几篇重要论文。如张泉《北魏行人的文学表现》描述了外交中的特殊群体——行人的作用和文学表现,认为其在"出使时表现出了向南方文学学习和靠拢的精神,而其创作则表现出比较独立的北方品格"。③ 胡大雷的《外交场景中的南北朝诗人诗作》先分析"妙简行人"的意义,又以外交中诗人作品为中心,讨论诗作在外交中所起到的作用。④ 刘永涛《行人与魏晋南北朝文学研究》对行人在出使过程中创作的作品进行分析,探讨了其艺术技巧的运用、文学风格及文学思想的转变等问题。⑤ 应该说,对南北朝聘使往来的研究已经达到一定水平,但在文学研究的深度上尚可继续。

(三) 南北朝文人流动研究

在促进南北文学交融的因素中,影响最为直接的当数文人的流动,其中以北上南人为主,主要由流亡、交聘过程被扣押、战争俘虏等因素组成。如徐陵、庾信、颜之推、王褒、萧放、萧悫等由各种原因而入北的文人,在南风北渐、文风交融上都起到了重要作用。其中,尤以庾信、颜之推研究最多,取得成果最为丰富,由于本书以文学互动交融研究为主,将其放入整体中观照,且其研究已趋饱和状态,故本书只从流亡士人整体研究入手进行梳理和讨论。

对于文人流动的整体研究,以王永平为代表。王永平的《北魏之南朝流亡士人与南北文化交流》一文认为,在北魏鲜卑拓跋部汉化和汲取

---

① 李大伟:《南北朝时期聘使研究》,兰州大学硕士学位论文,2010年。
② [日] 掘内淳一:《南北朝间的外交使节和经济交流》,《魏晋南北朝史研究:回顾与探索——中国魏晋南北朝史学会第九届年会论文集》,湖北教育出版社2009年版。
③ 张泉:《北魏行人的文学表现》,《福建论坛》2002年第2期。
④ 胡大雷:《外交场景中的南北朝诗人诗作》,《东方丛刊》2008年第4期。
⑤ 刘永涛:《行人与魏晋南北朝文学研究》,暨南大学硕士学位论文,2010年。

南朝文化的过程中，南朝流亡人士是一个重要的津梁，发挥了传输的作用。① 其《南北朝后期及隋唐之际入北之萧梁皇族人物及其文化业绩》系统考察了入北萧氏皇族的人员及其在北魏、北齐、西魏—北周、隋唐之际文化领域上的业绩和贡献，其研究具有基础性意义及借鉴价值。② 在此之前，曹道衡先生在《兰陵萧氏与南朝文学》第九章"后梁萧詧和北朝的萧氏文人"也涉及萧氏皇族对南北朝文学史的贡献。③ 王永平先生的研究对其进行了补充。

此外，周建江《论北朝社会对入北南朝士人文学的改造》，可以说弥补了他在《北朝文学史》中对南北交流研究不足的缺憾。④ 刘郝霞《由南人北文人的群体意识》集中概括了入北文人形成的乡关之思、忠臣之叹、身世之悲等群体意识。⑤ 冉晓虹《魏晋南北朝时期南人北上的历史考察》侧重对北魏社会制度、南北政治格局的影响，而对文学交融研究失之简略。⑥ 郭鹏《论北周赵王、滕王与庾信的文学交往对南北文风融合的表率与策动》是在文人交往与文风融合的个案研究中较为成功的文章。⑦ 另外王文倩《南北文学融合的践履：王褒诗歌研究》（郑州大学 2007 年硕士学位论文）也是以作家为中心进行个案研究的典型。⑧ 以上研究各有侧重，皆取得一定成果。

总体来说，在北朝文学研究方面，已经较此前有了极大的扩展，但仍有继续开拓及深化的空间。早在曹道衡先生时期，已经注意到北朝社会、文化、学术、地域等因素对于北朝文学特质形成的影响问题。在后来的研究中，学者也做了有益的补充，但研究的侧重点多有相似，研究思路也大同小异。因此，欲对北朝文学研究有所突破，需要将北朝文学放在长时

---

① 王永平：《北魏之南朝流亡士人与南北文化交流》，《北朝史研究》，商务印书馆 2004 年版。
② 王永平：《东晋南朝家族文化史论丛》，广陵书社 2010 年版。
③ 曹道衡：《兰陵萧氏与南朝文学》，中华书局 2004 年版。
④ 周建江：《论北朝社会对入北南朝士人文学的改造》，《西北师范大学学报》2001 年第 4 期。
⑤ 刘郝霞：《由南人北文人的群体意识》，《内江师范学院学报》2006 年第 3 期。
⑥ 冉晓虹：《魏晋南北朝时期南人北上的历史考察》，山西大学硕士学位论文，2006 年。
⑦ 郭鹏：《论北周赵王、滕王与庾信的文学交往对南北文风融合的表率与策动》，《民族文学研究》2010 年第 4 期。
⑧ 王文倩：《南北文学融合的践履：王褒诗歌研究》，郑州大学硕士学位论文，2007 年。

段的历史阶段，并与南朝进行横向对比的前提下进行考察。进而明晰北朝文学之特质何以形成，其对南北文学融合以及初唐时期的文学观念有何价值。

在南北文学互动研究方面，因为受到唐长孺先生的"南朝文学北传"思维影响，学者多发掘南朝文学在北朝的传播和影响，而较少关注北朝文学的南传问题。其实，两者是一体两面的，忽视北朝文学的南传，会导致对北朝文学价值认识不清的缺陷，当论述北朝文学在南北文学融合中的地位和意义时，也会有隔靴搔痒之感。虽然北朝文学南传的线索并没有南朝文学北传的线索清晰，但这正是需要对北朝文学及南北文学互动再次进行深入研究的必要性和可能性。

三　研究思路和方法

（一）研究思路

1. 本书以具体问题为切入点，针对某一现象、人物或事件，对其背后的历史文化意义进行深入发掘，进而探讨其在文学方面的作用，形成独立的论文形式，以期对问题的研究更加集中、深化。

2. 不求面面俱到，只选取其中较具有代表性的现象、作家、作品为对象，在填补北朝文学研究不足的基础上，对某些具体问题进行细致的梳理和描述。

3. 站在南北朝文学互动研究基础上，在南北互动过程中，重点关注北朝文学向南朝的传播、影响方面，对南朝文学向北朝的传播和影响，虽亦间有涉及，但并非主要侧重点。

（二）研究方法

本书采取综合研究，利用多重证据法，不局限于文学风格和特征的单一描述，努力探寻文学风格形成背后的深层政治、文化、思想因素。以问题为中心，注重纵向的线索考察，同时观照横向的交叉学科研究。

1. 在文献利用方面，除了利用严可均、逯钦立等前人的文学文本材料外，亦参用如"八书二史"、《世说新语》《高僧传》《洛阳伽蓝记》《颜氏家训》等南北朝之史学、子学文献，以期对文学演进的历史动因有更全面的理解和把握。

2. 在研究视野上，充分吸收前辈历史学家如陈寅恪、周一良、唐长孺、田余庆、缪钺、阎步克等人在门阀士族、政治制度、经济制度、地域文化、家族文化、官制演变等领域所取得的开拓性研究成果，注重运用文史互证法。

3. 适当运用统计方法。本书在尊重文献事实的基础上，灵活辩证地运用统计方法，试图使研究结果更为科学可信。

第一章

南北分立与北朝文学的形成

永嘉南渡实为南北文学分化之起点,针对南渡后南北士人所面临的生存环境、学术背景、文化氛围等多方面的不同,其处理方式、适应过程、适应手段亦有明显区别,遂使南北文学开始分化。在此过程中,北朝文学何以形成以"气质"为主要特征的文学风格?如何处理前代文学遗产?北朝"气质"精神与汉魏风骨之关系如何?南朝文人对自身文学柔靡、浮荡、华丽的弊病,是否完全没有意识,任其发展,抑或存在某种试图改变的意识?如果存在这种意识,那么是以何种方式进行改变的?其对待北朝文学的态度又是如何?对以上问题的探究,可视为南北文学互动,以及北朝文学得以南传的前提。

第一节 永嘉南渡后南北文学之分化

永嘉之乱后,北方士族有留在北方结成坞堡与十六国政权周旋羁縻者,有迫于武力淫威委身于异族政权者,但大多数中原衣冠选择了第三种途径,即随西晋王室渡江,在江南开辟一片新的领土。据统计,自永嘉至刘宋末,前后渡江人口九十万左右,约为北方人口的八分之一,[①]掀起了中原向南方人口迁徙的一次高潮。永嘉之乱将中原衣冠带到了南方,以河南士族为主,而河北和关中士族则多留在北方。魏晋以来,黄河南北即已形成了不同的学术取向,[②]永嘉以后,随着地域的隔绝,这种学术上的分

[①] 谭其骧:《晋永嘉丧乱后之民族迁徙》,《燕京学报》1934年第15期。
[②] 唐长孺:《读〈抱朴子〉推论南北学风之异同》,《魏晋南北朝史论丛》,中华书局2009年版,第348页。

化体现得愈为明显。相应地,文学风格也呈现出更为清晰的分化。

一 永嘉之乱后北方士族的文化保存

永嘉之乱使中原士族产生了地域上的分化,南渡士人之目的无非避乱,而留在北方的河北士族则存在多种原因。其或出于尽忠帝室之情,如在晋愍帝被俘之后,为之尽节的御史中丞冯诩、吉朗之辈;或抱着"雪国家之耻"的心态与胡族抗衡,如刘琨、卢谌、崔悦等人;或出于保留家族之遗产,以待东山再起,如王衍之流。留在北地的士人,在艰难的环境中保存了中原文化的传统,使中原文化不至于完全沦丧于异族之手。

滞留北方的士族,以河东裴氏、河东柳氏、河东薛氏、渤海高氏、河间邢氏、清河崔氏、范阳卢氏、赵郡李氏等为著名。这些士族当中,不乏文化贵胄,在魏晋时期即显示出其门第在文化上的优势。以河东裴氏为例,在魏晋时代,河东裴氏诸人在文化上可与琅琊王氏媲美,《晋书·裴秀传》载:"裴、王二族盛于魏晋之世,时人以为'八裴'方'八王':徽比王祥,楷比王衍,康比王绥,绰比王澄,瓒比王敦,遐比王导,頠比王戎,邈比王玄云。"在南渡过程中,河东裴氏有一部分曾经南下,也多出文化名人。但河东裴氏大部分仍留在北方,成为北朝文化家族的代表。

除河东裴氏外,北朝其他士族因其家族文化深厚,在经学、文学方面皆有建树。例如清河崔琰曾受业于郑玄,"著名于世",[①] 其后辈如崔宏、崔浩等人,皆因擅长经术以佐治北魏,参与政事之深入,与其家学渊源之深远不无关系。又如博陵崔氏自东汉时期起,就"世有美才,兼以沈沦典籍,遂为儒家文林"[②]。又如范阳卢氏在东汉就因卢植官至侍中日渐壮大,与刘琨相互赠答的卢谌,便出于范阳卢氏一支。此后,卢景裕、卢彦清、卢思道等著名北朝学者或文人,皆出自范阳卢氏。其他士族如河东柳氏、河东薛氏、渤海高氏、河间邢氏等高门中,亦多出名士。其或在北朝的政坛展露风云,或在学问上著名当世,或在文化上独领风骚,成为保存中原文化的主要力量。

---

① 《后汉书》卷35《郑玄传》,中华书局1965年版,第1212页。
② 《后汉书》卷52《崔骃传》,中华书局1965年版,第1732页。

在永嘉之乱的残局中，北方的士族命运大致有两种。一是受到胡族杀戮。刘曜在进入洛阳后，曾大肆杀戮衣冠士人，"害诸王公及百官已下三万余人，于洛水北，筑为京观。"① 刘曜以后，中原士族遭受杀戮之事仍不断发生。彼时的士族，已如砧上之肉，即便如王衍之属，虽风流儒雅闻名南北，但仍不免被石勒排墙填杀的结局。留在北方的士族若避免举族被杀的命运，只能联合成坞堡与其抗衡。二是迫于淫威与之合作。出于夷夏之防的传统心理，汉人多不愿受胡族驱使，面对异族征辟时，竭力推辞。如东莱太守南阳赵彭，面对石勒的征辟，泣之进辞以求得解脱；北魏早期在征辟汉族士人时，也曾采取逼遣的方式，强迫士人为之服务，如对待燕凤、许谦之辈，皆以强迫为主，此举当然不能换来士人真心投诚。这些被逼遣者，有的虽然声名在外，但其家世并不显赫。而世代累居的大族，因其家族人多口众，多牵绊羁縻，出于种种理由，皆只能暂时屈就于"淫威"之下。

十六国政权往往也采取一些柔和的方式吸纳士族主动投诚，如石勒早期虽然频繁杀戮士大夫，但在维护统治需要时，仍提出"不得侮易衣冠华族"的口号，提倡优待衣冠士族，又将"衣冠人物集为君子营"，遂使"衣冠之士，靡不变节"。② 卢谌、裴宪、崔悦、傅畅、石璞、荀绰、郑略等人，皆曾受石勒征召，《晋书·刘琨传》言："时勒及季龙得公卿人士多杀之，其见擢用，终至大官者，唯有河东裴宪，渤海石璞，荥阳郑系，颍川荀绰，北地傅畅及群、悦、谌等十余人而已。"这些人虽然也能处于高官要职，然而心理上不免承受侮辱之感，《晋书·卢谌传》载范阳卢谌"值中原丧乱，与清河崔悦、颍川荀绰、河东裴宪、北地傅畅并沦陷非所，虽俱显于石氏，恒以为辱"。虽然这些士族在石勒朝中做官，但其实既无实权又无地位，内心极其痛苦。因此，十六国政权虽然对于晋室遗少、先贤世胄皆"随才叙用"，但也常常出现士大夫抗拒入仕，甚至武力反抗的情况。

总体来说，留在北方的士人政治境遇并不好，除了在河西凉州的一部分士人能稍享稳定外，河北关中的士人都面临生死抉择，不同的选择往往造就不同的政治命运，并直接关系到家族之存亡。在这种政治条件下，汉

---

① 《晋书》卷102《刘聪载记》，中华书局1974年版，第2659页。
② 《晋书》卷105《石勒载记》，中华书局1974年版，第2735—2736页。

民族的文化传统只能以特定的手段保存于特定的环境中。

第一，结成坞堡。坞堡又称"坞壁"，最早见于王莽末年，是一种以聚族而居为组织形式，在经济上自给自足，军事上以自卫武装为主的地方性行政单位，其受政府掌控程度较小，有时其向背还能影响政局走势，后曾遭到东汉光武帝的摧毁。但自三国以来，一直到永嘉之乱时期，这种坞堡日益成为社会的主要力量，豪族以此抵御夷狄入侵，地方农民也多所依附，形成更为强大的部曲和家兵，使其在经济和军事上更为独立。除了保卫财产和生命安全外，坞堡也负责在内部推行教化，崇尚礼义，发展教育。如东汉末年田畴在"徐无山中，营深险平敞地而居，躬耕以养父母。百姓归之，数年间至五千余家"。田畴以徐无山为根据地，吸引大量百姓投诚。又"制为婚姻嫁娶之礼，兴举学校讲授之业，班行其众，众皆便之，至道不拾遗"。① 其内部有健全的礼法教化，兴举学校就是传承文化的一种重要方式。文化的保存首先要有稳定的外部环境，在五胡乱华的纷扰时代，坞堡为文化提供了相对稳定的发展空间。②

第二，传承家学。坞堡内多以血缘亲缘为依托，其中领导者多为豪族强宗，有的也是文化上的大族，即士大夫。③ 士大夫阶层多继承东汉儒学传统，重视对宗族子弟的教育，有家学传承者甚众。如赵郡李孝伯兄李祥"学传家业，乡党宗之"。④ 李神威"幼有风裁，传其家业，礼学粗通义训"。⑤ 江式"子孙因居凉土，世传家业"。⑥ 房晖远"字崇儒，恒山真定人也。世传儒学。晖远幼有志行，明《三礼》《春秋三传》《诗》《书》《周易》，兼善图纬"。⑦ 因此，北朝士人所传承之家学，以儒家经学为主，其中尤重礼学，且对谶纬多有涉猎。

这种学问沿袭的方式，一方面保持了中原文化的命脉，一方面因其具

---

① 《三国志》卷11《魏书·田畴传》，中华书局1959年版，第341页。
② 参见赵雷《坞堡的社会组织形式对北朝学术、士风及文学的影响》，《社会科学辑刊》2007年第6期。
③ 唐长孺：《魏晋南北朝史论丛》，中华书局2009年版，第162页。在这里，还要区分豪族与士族之分别，西晋末年之豪族，多以武力为支撑，而士族则不仅强调武力，更有文化上的突出之处，这里所说的士族，即是泛指兼有武装能力和文化品位的豪族而言。
④ 《魏书》卷53《李孝伯传》，中华书局1974年版，第1174页。
⑤ 《北齐书》卷22《李义深传》，中华书局1972年版，第324页。
⑥ 《魏书》卷91《术艺传·江式》，中华书局1974年版，第1960页。
⑦ 《北史》卷82《儒林传下·房晖远》，中华书局1974年版，第2760页。

有一定的闭塞性和排他性，不重视交流和切磋，再加上坞堡本身的封闭性，使得北朝文学形成了自足自行、师心自见、缺乏交流的弊病。乃至造成后来北人竟有"未闻《汉书》得证经术"的情况出现，① 从而严重影响了文学的健康发展。北朝后期由南入北的颜之推就发现"山东风俗，不通击难"，② 可知这种不喜交流切磋的弊端，一直到北齐时期还依然存在。

第三，保持汉统。向胡族政权推行汉化以保持文化之命脉，对于北方士族来说，实属无奈之举。由于农业文明与游牧文明之间的心理隔阂，使这种方式面临着极大的危险性。在保持汉统，向胡族推行汉化这一过程中，北方士族付出了很大的代价。十六国早期，少数民族政权在任用汉人时，多用其在军事上以及治理国家方面的能力，如苻坚之用王猛，即看重其能够迅速富国强兵的行政能力，而对文化上的采纳相对来说则较少。至北魏早期，汉化的进行因为拓跋氏的民族自尊以及贵族的反对，还一直小心翼翼。如神元皇帝讳力微之子沙漠汗，曾因"引空弓而落飞鸟，是似得晋人异法怪术"，即被拓跋贵族认为是"乱国害民之兆"，③ 竟因此而遭至杀害，其对汉族文化之排斥心理可见一斑。但经过昭成帝、道武帝对燕凤、许谦等人的任用后，士大夫汉化的热情再次抬头，至太武帝崔浩时期达到一次顶峰。然而崔浩举族被戮的残酷结局，表示了以汉化的方式保持汉族文化之潜行，仍具有相当的困难。

总之，永嘉之乱后，留在北方的这些高门一直保持着较高的文化教养，虽然受到北方胡族的侵袭，但由于家学的传统深厚，以及士族文化生命力的顽强，中原文化的根基和命脉仍得到很好的延续，并在此基础上发展出与南朝士族文化完全不同的两条轨迹。

二 永嘉南渡后南方文化的发展

渡江衣冠在文化适应方面所面对的问题，并没有北方那么复杂，其在文化的传承和发展上，较北朝有天然的优势。

首先，在政治斗争的对象上，与北方有着明显不同。十六国的纷争扰乱，已在南渡时留给了中原士族独自去面对，渡江的士族所面临的最大问

---

① 王利器：《颜氏家训集解》，中华书局1993年版，第184页。
② 同上书，第279页。
③ 《魏书》卷1《序纪》，中华书局1974年版，第4页。

题，是如何获得南方当地居民的认同。江南地区在孙吴时期便已经得到极大的开发，无论在经济上还是文化上，都形成自成体系的格局，因此在西晋平吴后，北上的南方士人多遭到中原衣冠的排斥。如陆机入洛后，范阳卢志曾以"陆逊、陆抗于君近远"来讽刺陆机，① 说明中原士族对吴人抱有歧视和排挤心理。而永嘉以后，两者地位明显互换，以至琅琊王司马睿初渡江时，常发出"寄人国土，心常怀惭"的感慨。因此，如何调适地位互换所形成的心理落差，是晋元帝时期在稳固政权过程中所面临的首要问题。在取得江南士人认同的过程中，颇费周折。司马睿初入江南时，"吴人不附，居月余，士庶莫有至者"，还是在王导用计，博得顾荣、纪瞻等江南名望的支持后，才使得"吴会风靡，百姓归心"。② 此后，中原士族方在江左立稳脚跟。

南下中原士族与江南士族虽然在政治、经济利益上多有冲突，但毕竟合流的趋势大于分化的趋势。况且，江南的士族在文化方面起码还认同中原士族。虽然南方与北方自古以来就存在文化上的差异，但这种地域上的差异与民族间的差异，终究属于两种性质。总体来说，江南文化仍属于农耕文明，是汉文化范围中重要的组成部分，南北之间仍有认同的可能。在学术文化上，两者关系更为紧密，葛洪《抱朴子·审举》："江表虽远，密迩海隅，然染道化，率礼教，亦既千余载矣。往虽暂隔，不盈百年，而儒学之事亦不偏废也。"从三国孙吴开始，到东晋建国，对江东的开发，使南北之间在学术和文化层面，皆存在沟通的基础。

西晋在平吴后，北上的陆机、陆云兄弟，已经显示了江南士族在文化上深厚的积累。在东晋当地吴人的显宦当中，也多表现出注重文化修养的倾向，如顾荣"素好琴，及卒，家人常置于灵座"；纪瞻"少交游，好读书，或手自抄写，凡所著述，诗赋笺表数十篇。兼解音乐，殆尽其妙"；贺循"少玩篇籍，善属文，博览众书，尤精礼传"。③ 江南士人不仅同样精于礼传经学、诗赋文章，对中原文化亦怀有倾慕之心，乃至处处效仿洛阳士族，甚至于"有遭丧者，而学中国哭者"。④ 因此说，中原士人迁延

---

① 《晋书》卷54《陆机传》，中华书局1974年版，第1473页。
② 《晋书》卷65《王导传》，中华书局1974年版，第1746页。
③ 《晋书》卷68《顾荣、纪瞻、贺循传》，中华书局1974年版，第1815、1824、1830页。
④ 余嘉锡：《世说新语笺疏》卷下《排调》，中华书局2007年版，第933页。

江左后,并不存在文化上的水土不服。这是南朝文化的发展在客观环境方面优于北朝的先天优势。

其次,南朝士族在与皇权关系方面较北方宽松。南渡士人与皇室之间,属于共生共荣的辅成关系,是一种"以家族集团利益为基础的长期发展起来的相互为用的政治关系",[1] 这种政治关系,使得士族一度凌驾于皇权之上,《世说新语·宠礼》:"元帝正会,引王丞相登御床,王公固辞,中宗引之弥苦。王公曰:'使太阳与万物同晖,臣下何以瞻仰?'"这种情况在永嘉之乱后的东晋,持续了相当长的一段时期。"士族权臣可以更易,而'主弱臣强'依旧。当琅琊王氏以后依次出现颍川庾氏、谯郡桓氏、陈郡谢氏等权臣的时候,仍然是庾与马、桓与马、谢与马'共天下'的局面。"[2] 王、庾、桓、谢依次与司马氏"共天下"的局面,使东晋士族在政治上走向高峰的同时,在文化上也走向顶峰。

士族凌驾于皇权的情况,虽然只存在于东晋一朝,但其影响深远,奠定了士族对文化的掌控地位。曹魏及西晋政权,在文化方面多采取招纳收抚的手段,对待文士多"设天网以该之,顿八纮以掩之",[3] 皆收归统治之下,对文化的控制相对严格。但在士族左右朝政的东晋时期,文化命脉被士族所把持,当政者已很难再像曹氏父子那样引领文化风尚,甚至不能像西晋初期采取强硬手段,严密监控士人思想的走向。这种政治环境下,使"政在大夫"成为常态的同时,更使"文在大夫"成为可能。

士族文化凌驾于皇权之上的局面,虽不利于皇族有效掌控文化,却有利于文化的自由发展。受统治阶层意识形态影响的文学,往往表现出气格卑弱的特征,譬如"建安七子"在汇集邺下之后的文学创作,在曹丕的引领之下,转而"怜风月,狎池苑,述恩荣,叙酣宴",以唱和酬酢为主要内容,明显缺失了早期"梗概多气"的风骨气质,"建安七子"的个性和特质受到削弱。而东晋以后的文学艺术,在士族阶层的主导下,取得了丰富多彩的成就。如玄言诗代表了士大夫的精神时尚;山水诗表现了士大夫的闲适情趣;王羲之父子书法的风流飘逸;顾恺之绘画的传神写照,等等。此类艺术精品,都是在士族阶层不受意识形态左右的前提下创造出

---

[1] 田余庆:《东晋门阀政治》,北京大学出版社 2009 年版,第 5 页。
[2] 同上书,第 24 页。
[3] 曹植:《与杨德祖书》,严可均:《全三国文》,商务印书馆 1999 年版,第 159 页。

反观当时的北朝，在绝对皇权控制下，士族的主动性以及参政意识明显不如南朝。伴君如伴虎的心理，始终是屈就于夷狄之主的汉人时刻面对的，如若稍有不慎，便遭杀身，乃至灭族。尖锐的胡汉矛盾，险恶的政治环境，以及闭塞的交流条件，使得北朝文学的发展远不如南朝平稳顺利。在北魏太武帝诛杀崔浩以后，三朝元老高允"不为文二十年"的现象，① 足以表明北朝文学在自由发展的道路上，遇到了何等的艰辛与阻力。更关键的因素还在于，北方中原士族在北朝政权结构中的比例非常之小。直到北魏孝文帝时期，汉族士人才掌握了一定的话语权，但国家的重大政治决策，还是靠拓跋族即内朝官进行廷议决定。扩展到文化方面，北朝的主从关系也十分明显，例如孝文帝虽崇尚汉化，雅好文学，还常常将自己的文集赐予臣子，以彰显其文才，但其背后乃是以此控制汉族士人的意图。他曾经将自己的诗文给汉人崔挺，《魏书·崔挺传》曰："又问挺治边之略，因及文章。高祖甚悦，谓挺曰：'别卿已来，倏焉二载，吾所缀文，已成一集。今当给卿副本，时可观之。'"表面上看，是令其指瑕，实际上乃是彰显自身作为异族统领的文学修养。孝文帝虽然常在宴会上与汉族士人联句作诗，以表达自己的政治抱负；但却多唱胡歌、跳胡舞，基本上还是以少数民族的风俗习惯为主。在整体文化风尚方面，始终是胡族把持左右，汉族文人间的交流也只是小范围的，显得十分被动。

最后，南朝士族间通过仕宦、婚姻、交游等形式的广泛交流，为文化的发展提供有利的客观环境。在士族间的关系方面，和谐、平衡、稳定、发展是南渡士人的基本方针。如郗鉴、王导之间的相互支持，目的是牵制以庾亮为代表的庾氏专权的情况，② 又如桓、谢两家之关系，也是互相牵制、互相羁绊以维持平衡的状态。在淝水之战前的军事布局上，谢安对桓氏家族采取怀柔政策，尽量不去激化两者矛盾，才使战事得以成功，进而维持东晋政权的稳定。东晋士人集团需要极强的凝聚力与向心力，使家族间利益得到一种均势和平衡，方能使政权得以稳固。在这其中，士族多出于为"门户计"的考虑，不愿其他家族政治势力过大的同时，在自身家族势力过大时，也常常有居安思危、忌盈恶满的戒心，其目的是希望保持

---

① 《魏书》卷48《高允传》，中华书局1974年版，第1081页。
② 田余庆：《东晋门阀政治》，北京大学出版社2009年版，第55页。

家门的长久富贵。

　　这种考虑使士族通过婚宦的途径，努力维持门阀之间的利益平衡。士族间的通婚与相互提拔以维持门第的手段，间接地促进了文化在士人阶层的传播与交流。如郗鉴之所以选择王羲之为东床快婿，显然是出于高门间政治联姻的考虑。又如谢道韫作为谢氏子女，"神情散朗，有林下风气"，[①] 其文学才华曾得到谢安的赏识，作为王羲之儿子王凝之的妻子，在王谢家族之间的文化交流方面，自然起到重要作用。王献之曾经与宾客清谈，"词理将屈，道韫遣婢白献之曰：'欲为小郎解围。'乃施青绫步鄣自蔽，申献之前议，客不能屈。"[②] 王、谢家族的联姻，形成了文化上强强联合的局面。与此同时，高门间的相互提拔也成为普遍现象，如果不是按照门阀间的举荐入仕，或没有政治联姻做基础，通常被视为"婚宦失类"，甚至因此在政坛遭到排抑。[③] 这种做法使门第观念日益森严的同时，也将文化的传播垄断在门阀士族之内，最终使文化成为衡量门第高低的重要因素。

　　东晋士人间的频繁交游，也促进文化的广泛交流。士林交游是东汉以来形成的独特风尚，名士的声誉和事迹乃是通过士林的交游得以传播，进而获得激赏。在士林中赢得的清誉，甚至高于其为官所取得的荣耀。如谢鲲被东海王司马越辟为掾属，其"任达不拘，寻坐家僮取官稿除名。于时名士王玄、阮修之徒，并以鲲初登宰府，便至黜辱，为之叹恨。鲲闻之，方清歌鼓琴，不以屑意，莫不服其远畅，而恬于荣辱"。[④] 谢鲲的任达不拘，被罢官亦不以为辱，竟以此赢得清誉。东晋南朝士人的频繁交游，激扬名声行为，实际上正是获取品评、进入仕途的重要途径。

　　总之，因为南北之间存在政治斗争对象、士族文化与皇权之关系，以及文化交流的环境等多种因素的不同，使得南北文化发展轨迹有了明显的殊途。南朝文化之盛与北朝文化之衰形成鲜明对比，由此而来，也产生了不同的文学分殊。

[①]《晋书》卷96《列女传》，中华书局1974年版，第2517页。
[②] 同上书，第2516页。
[③]《晋书》卷84《杨佺期传》："而时人以其晚过江，婚宦失类，每排抑之。"中华书局1974年版，第2200页。
[④]《晋书》卷49《谢鲲传》，中华书局1974年版，第1377页。

三 永嘉南渡后南北文学的分化

永嘉南渡在促成南北士族分化的同时，也造成文学的分化。这种分化具体表现在：

第一，重儒学与重玄学的分化。文学受学术思想和学术风气影响是不言自明的。永嘉之乱后，南北学术取向有明显的分化，即北方摒弃清谈，重视儒学；南方继续将西晋初露端倪的玄学之风推而广之。十六国时期各国普遍设立太学、学官，并重视国子教育，如后赵石勒于太和五年（332）命郡国立学官；① 晋成帝咸康五年（339）石虎令郡国立五经博士；② 晋康帝建元元年（343）后赵石虎遣国子博士诣洛阳写石经，校中经于秘书；③ 前秦苻坚甘露三年（361）"广修学宫，召郡国学生通一经以上充之，公卿已下子孙并遣受业"。④ 南燕慕容德还曾亲临策试诸生现场，以上少数政权，皆表现出对儒学的重视。

北方重视儒学，其原因有三：一是异族统治的需求。这种需要包括制度和精神两方面，制度方面的需要是为了适应新经济形态下的统治，北方民族的游牧管理方式很难在中原施政，而只能靠传统儒学积淀下来的治国经验。精神方面则需要靠儒学来拉拢并控制世家大族。二是晋亡的镜鉴。清谈误国的说法，不仅南方有，北方也有，而且北方对其感悟更甚于南方。另外，玄学的高深与北方民族精神格格不入，少数政权对汉族文化略通而已，高深的玄思很难领悟，这使其本能地排斥玄学。苻坚在王猛去世时，遵从王猛之旨，偃武修文，增崇儒教，其中就有"禁老、庄、图谶之学"一项。⑤《老子》《庄子》为"三玄"之二，是玄学之根基，黜老庄以表示其从根源上杜绝玄谈之虚妄。三是夷夏一体的心态。少数民族欲统治中原必先获得正统身份，即脱掉夷虏的帽子，穿上华夏的衣冠，而正统身份的获得在于对儒家文化的传承，《晋书·苻坚载记》载苻坚曾对博士王寔说："朕一月三临太学，黜陟幽明，躬亲奖励，罔敢倦违，庶几周孔微言不由朕而坠，汉之二武其可追乎！"希望不以自己异族的身份而废

---

① 《晋书》卷105《石勒载记》，中华书局1974年版，第2751页。
② 《晋书》卷106《石季龙载记》，中华书局1974年版，第2769页。
③ 同上书，第2774页。
④ 《晋书》卷113《苻坚载记》，中华书局1974年版，第2888页。
⑤ 同上书，第2897页。

周孔之微言,凸显了自己是文化正统继承者的姿态。

　　南北不同的学术取向,引导出不同的文学价值观念。北朝儒学的精神在于经世致用,其目的是通过辅佐圣王以建立不朽功勋,以此,事功心态对文学之影响较为突出。北朝较有代表的碑铭墓志的大量创作,其目的即是为了彰显墓主在世时的功德,因此历数墓主之行为,并适度夸大之,以符合功业心理。碑铭墓志能够彰显父母之德,符合《孝经》里所说的"立身行道,扬名于后世,以显父母"的要求。传统儒家的思想精髓、精神境界、人生追求,充分体现在墓志对传主的生平评价中。北朝碑铭墓志作品大大多于南朝,实为事功心态突出的表现。

　　相比之下,儒学在南朝发展较为缓慢,如晋孝武帝太元元年(376)谢石上书请兴复国学所言:"大晋受命,值世多阻,虽圣化日融,而王道未备,庠序之业,或废或兴。"① 而此时玄学地位日高,南朝刘宋文帝时期,儒玄史文四馆之成立,正表明玄学可以与主流之儒学并驾。晋朝对于清谈误国的总结,只停留在事功与务虚之间关系的层面,却并没有触及玄学学理的根基,因为玄学的基础——门阀士族的文化旨趣,并没有受到实际动摇,以此,思想界仍然弥漫浓厚的玄谈之风。至梁朝以后,佛学、玄学更是蔚为大观,儒学之地位仍处末流。儒学之风,也始终没能对南朝文学产生巨大的推动性作用,反而是玄学、佛学,成为引领此时文学发展、激发文学创新的主要学术动因。

　　第二,重实用与重性情之分化。北方十六国胡族政权对汉族士人的叙用,是出于内理国政,外事武功方面的考虑,很少仅以文学才能优赡而对其进行辟用的例子。因此,《周书·王褒庾信传论》中说:"其潜思于战争之间,挥翰于锋镝之下,亦往往而间出矣。若乃鲁徽、杜广、徐光、尹弼之畴,知名于二赵;宋谚、封奕、朱彤、梁谠之属,见重于燕、秦。然皆迫于仓卒,牵于战争。竞奏符檄,则粲然可观;体物缘情,则寂寥于世。非其才有优劣,时运然也。"《周书》中所提到的十六国时期的作者,几乎在文学史上毫无痕迹,这一现象说明,以实用精神为主导的创作,只能是为政治服务的附庸,并不能对文学的演进提供多少有益养料。令狐德棻称此时"潜思于战争之间,挥翰于锋镝之下"的大环境,乃是北朝文学发展缓慢的客观因素,频繁的战争,一方面使作者无暇顾及文学创作,

----

　　① 《宋书》卷14《礼志一》,中华书局1974年版,第364页。

另一方面使文学趋于实用，性情的抒写稍逊。

北朝文学中表达性情作品之少，也与北朝政权的文化政策相关。北朝对汉族士人的文化政策以控制为主，而非疏导或者引领，这在一定程度上压抑了士族的创作热情。早期汉族士人的诗歌或赋作中，多是歌功颂德之作，偶有几篇深寓寄托、充满讥刺的赋作，然而却多出自宗室之手。如任城王元顺因不满左右向皇帝进谗言而创作《蝇赋》，其中引用了大量典故："周昌拘于羑里，天乙囚于夏台。伯奇为之痛结，申生为之蒙灾。《鸱鸮》悲其室，《采葛》惧其怀。《小弁》陨其涕，灵均表其哀。自古明哲犹如此，何况中庸与凡才！"① 以历史人物以及《诗经》作喻，表现了对汉族文化及典籍的精熟。其微言大义，讥刺小人当道，虽取效赵壹、阮籍，但自出机杼不乏新意。彭城王元勰，亦曾因不满小人而作有《蝇赋》，"以谕怀，恶谗构"。② 此类作品与其说是彰显宗室文学风范，不如说是表现宗室对文化的掌控能力。北魏墓志中有大量对宗室成员具有文学才华的溢美之词，如称乐安哀王元悦"妙懈惊群，清赏绝俗，玉振金韵，声流帝听"；言元斌"望秋月而赋篇，临春风而举酌，流连谈赏，左右琴书"；赞元崇业"文彩丰艳，草丽雕华，凝辞逸韵，昭灼篇牍"；夸中山王元熙"文藻富赡，雅有俊才"；美文献王元怿"文华绮赡，下笔成章"，③ 等等。事实上，这些宗室文人是否真如墓志中所言才高八斗，还是颇值得怀疑的，至少从现今所流传下来的北朝文学作品中，很难进行判断。这些表现或许是元魏宗室的一种高自标举，又或许是墓志作者的夸饰之词，不能据此断定北魏宗室文学已经达到一定的高峰。

然而这一现象正表明北朝皇族身为异族，为了能在文化上得到本朝及南朝的认可，一方面压制汉族文人，另一方面积极提升其文化水平的心态。在这一条件下，北方士族的情感长期处于压抑被动的状态，文人除了将文笔用于实用性写作外，很难进行性情化的书写。

相反，南朝政权中的士人与皇族的关系是相互制衡、相互依存的。"王与马、共天下"的局面不仅持续了东晋一朝，而且形成了"士大夫故

---

① 严可均：《全后魏文》，商务印书馆1999年版，第171页。
② 同上书，第189页。
③ 赵超：《汉魏南北朝墓志汇编》，天津古籍出版社2008年版，第63、142、154、169、172页。

非天子所命"的独立意识。在文化上，士族明显优于皇室，士族是文化风尚的引领者、策动者、表率者，皇族更多情况下是参与者、追随者。从刘宋时期起，皇族内禅之后，在文化上就多主动向士族靠拢，并努力摆脱武门或寒族的身份，希望取得士族在文化上的认可，进而以统领士族文化。这一愿望，一直到萧梁王朝时期，才基本得以实现，以萧衍、萧统、萧纲、萧绎为代表的皇族文学，才能够引领士林文学之风尚。在这种情况下，南朝的士族文化可以不受上层限制，不受政治压抑地尽情发展，这对文学在性情之掘发上，起到巨大的推动作用。当然，缺乏由上而下的约束和限制，也就很容易形成重视形式主义，忽视内容的刚健，趋向柔弱无骨等弊端。

第三，"贵于清绮"与"重乎气质"的分化。南北文学之差异，一般习惯将《隋书·文学传序》的概括视为典范："江左宫商发越，贵于清绮，河朔词义贞刚，重乎气质。气质则理胜其词，清绮则文过其意，理深者便于时用，文华者宜于咏歌，此其南北词人得失之大较也。"魏征等人的归纳概括，不仅关涉南北文学特质之区分，同时也触及这种分化的利弊，并由此提出合其两长、文质彬彬的建议。这是站在大一统的立场上，对南北朝文学的回望与总结。事实上，自永嘉之乱晋室南迁时起，南北这种"贵于清绮"与"重乎气质"文学的分化，已经开始萌生。

南北文学不同的原因，地理方面的差异是显在因素，《颜氏家训·音辞》在区分南北方言之不同时曾说："南方水土和柔，其音清举而切诣，失在浮浅，其辞多鄙俗。北方山川深厚，其音沉浊而鈋钝，得其质直，其辞多古语。"南北因山川水土之不同，产生不同的方言语调。又说"南染吴越，北杂夷虏，皆有深弊，不可具论"[①]。这一论断，不仅可以适用于音辞方面，其实也适用于文学的概括。以南北乐府民歌为例，"南染吴越、北杂夷虏"完全可以作为南北乐府民歌特点差异的概括。南朝乐府民歌在相和歌的基础上，融合了当地的吴歌、西曲，形成了清商乐，是为典型的"南染吴越"。而"梁鼓角横吹曲"里所收录的北朝乐府民歌，从气质到音辞，皆明显带有鲜卑族的民族特色，其刚健气质、尚武精神，并非南朝吴侬软语所能传达的。可以说，南北这种清绮与贞刚的区别，是由客观环境，即水土山川的地理因素塑造的。因此，后世从地理方面论述南

---

① 王利器：《颜氏家训集解》，中华书局1993年版，第530页。

北文学之区别时，实则多导源于此。

"贵于清绮"与"重乎气质"的区别，也是南北在文学观念上不同理论取向所塑造的。"诗言志"与"诗缘情"的诗歌理论主张，其提出虽有先后，但自先秦时即已产生理论分野。概言之，"诗言志"之本义在于"止乎礼义"，是诗歌表达的外在尺度，而"诗缘情"则强调个体的情感动因。① 北朝文学所偏重的文学形式，如奏议、符檄、章表、碑铭等，是以言群体意志为主要旨归的，其内容多体现"言志"的诉求。而南朝的山水诗、赠答诗、宫体诗，则是通过"宫徵靡曼，唇吻遒会"，以达到摇荡性情为目的。"言志"的作品既然代表的是群体意志，其表达必然合乎礼仪规范，能够得到群体认可，因此其个人化印记便尽可能削弱到最小。从北朝碑铭墓志的写作中，就可以看出很明显的千篇一律、千人一面的特征。这正是北方文学"便于时用"的一面，因为实用性文章很难过多表达个人情感，而只能以表现社会集体的公共价值观为主，所以"言志"的方面得以突出。"缘情"之作，则更易体现个人的独立个性和精神，南朝作家作品各具特点，很好进行区分，正是因为其基于个人性情的书写。如鲍照"发唱惊挺，操调险急"；颜延之"体裁绮密，情喻渊深"；范云"清便宛转，如流风回雪"；邱迟"点缀映媚，似落花依草"等，皆已成标签式的概括。这是南朝文学"宜于咏歌"之处，只有个人性情得以抒发，方能进行咏歌，乃至手之舞之，足之蹈之。总之，"诗言志"与"诗缘情"的理论分野，是塑造南北文学"贵于清绮"与"重乎气质"之区别的文学内部因素。

简言之，永嘉南渡的意义，不仅是在政治史上，使中国形成了南北对峙、胡汉对峙的局面，而且在文学史上，产生了基于南北方的不同文学观念、文学价值和文学品位。

第二节　北朝文学对汉魏传统的继承

北朝文学的发展，有着明显的阶段性特征。北魏建立之初，文学创作并未形成气候，汉族士人少量的作品中，体现出明显的继承西晋文学发展惯性的趋势。孝文帝改革以后，北魏文学环境为之一变，这表现在整体上

---

① 曹胜高：《由先秦情志说论"诗言志"之本义》，《文艺理论研究》2009 年第 3 期。

追溯汉魏传统的复古倾向。北魏明帝以后，文学在师法南朝的同时，仍不失对汉魏风骨的继承。汉魏风骨中的梗概之气，在北朝后期文人如卢思道、薛道衡、杨素等人的作品中，得到很好的再现。同时，在对汉魏传统的继承与延续过程中，北朝塑造了其以"气质"为主的文学特征。

一 从继承到师古——北朝文学早期的困顿

令狐德棻在《周书·王褒庾信传》中概括北朝文学发展状况时称：

> 洎乎有魏，定鼎沙朔，南包河、淮，西吞关、陇。当时之士，有许谦、崔宏、崔浩、高允、高闾、游雅等，先后之间，声实俱茂，词义典正，有永嘉之遗烈焉。及太和之辰，虽复崇尚文雅，方骖并路，多乖往辙，涉海登山，罕值良宝。其后袁翻才称澹雅，常景思摽沉郁，彬彬焉，盖一时之俊秀也。

其中所言"声实俱茂，词义典正，有永嘉之遗烈焉"，是北魏建国初期，北朝文学的基本特征。所谓"永嘉之遗烈"，即指延续西晋创作传统而言，以令狐德棻所举的几位作家为例，其文章流传情况如下：许谦文2篇，崔宏文1篇，崔浩文8篇，高允文16篇，高闾文15篇，游雅文2篇。诗歌方面仅高允诗4首，游雅诗1首，其余人等概乏诗歌流传。[①] 从中可以看出，北朝文学重实用性质的倾向十分明显，以吟咏性情为主的诗歌，仅高允及游雅两人略有涉及。令狐德棻所列举的这些作家，在文学流传方面的缺失，使得全面考证当时文学何以具有"永嘉之遗烈"的特点显得极为困难。但通过对高允及同时代文人的文学作品进行分析，仍能粗略看出其延续西晋乃至汉魏文学传统的特点。

孝文帝改革以前，在现今仅存的数篇诗歌中，除了应制联句之作外，以韩延之、高允、宗钦和段承根几人的赠答诗尤显突出。韩延之有《赠中尉李彪诗》一首，宗钦有《赠高允诗》十二章，高允有《答宗钦诗》十三章，段承根有《赠李宝诗》七章。从这些赠答诗中，可以看出以下特征：

[①] 以上统计以严可均《全上古三代秦汉三国六朝文》及逯钦立《先秦汉魏晋南北朝诗》为主要依据，其中存目无篇者未计算入内。

第一，直抒胸臆，有所寄托。其形式内容，明显上承建安诗人的赠答特点，例如韩延之《赠中尉李彪诗》："贾生谪长沙，董儒诣临江。愧无若人迹，忽寻两贤踪。追昔渠阁游，策驽厕群龙。如何情愿夺，飘然独远从。痛哭去旧国，衔泪届新邦。哀哉无援民，嗷然失侣鸿。彼苍不我闻，千里告志同。"陈祚明言其"情真，虽直率，旨使人悲"①。若将其后半部分与刘桢的《赠徐干诗》作对比："仰视白日光，皦皦高且悬。兼烛八纮内，物类无颇偏。我独抱深感，不得与比焉。"不难看出两者在情真和旨悲方面的相似之处，"彼苍不我闻，千里告志同"与"我独抱深感，不得与比焉"在立意上亦有同趣，直接抒发个人情感的形式，使诗歌更直白易懂，通俗浅显而不失雅正，也更具质朴之感。

第二，以典雅为主。也就是令狐德棻所说的"词义典正"，这一特征承接了西晋赠答诗的传统。西晋赠答诗多以四言为主，虽然建安诗人已经开始创作五言，但西晋五言尚未成为创作主流时，仍以四言为雅正之调。挚虞《文章流别论》以为"雅音之韵，四言为正，其余虽备曲折之体，而非音之正也"正是这种思维的延续。四言之所以产生典雅效果，不仅因其音节上的疏朗，使其显得庄严肃穆，更重要的是其中包含言微意远的特点。钟嵘《诗品序》中说："夫四言，文约意广，取效风骚。"李白曾言："兴寄深微，五言不如四言，七言又其靡也。"② 颇符合追求幽微深远的道家艺术旨趣，言语越少，兴寄越多，由此生发出的情感就越具有表现空间。从西晋几位有名作家所作赠答诗的情况可以看出，四言作为赠答正调的情况十分显著。例如傅咸有9首赠答诗，其中2首五言，其余为四言；潘岳的赠答诗共有2首，皆为四言；陆机有赠答诗18首，其中8首四言，10首五言；陆云赠答诗共18首，其中仅有2首五言，16首为四言。从中不难看出，西晋作家的赠答诗中，四言之作明显多于五言。当然，其中也有作者个人喜好的因素，以陆机、陆云为例，两人因为个性之不同，所采拟的形式也有所区别。偏于呈才夸饰的陆机，倾向于五言流调；而性格相对中庸平和的陆云，则更青睐四言正体。

永嘉南渡以后，南北文风明显出现断裂，但东晋以四言为赠答诗的主

---

① 陈祚明：《采菽堂古诗选》，上海古籍出版社2008年版，第1021页。
② 孟棨：《本事诗·高逸第三》，丁福保：《历代诗话续编》，中华书局2006年版，第14页。

要倾向,仍没有太大的改变。直到刘宋元嘉之后,五言地位才逐渐取代四言,成为"文辞之要"。北朝高允等人所作赠答诗的时间,正值刘宋元嘉时期,如果将谢灵运的四言赠答诗与宗钦的赠答诗进行比较,同时再与西晋时期陆云等人的赠答诗相对比,就能够明显看出,谢诗由典雅趋向典丽,而宗钦则守持雅正的差异。例如关于与所赠之人的交游情况的描写,这在四言赠答中属于规范性的法则,谢灵运《赠从弟弘元时为中军功曹住京诗》云:"契阔群从,缱绻游娱。历时阅岁,寒暑屡徂。接席密处,同轸修衢。孰云异对,翔集无殊。"而宗钦《赠高允诗》:"谘疑秘省,访滞京都。水镜叔度,洗吝田苏。望仪神婉,即象心虚。悟言礼乐,探赜诗书。"谢灵运等人缱绻游娱,带有士大夫悠哉闲适的情趣;宗钦与高允"悟言礼乐,探赜诗书",更多的是以切磋学问、研究坟典为主要追求,其情调显得严肃而庄重。两者的区别,各自体现出南北不同的价值取向与文化品位,北朝宗钦、高允等人明显继承了汉晋以务实、质朴为传统的精神,而谢诗则逐渐趋向悠游闲适、模山范水,带有浓郁的性情化特色。

孝文帝改革以后的北朝文学,呈现复苏迹象。[①]《周书·王褒庾信传》称此时"虽复崇尚文雅,方骋并路,多乖往辙,涉海登山,罕值良宝"。说明孝文帝时期的文学,是以"崇尚文雅"为主要倾向的,然而却"罕值良宝",究其原因,主要在于其跳过西晋,上承汉魏,乃至上溯先秦。如孝文帝《吊比干文》,就有明显模仿《楚辞·远游》和张衡的《思玄赋》的特征。[②]《吊比干文》为骚体赋,该种赋体乃是西汉创作的主流,在魏晋时期几乎消歇,但孝文帝重拾旧法,横跨魏晋,直接蹈袭秦汉。在文学传统的自我认知方面,孝文帝也是以汉魏为标准的。孝文帝曾对元勰言:"吾作诗虽不七步,亦不言远,汝可作之,比至吾间令就也。勰时去帝十步,且行且作,未至帝所而就。"[③] 七步成诗是曹植与曹丕之间的典故,孝文帝以追模丕、植为戏仿,可从侧面看出其对建安宫廷文学的钦慕心态。《北史·文苑传序》里称孝文帝"锐情文学,固以颉颃汉彻,跨蹑曹丕,气韵高远,艳藻独构",也是以汉武帝、曹丕为比拟对象,称颂孝

---

① 参见周建江《北朝文学史》对北朝文学"三峰一谷一低落"的概括,这种概括虽然未必能真实反映北朝文学发展的实际情况,但仍可看出北朝文学起伏跌宕的发展趋势。周建江:《北朝文学史》,中国社会科学出版社1997年版,第5页。

② 曹道衡、沈玉成:《南北朝文学史》,人民文学出版社1991年版,第350页。

③ 《魏书》卷21下《彭城王勰传》,中华书局1974年版,第572页。

文帝在开拓文学创作风气上的贡献。此时的北朝文学，并没有延续西晋文学传统继续发展的趋势，也没有继承太康文风"巧构形似之言"的弊病，反而呈现出有意追模汉魏古朴风貌的倾向。

孝文帝改革正值南朝齐永明时期，在永明文学风尚涌入北朝时，北朝文学虽然广泛学习南朝对于诗歌格律方面的优秀成果，但仍能坚持自身的文学特征，亦即坚守汉魏文学传统。在北魏文人阳固的作品里，仍能明显看出汉魏传统的影子。阳固诗仅两首《刺谗诗》《疾幸诗》，通篇皆以四言为主，形式上仍不脱西晋四言体的雅正。内容上则以政治讽喻诗为主，既继承屈原《离骚》中抨击群小、申明己志的言志传统，也有汉代赋作中普遍的刺世疾邪思想的影子，与元顺《蝇赋》同属一类。

从整体上看北朝文学的发展轨迹，经历了一个继承西晋传统—师法汉魏古风—模拟南朝文学—提出自身文学主张的过程。以孝文帝改革为界限，其早期文学是从继承到师古的进程，这种文学思想的产生，主要与政治意图相关。而继承西晋传统，是文学发展的自然轨迹，严格上说，东晋南朝文学与十六国北朝文学，都是西晋文学自然发展的结果。但由于客观条件的不同，东晋南朝得以延续西晋文学的传统继续发展，而十六国北朝文学在士族社会的平衡被破坏之后，很难再沿着西晋开辟的士族文学轨迹健康发展，因此其发展过程中出现了停滞甚至倒退。但在孝文帝改革时期，出于标榜延续汉魏文学正统的目的，遂使其跳过西晋文学，直接师法汉魏古风，则又成为此时文学发展的主流。

由于交流的扩大，南朝文学的优秀特质日渐进入北朝文人的视野，北朝文人一方面在进行大量模拟南朝文学的行为；另一方面努力对其进行修正或排斥，这种本能上的排斥，是出于其汉魏文学正统继承者的身份认同感。当北朝文人自认为在技术上能够师法任沈、凌铄颜谢后，突破南朝文学的局限性，便成为其主要的追求目标。

二 北朝文学对汉魏风骨的继承

到了北朝中后期，即东魏、北齐时期，汉魏风骨的复归成为此时摆脱南朝文学束缚，突破自身文学局限的重要手段，曹道衡先生认为北朝后期文学超过南朝文学，[①] 可以看作是汉魏风骨的复归所带来的必然结果。

---

① 曹道衡：《南朝文学与北朝文学研究》，江苏古籍出版社1999年版，第263—269页。

在讨论北朝文学对风骨的继承前,有必要对"风骨"的概念以及演化做一描述。自刘勰总结"风骨"特征以来,到初唐陈子昂高蹈汉魏风骨为止,"风骨"作为一个文学理论上的概念,被用来评判中古文学作品的情况越来越多。从文学发生的角度看,风骨的产生需要一定的土壤,风骨的形成虽然离不开文人自身的努力探索,但更重要的是形成风骨的外部条件需要具备,而从某种意义上说,后者要重于前者。如《文心雕龙·时序》总结建安风骨的形成是在"世积乱离,风衰俗怨"的社会条件下,才呈现出"志深而笔长,故梗概而多气"这一突出特点的。社会环境、文化背景、政治环境等各个方面的共同作用,方构成风骨形成的基本前提。因为,如果完全依靠部分文人自身气质方面的突出表现,并不能带动整个时代文风趋向风骨凛然。如南朝"才秀人微"的鲍照,就是依靠个人气质,塑造出有别于南朝整体文风的俊逸特征,但却不能以其个人扭转整个时代风气。所以刘熙载《艺概·诗概》中称:"明远长句,慷慨任气,磊落使才,在当时不可无一,不能有二。"所谓"不能有二",正是因为鲍照靠的完全是个人的因素,而并非乘时代之风气使然。同样,初唐时期,陈子昂虽然提出用汉魏风骨来改革齐梁余弊,但在当时还没有形成风骨的客观条件,因此陈子昂的风骨只是理论上的高蹈,在创作上仍是缺乏健全性情和气骨,这在读四杰以及陈子昂等初唐诗人的诗歌时即可感知。①

北朝的客观环境,与汉末建安时期虽有极大不同,但在"世积乱离,风衰俗怨"方面,有过之而无不及。战乱频繁使得北朝自然形成尚武精神,从十六国时期起,尚武与刚健就成为北朝文学表达的主要内容。刘琨《重赠卢谌》中"何意百炼钢,化为绕指柔"的诗句,就宣示了留在北方的士人,必然要承受离乱和战火带来的洗礼。保留在"梁鼓角横吹曲"中的十六国时期的乐府诗歌,多以战争为中心,不同程度地表现了厌战以及战争残酷性的特点,此与曹操"千里无鸡鸣,白骨露于野"的实录精神是一脉相承的。

少数民族的尚武精神与豪迈气概是产生风骨的土壤,这些内容刚健,骨气飞扬的诗歌多数存留在北朝乐府民歌中,在文人诗歌中却不多见。北朝后期,只有温子升《捣衣诗》("长安城中秋夜长,佳人锦石捣硫

---

① 详见余恕诚《唐诗风貌》,中华书局2010年版,第39—42页。

矿。") 一首颇具风骨,被沈德潜评为"直是唐人",[1] 客观来说,该诗虽有独立风格,但骨气仍嫌柔弱,至于邢邵、魏收,则完全师法任、沈。魏收的几句诗如"临风想玄度,对酒思公荣"、"尺书征建业,折简召长安",虽亦被胡应麟评为"不事华藻,而风骨泠然"之作,[2] 但终究只有名句而乏名篇,属于偶一为之的现象。北齐文林馆中的山东文士,如郑公超、杨训、袁奭、荀仲举、马元熙等人,因为受到萧放、萧悫、颜之推等南来诗人的影响,也都表现出对南朝诗风马首是瞻的效仿,[3] 此种情况持续了北齐一朝。

而出身于行伍之间的六镇武人,反而能够在有限的诗篇中突出刚健和风骨精神。例如北齐武将高昂,其创作的几首诗歌兼具风骨与古质,如《征行诗》:"垄种千口牛,泉连百壶酒。朝朝围山猎,夜夜迎新妇。"豪放之中不乏野蛮之气;《从军与相州刺史孙腾作行路难》:"卷甲长驱不可息,六日六夜三度食。初时言作虎牢停,更被处置河桥北。回首绝望便萧条,悲来雪涕还自抑。"气势奔腾,毫无滞碍,通过亲身经历将从军之苦写得更为真实悲壮;《赠弟季式诗》:"怜君忆君停欲死,天上人间无可比。走马海边射游鹿,偏坐石上弹鸣雉。昔时方伯愿三公,今日司徒羡刺史。"皆能从自身之切实体会出发,不似南朝边塞诗的无病呻吟。但从诗歌艺术角度看,武人之诗缺乏精心的构思,显得粗粝且直露。其所作之诗,皆是情感不事藻饰的直白流露,因此质朴的一面较多,文饰的一面较少。

自庾信、王褒入北周后,北朝曾在小范围盛行南朝宫廷诗风,但这种对南朝文化倾慕的心理,并不能削弱北朝自身的刚健气质,庾信、王褒本人的诗风被北方所改造,就可说明北朝自身的气质是何等坚厚。杨慎《升庵诗话》评价庾信:"绮多伤质,艳多无骨,清易近薄,新易近尖。子山之诗,绮而有质,艳而有骨,清而不薄,新而不尖,所以为'老成'也。"此评价较能抓住庾信前后诗风变化的基本特征,几为不刊之论。庾信早期诗歌是绮艳多于质骨,薄尖高于清新的,在经过北朝气骨塑造之后,方呈老成之态,这正是北朝以风骨为工具,胜过南朝柔靡的实例。

---

[1] 沈德潜:《古诗源》,中华书局2006年版,第291页。
[2] 胡应麟:《诗薮·外编》卷2《六朝》,中华书局1979年版,第156页。
[3] 从逯钦立所辑北齐文林馆诗人作品中看,此五人诗所存甚少,每人仅一首。

经过北齐文林馆的交流，以及聘使等其他途径与南朝的广泛接触后，北朝文人一方面已经学习到了南朝文学的精髓；另一方面，也已经形成了独立的文学精神和思想，初步具备了与南朝文学相抗衡的资本和准备。北魏后期，祖莹针对当时师法南朝文学的普遍现象，"讥世人好偷窃他文，以为己用"，并提出"文章须自出机杼，成一家风骨，何能共人同生活也"的观点，[1] 就是一种宣扬文学上自主独立的姿态。在这样的前提下，以风骨做武器，试图摆脱南朝文学的束缚，又成为北朝后期文学的主要诉求。

但在艺术性与思想性两方面，都真正达到风骨高度的，其时间还要往后，在北周后期至隋朝的卢思道、薛道衡、杨素等人这里，方得以实现。

卢思道曾师法邢邵，预北齐文林馆，因作《挽歌》，被誉为"八米卢郎"，又"尝于蓟北怅然感慨，为五言诗以见意，人以为工"[2]。入周以后，曾与同辈阳休之等人作《听蝉鸣篇》，其"词意清切，为时人所重。新野庾信遍览诸同作者，而深叹美之"[3]。得到庾信的赞美，说明其时北齐文学的进步，已经达到可以比肩南朝的程度。卢思道较有代表性的是《从军行》，《从军行》为汉魏乐府古题，王粲、邯郸淳等邺下文人最先创作，从西晋陆机开始，就不断有文人进行拟作，谢惠连、颜延之、萧纲、沈约、吴均、王褒、张正见等人皆有《从军行》，但形式上都以五言为主。但到了卢思道这里，则一改五言为七言，在吸收王褒《燕歌行》"妙尽塞北苦寒之言"的形式和气氛的同时，又摒弃了其诗多繁辞累句的特点。卢思道的《从军行》无论从形式还是内容上看，都已是臻于成熟的边塞诗风。在七言流丽的形式中，将征战之肃杀与闺怨之情思进行完美的融合，已经十分接近唐人风貌，从高适《燕歌行》中，还可看到卢思道在《从军行》中所展现的悲凉意境和浑然气势。

薛道衡是与卢思道齐名的山东文人，历经北齐、北周、隋，因其有辩才，在北齐时就曾负责"接对周、陈二使"，入隋后，仍"兼散骑常侍，聘陈使主"，其出入于南北文化条件之便捷，使其文章既有南朝风貌，又能承续北朝风格。薛道衡在当时文采斐然，在北齐时期曾得到杨遵彦、陇

---

[1] 《魏书》卷82《祖莹传》，中华书局1974年版，第1800页。
[2] 《隋书》卷57《卢思道传》，中华书局1973年版，第1397—1398页。
[3] 同上书，第1398页。

西辛术、河东裴谳等人的赏识，入隋后又与杨素友善，其"声名籍甚，无竞一时""每有所作，南人无不吟诵焉"。① 其诗歌更多的是以华丽绮艳为追求，但已能自觉以北朝风骨稀释南朝文风的柔靡，如《昔昔盐》通篇以细腻、华丽的辞藻表现思妇独守空闺的哀情，但用"前年过代北，今岁往辽西。一去无消息，那能惜马蹄"几句作结尾，有北朝民歌质朴无华、古拙直露的遗韵。其《出塞》《昭君辞》《豫章行》等诗，虽不脱边塞加闺怨的形式，但都能以奇妙构思以及清壮的词语超拔于南朝边塞诗之上。

北朝后期能够很好再现风骨精神的诗人，首推杨素，杨素所作边塞诗与南朝最大的不同在于杨素曾亲历过边塞战场。南征北讨的经历塑造了杨素"流血盈前，言笑自若"的豪迈勇武精神，② 也丰富了其"才气风调"的文学能力。③ 其《出塞》二首正是在开皇十八年出塞讨突厥时所作，④ 薛道衡、虞世基两人皆有赓和，其诗如下：

漠南胡未空，汉将复临戎。飞狐出塞北，碣石指辽东。冠军临瀚海，长平翼大风。云横虎落阵，气抱龙城虹。横行万里外，胡运百年穷。兵寝星芒落，战解月轮空。严鐎息夜斗，骍角罢鸣弓。北风嘶朔马，胡霜切塞鸿。休明大道暨，幽荒日用同。方就长安邸，来谒建章宫。

南朝边塞乐府或多以典故垒砌为能事，或多以想象弥补阅历之浅露，因此边塞诗中常常充斥悲怨之气，且难以摆脱南朝宫廷诗风的脂粉气息。而杨素《边塞》二首，则纯以将军之身份，抒发出征前的慷慨和自信，词义清壮直切，一派积极向上的阳刚气氛，此种精神气调完全不是南朝边塞堆砌典故、雕饰辞藻所能够营造出来的。因此，王士禛认为杨素诗风"沈雄华赡，风骨甚遒，已辟唐人陈、杜、沈、宋之轨，非余子所及也"⑤。可以说，深刻地道出了杨素诗中蕴含的沉雄气调和风清骨峻，已超越了同

---

① 《隋书》卷57《薛道衡传》，中华书局1973年版，第1406页。
② 《隋书》卷48《杨素传》，中华书局1973年版，第1286页。
③ 同上书，第1285页。
④ 曹道衡、沈玉成：《中古文学史料丛考》，中华书局2003年版，第784页。
⑤ 王士禛：《古诗选·五言诗凡例》，四部备要本，中华书局1920年影印，第3页。

时代人的特点。薛道衡、虞世基两人的应和之作，在杨素的带动下，也表现出了相应的刚健和气骨。如薛道衡《出塞二首和杨素》："寒夜哀笛曲，霜天断雁声。连旗下鹿塞，叠鼓向龙庭。"以哀笛、断雁、连旗、叠鼓等意象营构边塞肃杀之气；虞世基《出塞二首和杨素》："瀚海波澜静，王庭氛雾晞。鼓鼙严朔气，原野暄寒晖。"动静对比之下，突出战争之紧张氛围，与盛唐边塞诗已几无差别。

与文林馆文人一样，杨素也不自觉地对南方文学传统有所接受和学习，但他能以自身的慷慨之气冲淡南方文学流弊的影响，例如《赠薛播州》十四首诗，被视为"未尝不排，而不觉排偶之迹，骨高也"，① 这正是北朝诗歌能够很好地融合南北之两长的代表，既可以成熟地运用对仗形式，又可以用骨气之高迈化解对仗的繁冗，距唐诗既讲格律又富风神的诗美特征已经越来越近。

刘勰所提倡的风骨集中在"结言端直"与"意气骏爽"的两个层面上，像杨素、卢思道、薛道衡这样的北朝后期文人，大多能依托北方自身的刚健气质为根基，在文意上"意气骏爽"，在吸收南朝文学的过程中，又能够自觉地以"成一家风骨"为追求，在文采上"结言端直"，这对于涤荡南朝文人带来的弊端是绝佳的良药。

三　北朝重"气质"与汉魏文学传统

按照魏征等初唐史臣的概括，北朝文学的主要精神为"气质"。这一特征多被后世用来区分北朝文学与南朝文学之不同，然而这一特征所形成和演变的过程如何？其在何种程度上能够概括北朝文学的基本特质？这需要我们对"气质"进行必要的界定。

何谓"气质"？"气"和"质"在先秦时期本为分离之概念，故而两者宜分别讨论。气本是道家所说的宇宙之源，乃是推动万物形成的根本动力。经过秦汉以来对自然之气的发掘，以及天人关系的不断探索，气的影响范围和作用对象，得到极大的扩充和提升。概言之，先秦以来之气，多为自然之气，但已逐渐渗透入人事的认知范围。随着汉末魏晋以来人物品评理论的发展，气也被赋予清浊的内涵，清气上扬，浊气下沉，体现在人之性格上，则是清气盛者多竞躁敏锐，浊气盛者多沉雄稳健，刘勰《文

---

① 沈德潜：《古诗源》，中华书局 2006 年版，第 309 页。

心雕龙·养气》篇言:"凡童少鉴浅而志盛,长艾识坚而气衰,志盛者思锐以胜劳,气衰者虑密以伤神。"此为气之清浊在个人性格中的差异。

而将其引入文学理论范畴始自曹丕《典论·论文》:"文以气为主,气之清浊有体,不可力强而致。"曹丕所言之气,秉承于先天之性,与个体特性关系密切,因此,气"虽在父兄,不能以移子弟",点明气之独特性与个体性。此种个体性特征的诱发原因,有外部的地域因素,也有内在的个人气质因素。如对"徐干时有齐气""孔融体气高妙"的概括,徐干是以地域性因素诱发的"齐气",孔融是个人气质诱发的"体气"。

继曹丕之后,钟嵘多以气论诗,如称曹植"骨气奇高,词采华茂";刘桢"仗气爱奇";陆机"气少于公干,文劣于仲宣";刘琨"善为凄戾之词,自有清拔之气""刘越石仗清刚之气";张华"儿女情多,风云气少。"① 与曹丕的区别在于,钟嵘理解之气在内涵与范围上更为广阔,且与文学之关系更为密切。

"质"在先秦有"质地"之义,如《尔雅·释鸟》称鹠雉:"江淮而南,青质",指器物之质地、底色;又有质朴之意,此多与文饰相对而言,如《韩非子·解老》:"礼为情貌者也,文为质饰者也。"文是质的修饰;《论语·雍也》:"质胜文则野,文胜质则史。"文质需要并重。由此,文质对立的认识初步形成。魏晋以降,随着文的发展不断深入,质与文对立的认识得到更突出的强化。而与此同时,对气的认识也产生了分化,一方面,延续此前自然之气的认识,一方面突出强调气中清的一面,将其放大到与质等同的地位,并进一步深化,使其成为形成风骨的基础和条件。

在钟嵘《诗品》中,气分为自然之气与文章之气,前者是产生文学的前提:"气之动物,物之感人,故摇荡性情,行诸舞咏。"② 后者的气,常与文相对而言,某种程度上等同于"质"。譬如刘桢"气过其文";陆机"气少于公干,文劣于仲宣"。如果将"文"理解成"文饰""雕琢"的话,那么"气"就是相对于"文"而言,发于天然的"质朴"之意。因此,在钟嵘这里,气和质的概念被赋予了相通的含义。而将气质定格,并引入文章评论的是沈约,其在《宋书·谢灵运传序》中称:"子建、仲

---

① 钟嵘著,曹旭集注:《诗品集注》,上海古籍出版社2011年版,第117、133、162、310、275页。

② 同上书,第1页。

宣以气质为体。"至此,"气质"合而言之以代表天然质朴、不事雕琢的风格特征就此形成。

气、质突出体现在文、笔之区别上。当时人认为,气盛者,善于为笔,即写作散体文章、应用文章。气少而才学思锐盛者,善于为抒情之文。如《文心雕龙·才略》称:"孔融气盛于为笔,祢衡思锐于为文,有偏美焉。"范文澜注曰:"文选采录孔融书表,是气盛于为笔之证。祢衡作鹦鹉赋,文无加点,辞采甚丽,是思锐于为文也。"[1] 孔融气盛,故长于笔;祢衡思锐,故精于文。气与思的区别,成为文、笔之分的重要标准。以此来看,北朝文学偏重于应用文、散文的特点,正是其多于气质,疏于才学的表现。

北朝文人多乏文集,但精于笔札,"章奏符檄,则粲然可观;体物缘情,则寂寥于世。"[2] 体物缘情是抒情诗歌的基本特征,北朝前期到太和改革时,一直以应用文为主,诗歌创作数量不多,所谓"辞罕泉源,言多胸臆,润古雕今,有所未遇"[3]。中后期以后,诗歌才渐渐多于应用文章,缘情之作才开始盛行。北朝散文、应用文偏于质朴的原因,学者多关注其地理因素以及北人南迁等历史因素的作用,也与少数民族入主中原提倡儒学相关,[4] 然而这些终究属于影响文学发展的外部因素,虽然不可忽视其对文学风格影响的作用,但北朝散文的发达与散文重于质朴的特质,实际上,更多的是与文学内部继承汉魏文学传统相关。

以儒学为世业,以立言为追求,是北朝对汉魏文化传统的延续。曹魏时期,离乱中的士人多产生作子书以立言的倾向,如徐干著《中论》、曹丕著《典论》,子书的内容多与经国之术相关,他们认为文章为"经国之大业,不朽之盛事"。这里的文章并非南朝时所强调的"有韵之为文"的文学作品,而是在史传文学传统基础上,融合经学大义的散文。北朝三书中,《洛阳伽蓝记》叙事之"秾丽秀逸,烦而不厌";《水经注》语言之简练精警;《颜氏家训》思想之典正严谨,在骈文冲击北朝的时候,仍能坚持以无韵之笔的散文来言情传志,显然是对汉魏传统继承的表现。

---

[1] 范文澜:《文心雕龙注》,人民文学出版社1958年版,第707页。
[2] 《周书》卷41《王褒庾信传论》,中华书局1971年版,第743页。
[3] 《北史》卷83《文苑传序》,中华书局1974年版,第2779页。
[4] 李蹊:《北朝散文质朴之气原因的再阐释》,《山西大学学报》2004年第9期。

对汉魏传统的另一继承方式体现在赋作方面。北朝一直有作赋的传统延续，如魏收曾言"会须作赋，始成大才士。唯以章表碑志自许，此外更同儿戏"。① 北朝的赋与散体应用文一样，早期具有质朴无华的特点，后期赋作虽受南朝影响，但仍"清新流丽而不冶艳轻险，情致自然而无淫放矫饰，芜累雕琢的毛病亦较少"。② 北朝赋就内容上看，仍延续西汉大赋传统，以都城、宫殿、苑囿等题材较多，如高允《代都赋》《鹿苑赋》、梁祚《代都赋》、游雅《太华殿赋》、高闾《鹿苑赋》、裴景融《邺都赋》《晋都赋》、阳固《北都赋》《南都赋》、李昶《明堂赋》、魏收《皇居新殿台赋》、邢邵《新宫赋》等，这些赋作大多散佚，其内容形式当与汉代都城赋类似，此类赋作若存在，当能填补当时由平城迁都至洛阳的某些细节。另外，还有东汉以来抒情小赋的延续，如卢元明《幽居赋》、李谐《述身赋》、封肃《还园赋》、裴宣《怀田赋》、李骞《释情赋》、裴伯茂《豁情赋》、邢昕《述躬赋》、李德林《春思赋》。较有特点的是北朝多讽刺赋，如元顺《蝇赋》、卢元明《剧鼠赋》，多体现社会批判的意识。北朝赋作以"诗人之赋丽以则"为主，③ 有一定的规范和限制，与南朝极貌写物，穷力追新全然不同，从北朝赋作中"咏物赋"这一题材的缺失，即可看出其继承汉魏传统的特点，以及与南朝审美情趣的差别。实际上，这个特征也是应用文偏于实用的特点在赋中的体现和延续。

综上所述，北朝文学发展的脉络可以归纳为三条：一条是直接承续西晋以来文风，即"永嘉之遗烈"的时期；一条是上溯到汉魏时期，将汉魏时期的风骨精神带到文学之中，进而形成重乎气质的特征；一条便是对南朝文学的吸收，但在吸收的过程中，尚能保持北朝自身的文化品格和文学精神。这种固有的精神，是汉魏以来北方风骨、气质、刚健、古朴等传统，经历北朝汉族士人的努力保持，不断累积而形成的，是北朝文学区别于南朝文学的重要表征，也是魏征等人用来提出"文质彬彬"文学理想的理论来源。

---

① 《北齐书》卷37《魏收传》，中华书局1972年版，第492页。
② 程章灿：《魏晋南北朝赋史》，江苏古籍出版社2001年版，第315页。
③ 杨雄著，汪荣宝义疏：《法言义疏》，中华书局1987年版，第49页。

第三节　南朝文学对北方文化的想象

陈子昂在《与东方左史虬修竹篇序》中称："文章道弊五百年矣。汉魏风骨，晋宋莫传，然而文献有可征者。仆尝暇时观齐、梁间诗，彩丽竞繁，而兴寄都绝。"循陈子昂此论，此后历代对南朝文学特征的概括多以风骨缺失、华靡、浮荡、柔弱为主。但却较少探讨此特质形成的深层原因，并有意无意对南朝文学企图恢复风骨的做法视而不见。实则南朝文人也已经认识到自身文学中的种种弊端，并试图通过各种手段进行弥补，其中，对北方文化的吸收和接纳，便是一种重要的方式。

一　南朝重文轻武之风及风骨的削弱

永嘉南渡后，士族与皇族共同建立的东晋政权，在南方本土化过程中，随着政治地位的日渐巩固，经济基础的日渐牢靠，以及与北方对等心理的日渐认可和接受，士族阶层慢慢地淡化了政治上"克服神州"的匡复理想，日益安于现状。东晋初期王导等人"戮力王室"的决心早已被逐渐消磨，其间虽有祖逖北伐，但终究仅是少数人的热血行为。而东晋末年，刘裕对北方短暂的军事胜利，也只是为了谋求个人政治地位的资本，早期克复神州的勇气和决心早已变换味道。取而代之的，是士族渐渐以保有全族为目的，在政治生活中，以苟活代替进取，以顺应代替事功，以清谈代替勤勉。相应地，建立以门阀士族为核心的价值体系，通过严格的选官机制，控制士族文化的纯粹性与排他性，成为这一时期士族竭力保持士族身份的主要武器。这种排他性的文化氛围，注定了士族文化走向腐朽，其对文学风尚有着明显的消极引导作用，逐渐消解了建安以来的慷慨之气。

士族文化之病态，首先表现在不务实政。这种倾向在西晋一朝已有体现，渡江之后，站在总结失败立场上的王导，认为"自魏氏以来，迄于太康之际，公卿世族，豪侈相高，政教陵迟，不遵法度，群公卿士，皆厌于安息，遂使奸人乘衅，有亏至道"。[①]"厌于安息"的现象，是历代王朝在政权稳定后，整个社会风气趋向的常态，然西晋尤甚。王衍诸人"不

[①]《晋书》卷65《王导传》，中华书局1974年版，第1746页。

以事物自婴，当世化之，羞言名教"的风气，①并没有随着中原沦丧有所反思，而是持续在思想界蔓延。此后王澄"不亲庶事，虽寇戎急务，亦不以在怀"；②胡毋辅之"与郡人光逸昼夜酣饮，不视郡事"，并与"谢鲲、王澄、阮修、王尼、毕卓俱为放达"。③在为政态度上亦多散漫，如阮孚"不以王务婴心"；④柳世隆"在朝不干世务"；⑤沈约"用事十余年，未尝有所荐达，政之得失，唯唯而已"⑥，等等，东晋南朝之权贵皆以务时政为耻，秉持"平流进取，坐至公卿"的消极为政态度。相反，勤于政务却被士族所鄙视。《晋书·孝愍帝纪》称东晋时期"谈者以虚荡为辨而贱名检，行身者以放浊为通而狭节信，进仕者以苟得为贵而鄙居正，当官者以望空为高而笑勤恪"。伴随着玄言清谈的盛行，苟得为贵、望空为高成为执政者普遍崇尚的态度，此种风气自东晋延续至南朝之末。例如宰相本应以勤政为能，但自晋、宋以来，"宰相皆文义自逸，敬容独勤庶务，为世所嗤鄙。"⑦整个梁代的政治风气，在梁武帝及太子萧统、简文帝、元帝等上层文化集团的倡导下，弥漫着禅思玄理以及宫闱闺阁之风，作为勤政者多被排斥在主流话语之外。《颜氏家训·涉务》便说南朝士大夫"居承平之世，不知有丧乱之祸；处庙堂之下，不知有战陈之急；保俸禄之资，不知有耕稼之苦；肆吏民之上，不知有劳役之勤，故难可以应世经务也"。其风气弥漫南朝二百载，延续至陈代灭亡。⑧

不参政务，不务实政的为政态度反映在文学上，在东晋刘宋时期，是玄言诗的大畅以及模山范水的山水诗的盛行，在齐、梁、陈三朝则是咏物诗盛行，以及宫体诗泛滥。东晋玄言诗，基本上是在士族范围内盛行，以兰亭雅集为代表的文人，皆系出名门。对于玄理的体察和探微，在一定程度上是有闲、有钱阶层的产物，门阀限制之深，使庶族阶层很难跻身于谈

---

① 余嘉锡：《世说新语笺疏》，中华书局 2007 年版，第 979 页。
② 《晋书》卷 43《王澄传》，中华书局 1974 年版，第 1240 页。
③ 《晋书》卷 49《胡毋辅之传》，中华书局 1974 年版，第 1380 页。
④ 《晋书》卷 49《阮籍传附阮孚》，中华书局 1974 年版，第 1364 页。
⑤ 《南齐书》卷 24《柳世隆传》，中华书局 1972 年版，第 446 页。
⑥ 《梁书》卷 13《沈约传》，中华书局 1972 年版，第 242 页。
⑦ 《梁书》卷 37《何敬容传》，中华书局 1972 年版，第 532 页。
⑧ 《陈书·后主纪》论曰："自魏正始、晋中朝以来，贵臣虽有识治者，皆以文学相处，罕关庶务，朝章大典，方参议焉，文案簿领，咸委小吏，浸以成俗，迄至于陈。后主因循，未遑改革。"

玄之列。由此，士庶之间的文学旨趣也大相径庭，且彼此之间在审美趣味上多无法认同。元嘉三大家中，颜延之、谢灵运为士族文化精英的代表；而鲍照、汤惠休则属"才秀人微"的典型。两者在文学上互相嗤鄙，钟嵘《诗品》曰："汤惠休曰：'谢诗如芙蓉出水，颜如错彩镂金。'颜终身病之。"而《南史·颜延之传》将其写为对鲍照的评价，且附上颜延之的反驳之辞："延之每薄汤惠休诗，谓人曰：'惠休制作，委巷中歌谣耳，方当误后事。'"将鲍、汤之作视为"委巷中歌谣"，有着明显的鄙夷色彩。可以说，宋齐间这两种文学观念的冲突，是精英文化与世庶文化对抗的体现。庶族出身的鲍照、汤惠休等人"委巷中歌谣"乃是贴近现实的创作，这恰恰是风骨得以延续的重要推力，士族阶层主动切断与现实的联系，即是切断了风骨的现实基础。

士族脱离政治现实的价值取向，使其将艺术眼光日益投向声色，致使诗歌在刘宋以后"性情渐隐，声色大开"，[1] 在齐、梁、陈三朝，更加趋向雕琢繁复、写物摹形，最终流于宫体诗的柔靡，以裴子野的话来说，即是"深心主卉木，远致极风云，其兴浮，其志弱"，[2] 将艺术眼光集中在花草树木之上，以抒发情志为主要形式的汉魏风骨被摹物所遮盖，遂使其兴浮、其志弱。

其次，士族自觉地远离战争，对武夫的鄙视，寒士的轻视，使其摒弃了积极的进取精神，日益养成卑顺的气格。东晋以后，士族喜文不好武之风愈加突出，王导对两个儿子的偏爱，是以好文厌武为标准的，王导子王恬"少好武，不为公门所重。导见悦辄喜，见恬便有怒色"。[3] 张欣泰其父张兴世为"宋左卫将军"，然张欣泰"不以武业自居"，崇尚清谈。刘宋名将宗悫叔父宗炳"高尚不仕"，曾问宗悫志向所在，宗悫答曰"愿乘长风破万里浪"。宗炳叹曰："汝不富贵，既破我家矣。"宗悫怀有"乘长风破万里浪"的高远志向，竟被视为家门之祸端，而且不被乡里所认可。[4] 已可见当时社会上上下下对"任气好武"的反感。

同样，许多行伍出身的将领，皆希望脱掉战袍，更换儒装，努力向士

---

[1] 沈德潜：《说诗晬语》，人民文学出版社1979年版，第203页。
[2] 裴子野：《雕虫论》，严可均：《全梁文》，商务印书馆1999年版，第576页。
[3] 《晋书》卷65《王导传》，中华书局1974年版，第1755页。
[4] 《宋书·宗悫传》："时天下无事，士人并以文义为业，炳素高节，诸子群从皆好学，而悫独任气好武，故不为乡曲所称。"

族阶层靠拢。吴兴沈氏在东晋以后从武力大宗转变为文化大族,至沈约时已经成为执文坛之牛耳者;① 刘宋将领到彦之后代到沆、到溉已经为梁代著名文人学者,任昉称"宋得其武,梁得其文";② 北府将领柳元景之侄柳世隆已经开始喜欢弹琴以及清谈,至其子柳惔、柳恽时,在梁代文坛已小有名气;南兰陵萧氏皇族成功地由武到文的身份转换,更是典型代表。

相应地,士族阶层集体表现出对武人的鄙视及不敬。如淝水之战前,作为总指挥的谢万对待将士"直以如意指四坐云:'诸君皆是劲卒'"③。把将领称为"劲卒",不够尊重,以致引起诸将领之愤恨。又如元徽年间平桂阳一事中,丘巨源见封赏不公,在《与袁粲书》中曾抱怨道:"仰观天纬,则右将而左相,俯察人序,则西武而东文,固非胥祝之伦伍,巫匠之流匹矣。"魏晋以来以"左"为上、"东"为尊,④ 丘巨源此语表示文官理应高于武官,因此,他认为当朝赏罚不公:"罚则操笔大祸而操戈无害,论以赏科,则武人超越而文人埋没",⑤ 表达了对赏赐武人的不满。

沈约在《宋书》中也多次表示对武人"无识"的鄙视。《宋书·宗越传》:"越等武人,粗强,识不及远,咸一往意气,皆无复二心。"又《宋书·袁颤传》称:"世祖又以沈庆之才用不多,言论颇相蚩毁。"武人因乏才学,多受歧视。沈约虽然本是出身于行伍世家的吴兴沈氏,但至齐梁之际,已然完成由武人至士人的身份转换,因此便毫无顾忌地嘲讽武人之无识。

武人之无识,主要体现在对士族文化的隔阂上,《南史·谢超宗传》记载了一则武人因为"无识"而闹出的笑话:

> 王母殷淑仪卒,超宗作诔奏之,帝大嗟赏,谓谢庄曰:"超宗殊有凤毛,灵运复出。"时右卫将军刘道隆在御坐,出候超宗曰:"闻君有异物,可见乎?"超宗曰:"悬磬之室,复有异物邪?"道隆武人无识,正触其父名;曰:"旦侍宴,至尊说君有凤毛。"超宗徒跣还

---

① 刘跃进:《门阀士族与永明文学》,生活·读书·新知三联书店1994年版,第325页。
② 《梁书》卷27《到洽传》,中华书局1972年版,第404页。
③ 《晋书》卷79《谢安传附谢万》,中华书局1974年版,第2087页。
④ 阎步克:《西魏北周官制的尚左尚右问题》,《北大史学》,北京大学出版社1998年版,第204页。
⑤ 《南齐书》卷52《文学传·丘巨源》,中华书局1972年版,第895页。

内。道隆谓检觅毛,至暗,待不得,乃去。

家讳问题在南北朝时期极受士族重视。《世说新语》《颜氏家训》等书中,多次提到由避讳所引发的误会。能否做到"人家问讳,上堂问礼",是关乎到其人学识深浅,乃至家门家风严谨与否的重要标准。谢超宗父讳凤,刘道隆正触其父名,说明武人对避讳礼仪不甚了了,谢超宗徒跣还内的行为委婉地表示出对其不满和鄙薄,刘道隆尚不能领悟,以此成为文化士族的笑柄。士族通过文化、礼仪、门第,与武人划清界限,不仅不喜欢与其交往,更不喜欢与之联姻。

自梁大同以后,鄙薄武人,不重习武之风益甚,《梁书·侯景传》:"大同末,人士竞谈玄理,不习武事。"致使侯景之乱勃发时,士族百官文不能重振朝纲,武不能拒敌千里,乱起之时,转死于沟壑之际,南朝转衰的根源实本于此。侯景之乱中,庾信失守朱雀航一事,正可揭露文人不习武事所造成骨气丧失。

庾信本有论战经验,曾"与湘东王论中流水战事。……深为梁主所赏"①。他在《哀江南赋》中也说自己"论兵于江汉之君",可见这件事在庾信生平中颇具光彩,以致滕王宇文逌在《庾信集序》中也加以赞美。但是无论是宇文逌还是庾信本人,都讳谈朱雀失守一事,可知江汉论兵实乃只限于纸上谈论而已。长于深宫豪门的贵胄公子,根本无法想象战争的残酷和惨烈。庾信在守朱雀航时,见侯景的北方铁骑"皆著铁面",②森森然令人恐惧,竟弃军而逃。司马光更以讽刺的笔法书写此事:"信方食甘蔗,有飞箭中门柱,信手甘蔗,应弦而落,遂弃军走。"③而所派援军王质,未及列阵,便放弃了抵抗。这主要因为"梁兴四十七年,境内无事,公卿在位及闾里士大夫罕见兵甲,贼至猝迫,公私骇震"④。士大夫在重文轻武的习气下,不仅不通武事,连面对战争的胆识和气魄也丝毫没有。

在这样的文化氛围中,南朝武人在文坛几乎没有发表声音的机会。且

---

① 倪璠:《庾子山集注》,中华书局1980年版,第57页。
② 据《南史·贼臣传·侯景》载:"建康令庾信率兵千余人屯航北,及景至彻航,始除一舶,见贼军皆著铁面,遂弃军走。"
③ 《资治通鉴》卷161《梁纪十七》,中华书局1956年版,第4986页。
④ 《南史》卷63《羊侃传》,中华书局1956年版,第1545页。

南朝武人又多数不通诗书,如北府将领到彦之、蒯恩、沈攸之、佼长生等人虽立下赫赫战功,但皆目不识丁,常受到文人鄙视。纵观南朝武人的诗歌创作,可以考知的,似乎仅有沈庆之和曹景宗两首。沈庆之虽然"手不知书,眼不识字",① 但还可以在宴会上口授别人为之代书,写成诗作:"微命值多幸,得逢时运昌。朽老筋力尽,徒步还南岗。辞荣此圣世,何愧张子房。"然而此作虽使"上甚悦,众坐称其辞意之美",② 但毕竟只是灵光一闪之作。梁曹景宗诗一首,也是宴会所作,不同的是曹景宗不是被"逼令作诗",而是在经过反复主动要求后才获得了作诗的机会,其诗曰:"去时儿女悲,归来胡笳竞。借问行路人,何如霍去病。"该诗质朴直白,其结尾处与沈庆之"何愧张子房"同样以名将自喻,虽有称颂帝王的意味,但背后却表达了武人在文化上长期受到排抑的愤懑之情。

北朝社会环境之动乱,政权内部汉人境遇之窘困,远过于建安时期,而南朝社会环境远较建安时期安宁,政权内部较为和谐,文化发展较少阻碍。在两种极端状态下,整个文化趋向于文武殊途。重武固然容易使文学过于质实,乃至出现乡野之气,然而以孔子所论,尚且表彰"绘事后素",更不论北朝已有对汉魏风骨传统的继承在前。在此前提下,北朝文学的发展理路,是为补益之过程。而过于重文,没有限制,便容易泛滥无归,加之南朝对汉魏风骨的主动扬弃,使得文学的发展从外部环境到内部机制,都呈现出病态的趋势。

二 南朝对刚健文风的追念

江左具有优越的自然环境,在经历孙吴的开发后,尤其是三吴地区,在经济、人文等方面都有长足发展,南朝四朝皆立足于此地与北朝抗衡。京都建康所在的石头城,地势险要,虽然有过孙吴覆灭的前车之鉴,但只要据守上游"天下之腰股"的荆州,便可无忧,在东晋桓温以后,基本已经解除了荆州对下游的威胁。同时在舆论上,金陵一带的"虎踞龙盘"也是政权安稳的心理因素。综观历来南北对抗,无论是前秦苻坚兵败淝水,还是北魏太武帝亲征彭城,又或孝文帝临江赋诗,都很难撼动南朝政权之根基。优渥安然的地理环境,天然屏障的军事条件,使得南朝人不自

---

① 《宋书》卷77《沈庆之传》,中华书局1974年版,第2003页。
② 同上。

觉地降低了忧患意识。从谢朓称建康为"江南佳丽地,金陵帝王州"可见,当时士人不仅对光复中原之事不再热心,更接受了江南为帝王之宅的说法。

江南优美的风景影响了士大夫审美心理的转变,会稽山之"崇山峻岭,茂林修竹。""千岩竞秀,万壑争流,草木蒙笼其上,若云兴霞蔚。""山川自相映发,使人应接不暇"。① 有异于北方的景色,使渡江士人眼界大开。由此,激发了其体物、缘情的审美心理,将西晋时期注重内心的思辨,引向了注重外物的感发,在此基础上逐步发展了山水诗、咏物诗,乃至宫体诗的勃兴。

从山水诗到咏物诗,再到宫体诗的发展过程,是诗歌意境逐渐趋于狭隘的过程。同样都有"体物"的特点,山水诗最初所遵循的赋法原则及其"体物而浏亮"的艺术风格被逐渐淡化,取而代之的是咏物的形神毕肖。从诗歌意象的角度看,南朝咏物诗越写题材越小,由山水入花草、由花草入器物、由器物入人体,体物越来越细致入微,意象越来越幽浮。从谢灵运、谢朓开始已经有此倾向,经沈约踵事其华,到萧纲、陈叔宝等人,开始变本加厉,在诗歌形式进步的同时,诗歌意象也愈趋狭隘。

随着咏物诗创作主体的扩大,其负面作用也随之而来。概括起来,咏物诗大致有两方面消极影响:其一,从题材角度看,咏物诗的发展表面上看是扩大了诗歌的表现空间,实际上则是题材日益细小化,眼界日趋狭小化的体现。咏物的对象包括风、雨、雷、电等自然现象,有竹、梅、菟丝、蔷薇、桐、栀子等花木,有鸟、兽、虫、鱼等动物,更有日常器物如灯、烛、琴、席、镜台、隐几等,凡所能见,皆可入诗。其二,咏物诗的出现导致诗歌关注现实、干预时政的作用日益匮乏。随着诗人日益关注身边细小琐碎之物,书写兴趣日益趋向无聊,兴寄之感逐渐减少。如汤惠休《白纻歌》、谢朓《咏蔷薇诗》、沈约《六忆诗》等作品多趋向于精细的描摹,极少展现,甚至完全摒弃了"体物写志"的功能。再加上咏物的过程,能够充分展示作者才华,因此在宴会上的奉和咏物之作渐多,其格调渐趋卑下,难以抒发真性情,开始变得轻佻靡曼。咏物题材的出现,使得诗歌中的性情之作渐隐,现实观照越来越少。如果说山水诗中的某些特征,尚有汉魏遗韵存留的话,那么咏物诗

---

① 余嘉锡:《世说新语笺疏》,中华书局2007年版,第170、172页。

及其流衍的宫体诗,则全然是独特的南朝之音,有一种柔靡、卑弱、病态的气质。其意象境界的狭小既不能与此前汉魏传统相比,更无法和北朝诗歌意象的宏阔相抗。

相比之下,北朝文学则多有宏伟壮阔的场面与景色描写,北朝早期文人诗不甚发达,极少创作边塞风格诗歌,但从祖莹《悲彭城》、李谐《江浦赋诗》等作品开始,便偶有萧寒悲壮之气的流露,此为文人在少数民族民风熏陶下所致。乐府诗方面,因受北方风气影响,则多能抒发北方劲悍的人文性格。《敕勒歌》中自然古朴的气息;《李波小妹歌》对妇女习武的钦佩;《木兰诗》替父从军的慷慨洒脱;以及《企喻歌》《折杨柳歌辞》《琅琊王歌辞》等著名乐府歌辞,虽然数量有限,但都能展现北朝尚武、刚健的精神气质。在诗歌意象上,北朝比南朝辽远、开阔,在文学气质上,北朝比南朝刚健、劲拔,从文学内容和意象的清新健康方面来看,北朝明显优于南朝。

在诗歌表达情感的传统上,南方主情,北方主志。"诗言志""诗缘情"的理论分野也由于南北的隔绝产生断裂,基本上,南方沿着屈原开创的言情一路发展,北方传承《毛诗序》"言志"一脉稍有开拓。如钟嵘《诗品序》主张"摇荡性情,行诸舞咏";《文心雕龙·情采》提出"情者,文之经,辞者,理之纬";王筠在为昭明太子作《哀册文》中言其"吟咏性灵,岂惟薄伎;属词婉约,缘情绮靡。字无点窜,笔不停纸;壮思泉流,清章云委"。诗歌"缘情绮靡"的功能,成为南朝文学所崇尚的主要特征,也成为评价一个人文学水平高低的标准。南朝虽然有裴子野坚持诗歌要"彰君子之志",强调重新重视"诗言志"的特点,但终究曲高和寡。

北方文人多坚持诗言志的传统诗教观,北魏高允《答宗钦诗》中还在说"诗以言志,志以表丹"。这种志多为群体意志的表现,其务实事功的文化氛围,使其诗歌言情功能得到削弱。从北朝创作实践来看,言情之作确实不多,而北朝民歌中的部分言情诗歌,则多是以南朝审美经验为标准攫取的,实际上并不能代表北朝文人的价值取向。在北朝前期的诗人这里,基本上还停留在对言志理论的运用和阐释上,对情的认知与表达远没有超出南朝文人。

南北方这种不同的文学精神、文学传统及文风差异,在彼此交流中得以凸显。如颜延之在出使北方时作《北使洛》:"故国多乔木,空城凝寒云。"意境萧瑟悲凉;刘孝仪《北使还与永丰侯书》:"足践寒地,身犯朔风,暮宿客亭,晨炊谒舍,飘飘辛苦,迄届毡乡。"极言边地之苦寒;范云《渡黄河诗》:"河流迅且浊,汤汤不可陵。桧楫难为榜,松舟纔自胜。空庭偃旧木,荒畴余故塍。不睹人行迹,但见狐兔兴。寄言河上老,此水何当澄。"作为聘使的南朝文人,在看到北朝的曾经故土,或产生黍离之悲,或不堪朔方辛苦,其文风就多有改变。他们将出使时的所见所感,以诗的形式带回南朝,间接地对南朝文人产生了影响,某种程度上激发起他们对刚健气质的向往和复归。

对刚健文风的追求,既符合诗歌内在的审美需求,又符合南朝文人的情感需求。在文学风格的归类方面,有阴柔与阳刚之划分。清代桐城古文家姚鼐,对此前文学进行总结,概括出阴柔与阳刚两种美学风格,但在姚鼐看来,刚柔两者体各有宜,各有各的优点。① 然而,就南朝文学来看,阴柔之成分过多,因此,后人乃至有以"女郎"与"丈夫"之比喻,来区分南北文学的差异。胡应麟曾言:"举六代江左之音,率子夜前溪之类,了无一语丈夫风骨,乌能抗衡北人。"② 即是对此而发。总体来看,南朝文学中的阴柔气质显然胜于阳刚气质。虽然在当时许多人已经不满这种过于柔靡、过于阴柔的诗歌风气,如钟嵘《诗品序》批评当时现象:"士流景慕,务为精密。襞积细微,专相凌架。故使文多拘忌,伤其真美。"但在创作上,却仍是重视形式美的诗歌作为主流。像鲍照或吴均这样的"男儿诗"虽然也偶有出现,却多被斥为"险俗",不入主流。

从理论上说,一种文风发展到极端,往往走向末路,此时,或需从内部进行修正,或需有外界因素进行补救。而南朝在文学理论上的发展,是其内部修正的一种表现,但理论的觉醒与创作实践错位的情况,使得这一内部修正收效甚微。③

南朝文学明显存在创作实践与理论觉醒脱节的现象,萧绎在《内典碑铭集林序》中曾提出:"能使艳而不华,质而不野;博而不繁,省而不率;文而有质,约而能润;事随意转,理逐言深。所谓菁华,无以间

---

① 姚鼐:《复鲁絜非书》,周中明:《姚鼐文选》,苏州大学出版社2001年版,第173页。
② 胡应麟:《诗薮·杂编》卷3《遗逸下·三国》,中华书局1979年版,第280页。
③ 对于文论之理论自觉与创作实践之关系,可参考曹胜高《中国文学的代际》对于"反玄虚"思潮与西晋文论之关系的论述。(曹胜高:《中国文学的代际》,商务印书馆2013年版,第189页。)

也。"这种持中的文学理念,几乎可以视为唐代史臣孜孜强调的"文质彬彬"的诠释,但萧绎在实际创作中,却表现出另外一种旨趣和偏好,非但不能做到"艳而不华",甚至是艳而趋华,文而乏质。又如萧统在《答湘东王求文集〈诗苑英华〉书》中言:"夫文典则累野,丽亦伤浮,能丽而不浮,典而不野,文质彬彬,有君子之致。吾尝欲为之,但恨未逮耳。"其中所说的"恨未逮耳",充分表达了理论上虽已自觉意识到重文轻质的弊端,但在创作实践上仍难以达到的困顿,这成为齐、梁时期文论的普遍现象,正所谓"能言之者未必能行之"。刘勰、钟嵘、萧统、萧子显等南朝理论家虽然都有纠正时弊的意识和努力,但这种微弱的呼声却难以力挽文学新变的狂澜。因此,想要从根本上改变南朝创作日趋绮靡的不良走向,只有寻求外部因素进行补救。而随着南北交流的扩大,北朝刚健文风开始进入南朝文人视野。

对边塞诗与军旅诗的向往,其实也是平衡其情感的一种体现。实际上,过多地创作咏物与宫体诗,从创作心理角度来看,是颇感乏味的。作为长于深宫的贵胄公子,锦衣玉食,望若神仙,如果能够创作雄浑豪迈的边塞诗,不仅可以调节腻味的诗歌品位,亦不乏有对宫中妇人显示男子汉气概的心理因素作祟。[①] 王褒就"曾作《燕歌》,妙尽塞北寒苦之言,元帝及诸文士并和之,而竟为凄切之辞"[②]。听腻了郑卫之声的柔美,偶尔体会塞北寒苦的凄切悲凉,对于长期处于审美失调的宫体诗人来说,是治愈情感偏失的良药。

三 南朝对汉魏风骨的恢复

如上文所言,齐梁以后较突出的文学现象是,一方面诗人以创作娱人耳目的宫体诗为主力,一方面又有在间歇性地创作颇富阳刚之气的边塞诗歌。这两种看似对立的文学风格,同时出现在齐、梁、陈文坛。萧纲在《答张缵谢示集书》一文中,涉及创作的题材问题时说"至如春庭落景,转蕙承风,秋雨且晴,檐梧初下。浮云生野,明月入楼。时命亲宾,乍动严驾,车渠屡酌,鹦鹉骤倾。伊昔三边,久留四战。胡雾连天,征旗拂

[①] 曹胜高:《从汉风到唐音:中古文学演进论稿》,中国社会科学出版社2007年版,第196页。

[②] 《周书》卷41《王褒传》,中华书局1971年版,第731页。

日。时闻坞笛,遥听塞笳。或乡思凄然,或雄心愤薄。是以沈吟短翰,补缀庸音。寓目写心,因事而作"。此段话可分成两部分来看,分别阐述了两种不同的文学风格,前一种属柔美,目的是使人勾起"乡思凄然",其代表的诗歌体式以山水诗、应制诗、咏物诗、宫体诗为主。后一种属阳刚,要引发人的"雄心愤薄",在体式上以边塞诗、军旅诗、征行诗为主。这种诗歌风格的双向发展,不仅是萧纲对自己创作的总结,更体现了齐梁以来,诗人追求阴柔与阳刚之间平衡的努力,以及力图摆脱柔靡文风束缚的突破精神。如果上溯到刘宋时期,这种对柔靡的突破与阳刚的追求,大致以三种方式呈现:

第一,拟古以承续传统。南朝拟古诗创作极盛,其所拟对象或为汉魏古诗,或为乐府古辞。汉魏古诗中的古意,以及乐府诗"感于哀乐,缘事而发"的创作精神,是南朝诗人着重追摹的焦点。在南朝人眼中,汉魏五言是《诗经》温柔敦厚诗教传统的延续,因此具有多方面的典范意义,钟嵘《诗品》称《古诗十九首》为"惊心动魄,可谓一字千金",[1] 刘勰赞其为"五言之冠冕",[2] 以《古诗十九首》为代表的汉魏古诗系统,一直是文人争相追摹的典范。而乐府诗在经过曹氏父子以及陆机等西晋诗人的改进后,已广泛进入文人创作视野,遂使拟古和乐府两种形式,在元嘉诗人鲍照这里,焕发出新的光彩。

鲍照的拟古表现在两个方面,一在于对古意的追求,一在于对形式自由的追求,《拟行路难》以独特的"君不见"起句,杂以五言七言,这种以表意为主,以形式为内容服务的表达方式,使其在追求古意的同时,获得了诗歌语言铿锵有力的特点。这在当时不被崇尚典雅的主流诗坛所看好,钟嵘称其"险俗",所谓"险",指的是形式上用七言,摆脱五言诗"文辞之要"的约束;所谓俗,则指其表达内容多是高门士族所不屑表达的主题,以文化精英的角度来看,不够雅致。但恰恰是这种不同流合污的"险俗",使其在后代获得了"俊逸""峻健"的高度评价,以及大量效法模拟之作的出现。可以说,鲍照的成功正在于一方面坚持汉魏以来的古意,另一方面能够采纳新形式丰富发展古意。

齐梁以后的拟古之作,虽然没有鲍照大量创作的热情,但不少诗人在

---

[1] 钟嵘著,曹旭集注:《诗品集注》,上海古籍出版社2011年版,第91页。
[2] 范文澜注:《文心雕龙注》,中华书局1958年版,第66页。

新变的同时，也不忘在古意中寻找刚健的精神。如范云《效古诗》："寒沙四面平，飞雪千里惊。"江淹《古意报袁功曹诗》："从军山陇北，长望阴山云。"沈约《效古诗》："可怜桂树枝，单雄忆故雌。"袁淑《效古诗》："谇此倦游士，本家自辽东。"刘孝绰《古意送沈宏诗》："燕赵多佳丽，白日照红妆。荡子十年别，罗衣双带长。"吴均《古意诗二首》："杂虏寇铜鞮，征役去三齐。"这些效古诗或古意诗皆以从军、倦游、征戍、荡子、思妇为内容，有的明显以建安文人或《古诗十九首》为效法对象。试举王僧孺的《古意诗》为例：

> 青丝控燕马，紫艾饰吴刀。朝风吹锦带，落日映珠袍。陆离关右客，照耀山西豪。虽非学诡遇，终是任逢遭。人生会有死，得处如鸿毛。宁能偶鸡鹜，寂寞隐蓬蒿。

其命意显然以曹植《白马篇》为典范，但较之《白马篇》在语言上更为简洁流丽，意象也颇为繁复光鲜，有着很明显的永明诗歌特征。以上列举的这些效古、拟古诗，比之汉魏古诗，缺乏古朴质实，多了一份圆转婉约，大多将汉魏古诗中的清怨之调发挥出来，而淡化了其忧生之嗟，有着明显的富贵气，远没有古诗意象之浑融淡远。诗人只是移用了古诗的形式外衣，以及古风古调的气质，而在具体内容和情感上与古意有着明显的隔阂，这种师其形不师其意的做法，显然不能真正获得阳刚之气。

第二，资类书为想象。南朝创作困境的难以超拔，与其生活环境的狭隘相关。文学创作源于生活而高于生活，缺乏生活体验者，只能从别人文集或历代典籍中寻找创作的经验和灵感。因此，梁代以后如《文选》《诗苑英华》一类的诗文集大量出现，以提供典范诗文为创作者所模拟。同时，又编撰《华林遍略》等类书，收集历代典故，以为作诗之资用。这使许多诗歌只是简单地从书本到书本的移植，缺乏具体的内容和真切的情感体验，与汉魏建安风骨对生活的高度概括和再现无法比拟。

曹操的"北风声正悲"是具有实实在在的切身体会，建安七子也都抱着建功立业的决心和热情，参与曹魏政权对四方的征讨，并发自内心地竭情讴歌。因此，建安诗人以丰富的人生经历为基础的书写，以及对"世积乱离"的忧生之嗟，并不能在南朝文人这里得到真正的再现。如上文所说，刘宋以后，一方面社会重文轻武现象已极为严重，另一方面文人通过投笔从戎建功立业的信念和机会明显少于建安时期,因此,对战争的描摹只能通过对历史记载的重新描绘,加以想象的弥补,在辞藻上踵事增华。

从魏文帝曹丕时期编撰《皇览》开始,就不断有类书的出现,其中尤以齐梁为最,南齐竟陵王萧子良在鸡笼山邸,曾集合众人编撰《四部要略》。刘孝标亦曾"撰《类苑》,书未及毕而已行于世"。因为此书影响十分大,梁武帝"即命诸学士撰《华林遍略》以高之"。①另外,简文帝萧纲做太子时召集诸人编撰的《长春义记》《法宝联璧》也是当时著名的类书。从文学角度讲,类书的编撰是为了使"为之者劳,观之者逸",它的出现使作诗对于才学的要求降低了,因此当刘孝标《类苑》等类书出现之后,一方面受到时人的大力追捧,一方面也遭到后世的强烈批评。《隋书·经籍志·子部类》载类书之特点为:"材少而多学,言非而博,是以杂错漫羡,而无所指归。"《四库提要·类书类序》亦言其弊端:"此体一兴,而操觚者易于检寻,注书者利于剽窃,转辗稗贩,实学颇荒。"类书的出现,使士人多不读书,作诗时仅从中检寻现成的事料、典故便可连缀成篇,注书者多从中剽窃,类似于当今的电脑检索功能。

针对这一问题,当时就有学者提出批评,北齐颜之推在《颜氏家训·文章》中言及:"文章地理,必须惬当。梁简文《雁门太守行》乃云:'鹅军攻日逐,燕骑荡康居,大宛归善马,小月送降书。'萧子晖《陇头水》云:'天寒陇水急,散漫俱分泻,北注徂黄龙,东流会白马。'此亦明珠之颣,美玉之瑕,宜慎之。"这条材料正可以说明南朝人写诗是从想象和典籍出发的,其中地理名词只是一种文章事料,可以随意置换,而这些意象的堆积很明显是从书本上借用来的。②

此后,王夫之在《古诗评选》中,也大肆批挞梁代以来文人用类书作诗的做法,他认为:"梁陈以来,所尚者使事。而拙者不能多读书,虽

---

① 《南史》卷49《刘怀珍传附刘孝标》,中华书局1975年版,第1219页。
② 有学者认为,边塞诗的形成,归结于南朝诗人对中原的留恋和恢复北地的愿望,见王文进《南朝边塞诗新论》(台北:里仁书局2000年版)。又如田晓菲认为:"对于南朝诗人来说,写作边塞诗的乐趣在于对北地苦寒富有想象力的铺张描写,对他们只在史籍中读到过的边远地名进行一一列举,这是典型地对'文化他者'的建构,而这种对于文化他者的建构反过来是加强自我文化身份的手段。"可备一说。(田晓菲:《烽火与流星:萧梁王朝的文学与文化》,中华书局2010年版,第245—246页。)

读亦复不解。迨其愈下，则有纂集类书，以供填入之恶习。故序古则乱汉为秦，移张作李；纪地则燕与秦连，闽与粤混。求如此作，以'远入隗嚣营，傍侵酒泉路'记陇头水者，鲜矣！尝谓天下书皆有益而无损，下至酒坊帐册，亦可因之以识人姓字。其能令人趋入于不通者，惟类书耳。《事文类聚》、《白孔六贴》、《天中记》、《潜确类书》、《世说新语》、《月令》、《广义》一流恶书，案头不幸而有此，真如疟鬼缠人，且如传尸劳瘵，非铁铸汉，其不死者千无一二也。悲夫！"① 王夫之称类书"令人趋入于不通"，将之归为"恶书"之流，甚至连"酒坊帐册"的价值都不如，这样说显然有点夸大类书的弊端。实际上，类书虽然有种种缺陷，但在南朝时期的确对文人的创作，乃至文学的进步都产生过积极的影响。②

　　类书的这种检索功能，使得没有真正到过北方边塞的文人，能够轻易创作边塞诗，这一方面局限了诗人真情实感的抒写，但另一方面却为沉迷于咏物与宫体难以自拔的诗人提供了新颖的写作题材。在抒写范围日渐狭隘的走势中，无疑看见一丝新颖的曙光，一些诗人也积极地对此进行尝试，吴均便是其中之一。

　　吴均大量创作具有边塞风格的诗歌，大有远超鲍照之势。他出身寒微，在与"平流进取"的士族争取政治地位时，不得不通过军功等手段进行抗争。吴均虽然曾到过寿阳八公山一带的战场，但其创作实际上更多是想象与夸饰之辞。《谈薮》中记载一则吴均与沈约、梁武帝讨论诗歌的故事："梁奉朝请吴均有才气。常为《剑骑诗》云：'何当见天子，画地取关西。'高祖谓曰：'天子今在，关西安在焉。'均默然无答。均又为诗曰：'秋风泷白水，雁足印黄沙。'沈约谓之曰：'印黄沙语太险。'均曰：'亦见公诗云：山樱发欲然。'约曰：'我始欲然，卿已印讫。'"③ 其中所提到的《剑骑诗》，今题为《古意诗二首》之一，其诗曰："杂虏寇铜鞮，征役去三齐。扶山剪疏勒，傍海扫沈黎。剑光夜挥电，马汗昼成泥。何当见天子，画地取关西。"该诗虽然踌躇满志，但也突出体现了文人喜好夸大言辞的特点，诗中的典故，皆是从类书中直接搬抄过来，因此受到梁武

---

① 王夫之：《古诗评选》，上海古籍出版社2011年版，第64页。
② 闻一多先生在其《类书与诗》一文中，已就类书性质与诗歌创作关系进行探讨，可供参考。惜其仅以初唐为例，未涉南朝，而事实上唐代编修类书在目的与功能上都为南朝的延续。详见闻一多《唐诗杂论》，中华书局2009年版，第1—7页。
③ 阳玠撰，黄大宏校笺：《八代谈薮校笺》，中华书局2010年版，第247—248页。

帝以及沈约的揶揄。作为寒门的吴均，在诗歌方面尽可以信口夸饰，但其政治地位是很难通过写几首诗来改变的。实际上吴均的做法，只是急切地表达了自己希望以军功实现政治抱负的愿望，因此在诗歌中不免运用一些堂而皇之的地名以烘托气势。

除了吴均以外，其他大多数边塞诗中都有对典故移植的现象，发展至梁陈，大有泛滥之势。譬如徐陵《出自蓟北门行》："天云如阵地，汉月带胡秋。请土泥函谷，按绳缚凉州。"又其《关山月》中有"羌兵烧上郡，胡骑猎云中"。两首诗中所涉及的意象，如函谷、凉州、羌兵、胡骑、上郡、云中等，皆非南朝所有的地理称谓或军事现象，多数是汉代的历史常识。之所以被南朝文人大量运用，是由于其中所隐含的怀古情思，以及历史沧桑之感，能使边塞诗之意蕴更加浑厚，如果对边塞诗中出现的人名或地名循名责实，便失去了这一层意味。这种做法，对于唐代以后边塞诗喜欢化用汉代典故的做法产生直接影响，如王昌龄的"秦时明月汉时关"就与徐陵"汉月带胡秋"有明显的继承关系。从这一角度上看，通过类书的检索功能对典故的移植，也可以看作是南朝文人对边塞诗的一种特殊贡献。①

第三，学北歌求刚健。南朝文学向民歌学习是其一大特点，其中南方的吴歌西曲与北方的鼓角横吹曲是较为重要的两种民歌来源。文人对吴歌西曲的吸收，并没有激化诗歌中的阳刚精神，反而在宫体诗人这里被大量借鉴，使齐梁以后的文风更加柔靡。而来自北朝的民歌，多数被保留到"梁鼓角横吹曲"中，这对南朝文学刚健气质的复归起到重要作用。

所谓北歌，从广义上讲是指包括汉魏遗留在北方的鼓吹乐与横吹乐在内的所有乐府形式；从狭义上讲，是指北魏太和十九年（495）以后，建立乐府制度，经过整理并在南朝广为流传，被郭茂倩收入《乐府诗集》里的"梁鼓角横吹曲"。这两种意义上的北歌，都对南朝刚健文风的复归产生深远影响。

鼓吹曲与横吹曲皆属于军中乐，《乐府诗集》载："横吹曲，其始亦谓之鼓吹，马上奏之，盖军中之乐也。"鼓吹曲的主要乐器有鼓、箫、笳、铙等，用于"朝会、道路、亦以给赐"。永嘉之乱以后，因为雅乐沦丧，鼓吹乐一时代替雅乐的作用。宋齐以后，随着鼓吹乐被作为赏赐逐渐

---

① 对此问题，详见第四章第三节"南朝边塞诗对'陇首'意象的塑构"。

下行，鼓吹乐不仅作为正式礼仪中的雅乐使用，更在各个层面得以流传，至梁代以后，文人创作鼓吹曲辞已经成为潮流。《乐府诗集》中所保存的《鼓吹曲辞》以梁代最多，计有19人32首。这表示梁代文人已经开始自觉从汉魏以来流传的鼓吹曲辞中寻求刚健精神。

齐末梁初以来，北朝乐府民歌渐渐进入文人创作视野，并逐渐成为文人大量拟作的创作来源。北魏太和改革以后，北朝散落的民歌在南朝得以整理、流传，南方文坛开始接受北朝乐府民歌的歌辞与曲调。[①] 此时正值齐明帝建武年间，这一时期的文坛，永明体正大行其道，文人的文学趣味正日趋繁复艳丽。但随着北朝音乐与民歌的共同进入，一种富于刚健雄壮的文风进入南朝文人创作视野，文人渐渐开始了对北朝民歌的模仿。王融《阳翟新声》、吴均《雍台》、萧纲《陇西行》、江总《雨雪曲》等著名作品，都是对北朝民歌的模拟。

南朝从鼓吹和横吹中所汲取的文学精神，虽然也表现出一定程度的"雄"和"健"，但更多的还是体现在"悲"和"哀"上。悲和哀是军旅文学的主要格调，箫笳和鼓角等乐器，本身就能激起人心中的悲慨和哀感，陈后主遣宫女学习北方箫鼓，谓之《代北》，酒酣演奏，"男女唱和，其音甚哀"，[②] 这种哀美为主的格调，用儒家诗教的标准看，符合了陈代走向没落的历史现实，因此被魏征冠以"亡国之音"的恶名。

综上所述，南朝因为门阀士族垄断文化命脉，使其存在严重的重文轻武的社会风气，而这种风气又深刻地影响着文学精神的塑造，南朝文学的柔靡无力、繁复雕琢等特点都是在这种社会风气影响下形成并日趋严重的。在与北朝接触的过程中，以及文学理论、情感上的平衡需要，南朝在追求新变的同时，一直存在改变此种不良文风的心理需求。这种心理需求使其努力通过模拟汉魏古诗、编撰类书、学习北方民歌等具体形式，使文风得到了些许纠正。但积弊已久的"风骨不飞"和"负声无力"，并非一朝一夕即可改变，南朝文风欲得到超脱，尚需与北朝文学进行更多的互动与交融。

---

① 阎采平：《北朝乐府民歌的南流及其对南朝文坛的影响》，《湘潭大学学报》1989年第1期。

② 《隋书》卷13《音乐志》，中华书局1973年版，第309页。

第二章

正统之争与北魏文学之演进

汉化问题，是始终贯彻于北朝文化的重要内容之一，历来研究多强调汉化对民族融合之意义，较少关注正统观念在汉化中的作用。在太武帝统一北方后，北魏所面临的急切问题，首先便是树立正统形象。正统之树立，乃是一切汉化之基础，也是汉化之目标，其意义有二：一在于得到辖内汉族士人的支持，此为政权稳定的前提。只有取得中原世家大族的支持，获得其认可，才能进一步统御中原百姓。这一认识是北魏在经历了早期被动汉化，太武帝时期的主动汉化，到孝文帝时期的自觉汉化的转变后所获得的。二在于将正统作为武器，来折服南朝，以此获得道义上的支撑，为军事行动作舆论准备。孝文帝时期的礼制改革，多针对南朝而发，即是正统意识的集中体现。而南北间在使者、借书等问题上的对话，更直接表现南北文化交锋中追求正统意识的诉求。若以正统的眼光来看，那么，孝文帝时期对文学的大力提倡与奖掖，便有与南朝一争高下的意味在内。

第一节 北魏入洛前汉化进程与文学表现

北魏入洛前的汉化进程，经历了道武帝、明元帝时期的被动汉化，到太武帝时期的主动汉化的过程，其间，太武帝诛杀崔浩一事打断了汉化的步伐。而后崔浩时代，北魏政权的反思，以及汉族士人汲取崔浩激进的教训，选择了稳健汉化。以致后来能为孝文帝之改革，做很好的铺垫。汉化步伐与文学表现呈平行关系，汉化势头激进，则文学表现兴盛；汉化势头消歇，则文学表现亦受到削弱。本节选取北魏入洛前汉化为对象，试图揭示汉化与北魏早期文学之间的消长关系。

一 "文德与武功俱运"的提出与被动汉化

北魏明元帝永兴二年（410），尚书令史张衮在临终前上书曰：

> 方今中夏虽平，九域未一，西有不宾之羌，南有逆命之虏，岷蜀殊风，辽海异教。虽天挺明圣，拨乱乘时，而因几抚会，实须经略。介焉易失，功在人谋。伏愿恢崇睿道，克广德心，使揖让与干戈并陈，文德与武功俱运，则太平之化，康哉之美，复隆于今，不独前世。①

张衮先将北魏形势进行了分析，认为北魏在军事上仍须经略，但要兼顾文教建设，希望明元帝"恢崇睿道，克广德心"。这是北魏前期汉族士人最先提出"文德"重要意义的文章，是两朝元老张衮对初登皇位的明元帝的期许，直接针对北魏建国初期重武功而轻文教的弊端而发。

北魏建国以前"情专武略，未修文教"，②对武功的重视大于文化的建设。尚武轻文是北方少数民族的基本特征，这一特征在拓跋氏身上尤其明显，"北人每言北人何用知书"③"鲜卑车马客"④都是对这一特征的诠释，"车马客"与"不知书"的身份，必然减弱中原衣冠世族的认同感。北魏入代后，中原士人多不愿入仕，故此北魏统治者常采取逼迫手段。如在昭成帝征见燕凤时，"凤不应聘"，乃至昭成帝以屠城相逼："燕凤不来，吾将屠汝"，代人被迫将燕凤送与昭成。又如崔玄伯在拓跋珪征慕容宝时"弃郡，东走海滨。太祖素闻其名，遣骑追求，执送于军门，引见与语，悦之，以为黄门侍郎"，⑤所谓"执送于军门"，即将其捆绑而至。直到太武帝拓跋焘时期，地方选取官员仍然采取逼遣的方式。延和元年（432）十二月太武帝诏书中曰："诸召人皆当以礼申谕，任其进退，何逼遣之有也！此刺史、守宰宣扬失旨，岂复光益，乃所以彰朕不德。"⑥ 在

---

① 《魏书》卷24《张衮传》，中华书局1974年版，第614页。
② 《魏书》卷108《礼志三》，中华书局1974年版，第2780页。
③ 《魏书》卷21《广陵王羽传》，中华书局1974年版，第550页。
④ 《北齐书》卷24《杜弼传》，中华书局1972年版，第353页。
⑤ 《魏书》卷24《崔玄伯传》，中华书局1974年版，第620页。
⑥ 同上书，第81页。

此,太武帝明令禁止逼遣行为,试图以推举改变逼遣贤良入仕之弊。

早期北魏所统治的河北地区,聚守坞堡的世族多不承认其正统地位,时有反抗事件出现。天兴元年(398),博陵、渤海、章武等地"群盗并起",是当地固守在坞壁的世家大族的联合反抗。此次叛乱虽被常山王遵以武力平定,但坞壁自成一统的形式已给北魏统一带来极大困扰。又明元帝神瑞二年(415),秋谷不登,代北饥荒,太史令王亮、苏垣等人劝明元帝迁都邺城,崔浩则建议分民就食山东,不可迁都,其理由是"东州之人,常谓国家居广漠之地,民畜无算,号称牛毛之众。今留守旧都,分家南徙,恐不满诸州之地。参居郡县,处榛林之间,不便水土,疾疫死伤,情见事露,则百姓意沮。四方闻之,有轻侮之意"。①这说明在北魏早期,对山东地区的统治力量尚不够牢固,如果看到代北军民疾疫死伤者甚重,必然引起局部变乱。因此崔浩认为应该先"居北方,假令山东有变,轻骑南出,耀威桑梓之中,谁知多少?百姓见之,望尘震服。此是国家威制诸夏之长策也"②。显其强势、偃其弱势,在气势上震慑住中原民众。这也说明山东地区时常有变,以世家大族为核心的河北、山东汉人多有轻视鲜卑之举。故北魏早期政权建设中重要的内容,就是团结汉族士人阶层,征召有名望的士族加入,以取得较广泛的统治基础。

带着这一目的,拓跋氏初步开始了对汉族士人的征用,"昭成、太祖之世,南收燕赵,纲罗俊乂",③以原燕、赵、凉州等地为主。最早被记录的汉人是代人燕凤、许谦,两人皆有文才,博综经史,昭成帝期间使他们为献明帝讲经传,使北魏上层初步接触了汉文化。但道武帝仍本着为武功服务的原则对士人进行叙用,如使燕凤"苻坚遣使牛恬朝贡,令凤报之"。④使许谦充当说客,退敌却兵,"慕容宝来寇也,太祖使谦告难于姚兴",太祖称:"今事急矣,非卿岂能复致姚师,卿其行也。"⑤实为恳求之语气,可知当时人才匮乏的程度。这种"常参大谋,决策帷幄"的行为,使得汉族士人的能力和价值得到认可,是北魏继续扩大与汉族士人合作的前提。

---

① 《魏书》卷35《崔浩传》,中华书局1974年版,第808页。
② 同上。
③ 《魏书》卷85《文苑传序》,中华书局1974年版,1869页。
④ 《魏书》卷24《燕凤传》,中华书局1974年版,第609页。
⑤ 《魏书》卷24《许谦传》,中华书局1974年版,第611页。

随着拓跋氏势力南下，立稳平城后，对汉族文化以及汉族士人的需求量增大。道武帝时期，初步扩大了政权中的汉人规模，除继续重用燕凤、许谦之外，对张衮、崔玄伯、邓渊、王宪、屈遵、张蒲、公孙表、李先、张恂等人，皆"留心慰纳"，这些士人成为北魏早期制度的草创者。如以崔玄伯议定国号，"命有司制官爵，撰朝仪，协音乐，定律令，申科禁，玄伯总而裁之，以为永式"；张衮与崔玄伯"对总机要，草创制度"；邓渊"明解制度，多识旧事，与尚书崔玄伯参定朝仪、律令、音乐"。① 汉族士人不仅在制度上进行了汉化，而且使拓跋统治者初步认识到了文德建设的重要性。道武帝与李先的对话，最能反映其对文化重要性的认识，道武帝曾问李先：

> "天下何书最善，可以益人神智？"先对曰："唯有经书。三皇五帝治化之典，可以补王者神智。"又问曰："天下书籍，凡有几何？朕欲集之，如何可备？"对曰："伏羲创制，帝王相承，以至于今，世传国记，天文秘纬不可计数。陛下诚欲集之，严制天下诸州郡县搜索备送，主之所好，集亦不难。"太祖于是班制天下，经籍稍集。②

这一认识尚很粗浅，且从"经籍稍集"来看，取得的成效也很微弱，但毕竟弥补了北魏早期文化典籍的阙如状态。文德建设如果一直按照这样的步伐进行，则可加速汉化过程，但实际情况是，这种初步的文德建设遇到了巨大的阻力。其阻力之一，来自拓跋氏对自身的文化自卑感，③ 这种自卑感使其在汉化过程中竭力保持民族独立性。如其对官制、兵制的改革上还带有鲜明的原始色彩，在车辇舆服制度上，"始制轩冕，未知古式，多违旧章"。④ 这种由民族自尊心引发的自卑感，一直是鲜卑族汉化顺利进

---

① 《魏书》卷24《崔玄伯　张衮　邓渊传》，中华书局1974年版，第621、620、635页。
② 《魏书》卷33《李先传》，中华书局1974年版，第789页。
③ 周一良先生在《魏晋南北朝史札记》"北朝用人兼容并包"一条中，解释了北魏早期能够任用汉人的原因："对北方广大地区之统治，即使在孝文汉化之前，仅依靠代来鲜卑亦无能为力。而从文化言，对南方又不免于自卑之感，因而必须兼容并包，与南朝统治者之偏隘态度大不相同。"（周一良：《魏晋南北朝史札记》，中华书局1985年版，第353页。）拓跋氏这种对自身文化存在的"自卑感"，同样也体现在对汉化的排斥上。
④ 《隋书》卷10《礼仪志》，中华书局1973年版，第195页。

行的障碍。其阻力之二,来自拓跋贵族内部的反对,道武帝天兴年间的改制在天赐年间告于失败,内部贵族的反对是重要原因。① 这一阻力可以说贯穿整个北魏汉化过程中,以致汉化最终的失败也是因为这一矛盾没有合理解决。道武帝时期微弱的汉化成果在其晚年的昏乱中几近崩溃,杀崔逞、诛邓渊、黜张衮等行为,使得文教建设徘徊不前。

永兴二年(410),明元帝初登基,刚刚平复了宫廷内乱,政治力量羸弱,张衮在这样的背景下提出文德建设,既利于稳定局势,安抚道武帝晚年昏乱杀戮带来的恐惧;又可促进拓跋氏对中原地区文化的吸收与接受,为其军事扩展提供稳定的智力支持。张衮作为汉臣,提出这样的观点,实际上是受儒家文化教诲,谙熟朝廷建构的汉臣治国经验的总结,这一政策对北魏早期政权的稳固是十分重要的,是明元帝时期转移宫廷内乱、缓解君臣矛盾、稳定官僚体系所不得不采取的柔化策略。在这一过程中,以张衮为代表的汉族士人的文学表现,是其提出"文德"建设、实现拓跋氏政策转移的重要参照。

首先,在北魏早期外交交往中,汉族士人不仅体现了卓越的军事才能,更显示了文章的实效性。如在慕容宝入侵时,张衮"遗宝书,喻以成败。宝见书大惧,遂奔和龙"。② 以文章却敌,展现了汉族士人文武兼资的才能。其次,北魏早期诏书策命文章的撰写,皆需要汉人进行书写或润色,如邓渊"及军国文记诏策,多渊所为"。③ 道武帝时期的诏书不多,但从仅存的几篇中可以看出,其诏书文采阙如,实用性强,明显是经过文人润色而成。又如许谦《遗杨佛嵩书》《与杨佛嵩盟》等文章,语言简练,修饰不多。如《与杨佛嵩盟》:"今既盟之后,言归其好,分灾恤患,休戚是同。有违此盟,神祇斯殛。"以明白晓畅为主,在外交中显出极强的实用性。最后,在碑文的写作上,汉族士人表现突出。碑文创作是北朝文学特色,北魏早期碑文创作基本仰赖汉族士人。张衮在游宴之余,曾作碑文:"又从破贺讷,遂命群官登勿居山,游宴终日。从官及诸部大人请聚石为峰,以记功德,命衮为文。"④ 其文不存,但无非歌功颂德之声,

---

① 何德章:《北魏初年的汉化制度与天赐二年的倒退》,《中国史研究》2001年第2期。
② 《魏书》卷24《张衮传》,中华书局1974年版,第613页。
③ 《魏书》卷24《邓渊传》,中华书局1974年版,第635页。
④ 《魏书》卷24《张衮传》,中华书局1974年版,第613页。

这反映了北魏在不得不为文时，必然要用汉人进行文章来助兴，或文饰统治。北魏早期碑文从卫操《桓帝功德颂碑》至崔浩《广德殿碑颂》皆如此，而在碑颂的撰写中，充分展现了汉族士人的文才。由此可知，张衮提出文德建设，正是希望改变拓跋氏文化基础薄弱的情况。

此外，张衮对待北魏政权的态度，是其提出文德建设的重要原因。张衮曾说明自己委身北魏的原因："昔乐毅杖策于燕昭，公远委身于魏武，盖命世难可期，千载不易遇。主上天姿杰迈，逸志凌霄，必能囊括六合，混一四海。夫遭风云之会，不建腾跃之功者，非人豪也。"[1] 与燕凤、崔玄伯、崔逞、封懿、宋隐等在入仕初期不合作者不同，张衮对北魏政权积极拥护，以致称魏主"命世难可期，千载不易遇"，这可以代表一部分汉族士人的基本态度。出于对北魏政权的长远利益考虑，看到随着北魏统治范围的扩大，中原地区对政权合理性的肯定必然转向对文化的认同，如何在文化上取得中原世族的支持与认可，成为此时的重要任务，以张衮为代表的汉族士人建议拓跋氏对待中原士人应采取"揖让与干戈并存"的折中政策。从这一点可以看出，汉族士人的合作与否是顺利实现汉化的基础，张衮的文德表面上是文化建设，实际上是强调治理天下应以揖让为本，对纠正道武帝晚年过多诛杀士人的失误，以及缓和鲜汉矛盾意义重大。

"文德与武功俱运"的建议被明元帝所采纳，明元帝"隆基固本，内和外辑"，[2] 缓和了道武帝后期恐怖的政治气氛，并且劝课农桑、整顿吏治，对官民积极招抚，使国家内政趋于稳定，军事实力得到大大提升。而明元帝能够"礼爱儒生""兼资文武"，使儒生、文士得到叙用，张衮的政策在其中起到一定的作用，这一政策一直延续到太武帝时期。[3]

二 《征士颂》与太武帝时期的主动汉化

在张衮去世后，明元帝永兴五年（413）扩大了对汉族士人的任用，"诏分遣使者，巡求隽逸，其豪门强族为州闾所推者，及有文武才干，临

---

[1] 《魏书》卷24《张衮传》，中华书局1974年版，第613页。
[2] 《魏书》卷3《太宗明元帝纪》，中华书局1974年版，第64页。
[3] 太武帝时期，在追忆起张衮的建议时仍觉得受益匪浅，并对张衮"追录旧勋，遣大鸿胪即墓，策赠太保，谥曰文康公"。（《魏书》卷24《张衮传》，中华书局1974年版，第614页。）

疑能决，或有先贤世胄、德行清美、学优义博、可为人师者，各令诣京师，当随才叙用，以赞庶政。"① 史籍没有具载其征召人物，以及任用情况，但可见其标准：其一，应是"豪门强族为州闾所推者"，在北魏尚未有力控制地区行政的情况下，只能尽力拉拢各地豪族为其羽翼，以稳固统治；其二，要以家世、德行、学义为选拔标准，亦处处体现豪强之利益。在保障"豪门强族"为选拔对象的基础上，太武帝时期进一步扩大了征召的范围，《魏书·世祖本纪》载：神䴥四年（431）七月壬申"访诸有司，咸称范阳卢玄、博陵崔绰、赵郡李灵、河间邢颖、渤海高允、广平游雅、太原张伟等，皆贤隽之胄，冠冕州邦，有羽仪之用。……遂征玄等及州郡所遣，至者数百人，皆差次叙用"。这次的记载颇详，且有高允晚年《征士颂》为证，可详细考察其征召过程及特点。

首先，这次征召是在统一北方后进行的，可以看出太武帝已将目光转移到文教建设上。《征士颂序》："魏自神䴥已后，宇内平定，诛赫连积世之僭，扫穷发不羁之寇，南摧江楚，西荡凉域，殊方之外，慕义而至。于是偃兵息甲，修立文学，登延俊造，酬谘政事。"太武帝平定北方在神䴥三年（430），次年即发诏书征士，可见太武帝对文人录用之迫切心理。从《征士颂》所言"偃武櫜兵，唯文是恤"以及"偃兵息甲，修立文学"，都可看出太武帝开始表现出对文教建设的重视。

其次，其征召范围包括 16 个地区，渤海 4 人，赵郡 4 人，博陵、中山、雁门、范阳各 3 人，广宁、京兆、西河、长乐、上谷各 2 人，太原、常山、燕郡、河间、广平各 1 人。从这些地区分布看，基本上囊括了北方大部分地区，包括后来纳归版图的西河、燕郡等地。且其中多取高门子弟，至有一门三人被征者，如赵郡李灵"与族叔诜、族弟熙等俱被征"，②这一举措也可看出太武帝是以笼络北方各地的豪强世族为目的，这在一定程度上促成了北方门第的扩大化，对巩固其统治十分有利。

最后，所予官职多为文职。考察所录 35 人中，10 人为太守，8 人为从事中郎，5 人为中书郎，2 人为秘书郎，2 人为郡功曹，另有州主簿、行司隶校尉、廷尉正、州刺史、中书侍郎、太常博士、秘书监各 1 人。《征士颂》所录士人官职是其最终官职，大多数人起家皆为郎官或博士，

---

① 《魏书》卷 3《太宗明元帝纪》，中华书局 1974 年版，第 52 页。
② 《魏书》卷 36《李顺传附李灵传》，中华书局 1974 年版，第 843 页。

如游雅初"拜中书博士",后被征为秘书监;张伟"太武时,与高允等俱被辟命,授中书博士,累迁为中书侍郎,本国大中正",后乃"出为营州刺史"。① 从这一任用情况来看,汉人在入仕之初,多授予文官,一则因汉人对各项制度之谙熟,二则欲掌控武权于鲜卑人之手。

这次征召以后,原来的高门如范阳卢氏、博陵崔氏、赵郡李氏、河间邢氏、渤海高氏等在政权中的比重大大增加,崔浩"大欲齐整人伦,分明姓族"的想法大约也产生于此时。② 更重要的是,这些高门才子的聚集促成了文学的短暂繁荣。从高允《征士颂序》的描述中可以看出这一现象:"昔与之俱蒙斯举,或从容廊庙,或游集私门,上谈公务,下尽忻娱,以为千载一时,始于此矣。"这些被征召者游集于私门,处理公务之余,经常进行交往和聚会,形成了一个较高的文化交流层次,彼此之间多有赠答酬酢之作。虽然其目的并非如南朝文学集团专为文学创作而聚集,但其交往之中多有文学切磋与赠酬,从某种程度上也促成了文学整体水平的发展。

从今仅存段成根《赠李宝诗》、宗钦《赠高允诗》、高允《答宗钦诗》《答宗钦书》等作品来看,高允、张湛、宗钦、段承根、李宝等人彼此间多有诗赋往来。张湛、宗钦、段承根曾一起被崔浩推荐,彼此之间交往颇深,亦应多赠答酬酢。又从"高允重雅文学,而雅轻允才"可知,高允与游雅也有文学切磋。可以说,北魏早期士人在小范围内形成了一个以文学创作为追求的团体。从这些仅存的作品及史料来看,此时的文学交往并非频繁。这些赠答作品皆为四言体,且"声实俱茂,词义典正",缺乏文采,《北史·文苑传序》称其时作品"有永嘉之遗烈焉",当是指继承西晋赠答诗风质朴传统而言。值得注意的是,这些士人本着以文会友的心态,以表达群体情志为主,个人情感表达不多。如宗钦《赠高允诗》:"文以会友,友由知己。诗以明言,言以通理。"尚停留在理性层面;高允《答宗钦诗》:"诗以言志,志以表丹。"虽触及内心感受,但表达隐晦,不够透彻。

从其时诗作中可以看出,士人在征召以后意气风发,颇有凌云之志,在心态上对北魏文化的兴盛抱有乐观态度,这在诗文中多有体现。如段承

---

① 《北史》卷81《儒林传·张伟》,中华书局1974年版,第2710页。
② 《魏书》卷47《卢玄传》,中华书局1974年版,第1045页。

根《赠李宝诗》："于皇我后，重明袭焕。文以息繁，武以静乱"；宗钦《赠高允诗》："我皇龙兴，重离叠映。刚德外彰，柔明内镜。乾象奄气，坤厚山竞。风无殊音，俗无异径"；高允《答宗钦诗》："仁迈春阳，功隆覆载。招延隐叟，永贻大赉。"皆对北魏能够文武兼修、刚柔并施、移风易俗的政策大加赞美。又如高允《塞上公亭诗序》："负长城而面南山，皋潭带其侧，涌波灌其前，停骒策以流目，抱遗风以依然，仰德音于在昔，遂挥毫以寄言。"该文作于延和三年（434），是在被征后四年而作，其兴奋之情溢于言表。

太武帝始光三年（426）重兴儒学，"别起太学于城东，后征卢玄、高允等，而令州郡各举才学。于是人多砥尚，儒林转兴。"① 对儒学的重视是"文德与武功俱运"政策的体现，表现出主动汉化的取向与选择。这对汉族士人来说是一次鼓励。因此，高允"以为千载一时，始于此矣"，将之视为中原文化再度兴盛的时刻。但这一短暂的文学复兴仅维持了不到二十年的时间，便在崔浩被诛后被再次打断。

崔浩被诛在太平真君十一年（450）六月，前后涉案128人，"浩竟灭族，余皆身死"，若非高允力谏，则"自浩已下、僮吏已上，百二十八人皆夷五族"。② 崔浩之诛对士人心态影响尤大，乃至孝文帝时期，郭祚被李冲"荐为左丞，又兼黄门。意便满足，每以孤门往经崔氏之祸，常虑危亡，苦自陈挹，辞色恳然，发于诚至"。③ 仅此一例即可看出其负面影响之深远。在这一事件下，士人或牵连被诛，或明哲保身，远离了文学创作的轨道。如上文宗钦、段承根皆与崔浩一起被诛。而其幸存者也多不敢再做文章，如高允"不为文二十年矣"即为证，从《魏书·高允传》所言"军国书檄，多允文也"可见，高允"不为之文"当是用来表情达志的诗赋类作品，像《征士颂》这样表彰汉人功绩的质朴作品，则是其晚年在孝文帝时期文学创作氛围有所兴盛时所作。更有甚者如张湛"每赠浩诗颂，多箴规之言。浩亦钦敬其志，每常报答，极推崇之美。浩诛，湛惧，悉烧之，闭门却扫，庆吊皆绝，以寿终"④，甚至将与崔浩往来的

---

① 《魏书》卷84《儒林传》，中华书局1974年版，第1842页。
② 《魏书》卷48《高允传》，中华书局1974年版，第1071页。
③ 《魏书》卷64《郭祚传》，中华书局1974年版，第1426页。
④ 《北史》卷34《张湛传》，中华书局1974年版，第1265页。

诗作烧掉以避祸，其做法可谓极端。高允在《征士颂》中感慨："日月推移，吉凶代谢，同征之人，凋殒殆尽。在者数子，然复分张。往昔之忻，变为悲戚。"短短数语，描述了征召之前意气风发的壮志，以及崔浩事件后文人的凋零陨落，暗含汉人被黜的伤感。北魏早期文学以太平真君十一年（450）为界，由短暂的繁荣再次归于消沉。

三 后崔浩时期的自觉汉化

崔浩事件后，汉族士人没有受到致命打击，而得以继续维持在政权内，主要有以下原因。

第一，统治阶层对汉族士人的需要。太武帝诛崔浩原因主要是汉族士人在汉化过程中过于急躁，无视鲜卑族的自尊，而并非胡汉矛盾无法调和的结果。对汉化的排斥与汉化的必然，使得北魏皇帝常处于两难之地。但在某些情况下，太武帝仍然不得不重用汉人，以及汉族制度文化。例如范阳卢度世乃卢玄之子，因与崔浩通亲，逃命江表，"世祖诏东宫赦度世宗族逃亡及籍没者，度世乃出。赴京，拜中书侍郎，袭爵"，[①] 对范阳卢氏等高门多不加追究，一则为稳固统治需要，一则惧怕人才流失。可以说，对人才的需要是太武帝不愿继续扩大打击面的主要原因。

第二，出于对汉族士人的安抚。对汉人的杀戮在北魏早期已不是鲜见之事，《魏书·高允传》："魏初法严，朝士多见杖罚。"所谓"法严"，实际上是对汉族士人而言。又《魏书·郭祚传》："太和以前，朝法尤峻，贵臣蹉跌，便致诛夷。"道出了这时士人的被动局面。道武帝时期，有对崔逞、邓渊的诛杀，太武帝时期，有对崔、卢、张、柳等四大家族的灭门，这种杀戮常常产生负面效应，如听闻崔逞被杀后，欲投奔北魏的司马休之畏葸不前，于是"太祖深悔之。自是士人有过者，多见优容"。[②] 又如太武帝对汉人"大臣犯法，无所宽假"，但之后常后悔，"然果于诛戮，后多悔之"。司徒崔浩既死之后，常曰："朕向失言，崔司徒可惜，李宣城可哀。"[③] 为了不再出现司马休之、卢度世南奔的事件，为了不再流失

[①] 《魏书》卷47《卢玄传》，中华书局1974年版，第1046页。
[②] 《魏书》卷32《崔逞传》，中华书局1974年版，第758页。
[③] 《魏书》卷4《世祖太武帝纪》，中华书局1974年版，第107页。

士人，当做出一定的安抚，并减少杀戮的出现。从太武帝以后，士人见戮事件渐少，皇帝对士人之不敬也多能雍容宽让。① 从这一点上可以说，崔逞、崔浩等人以自身之诛换来了汉族士人地位的保全与延续。

第三，士人在汉化步伐上的主动收敛。试仍以高允为对象分析。崔浩在早期汉化的过程中步子迈得过大，如其举荐汉人"不避嫌疑"，一次推举"冀、定、相、幽、并五州之士数十人，各起家郡守"，太子拓跋晃认为应该先使新招者代为郎吏，熟悉职分，而"浩固争而遣之"。② 在整齐门第上也不听从卢玄的劝解，一意孤行，魏收认为"浩败亦由此"。③ 崔浩在一系列军事策略上又多从南方出发，以至于给人以慕南的嫌疑。④ 这种疾风骤雨似的汉化政策无疑刺激了拓跋贵族的民族自尊，终招灭门之祸。继崔浩之后，高允采取了更为和缓的策略。崔浩卒于司徒之位，高允官拜司空，历事太武帝、文成帝、献文帝、孝文帝四朝，其汉化态度及策略一定程度上左右了拓跋氏的政策制定。如在举荐汉人上，高允鼓励了大批士人进入文化阶层，其中不乏才俊之士。《魏书·高允传》载"显祖平青、齐，徙其族望于代。时诸士人流移远至，率皆饥寒。徙人之中，多允姻媾，皆徒步造门。允散财竭产，以相赠赈，慰问周至，无不感其仁厚。收其才能，表奏申用。时议者皆以新附致异，允谓取材任能，无宜抑屈"。青齐士人集团在献文帝时期迁徙到平城附近，在北魏孝文帝改革中起到关键作用，其中大部分人都受到过高允的接济或举荐。如高聪"与蒋少游为云中兵户，窘困无所不至"⑤，高允对其大加优待，以孙视之。与崔浩荐人直接"各起家郡守"不同，高允荐人常从著作郎、中书郎等

---

① 《北史·薛聪传》载孝文帝于酒宴上戏侮薛聪，反被薛聪"因投戟而出。帝曰：'薛监醉耳。'"对此孝文帝表示出宽容的态度。又崔亮敢对元魏宗室广平王怀"正色责之，即起于世宗前，脱冠请罪，遂拜辞欲出"。世宗也只是充当和事佬，并未加以责怪之词，这在北魏早期是不可想象的。

② 《魏书》卷48《高允传》，中华书局1974年版，第1069页。

③ 《魏书》卷47《卢玄传》，中华书局1974年版，第1045页。

④ 吕思勉先生认为，崔浩无一谋不为南方考虑，实为身在曹营心在汉的忠臣。其《读史札记》中云："浩仕魏历三世，虽身在北朝，而心存华夏，魏欲南侵时，恒诡辞饰说，以谋匡救；而又能处心积虑，密为光复之图；其知深勇沉，忍辱负重，盖千古一人而已。"（吕思勉：《读史札记》，上海古籍出版社2005年版，第907页。）

⑤ 《魏书》卷68《高聪传》，中华书局1974年版，第1520页。

文官入手，如韩麒麟子韩兴宗："后司空高允奏为秘书郎，参著作事。"①李璨"迁中书郎，雅为高允所知"。② 且高允所荐之人多以谨重见称，如江绍兴："高允奏为秘书郎，掌国史二十余年，以谨厚称。"③ 其地位虽不如郡守，但都是掌管重要文职的官吏，可见高允十分重视汉族士人对文化机构的掌握，同时也尽可能选取谨慎小心者为政。其性格"内文明而外柔弱，其言呐呐不能出口"，这在某种程度上避免了与鲜卑贵族的直接利益冲突。

经过高允等汉人的努力，士人地位稳步上升。在文成帝和平二年（461）的《南巡碑》中，其记录尚书18人中汉族士人占8位，这在外朝官中的比例是非常大的。另在鲜卑官名中（即内朝官）汉族士人所占比例约为9%，说明此时汉族士人日益介入拓跋内部事务的管理。在这样的背景下，高允继承张衮"文德与武功俱运"的策略，建议文成帝从文教建设入手，加速汉化进程。在文成帝初年曾上书议立郡国学校，并希望文成帝"爰发德音，惟新文教"。文成帝积极采纳了他的建议，于是"郡国立学，自此始也"，④ 一度中断的文教建设在高允的提倡下再度兴起。

从太平真君十一年（450）到孝文帝延兴元年（471）即位，其间二十年，正是高允《征士颂》所言"不为文二十年"的时间，⑤ 在这一阶段中，经过文成帝、献文帝的守成，文明太后的鼓励，以致孝文帝全面改革的推动，汉族士人的文学意识得以延续并能够有所发展。高允晚年所作《告老诗》《北伐颂》《征士颂》《酒训》《皇诰》等作品，虽然仍属歌功颂德之作，典正平雅、质朴乏味，但这些创作在一定程度上促进了文学创作的再度兴起，是孝文帝时期文学进入复苏的前兆。

综上所述，北魏早期文化建设由汉人提出，并在一定范围内进行文学交往活动，这其中汉人地位的升黜对文化政策的提出影响甚大，同时，士

---

① 《魏书》卷60《韩麒麟传附韩子兴》，中华书局1974年版，第1333页。
② 《魏书》卷49《李灵传附李璨》，中华书局1974年版，第1101页。
③ 《魏书》卷91《术艺传·江式》，中华书局1974年版，第1960页。
④ 《魏书》卷48《高允传》，中华书局1974年版，第1078页。
⑤ 从《魏书·高允传》的记载来看，《征士颂》当作于皇兴年间，在《告老诗》与《北伐颂》之间，但若从《征士颂》所言"不为文二十年矣"来看，从太平真君十一年（450）算起，此文当为献文帝皇兴四年（470）或孝文帝延兴元年（471）所作，可见二十年当为约数，极言时间之久。

人地位的变化也左右了文学创作的兴起与消歇。以崔浩事件为转折点，北魏早期文学经历了短暂复兴又跌落谷底，至高允晚年，文学创作才开始有回归创作轨道的迹象，是"开疆邢魏"的先导者。① 在汉化过程中，张衮的"文德与武功俱运"一直是汉族士人借以影响拓跋氏的重要策略，在这一策略指导下，经历了崔浩事件的曲折反复，高允的缓和守成，汉化得以延续，文学创作在汉族士人中得以复兴。总结之前汉化的经验及教训，孝文帝时期意识到文化改革不仅需要魄力，更需要环境，从平城迁都洛阳正是其摆脱旧势力束缚，走向自觉汉化的必要补充。

第二节 孝文帝正统意识及其文化改制

孝文帝之改革，史家论述颇详，然多注重其改革之现象及作用，对其传承汉制之心理诉求探究不够。其改革内容丰富，如行政之三长制、经济之均田制、文化上之易胡姓、禁胡语、门阀上之重订高门，等等，此皆为向汉制过渡之表象，亦为其壮大国力之根本。然于汉制追求上，注重正统意义的改革行为，主要体现在礼制建设上，其中不乏针对南朝争夺正统地位的政治诉求。在这一政治诉求指导下，北魏礼制建设主要体现在：以汉魏古制为基准；参照先秦礼制典籍；融合郑玄、王肃之争论，一步步朝着既符合传统又具有北朝特色的方向发展。

一 "以正一统"与太武建制

孝文帝之前正统建设的意义，在于取得中原汉族士人的认可。道武帝时期即通过一系列改革，试图建立符合汉族士人心目中的中原正统形象。皇始元年（396）"秋七月，左司马许谦上书，劝进尊号。帝始建天子旌旗，出入警跸，于是改元"②。初步建立国家形式，天兴元年（398）步伐加大，"六月丙子，诏有司议定国号""秋七月，迁都平城，始营宫室，建宗庙，立社稷。"③ 同年十一月进入高潮："诏尚书吏部郎中邓渊典官制，立爵品，定律吕，协音乐；仪曹郎中董谧撰郊庙、社稷、朝觐、飨宴

---

① 张溥：《汉魏六朝百三家集题辞注·高令公集》，中华书局 2007 年版，第 348 页。
② 《魏书》卷 2《太祖纪》，中华书局 1974 年版，第 27 页。
③ 同上书，第 33 页。

之仪;三公郎中王德定律令,申科禁;太史令晁崇造浑仪,考天象;吏部尚书崔玄伯总而裁之。"① 作为国家制度构成的基本要素,如官制、爵品、礼仪、音乐、法律、天文等,皆得到初步的创拟。同年(398)十二月,在五德行次上建立正统:"诏百司议定行次,尚书崔玄伯等奏从土德,服色尚黄,数用五,未祖辰腊,牺牲用白,五郊立气,宣赞时令,敬授民时,行夏之正。"《魏书·礼志》解释了北魏行次为土德之原因:"群臣奏以国家继黄帝之后,宜为土德,故神兽如牛,牛土畜,又黄星显曜,其符也。于是始从土德,数用五,服尚黄,牺牲用白。"② 将五德历运定为土德,乃是附会其氏族为黄帝后裔的做法。

拓跋氏立国之初,即试图建立与黄帝的联系,如《魏书·序纪》对其"拓跋"名号来历的解释:"黄帝以土德王,北俗谓土为托,谓后为跋,故以为氏""魏之先出自黄帝轩辕氏";③ 汉人卫操也称"魏,轩辕之苗裔",④ 皆以拓跋氏为黄帝后裔,故其可在制度上"袭轩唐之轨"。孝文帝时期,李彪在与南朝使臣辩谈中亦强调:"我朝官事皆五帝之臣,主上亲揽,盖远轨轩唐。"⑤ 可以看作以"轩辕后裔"作为武器,对南方中原正统地位进行挑战。同时,土德又有远承唐尧、虞舜之意味,张渊在《观象赋》中称:"美景星之继昼,大唐尧之德盛。嘉黄星之靡锋,明虞舜之不竞。"此外,还从国号、五德行次上继承曹魏的正统。拓跋珪时期以"代王"自称,尚无国号,在对外交往中,才开始议定国号问题:"时司马德宗遣使来朝,太祖将报之,诏有司博议国号。"⑥ 崔玄伯以"魏"为号,意在继承曹魏正统,以斥东晋为非正。一系列名号上的改革,使北魏初步具备了正统认知。

天兴年间的改革尚处初步阶段,其制度"虽参采古式,多违旧章",⑦ 且由于鲜卑贵族的反对,在天赐年间有倒退倾向。⑧ 然而,这次改革悉委

---

① 《魏书》卷2《太祖纪》,中华书局1974年版,第33页。
② 《魏书》卷108《礼志一》,中华书局1974年版,第2745页。
③ 《魏书》卷1《序纪》,中华书局1974年版,第1页。
④ 《魏书》卷23《卫操传》,中华书局1974年版,第599页。
⑤ 《魏书》卷62《李彪传》,中华书局1974年版,第1390页。
⑥ 《魏书》卷24《崔玄伯传》,中华书局1974年版,第620页。
⑦ 《魏书》卷108《礼志四》,中华书局1974年版,第2811页。
⑧ 何德章:《北魏初年的汉化制度与天赐二年的倒退》,《中国史研究》2001年第2期。

汉人,鲜卑贵族没有参与制度制定的记载,且其制度以慕容燕获得的典章为基础。慕容燕的汉化程度较深,故其制度亦多以汉制为准,以此获得了汉族士人参与政权建设的热情。因此,天兴年间的改革,初步奠定了北魏之后正统建设的方向和目标。

太武帝统一北方之后,希望通过文化建设"以正一统"。在廓清域内、统一中原后,拓跋氏意识到应当偃武修文,建立文教,以符合疆域的一统。太武帝诏书中多次表达这一理念,神鹿四年(431)九月诏书中,首次提出"偃武修文"之倡议,其曰:"今二寇摧殄,士马无为,方将偃武修文,遵太平之化。"① 此后,延和元年(432)春正月诏书中,明确提出希望通过改革,达到"除故革新,以正一统"之目的,其言:"夫庆赏之行,所以褒崇勋旧,旌显贤能,以永无疆之休。其王公将军以下,普增爵秩,启国承家,修废官,举隽逸,蠲除烦苛,更定科制,务从轻约,除故革新,以正一统。群司当深思效绩,直道正身,立功立事,无或懈怠,称朕意焉。"② 先从人才选拔上入手,修废官,举隽逸,敦促百官不应懈怠,要积极推进改革步伐。在此基础上,太平真君四年(443)、五年(444)接连提出重视文教之意图。太平真君四年(443)诏曰:"自经营天下,平暴除逆,扫清不顺,武功既昭,而文教未阐,非所以崇太平之治也。"五年(444)正月诏曰:"自顷以来,军国多事,未宣文教,非所以整齐风俗,示轨则于天下也。"③ 不仅口头表示,更是采取一系列具体措施,推进文教建设。

太武帝通过文教"以正一统"的具体措施包括:其一,创文字,兴教化。始光元年(424)三月诏曰:"在昔帝轩,创制造物,乃命仓颉因鸟兽之迹以立文字。自兹以降,随时改作,故篆、隶、草、楷,并行于世。然经历久远,传习多失其真,故令文体错谬,会义不惬,非所以示轨则于来世也。孔子曰,名不正则事不成,此之谓矣。今制定文字,世所用者,颁下远近,永为楷式。"④ 以实现文字上的"书同文",欲通过统一文字,表示对中原文化的认可。其二,黜私学,兴儒学。太平真君五年

---

① 《魏书》卷4《世祖太武帝纪》,中华书局1974年版,第79页。
② 同上书,第80页。
③ 同上书,第97页。
④ 同上书,第70页。

(444）正月下诏曰："今制：自王公已下至于卿士，其子息皆诣太学；其百工、伎巧、驺卒子息，当习其父兄所业，不听私立学校；违者师身死，主人门诛。"① 废除私立学校的传统，规定百工、伎巧、驺卒之工匠技艺皆父子相传，不得私授，促进教育的一统。同时，又兴建太学，征召才学之士，以促进儒学的复兴，《魏书·儒林传》载："世祖始光三年春，别起太学于城东，后征卢玄、高允等，而令州郡各举才学。于是人多砥尚，儒林转兴。"儒学的兴盛，给汉族士人以求学入仕的机会，在促进文化统一并取得士人认可的进程中意义较大。其三，灭胡神，尊道教。太武帝灭佛以盖吴事件为起因，然其本意在于以宗教为手段团结汉族士人。时崔浩、寇谦之皆信奉天师道，崔浩"不信佛道"，曾嘲笑崔模："持此头颅，不净处跪，是胡神也！"② 可见，当时士大夫有将佛教视为胡神的看法，认为佛教乃外来之道，不合中原正统。受崔、寇的影响，太武帝于太平真君五年（444）下诏荡除胡神："朕承天绪，属当穷运之敝，欲除伪定真，复羲农之治。其一切荡除胡神，灭其踪迹，庶无谢于风氏矣。自今以后，敢有事胡神及造形象泥人、铜人者，门诛。虽言胡神，问今胡人，共云无有。"③ 所谓胡神，乃是与中原传统"羲农之治"的治国理念所对立的信仰团体，摒除胡神，即意味着恢复中原正统思想的统治基础。另外，崔浩简化北魏早期祭祀众多胡神的传统，也主要从统一思想的目的出发，《资治通鉴·宋纪六》载："魏入中国以来，虽颇用古礼祀天地、宗庙、百神，而犹循其旧俗，所祀胡神甚众。崔浩请存合于祀典者五十七所，其余复重及小神悉罢之。"这一做法，彻底改变了北魏初期杂神祭祀的状态，使其在宗教思想层面，进一步向中原正统靠拢。

另外，通过假造福瑞征兆，以昭示天命之所归，也是太武帝时期追求正统性所运用的手段。太平真君五年（444）二月，在张掖郡上言柳谷山中发现石文，其石上"记国家祖宗之讳，著受命历数之符。王公已下，群司百辟，睹此图文，莫不感动"，此石文出现后，卫大将军、乐安王范，辅国大将军、建宁王崇，征西大将军、常山王素，征南大将军、恒农

---

① 《魏书》卷4《世祖太武帝纪》，中华书局1974年版，第97页。
② 《魏书》卷35《崔浩传》，中华书局1974年版，第827页。
③ 《魏书》卷114《释老志》，中华书局1974年版，第3034页。

王奚斤等人，共同上奏曰："自古以来，祯祥之验，未有今日之焕炳也。斯乃上灵降命，国家无穷之征也。臣等幸遭盛化，沐浴光宠，无以对扬天休，增广天地，谨与群臣参议，宜以石文之征，宣告四海。"所谓的福瑞征兆，"记国家祖宗之讳，著受命历数之符"，显然出于好事者的伪造，太武帝与百官合唱此戏，目的是"令方外僭窃，知天命有归"，① 以明正统之所在。在太武帝太平真君五年（444）这一年中的一系列政策表明，北魏已开始采取多种手段步入中原正统建设的进程，同时也表示摆脱少数民族政权非正统的身份，已成为当时的首要任务。

经过太武帝的正统建设，汉族高门士人给予鲜卑政权一定程度的认可，并能够积极入仕，参与政权建设，北魏政权中汉族士人的比例也有所增加。但在汉族士人试图更进一步将正统建设推向深化的时候，崔浩因修国史不实而举族被诛的经历，使汉族士人意识到"以夏变夷"的方针策略，在拓跋氏民族自尊面前是行不通的。这一政策只有在全力支持汉化，并努力以实现鲜卑文化蜕变为目标的孝文帝这里，才有可能实现。

二 孝文帝礼制建设与正统追求

孝文帝礼制建设对正统性的诉求，具体体现在如下礼制改革中：

（一）议定禘祫之礼

在先秦儒家礼制中，禘祫之礼是国家祭祀中的大礼，其意义非凡。《尔雅·释天》："禘，大祭也。"《穀梁传·文公二年》："八月丁卯，大事于大庙，跻僖公。大事者何，大是事也，著祫尝，祫祭者。"《礼记·祭统》："禘尝之义大矣，治国之本也。"《礼记·中庸》："明乎郊社之礼，禘尝之义，治国其如示诸掌乎。"皆视禘尝为治国之本、治国要义。其祭祀对象为上帝并以先祖配享，《礼记·大传》："礼不王不禘，王者禘其祖之所自出，以其祖配之。"然《礼记·大传》中虽规定为夏、秋两季分别为禘、尝："禘者阳之盛也，尝者阴之盛也，故曰：莫重于禘尝。"然未明言几年进行一次，以及祭祀的地点，故此后产生郑玄、王肃观点之争。

---

① 《魏书》卷112《灵征志》，中华书局1974年版，第2955页。

孝文帝于太和十三年（489）五月，诏引群臣议定禘祫之礼，① 尚书游明根、左丞郭祚、中书侍郎封琳、著作郎崔光等人支持郑玄之义，认为："郑氏之义，禘者大祭之名。大祭圆丘谓之禘者，审谛五精星辰也；大祭宗庙谓之禘者，审谛其昭穆。圆丘常合不言祫，宗庙时合故言祫。斯则宗庙祫禘并行，圆丘一禘而已，宜于宗庙俱行禘祫之礼。二礼异，故名殊。依《礼》，春废礿，于尝于蒸则祫，不于三时皆行禘祫之礼。"② 主张圆丘一禘，宗庙禘祫俱行。

中书监高闾、仪曹令李韶、中书侍郎高遵等十三人以王肃的解释对曰：

> 禘祭圆丘之禘与郑义同，其宗庙禘祫之祭与王义同。与郑义同者，以为有虞禘黄帝，黄帝非虞在庙之帝，不在庙，非圆丘而何？又《大传》称祖其所自出之祖，又非在庙之文。《论》称"禘自既灌"，事似据。《尔雅》称"禘，大祭也"。《颂》"《长发》，大禘也"，殷王之祭。斯皆非诸侯之礼，诸侯无禘。礼唯夏殷，夏祭称禘，又非宗庙之禘。鲁行天子之仪，不敢专行圆丘之禘，改殷之禘，取其禘名于宗庙，因先有祫，遂生两名。据王氏之义，祫而禘祭之，故言禘祫，总谓再殷祭，明不异也。禘祫一名也。其禘祫止于一时；止于一时者，祭不欲数，数则黩。一岁而三禘，愚以为过数。③

最后，孝文帝融合两家之言："王以禘祫为一祭，王义为长。郑以圆丘为禘，与宗庙大祭同名，义亦为当。今互取郑、王二义。禘祫并为一名，从王；禘是祭圆丘大祭之名，上下同用，从郑。若以数则黩，五年一禘，改祫从禘。五年一禘，则四时尽禘，以称今情。禘则依《礼》文，先禘而后时祭。便即施行，著之于令，永为世法。"④ 互取郑、王二义，"改祫从禘"，表现了融合不同儒学争论，以符合实际礼制改革的要求。其兼采王郑乃是不得已而为之，实为不拘一格的做法，并非如学者所言"不驴不

---

① 此年份见于《魏书·礼志一》，然《孝文帝纪》记载为太和十五年八月"乙巳，亲定祫禘之礼"。其时间前后抵牾，今从《礼志》。
② 《魏书》卷108《礼志一》，中华书局1974年版，第2742页。
③ 同上。
④ 同上书，第2742—2743页。

马"，无可取之处。① 这对北魏初期礼制不完善的情况来说，已经有了相当大的改善，而孝文帝时期礼制的建设尚待太和十九年（495）王肃北奔，将南齐礼制实际经验带到北魏后，才得以进一步完善。②

孝文帝在诏书中还大量引用《礼记》《尚书》《尔雅》《诗经》等儒家经典，来解释禘祫含义，更体现其作为统治者，对汉族文化典籍的深刻理解。其对禘祫之礼早有认识，准备充分，也说明孝文帝早有建设礼制正统的想法。此后的宣武帝景明二年（501），参定祫禘仪注，分祫、禘为二，取郑舍王也是一种探索。宣武帝延昌四年（515）、孝明帝熙平二年（517）讨论祫、禘只针对其时间在年终还是年尾，整体框架并未超出孝文帝制定的规范。

（二）圆丘南郊合一而祭

与禘祫同时进行的议论包括圆丘的设立，在圆丘与南郊的问题上，以郑玄、王肃为中心，也有两种可以参考的意见，王肃认为圜丘即郊，郊、丘异名同实；郑玄则主丘、郊各异。孝文帝综合考量后取郑玄义，规定"禘是祭圆丘大祭之名，上下同用，从郑"。其在多大程度上继承了汉魏传统，又对其进行了多少改进，此当从汉魏以来郊丘祭祀传承上看。下表反映出东汉至北魏孝文帝迁洛后的郊丘祭祀情况。

	营建时间	圆丘位置（与南郊之关系）	祭祀对象
东汉	（建武）二年（26）正月。	南郊，即雒阳城南七里，依鄗。采元始中故事。为圆坛八陛，中又为重坛，天地位其上，皆南乡，西上。（丘郊合一）③	五帝（青帝、赤帝、黄帝、白帝、黑帝）"高帝配食"。

---

① 陈戍国：《中国礼制史·魏晋南北朝卷》，湖南教育出版社2002年版，第412页。

② 陈寅恪先生称王肃为："将南朝前期发展之文物制度转输于北朝以开太和时代之新文化，为后来隋唐制度不祧之远祖者。"（陈寅恪：《隋唐制度渊源略论稿》，生活·读书·新知三联书店2001年版，第15页。）

③ 《后汉书》卷97《祭祀志上》："南郊地位并不特殊，以四方之郊配四时。"李贤注引《黄图》载："元始四年，宰衡莽奏曰：'帝王之义，莫大承天；承天之序，莫重于郊祀。祭天于南，就阳位；祠地于北，主阴义。圆丘象天，方泽则地。'"可见东汉圆丘南郊为一。

第二章　正统之争与北魏文学之演进

续表

	营建时间	圆丘位置（与南郊之关系）	祭祀对象
曹魏	景初元年（237）十月乙卯始营圆丘，……自正始以后，终魏世，不复郊祀。	洛阳南委粟山为圆丘。（丘郊分离）	始祀皇皇帝天于圆丘，以始祖有虞帝舜配。
西晋	泰始二年（266）十一月。	有司又议奏，古者丘郊不异，宜并圆丘方丘于南北郊，更修立坛兆，其二至之祀合于二郊。帝又从之，一如宣帝所用王肃议也。是月庚寅冬至，帝亲祠圆丘于南郊。自是后，圆丘方泽不别立。	皇天上帝（当与曹魏之祀同，唯始祖当与其不同）。
刘宋（齐、梁、陈与之同）	江左草创，旧章多阙，宋氏因循，未能反古。	丘郊合一。	皇天上帝。
北魏道武帝	太祖初，冬至祭天于南郊圆丘。夏至祭地祇于北郊方泽。用牲币之属，与二郊同。	丘郊合一。	上帝，天兴三年"正月辛酉，郊天。癸亥，瘗地于北郊，以神元窦皇后配"。
北魏（平城）	太和十二年（488）冬闰十月甲子，帝观筑圆丘于南郊。……十有三年春正月辛亥，车驾有事于圆丘。于是初备大驾。	丘郊分离。	南郊祭天以太祖配，每年正月进行，圆丘大祭以远祖配。三年一行。
北魏（洛阳）	太和十九年（495）十一月庚午，帝幸委粟山，议定圆丘。	洛阳南委粟山，郊丘分离。①	同上。

---

① 据《魏书》卷 8《世宗宣武帝纪》载，景明二年（501）十一月"壬寅，改筑圆丘于伊水之阳"。

从中不难看出，北魏道武帝天兴年间的圆丘祭祀制度尚属简略，从其祭祀对象和时间的安排上，都可视为对汉族祭祀传统的简单模仿，其中并没有一定的规律性可循，更无典籍记载作支撑。而孝文帝迁洛之前的圆丘建设，已经开始注意吸收儒家经典，并安排学者进行讨论商定。同时，也将议定禘祫与圆丘放在一起进行讨论，希望能够得到更为完善的、更符合儒家传统的祭祀制度，进而，将郑玄与王肃对于经义的不同解释放到礼制的讨论中。其最终目的，乃是企图通过郑、王经义的论辩，获得与南朝不同的正统祭祀方式。

郑王之争是魏晋经学的重要内容，郑玄之学本是两汉经学的总结，王学之出与其针锋相对，其争论并非今古文文献之争，更是政治权力取向之争。孝文帝试图融合王郑的意图很明显：南朝既尊王学，北朝则守郑学，西晋因王肃政治地位之故，舍郑取王，此后南朝政权皆依王肃之学，而北朝之用郑学，乃是越西晋、东晋及南朝宋齐而承两汉，故有高标正统儒学之意义。在早期北魏儒生之中，郑玄的经学地位即得到普遍认可，如秘书监游雅"赞扶马、郑"，而儒生陈奇则"常非马融、郑玄解经失旨"。两人于经义发生冲突，结果是陈奇"遂不复叙用焉"，[1] 此为郑玄经学得到北魏主流儒学认可之例。

皮锡瑞解释北方尊郑之原因，在于其风尚淳朴："北学反胜于南者，由于北人俗尚朴纯，未染清言之风、浮华之习，故能专宗郑、服，不为伪孔、王、杜所惑。"[2] 其中，北方之学术风气固然是选择郑玄服虔的原因，然而对儒学正统性的争论，应当也是南北经学不同取向的重要因素。如《魏书·儒林传·李业兴传》记载了南北双方于郑王经义的论辩：

> （萧）衍散骑常侍朱异明业兴曰："魏洛中委粟山是南郊邪？"业兴曰："委粟是圆丘，非南郊。"异曰："北间郊、丘异所，是用郑义。我此中用王义。"业兴曰："然，洛京郊、丘之处专用郑解。"异曰："若然，女子逆降傍亲，亦从郑以不？"业兴曰："此之一事，亦不专从。若卿此间用王义，除禫应用二十五月，何以王俭《丧礼》禫用二十七月也？"异遂不答。

---

[1] 《魏书》卷84《儒林传》，中华书局1974年版，第1846页。
[2] 皮锡瑞：《经学历史》，中华书局2008年版，第182页。

南朝刘宋和萧齐直到萧梁的郊丘制度皆与北朝不同，仍是延续西晋时期郊丘合一的规范，在时间上基本保持间年一郊，其所用为王肃之义；而北魏则"郊、丘异所，是用郑义"。从中可见，在礼制建设中南北双方各自区分，判然两别，并非如《北史·儒林传》所言"《礼》则同遵于郑氏"。在具体问题上，北朝选择与南朝截然不同的经义解释，其目的无非凸显自身的正统地位。而其间对经义的不同取舍，也体现其选择的灵活性，李业兴所谓"亦不专从"，即是其灵活性的体现。孝文帝兼采郑王之议定禘祫，也是试图融合不同学说以适应实际需求的做法。这种不拘泥于一家学说，而视实际需要进行整合的方式，成为北朝礼制建设方面区别于南朝的重要特征。

（三）罢省西郊祭天

太和十八年（494）"诏罢西郊祭天"，是孝文帝推进汉化改革中的重要举措。北魏平城时期，祭祀上天都在西郊，其制度创始于道武帝登国元年（386）；道武帝"即代王位于牛川，西向设祭，告天成礼"。[1] 登国年间的祭祀尚属简陋，保留了大量原始部族祭天的特征。而"天兴元年，定都平城，即皇帝位，立坛兆告祭天地"，[2] 此次祭祀得以规范化，程序化，且初步运用汉制："祀天之礼用周典，以夏四月亲祀于西郊，徽帜有加焉"，并配有祝辞。天兴二年（399）改祀南郊，"二年正月，帝亲祀上帝于南郊，以始祖神元皇帝配"，但天赐二年（405）又再次恢复西郊祭天之礼，此后保持"岁一祭"。[3] 其西郊祭祀活动详见下表。

祭祀时间	祭祀活动	出处
登国元年（386）	祀天之礼用周典，以夏四月亲祀于西郊，徽帜有加焉。	《魏书·礼志一》
天兴元年（398）夏四月壬戌	帝祠天于西郊，徽帜有加焉。	《魏书·太祖道武帝纪》
天赐二年（405）夏四月	复祀天于西郊，为方坛一，置木主七于上。 车驾有事于西郊，车旗尽黑。	《魏书·礼志一》 《魏书·太祖道武帝纪》

---

[1] 《魏书》卷108《礼志一》，中华书局1974年版，第2733页。
[2] 同上书，第2734页。
[3] 同上书，第2736页。

续表

祭祀时间	祭祀活动	出处
延兴二年（472）六月	显祖以西郊旧事，岁增木主七，易世则更兆，其事无益于神明。初革前仪，定置主七，立碑于郊所。	《魏书·礼志一》
太和十年（486）四月，甲子	帝初法服御辇祀西郊。	《魏书·礼志一》
太和十六年（492）三月癸酉	省西郊郊天杂事。	《魏书·高祖孝文帝纪》
太和十六年（492）八月庚寅	车驾初祀夕月于西郊，遂以为常。	《北史·魏本纪·高祖孝文帝纪》
太和十八年（494）三月	诏罢西郊祭天。（此后不见有祭祀记载）	《魏书·礼志一》

北魏西郊祭天制度奇特，实为拓跋民族原始祭天方式的遗留，① 而西郊祭天与南郊祭天在制度上的差异，正代表了北魏早期鲜卑贵族反汉化力量与汉化力量的对抗。② 从上表不难看出，孝文帝太和年间，对于西郊祭祀问题进行了频繁的变化，尤其以太和十六年（492）至十八年（494）间为主，此时正在孝文帝改革深化进行中，从中可见两种势力的不断角逐。而最终于太和十八年（494）三月，"诏罢西郊祭天"，至此，才彻底放弃其近百年的祭天方式，表示了孝文帝此项改革已达到汉化目的，也是其将正统建设深化的重要转折。迁都洛阳后依循此制，这次改南郊祭天，不仅是对原始祭祀活动的剔除，更是其追求符合中原正统身份的成就。

值得注意的是，孝文帝太和年间西郊祭祀时，正值南朝萧琛、范云北使时期。孝文帝于是引其观之，并"次祠庙及布政明堂，皆引朝廷使人观视"，③ 其意图很明显，是在向南朝使者显示北魏礼制的正统色彩。而《南齐书·魏虏传》将这一过程完整地记述下来，其语气殊可玩味，萧子

---

① 陈戍国：《中国礼制史·魏晋南北朝卷》，湖南教育出版社 2002 年版，第 406 页。王仲荦先生认为，这次祭祀上帝于西郊有着浓厚的原始色彩，是拓跋氏尚未脱离民族特质的体现。参见王仲荦《魏晋南北朝史》，上海人民出版社 2003 年版，第 511 页。

② 详见何德章《北魏初年的汉化制度与天赐二年的倒退》，《中国史研究》2001 年第 2 期。

③ 《南齐书》卷 57《魏虏传》，中华书局 1972 年版，第 991 页。

显似乎正是出于揭示其祭祀中的原始色彩,而非肯定其正统性。① 这一事件说明,孝文帝的正统建设虽然在国家内部取得一定成效,但要在心理上彻底征服南朝,必须先征服其先进的文化,这也是孝文帝在改革中努力提高北魏文学水平的深层原因。

罢省西郊祭天,是与减省杂祀相互配合的举措,孝文帝于太和十五年(491)期间,陆续颁布诏书罢省诸杂祀,并逐渐建立起符合中原传统的祭祀活动。两者的相辅相成是孝文帝深化改革,加强正统意识的手段。

(四) 重订五德运次

道武帝时期的五德运次,由崔玄伯首倡定为土德,其依据乃是黄帝之后裔,故色尚黄,运行土。但这一运次没有承续十六国的特征,并未主动纳入中原正统轨道的意图,这一意图在孝文帝时期才得以明确。太和十四年(490)八月,孝文帝下诏曰:"丘泽初志,配尚宜定,五德相袭,分叙有常。然异同之论,著于往汉,未详之说,疑在今史。群官百辟,可议其所应,必令合衷,以成万代之式。"② 为了配合新建立的圆丘方泽制度,孝文帝提出重新议定五德行次的要求,并诏群臣讨论。在讨论中,形成以中书监高闾及秘书丞李彪为中心的两派。高闾认为"以石承晋为水德。以燕承石为木德,以秦承燕为火德,大魏次秦为土德,皆以地据中夏,以为得统之征。皇魏建号,事接秦末,晋既灭亡,天命在我。故因中原有寄,即而承之"。③ 以地居中原为理由,承接十六国统序当为土德。其统序可表示如下:

赵(水德)——燕(木德)——前秦(火德)——北魏(土德)

而李彪等人则认为"神元皇帝与晋武并时,桓、穆二帝,仍修旧好。

---

① 《南齐书》卷57《魏虏传》曰:"十年,上遣司徒参军萧琛、范云北使。宏西郊,即前祠天坛处也。宏与伪公卿从二十余骑戎服绕坛,宏一周,公卿七匝,谓之蹋坛。明日,复戎服登坛祠天,宏又绕三匝,公卿七匝,谓之绕天。以绳相交络,纽木枝枨,覆以青缯,形制平圆,下容百人坐,谓之为'缴',一云'百子帐'也。于此下宴息。次祠庙及布政明堂,皆引朝廷使人观视。"从萧子显对祭祀方式的细致描述中,不难看出其对北魏祭祀嘲讽和鄙斥的态度。

② 《魏书》卷108《礼志一》,中华书局1974年版,第2744页。

③ 同上书,第2747页。

始自平文,逮于太祖,抗衡秦、赵,终平慕容。晋祚终于秦方,大魏兴于云朔。据汉弃秦承周之义,以皇魏承晋为水德"。① 依据汉将秦视为闰统,故将十六国之秦、赵、燕等国视为闰统,排除在外,直接承晋为水德。其统序表示如下:

晋(金德)——[赵(水德)——秦(木德)——燕(火德)]——北魏(水德)

最后孝文帝接受了第二种建议,"便可依为水德,祖申腊辰"。虽然无论是依据地处中原的优势,还是承接西晋的统序,其目的都是获得正统认可,但孝文帝之所以扬弃五胡统序,乃是出于此种做法更符合汉人心理,在统治区域内更能得到汉人的广泛认同。孝文帝的这次五德行次讨论,得到了国家内部的认可,并配合其建都洛阳的地理优势,将北魏纳入中华正统的轨道。北魏元钦墓志中即表示:"金道移运,水德应符,赫哉大魏,勃矣其敷。"② 是为北魏内部认同的表现。此次五德运次的重订,同时也抹杀了东晋、宋、齐的统序,重新塑造了自身正统形象,是直接针对南朝而发的。

三 从祭祀杂神到"崇圣祀德"

鲜卑民族早期属多神崇拜,太武帝太延二年(436)崔浩曾上表减省祭祀杂神,然收效甚微。孝文帝时期陆续下诏罢免各种不合儒家规范的祭祀。如太和十五年(491)八月壬辰,罢幕中设五帝座、探策之祭,诏曰:"《礼》云:'自外至者,无主不立。'先朝以来,以正月吉日,于朝廷设幕,中置松柏树,设五帝坐。此既无可祖配,揆之古典,实无所取,可去此祀。又探策之祭,既非礼典,可悉罢之。"③ 幕中置松柏树设五帝座,以及探策(占卜)前祭祀,是北魏早期保留少数民族习俗的作风,并不符合礼书上的记载,因此罢黜。

同年八月戊午下诏书减省群祀:"国家自先朝以来,飨祀诸神,凡有

---

① 《魏书》卷108《礼志一》,中华书局1974年版,第2747页。
② 赵超:《汉魏南北朝墓志汇编》,天津古籍出版社2008年版,第250页。
③ 《魏书》卷108《礼志一》,中华书局1974年版,第2748页。

一千二百余处。今欲减省群祀，务从简约。昔汉高之初，所祀众神及寝庙不少今日。至于元、成之际，匡衡执论，乃得减省。后至光武之世，礼仪始备，飨祀有序。凡祭不欲数，数则黩，黩则不敬。神聪明正直，不待烦祀也。"又下诏罢祀水火诸神曰："先恒有水火之神四十余名，及城北星神。今圆丘之下，既祭风伯、雨师、司中、司命，明堂祭门、户、井、灶、中溜，每神皆有。此四十神计不须立，悉可罢之。"① 一则减省祭祀神的数量，一则减少祭祀次数。

在太和十五年（491）八月期间，孝文帝进行了一系列减省祭祀的改革，其目的是剔除鲜卑早期原始祭祀方式，进一步向中原正统祭祀规范化靠拢。在此过程中，其依据多"揆之古典"，所谓"古典"即记载儒家礼制仪范的典籍，②《魏书·孝文本纪》："诸有禁忌禳厌之方，非典籍所载者，一皆除罢。"而在实际操作中又参照"汉高之初""元、成之际""光武之世"等汉朝传统，秉持"宪章前代，损益从宜"的标准，充分表明其正统意识根植于改革意图之中。

此后更进一步，在罢黜祭祀杂神的基础上，将杂神改为祭祀先贤圣王，太和十六年（492）二月下诏书曰："夫崇祀德，远代之通典；秩（阙三字），中古之近规。故三五至仁，唯德配享；夏殷私己，稍用其姓。且法施于民，祀有明典，立功垂惠，祭有恒式。"于是分别祭祀帝尧于平阳，祭祀虞舜于广宁，祭祀夏禹于安邑，祭祀周文公于洛阳。而祭祀孔子之传统早已有之，故"其宣尼之庙，已于中省，当别敕有司"。又在迁都后的太和十九年（495）四月"庚申，行幸鲁城，亲祠孔子庙。辛酉，诏拜孔氏四人、颜氏二人为官。……又诏选诸孔宗子一人，封崇圣侯，邑一百户，以奉孔子之祀。又诏兖州为孔子起园柏，修饰坟垄，更建碑铭，褒扬圣德。"③ 通过对孔子旧宅的修缮，对孔氏、颜氏后人的赏赐，表达了对先圣儒生的敬重。

在此过程中，孝文帝通过太和十八年（494）正月，祭祀比干墓以太牢，并作《吊比干文》，表示对汉人先贤的崇敬。其文采用骚体赋的形

---

① 《魏书》卷108《礼志一》，中华书局1974年版，第2749页。
② 张金龙：《儒家经典：北魏孝文帝思想的理论源泉》，《东岳论丛》2011年第1期。该文通过对孝文帝引用儒家经典的考察，表明其对儒家典籍掌握之充分与理解的深刻，实为汉化改革之基础。
③ 《魏书》卷7《高祖孝文帝纪》，中华书局1974年版，第181页。

式，文辞华润流畅，对先贤比干的人格进行歌颂赞美，虽有模仿屈宋、贾谊的痕迹，① 但充分展示孝文帝"才藻富赡""有大文笔，马上口授，及其成也，不改一字"② 的文学才能。对于这一事件，孝文帝与任城王元澄的对话中，用托梦的方式夸张了祭祀先贤的效果：

> 高祖曰："朕昨夜梦一老公，头鬓皓白，正理冠服，拜立路左。朕怪而问之，自云晋侍中嵇绍，故此奉迎。神爽卑惧，似有求焉。"澄对曰："晋世之乱，嵇绍以身卫主，殒命御侧，亦是晋之忠臣。比干遭纣凶虐，忠谏剖心，可谓殷之良士。二人俱死于王事，坟茔并在于道周。然陛下徙御殷、洛，经瀍墟而吊比干，至洛阳而遗嵇绍，当是希恩而感梦。"高祖曰："朕何德能幽感达士也！然实思追礼先贤，标扬忠懿，比干、嵇绍皆是古之诚烈，而朕务浓于比干，礼略于嵇绍，情有愧然。既有此梦，或如任城所言。"于是求其兆域，遣使吊祭焉。③

嵇绍是晋之忠臣，比干乃殷之忠臣，两人为中原士大夫忠君的代表，孝文帝"经瀍墟而吊比干，至洛阳而遗嵇绍"，一则树立榜样以供群臣效法，一则彰显其对汉族先贤的敬重。任城王元澄在孝文帝迁都过程中全力支持，自然理解孝文帝所言"嵇绍托梦"这一意图，于是与孝文帝两人唱和，以配合其尊贤的诚心。

除了表达对先贤敬重崇尚之情，对于山川河流的祭祀，也是孝文帝彰显中原正统的表现。对幅员广阔的山川河流，前代祭祀由于地域之限隔，多采纳"望祭"的方式，并配以"秩"，所谓"言秩者，五岳视三公，四渎视诸侯也"。北魏献文帝之前，也采取"望祭"，皇兴二年（468）既克青、齐二州之后，才能够在岱宗（即泰山）进行祭祀。陈建《密表请南征》曰："岱宗隔望秩之敬，青、徐限见德之风。献文皇帝髣髴龙飞，道光率土，干戚暂舞，淮海从风，车书既同，华裔将一。"④ 高允《祭岱宗

---

① 周建江：《北朝文学史》，中国社会科学出版社1997年版，第78页。
② 《魏书》卷7《高祖孝文帝纪》，中华书局1974年版，第187页。
③ 《魏书》卷19《景穆十二王·任城王云传》，中华书局1974年版，第465页。
④ 《魏书》卷34《陈建传》，中华书局1974年版，第803页。

文》:"维皇兴二年,……自我国家,肃恭禋祀,怀柔百神,邦域之内,罔不咸秩。以往天路未夷,虽望祭有在,今大化既同,奄有淮岱,谨荐于岱宗之灵,尚飨。"① 都是对献文帝这一功劳的歌颂。

在迁都之后的南巡过程中,孝文帝仿效汉武帝,祭祀山川河岳,"十九年,帝南征。正月,车驾济淮,命太常致祭。又诏祀岱岳。"②并且在太和十八年(494)、十九年(495)间创作大量颂辞,诸如《祭恒岳文》《祭嵩高山文》《祭岱岳文》《祭河文》《祭济文》等,以彰显其地域上的优势,并使自己进一步符合中原正统形象。在祭文中,孝文帝多次表示北魏符合中原正统这一态度,如《祭嵩高山文》:"朕承法统,诞邀休宏。开物成务,载铄盛龄。"③《祭河文》:"朕承宝历,克纂乾文。腾鸾淮方,旋鹢河濆。龙舲御渎,凤旆乘风,泛泛棹舟。"④ 孝文帝的文学创作中有意识地对正统性的追求,不自觉地成为指导北魏文学发展方向的标准,北朝实用性的文风也在此基础上得以确立。

总体来说,无论祭祀先贤圣德,还是对山川河岳的祭拜,都是为了彰显北魏立于中原的正统性,其所论无一不渗透着对正统性的诉求。"以中原为正统,神州为帝宅"是北魏正统建设立足的依据,而这种条件是南朝所不具备的。当然,南朝也自有其正统立论的基础,譬如以"秦王玉玺,今在江东"为依据,以中原衣冠悉在江左为理由,这也是北魏所不具备的。归纳起来,南朝所凭借的乃是文化上的正统身份,北朝所追求的乃是政治、礼制上的正统,南朝强调传承,北朝突出重塑,两者在对正统身份的塑造上,可谓不分轩轾。但是,孝文帝的系列改革,如重订五德运次、完善礼制建设、祭祀先贤圣人等内政改革,完成了国家内部的政治理念和舆论建设,实际上得到了汉族高门的支持,在这一点上来说,其作用在推动汉化过程中是巨大的。而其迁都洛阳,更从地域上使其获得了正统优势,增强了与南朝平等对话的资本,为其在文化上与南朝交流奠定了政治基础。

---

① 严可均:《全后魏文》,商务印书馆1999年版,第284页。
② 《魏书》卷108《礼志一》,中华书局1974年版,第2751页。
③ 严可均:《全后魏文》,商务印书馆1999年版,第78页。
④ 同上书,第80页。

第三节　南北争胜与孝文帝的文学推进

梁启超先生总结史家观点，认为"夫统之云者，始于霸者之私天下，而又惧民之不吾认也，乃为是说以钳制之曰：此天之所以与我者，吾生而有特别之权利，非他人所能几也"。① 这段话包含两层意思，即正统的意义在于一方面希望获得辖内民众的认可，另一方面用于打击对立政权。北魏孝文帝以前的正统建设即经历这样两个过程，② 从拓跋珪建国到拓跋焘统一中原止，是取得中原士人的认可，以稳固统治的正统建设。自拓跋焘至孝文帝时期，进入与南朝一争正朔的抗争之中。在这一过程中，正统建设对孝文帝时期文学意识的萌发具体有何作用？孝文帝在与南朝交往过程中，如何体现文化对于正统建设的重要意义？

一　南北对话中的正统之争

北魏与南朝军事上首次大规模正面冲突，在宋文帝元嘉二十七年（450）。元嘉七年（430）宋文帝遣田奇衔命告北魏，欲收复河南，太武帝拓跋焘听闻大怒，谓田奇曰："我生头发未燥，便闻河南是我家地，此岂可得河南。"③ 此时太武帝已统一北方，即有与南方一争正统之意。而此时刘宋经元嘉之治，实力已大增，宋文帝置徐湛之等人劝诫不顾，于元嘉二十七年（450）出兵北伐。但刘宋军事力量仍不如北魏，北伐接连失败，次年，北魏太武帝"至彭城，立毡屋于戏马台以望城中"，武陵王刘骏遣使者张畅与李孝伯谈判未果，北魏遂克彭城，威胁京师建康。"庚午，魏主至瓜步，坏民庐舍，及伐苇为筏，声言欲渡江。建康震惧，民皆荷担而立。"④ 宋文帝被迫接受求亲，并献方物求和，以期结束战争。此次战争虽然以北魏胜利结束，但在南朝北伐过程中，中原士人咸以刘宋为正统之所在，欲助刘宋光复中华，"关中豪桀所在蜂起，及四山羌胡，皆

---

① 梁启超：《论正统》，《饮冰室合集》第1册《新史学》，中华书局1989年版，第20页。
② 陈金凤将北魏正统化运动分为拓跋珪、拓跋焘、元宏三个阶段。陈金凤：《北魏正统化运动论略》，《黑龙江民族丛刊》2008年第1期。
③ 《宋书》卷95《索虏传》，中华书局1974年版，第2332页。
④ 《资治通鉴》卷125《宋纪七》，中华书局1956年版，第2959页。

来送款"，① 这种情况固然与北魏对关中控制力量薄弱有关，但关中对汉族正统性的认可也是一大原因。这使得北魏意识到建立正统以巩固政权，并以此对抗南朝的迫切性。

随着与南朝的对话不断增多，对政治正统的认识和追求便显得尤其迫切。在这次北伐中，张畅与李孝伯的外交对话正显示出正统对于双方的意义。《南史》载太武帝欲向刘宋借博具，使李孝伯传语曰："魏主有诏借博具。"张畅认为魏主不应对宋使下诏，故曰："博具当为申致，有诏之言，政可施于彼国，何得称之于此。"李孝伯反问："邻国之君，何为不称诏于邻国之臣？"对此，《南史》之记载与《魏书》多有出入，《魏书》载李孝伯所问为："我朝廷奄万国，率土之滨，莫敢不臣。纵为邻国之君，何为不称诏于邻国之臣？"《南史》载张畅之对答为："君之此称，尚不可闻于中华，况在诸王之贵，而独曰邻国之君邪。"在这一问题上双方难以作出让步。而后张畅又以太武帝饮马长江为"无复天道"诘难李孝伯，李则对曰："自北而南，实惟人化，饮马长江，岂独天道？"② 明确表示，所谓道义是以军事实力强弱为基础的。李孝伯与张畅在称谓、礼法、道义等问题上的针锋相对，以及史书对同一事件不同记述的态度，所反映的正是双方孰为中华正统的深刻对立情况，正如军事上双方都无法吞并彼此一样，这种正统的较量也是以彼此无法征服对方告终的。

如果说宋文帝的北伐与太武帝时期的南征，都是以毕其功于一役为目的的话，那么到了孝文帝时期，已经认识到南北的一统将是长久之图，非短期所至。因而，孝文帝在内政建设与对南朝交往中更注意正统形象的树立，并努力将正统树立的基础转到文教上来。在内政建设方面，孝文帝的一系列汉化改革可以反映正统建设的巨大进步。而在取得中原士大夫认可和支持的前提下，孝文帝以其政治魄力压制鲜卑贵族中的反对势力，迁都嵩极、定鼎河瀍，在中原建立符合地理方位上的正统都城，是正统建设中的飞跃。在对外交往上，更是将正统地位的确立视为首要目的，最为明显的即体现在聘使交往中语辞的交锋上。

---

① 《资治通鉴》卷125《宋纪七》，中华书局1956年版，第3953页。
② 《南史》卷32《张畅传》，中华书局1975年版，第831页。

孝文帝以后南北之间对于正统问题的争论主要体现在聘使往来上。① 其最典型之例即李彪使齐，李彪前后六次出使南齐，其交往行为除政治军事目的外，尚有标榜北魏正统的目的。太和十五年（491）使齐时期，正值文明太后去世，李彪要求南朝主客在宴会上辞去音乐："向辞乐者，卿或未相体。我皇孝性自天，追慕罔极，故有今者器除之议。去三月晦，朝臣始除缞裳，犹以素服从事。裴谢在此，固应具此。今辞乐，想卿无怪。"齐主客郎刘绘问其依据何在，李彪以"高宗三年，孝文逾月。今圣上追鞠育之深恩，感慈训之厚德，报于殷、汉之间，可谓得礼之变"相答，强调其遵照汉制传统。刘绘又咄咄相逼："若欲遵古，何不终三年？"其依据是《礼记·丧服四制》中"为父斩衰三年"的标准。对此，李彪的回复是"万机不可久旷"，且"圣朝自为旷代之制"。刘绘又以"百官总已听于冢宰，万机何虑于旷"相诘难，李彪的对答充分显示了其作为聘使的辩论才能："五帝之臣，臣不若君，故君亲揽其事。三王君臣智等，故共理机务。主上亲揽，盖远轨轩、唐。"② 这次争论由宴会辞乐引起，表面上看是对服丧标准的讨论，实际上背后所隐藏的是何者更遵循古制，也就是南北政权何者为中原正朔、何者为文化正统的尖锐问题。从李彪的对答中可以看出，"远轨轩、唐"一直是北魏内政外交中所坚持的原则和标准，这一追根溯源的方式，使得北朝使者在对南朝的辩论中显得格外自信。

北魏另一行人李谐，以其雄辩之才，在与南朝的交往中，处处彰显国家正统地位，致使"江南称其才辩"。李谐于北魏孝静帝时期出使梁朝，其时北魏已然分裂为东西两魏，此时出使南朝，不仅要不辱使命，更肩负树立东魏乃正统王室传承的任务。其时梁武帝萧衍求通和好，北魏经妙简行人，以李谐兼散骑常侍，为聘命使主，梁主客郎为范胥。在接待中范胥问李谐北方应该冷于南方，此乃嘘寒问暖，本无大碍，然李谐对曰"地居阴阳之正，寒暑适时，不知多少"，以地处阴阳之正彰显北魏之地理位置符合正统，范胥又问："所访邺下，岂是测影之地？"谐答曰："皆是皇居帝里，相去不远，可得统而言之。"紧接着，范胥之问更具挑衅性：

---

① 关于聘使具体内容，下章将详细论述，由于聘使中对双方国家正统维护也是出使目的之一，故打乱顺序，移至本节进行讨论，以期对正统之争问题认识更深入。
② 《北史》卷40《李彪传》，中华书局1974年版，第1459页。

"洛阳既称盛美，何事迁邺？"李谐答曰："不常厥邑，于兹五邦，王者无外，所在关河，复何所怪？"接下来，两人的交谈开始触及王朝正统的尖锐问题，范胥问曰："金陵王气兆于先代，黄旗紫盖，本出东南，君临万邦，故宜在此。"李谐答曰："帝王符命，岂得与中国比隆？紫盖黄旗，终于入洛，无乃自害也？有口之说，乃是俳谐，亦何足道！"① 范胥认为从谶纬符命上看，建康在地理位置上有帝王之兆，李谐则认为谶纬符命应服从于中原地区的先天地理优势。从两人的针锋相对中可以看出，在南北对话中，屈降彼国地位，尊显本国正统是使者外交使命中至为重要的内容。

南北使者在交往过程中，以折冲樽俎为目的、以才学雄辩为手段、以礼制典章为内容，是较为常见的特点。在孝文帝之前的南北交往中，以军事目的为主，孝文帝改革以后，随着南北格局的定型，以及正统意识的加强，正统地位的塑造成为交往中的主要目的。但随着北魏的分裂，以及北齐、北周对东魏、西魏的禅替，这一交往过程又呈现出复杂多变的特点，然而正统意识的追求在南北朝聘使交往中，一直没有被放弃或削弱。

二 借书南齐与南北文化争胜

十六国时期由于五胡相继入驻中原，对文化礼乐略不重视，致使典籍缺失严重，而东晋南朝不仅在永嘉南渡时带走大量典籍，在刘裕北伐期间，更注意收集残留典籍，充实内府，使南方在文化典籍的收集与保存方面，远远优于北方。《隋书·牛弘传》载牛弘语："永嘉之后，寇窃竞兴，因河据洛，跨秦带赵。论其建国立家，虽传名号，宪章礼乐，寂灭无闻。刘裕平姚，收其图籍，五经子史，才四千卷，皆赤轴青纸，文字古掘。僭伪之盛，莫过二秦，以此而论，足可明矣。故知衣冠轨物，图画记注，播迁之余，皆归江左。晋、宋之际，学艺为多，齐、梁之间，经史弥盛。"描述了从永嘉南渡到齐梁之际典籍的流传状态，相对于南方的弥盛，北方则是"宪章礼乐，寂灭无闻"。北方书籍"播迁之余，皆归江左"，奠定了南方文化胜于北方的物质基础。一直到侯景乱梁，梁元帝焚书以前，北方典籍仍少于南方三分之一，颜之推在《观我生赋》自注中云："北于坟

---

① 《魏书》卷65《李谐传》，中华书局1974年版，第1460—1461页。

籍少于江东三分之一,梁氏剥乱,散逸湮亡。"① 梁代以后,随着南人北上,加之北朝较注意收集典籍,才使得北朝藏书得以扩充。

北魏早年情专武功,荒于文教,典籍缺乏严重。《隋书·牛弘传》载:"后魏爰自幽方,迁宅伊、洛,日不暇给,经籍阙如。"道武帝皇始二年(397)克慕容燕,"获其所传皇帝玺授、图书、府库珍宝。"② 是最早关于北魏获得书籍的记载,但这些书籍显然不能满足北魏制度建设中对典籍的需求。故道武帝在天兴三年(400)曾问李先:"天下何书最善,可以益人神智?"李先答曰:"唯有经书。三皇五帝治化之典,可以补王者神智。"又问曰:"天下书籍,凡有几何?朕欲集之,如何可备?"对曰:"伏羲创制,帝王相承,以至于今,世传国记,天文秘纬不可计数。陛下诚欲集之,严制天下诸州郡县搜索备送,主之所好,集亦不难。"③ 道武帝于是班制天下,书籍稍集。

通过李先的鼓舞,道武帝表示对典籍的重视,并初步进行书籍的收集,但此时虽"粗收经史",但"未能全具"。因此在献文帝时期,高谧"以坟典残缺,奏请广访群书,大加缮写。由是代京图籍,莫不审正"④。可见在献文帝时期,北魏依然是"坟典残缺"的状态,但同时也在努力对书籍进行收集和考订。孝文帝时期在典籍收集整理上表现出极大热情,加大了收集书籍的力度,《隋书·经籍志》曰:"孝文徙都洛邑,借书于齐,秘府之中,稍以充实。"又孝文帝太和十九年(495)六月"癸丑,诏求天下遗书,秘阁所无、有裨益时用者,加以优赏"⑤。从其借书于齐一事可以看出,孝文帝能够直面北方文化缺失的现状,并能积极向文化先进的南朝借鉴、学习,体现了难能可贵的学习精神。同时也要看到其背后的深层原因,那就是随着北魏汉化改革的不断深入,对汉族典章制度的需求日益迫切,其改革需要直接经验,即汉族士大夫的意见,但同时也需要从书本上找到依据以平衡内部的分歧,这促使孝文帝在搜求本土书籍之余,希望在南朝取得"真经"。

北朝向南朝借书,并不始于孝文帝,《北史·伪附庸》载沮渠蒙逊:

---

① 王利器:《颜氏家训集解》,中华书局1993年版,第684页。
② 《魏书》卷2《太祖道武帝纪》,中华书局1974年版,第35页。
③ 《魏书》卷33《李先传》,中华书局1974年版,第789页。
④ 《魏书》卷32《高谧传》,中华书局1974年版,第752页。
⑤ 《魏书》卷7《高祖孝文帝纪》,中华书局1974年版,第177—178页。

"泰常中,蒙逊克敦煌,改年承玄。后又称蕃于宋,并求书,宋文帝并给之。蒙逊又就宋司徒王弘求《搜神记》,弘与之。"但北凉主虽"雄杰有英略,滑稽善权变",却略不知书,且从其求《搜神记》可见,所求之书也是以猎奇为主的,故宋文帝可毫无忌讳地将书借予。而孝文帝时期向南齐借书的内容和意义皆有不同,不得不引起双方重视。如若仔细分析借书南齐一事,可以从中看出南北对待彼此不同的文化态度。

北魏借书南齐一事,史籍中仅《南齐书·王融传》以王融上疏齐武帝请给魏书的形式出现,并无明确的时间记载。然据牟发松先生考证,此事当在齐永明七年(489),即北魏太和十三年左右。① 孝文帝太和十三年派遣邢产、侯灵绍出使南齐,时间为八月乙亥。在此之前,孝文帝汉化已经进入深化阶段,太和十二年(488)九月丁酉"起宣文堂、经武殿",闰九月"帝观筑圆丘于南郊",第二年七月丙寅,"幸灵泉池,与群臣御龙舟,赋诗而罢。立孔子庙于京师。"② 此次借书,乃是希望通过与南齐的暂时通好,为其深化改革提供更多的资鉴。此后的太和十五年(491),蒋少游作为副使入齐,在齐人看来就是怀着"模范宫阙"的政治目的。可见,孝文帝平城的改革在参考已有制度的前提下,希望能从更多的途径获得制度的完善,借书南齐即是手段之一。

对于借书一事,南齐反应颇为敏感,《南齐书·王融传》称:"虏使遣求书,朝议欲不与。"在经过朝廷的讨论后,认为不应借书北魏。但身为中书郎的王融却建议应该借书与北魏,并上书齐武帝,表达借书北魏的利大于弊。王融希望通过借书与北魏,达到文化上将其征服的目的,《南齐书·王融传》:"若来之以文德,赐之以副书,汉家轨仪,重临畿辅,司隶传节,复入关河,无待八百之师,不期十万之众,固其提浆佇俟,挥戈愿倒,三秦大同,六汉一统。"同时,又可以激化北魏政权内部的鲜汉矛盾,南齐便可坐收渔翁之利:"今经典远被,诗史北流,冯、李之徒,必欲遵尚;直勒等类,居致乖阻。……于是风土之思深,悁悢之情动,拂衣者连裾,抽锋者比镞,部落争于下,酋渠危于上,我一举而兼吞,卞庄之势必也。"在此,王融过于夸大了典籍的功用,类似于当代不同国家间,利用文化进行"和平演变"的做法。其想法可谓单纯,用意却不乏

---

① 牟发松:《王融上疏请给虏书考析》,《武汉大学学报》1995年第5期。
② 《魏书》卷7《高祖孝文帝纪》,中华书局1974年版,第165页。

阴险。① 因此，此事虽得到齐武帝的认同，但最终以"事竟不行"不了了之。可见虽有王融的鼓动，但借书一事并未得到南齐的许可。南齐君臣大概是看到北魏改革的势头强劲，借书与北魏似更能推进其改革进程，从而对南齐不利，这大概是"朝议欲不与"的主要原因。

对此次借书的失利，北魏《李璧墓志》中的记载，与王融上疏所言情况表现出明显的不同，其志曰：

> 昔晋人失驭，群书南徙。魏因沙乡，文风北缺。高祖孝文皇帝追悦淹中，游心稷下，观书亡落，恨阅不周，与为连和，规借完典。而齐主昏迷，孤违天意。为中书郎王融思狎渊云，韵乘琳瑀，气轹江南，声兰岱北，耸调孤远，鉴赏绝伦，远服君风，遥深纻缟，启称在朝，宜借副书。②

《李璧墓志》的作者，显然歪曲了王融的意图。在北魏人看来，王融此举乃是因"远服君风，遥深纻缟"，即是出于对北魏的倾慕，此显然是一厢情愿之辞。从《李璧墓志》的态度中可以看出，北魏宁愿以自欺欺人的心理看待借书一事，也不愿承认自己在文化上的劣势。

《李璧墓志》中言"齐主昏迷，孤违天意"，正与《南齐书·王融传》所载"事竟不行"相吻合，证明借书一事并未得到南齐的许可。而从孝文帝太和十九年（495）"诏求天下遗书"可知，其时北魏尚有大量书籍未得到收集，这也间接说明借书以充实秘府的做法并未得到实现。实际上，太和十九年（495）孝文帝下诏广求遗书的举措，才是《隋书·经籍志》所言北魏"秘府之中，稍以充实"的直接原因，而并非是由于此次"徙都洛邑，借书于齐"获得的充实。③

从南北双方对待借书一事的不同文化态度和政治意图上，可以看出争取文化地位对于彼此的意义。作为统一北方的政权，北魏在武力上对南朝已取得相当大的优势，而孝文帝的改革也初步改变了鲜卑粗疏的文化气

---

① 对于南齐借书的心理，钱锺书先生在《管锥编》中有独到论述，可参看。生活·读书·新知三联书店2008年版，第2090—2092页。

② 赵超：《汉魏南北朝墓志汇编》，天津古籍出版社2008年版，第118页。

③ 对此，牟发松先生《王融上疏请给虏书考析》（《武汉大学学报》1995年第5期）一文论证详细，可参考。

氛。因此,进一步提高与南朝对等的文化地位,并将其转化为综合国力上的优势,是此次北魏借书的最终目的。而对于南齐君臣来说,已然意识到北魏政府的这一目的,因此在武力不济的情况下,试图维护并发挥自身的文化优势,是南齐外交中的首要原则。

三 正统意识与孝文帝对文学的推进

《魏书·文苑传序》极言孝文帝在北魏文学复兴中的作用:"逮高祖驭天,锐情文学,盖以颉颃汉彻,掩踔曹丕,气韵高艳,才藻独构。衣冠仰止,咸慕新风。"在经过永嘉之乱"文章殄灭"的状态后,北魏文学创作在孝文帝"锐情文学"的鼓励下,呈现明显的复苏趋势,其"颉颃汉彻,掩踔曹丕"的气势,表现了对自身文学发展积极自信的心态,这种心态的形成,得益于其政治上正统形象的成功树立。

太和二十三年(499)三月孝文帝在临终前,顾命宰辅曰:"迁都嵩极,定鼎河瀍,庶南荡瓯吴,复礼万国,以仰光七庙,俯济苍生。"① 从语气上看,孝文帝显然已经以中原正统身份自居。而在大臣的奏表中,更视北魏为正统,如高闾上表曰:"大魏应期绍祚,照临万方,九服既和,八表咸谧",称颂北魏政权顺应天时;程俊《庆国颂》:"于皇大魏,则天承祐。叠圣三宗,重明四祖。岂伊殷周,遐契三五",言北魏承绍三皇五帝之顾命;高允《鹿苑赋》:"启重基于朔土,系轩辕之洪裔",信其为黄帝的后裔;又其《酒训》颂赞:"今大魏应图,重明御世,化之所暨,无思不服,仁风敦洽于四海。"这不单是奉承歌颂,而是从北魏符合中原正统地位的前提出发,对政权合理性予以承认的表现。在正统认识得到本土汉人确立之后,如何扭转文化上的劣势,成为北魏在处理对南朝外交上的难题。

孝文帝时期,在心理上已经获得与南朝平等的认识,这一方面与北魏军事实力优于南方有关,另一方面也得力于孝文帝改革所取得的成效。因此,在对南朝交往中,追求文化上的平等则成为孝文帝扩大心理优势的重要手段。太和初年,孝文帝在卢昶出使南朝时嘱咐曰:"卿便至彼,勿存彼我。密迩江扬,不早当晚,会是朕物。卿等欲言,便无相疑难。"言语之间充分体现了武力上的自信。因为担心卢昶文才不济,难以应付南朝人

---

① 《魏书》卷7《高祖孝文帝纪》,中华书局1974年版,第185页。

的诘难,孝文帝又特别交代副使王清石曰:"卿莫以本是南人,言语致虑。若彼先有所知所识,欲见便见,须论即论。卢昶正是宽柔君子,无多文才,或主客命卿作诗,可率卿所知,莫以昶不作,便复罢也。凡使人之体,以和为贵,勿递相矜夸,见于色貌,失将命之体。卿等各率所知,以相规诲。"① 王清石本是南朝人,后入北魏,对其身世史籍中缺乏记载,然其文采当在卢昶辈之上,故孝文帝有此嘱托。由此可见,当时欲在文学上与南朝相抗,尚需依凭少数由南入北的士人,而不仅仅是中原世家大族的支撑。

孝文帝要求使者积极应对南朝的诗作酬答,这是北魏早期外交中所忽视的,在此得以强调。在与南朝的交往过程中,孝文帝逐渐认清想要战胜文化强盛的南朝,不得不从整体上提高北方文学的创作水平,而并非仅仅依靠聘使或少数北上南人的个人才华,此乃改变北朝文学整体风貌的最根本手段。为了促进文学创作的兴盛,孝文帝以身作则。《魏书》本传称孝文帝"才藻富赡,好为文章、诗、赋、铭、颂,有兴而作。有大文笔,马上口授,及其成也,不改一字。自太和十年已后,诏册皆帝之文也。自余文章,百有余篇"。先天的聪颖加之文明太后的汉化影响,使孝文帝成为北魏历代帝王中最富文采者。《隋书·经籍志》有《后魏孝文帝集》三十九卷,说明孝文帝文集至唐初仍有流传。连南齐人也称赞其"知谈义,解属文,轻果有远略"。肯定其在文学上的造诣。观其所作《祭恒岳文》《祭嵩高山文》《吊殷比干墓文》《祭岱岳文》《祭河文》《祭济文》等文章,于典正之间亦颇富文采,且对儒家经典表现出相当程度的熟悉,这些成就得力于其对文学的热忱以及与文士间的学习交流。

孝文帝曾积极向北方高门文士学习文学创作。博陵崔挺既通文章,又擅书法,孝文帝常"问挺治边之略,因及文章"。并将自己的文章送予崔挺以听取意见:"别卿已来,倏焉二载,吾所缀文,已成一集。今当给卿副本,时可观之。"② 同时,孝文帝也常将自己的文集送予臣子以效示范,以此激励文人的创作热情。又《魏书·刘昶传》载孝文帝饯别刘昶时,"及发,高祖亲饯之,命百僚赋诗赠昶,又以其《文集》一部赐昶。高祖因以所制文笔示之,谓昶曰:'时契胜残,事钟文业,虽则不学,欲罢不

---

① 《魏书》卷47《卢玄传附卢昶》,中华书局1974年版,第1055页。
② 《魏书》卷57《崔挺传》,中华书局1974年版,第1264页。

能。脱思一见，故以相示。虽无足味，聊复为笑耳。'"刘昶是宋文帝之子，因废帝刘子业疑其有异志，于和平六年（465）降于北魏。因孝文帝倾重南人，故受到格外重用。太和十八年（494），封其为"都督吴越楚彭城诸军事、大将军、开府、镇徐州"。① 在送别之时，孝文帝将文集送与刘昶。孝文帝赐文之举意在昭示南来之人：北魏帝王不仅武功卓然，而且文采斐然。以帝王之尊赐文集与臣子，一方面为彰显自己的文学才能，另一方面不乏通过刘昶将其文集传入南朝的心理诉求。

此外，孝文帝还常在宴会上鼓励文人积极进行文学创作。《魏书·南安王桢传》载孝文帝饯别元桢于华林都亭，宴会上称："从祖南安，既之蕃任，将旷违千里，豫怀惆恋。然今者之集，虽曰分歧，实为曲宴，并可赋诗申意。射者可以观德，不能赋诗者，可听射也。当使武士弯弓，文人下笔。"令所有在场者当场赋诗，不能赋诗者以射箭代替，这种鼓励文人创作的做法，能够有效地提升文人地位，恢复此前文人受到严重束缚和压抑的创作热情。

孝文帝在游览、宴会等场合，多命臣子赋诗以奉和。《魏书·任城王云传》载："驾饯之汝濆，赋诗而别。车驾还洛，引见王公侍臣于清徽堂。……命黄门侍郎崔光、郭祚，通直郎邢峦、崔休等赋诗言志。"又《魏书·彭城王勰传》载："后宴侍臣于清徽堂。日晏，移于流化池芳林之下。……遂令黄门侍郎崔光读暮春群臣应诏诗。"《魏书·郑懿传》载有孝文帝与朝臣酒酣赋诗一事，除孝文帝外，彭城王元勰、郑懿、郑道昭、邢峦、宋弁等人皆有对答。与南朝宴会之中吟咏器物不同，北魏君臣的诗歌中更显示出对政治的热情，与混一南北的决心，② 体现了北朝诗歌质朴、豪迈、激昂的特色。

在孝文帝的带动下，鲜卑贵族也多留心文学，并在外交中竭力显示文学上的能力。如任城王元澄在诸王中，文采显著，《魏书·任城王澄传》：

---

① 《魏书》卷59《刘昶传》，中华书局1974年版，第1311页。
② 《魏书·郑羲传》："乐作酒酣，高祖乃歌曰：'白日光天无不耀，江左一隅独未照。'彭城王勰续歌曰：'愿从圣明兮登衡会，万国驰诚混江外，'郑懿歌曰：'云雷大振兮天门辟，率土来宾一正历，'邢峦歌曰：'舜舞干戚兮天下归，文德远被莫不思。'道昭歌曰：'皇风一鼓兮九地匝，戴日依天清六合。'高祖又歌曰：'遵彼汝坟兮昔化贞，未若今日道风明。'宋弁歌曰：'文王政教兮晕江沼，宁如大化光四表，'高祖谓道昭曰：'自比迁务虽猥，与诸才俊不废咏缀，遂命邢峦总集叙记。当尔之年，卿频丁艰祸，每眷文席，常用慨然。'"

"高祖至北邙,遂幸洪池,命澄侍升龙舟,因赋诗以序怀。"可以即席赋诗。又同传称:"澄为七言连韵,与高祖往复赌赛,遂至极欢,际夜乃罢。"能够与孝文帝以"七言连韵"的形式进行比赛,可见其文采斐然。并且,元澄在南齐使者面前表现出"音韵遒雅,风仪秀逸"的风采,使南齐使者庾荜赞叹"往魏任城以武著称,今魏任城乃以文见美也"。① 从往任城王以武见称,到今任城王以文见美的转变,显示孝文帝以文学带动文化进步已取得明显成效,并获得南朝人的认可。

相比之下,彭城王元勰的文采略逊一筹。由南入北的王肃曾与彭城王元勰吟咏《悲彭城诗》,元勰错将《悲彭城诗》读成《悲平城诗》,遭到王肃嘲笑,幸赖祖莹当即编造一首《悲平城诗》为其开脱,元勰大悦,退而谓祖莹曰:"即定是神口。今日若不得卿,几为吴子所屈。"② 以元勰看来,被南朝人嘲笑乃是一种耻辱。在北朝人眼中,其内心虽不得不承认南北间存在差距,但现实中却不愿接受这一屈辱性的事实。孝文帝提倡文学以后,任城王元顺、临淮王元彧、安丰王元延明、东平王元略等宗室贵族,皆博古文学,颇多文采,③ 一改此前"北人每言北人何用知书"的认识,以期望摆脱武人粗疏的印象,洗刷文学荒芜的状态。

通过与南方的不断接触,孝文帝时期的文学水平较之北魏早期有了突破,文学创作的形式不再局限于应制、典命、册诰等实用性文章上,抒发个人性情的作品已经有所萌发。孝文帝的《吊比干文》辞藻、情采皆有可观;元顺的《蝇赋》以讽喻讥刺为旨归,且骈化色彩极浓;元勰的《问松林诗》,浑厚质朴、发于胸臆,毫无修饰雕琢之感;程骏的《庆国颂》《得一颂》,被文明太后称为"歌颂宗祖之功德可尔,当世之言何其过也",④ 文饰虽有所夸张,但仍能看出文明太后欣然接受的态度。但是应该看到,孝文帝时期的文学虽然有所提高,其整体文学水平和创作环境还在南朝之下,而北魏后期文学欲得到更大飞跃,并与南朝齐肩,乃至赶超南朝,还要等到梁陈士人大量北上以后。

---

① 《北史》卷18《任城王澄传》,中华书局1974年版,第655页。
② 《魏书》卷82《祖莹传》,中华书局1974年版,第1799页。
③ 王永平:《北魏后期迁洛鲜卑皇族集团之雅化:以其学术文化的积累提升为中心》,《河北学刊》2012年第6期。
④ 《魏书》卷60《程骏传》,中华书局1974年版,第1349页。

第三章

聘使往来与南北文学互动

在南北文学交往研究中，聘使是不容忽视的现象。[①] 南北朝常出于政治军事的考虑，彼此之间进行大量外交活动，尤其到了北朝后期，北齐、北周、梁三方对立，聘使往来在军事格局变化中，更起到重要作用。除了负责政治方面的任务外，聘使亦多承担南北文化沟通者的角色。出于维护国家正统，彰显文化软实力的需要，彼此派出的使者，多由朝廷反复斟酌，进行"妙选"，取其门第显贵，地胄清华，才学优赡者为之，授以"散骑常侍"之类的清流之职，南北之间士人遂以出使为光耀门庭之事。聘使在折冲樽俎之间，在口舌交锋之余，尚能进行文学切磋，客观上促进了南北文学之交流。

第一节 "妙简行人"与"一门多使"

赵翼《廿二史札记》卷十四《南北朝通好以使命为重》条云："南北通好，尝藉使命增国之光，必妙选行人，择其容止可观，文学优赡者，以

[①] 南北朝聘使研究的主要著作如下：黄宝实《中国历代行人考》（台湾中华书局1969年版）；黎虎《汉唐外交制度史》（兰州大学出版社1998年版）；蔡宗宪《南北朝交聘与中古南北互动》（"国立"台湾大学历史研究所2006年博士学位论文）；逯耀东《北魏与南朝对峙期间的外交关系》（《从平城到洛阳：拓跋魏文化转变的历程》，中华书局2006年版）；等等。涉及南北朝聘使交往具体问题的重要文章如下：洪卫中《南北朝妙简外交使者简析》（《青岛大学师范学院学报》2006年第4期）；周健、李福莲《南北边贸及聘使对佛教交流的作用》（《许昌师专学报》1996年第2期）；王友敏《南北朝交聘礼仪考》（《杭州教育学院学报》1995年第9期）；牟发松《南北朝交聘中所见南北关系略论》（《魏晋南北朝隋唐史资料》1996年）。另有如下博硕论文：韩雪松《北魏外交制度研究》（吉林大学2009年博士学位论文）；李大伟《南北朝时期聘使研究》（兰州大学2010年硕士学位论文）等，涉及聘使诸多问题，值得借鉴。

充聘使。"提出妙选行人的标准以容止和才学为首选,然并未涉及门第因素。当代学界对行人选拔问题也多有讨论,或循赵翼之论,以才学、风仪为切入点,①或强调门第之重,②鲜有考察两者间联系之作,实则聘使的选拔标准与门第关系极为密切,本书拟在前人论述基础上,对相关问题进行补益。

一 "妙简行人"之标准

南北朝对外交使者的选拔有"妙简"(或称"妙选")之说,史籍所见如下:

> 《北史·崔凌传》:"初通梁国,妙简行人。"
>
> 《北史·高允传》:"太延中,以前后南使不称,妙简行人,游雅荐推应选。"
>
> 《北史·邢峦传附邢邵》:"于时与梁和,妙简聘使,邵与魏收及从子子明被征入朝。"
>
> 《北史·陆通传附陆逞》:"初修邻好,盛选行人,诏逞为使主,尹公正为副以报之。"
>
> 《梁书·儒林传·范缜》:"永明年中,与魏氏和亲,岁通聘好,特简才学之士,以为行人。"
>
> 《梁书·范岫传》:"永明中,魏使至,有诏妙选朝士有辞辩者,接使于界首。"
>
> 《魏书·李谐传》:"萧衍求通和好,朝廷盛选行人,以谐兼散骑常侍,为聘命使主。"

之所以有妙选之举,主要因为行人代表国家形象,没有才华及门第者,有损国荣。北魏太武帝太延年间"以前后南使不称",③进而下令妙简行人,即是出于这一原因。不仅出使者要精挑细选,接待使者(主客郎)也应

---

① 胡大雷:《金戈铁马·诗里乾坤:汉魏晋南北朝军事战争诗研究》,中国社会科学出版社2010年版;洪卫中:《南北朝妙简外交使者简析》,《青岛大学师范学院学报》2006年第4期。

② 逯耀东:《北魏与南朝对峙期间的外交关系》,《从平城到洛阳:拓跋魏文化转变的历程》,中华书局2006年版。

③ 《魏书》卷48《高允传附高推》,中华书局1974年版,第1091页。

妙选，以与来者之才学门第相匹配。《北史·祖莹传附祖孝隐》："时徐君房、庾信来聘，名誉甚高，魏朝闻而重之，接对者多取一时之秀，卢元景之徒，并降阶摄职，更递司宾。"主客一职地位较低，但由于徐陵、庾信皆为南朝文化显贵，故而只能以北朝名门才士降阶受职。又《北史·陆俟传附陆彦师》："每陈使至，必高选主客。"既为"妙选"，则必有一定选拔标准。《北史·崔凌传》中精妙地概括了这一标准为"才地"："既南北通好，务以俊乂相矜，衔命接客，必尽一时之选，无才地者不得与焉。"所谓"才"即为才学、容止，"地"即门第、地望，"才地"是具备选拔资格的前提。除此之外，作为聘使还应具备一些基本才能。

（一）口辩才能

口才是南北朝士人普遍看重的才能之一，《世说新语·言语》中即有大量记载魏晋人士重视口辩的表现，在清谈过程中，言语、音辞等因素都是考察士族才能的标准。南北朝外交中，口才更是考量出使者的首要因素，刘邵《人物志》称："辩给之材，行人之任也。"故而所选使者多擅外交辞令。如陆爽"朝廷以其博学有口辩，陈人至境，常令迎劳"；[①] 陆逞"美容止，善辞令。敏而有礼，齐人称焉"；[②] 刘绘"以辞辩，敕接房使"；[③] 柳肃"陈使谢泉来聘，以才学见称，诏肃宴接，时论称其华辩"；[④] 高推"诏兼散骑常侍使宋，南人称其才辩"；[⑤] 萧琛"名曰口辩"；[⑥] 王融"上以融才辩，十一年，使兼主客"，[⑦] 等等，士人多因口才突出而在选拔中崭露头角。

在外交中，针对不同场合、不同见解，言语交锋在所难免，口才的高低不仅能够体现个人才华，更是维护国家形象的重要途径。《宋书·张畅传》及《魏书·李孝伯传》所载张畅、李孝伯在阵前的辩论，显示了他们极佳的口才，产生一定影响，甚至为后来南北的交往奠定了标准和典范。李彪使南中，也通过言语与对方周旋对战，显得从容不迫。孝文帝在

[①] 《北史》卷28《陆俟传附陆爽》，中华书局1974年版，第1022页。
[②] 《周书》卷32《陆通传附陆逞》，中华书局1971年版，第559页。
[③] 《南齐书》卷48《刘绘传》，中华书局1972年版，第842页。
[④] 《隋书》卷47《柳机传附柳肃》，中华书局1973年版，第1274页。
[⑤] 《北史》卷31《高允传附高推》，中华书局1974年版，第1132页。
[⑥] 《梁书》卷48《儒林传·范缜》，中华书局1973年版，第664页。
[⑦] 《南齐书》卷47《王融传》，中华书局1972年版，第821页。

派出使节之前，也强调外交中要把持好限度，既不要"言语致虑""欲见便见，须论即论"，更要"以和为贵，勿递相矜夸，见于色貌，失将命之体"。① 这种标准要求行人在出使过程中自觉把握分寸，即使有口才，与人交谈也要留有三分余地，不可逞一时之口胜，如此才不失大国的体面。《南史·王彧传附王锡》展示了北朝人对南朝人的主动挑战，其内容便以口辩才能为主：

> 普通初，魏始连和，使刘善明来聘，敕中书舍人朱异接之。善明，彭城旧族，气调甚高，负其才气，酒酣谓异曰："南国辩学如中书者几人？"异曰："异所以得接宾宴，乃分职有司，若以才辩相尚，则不容见使。"

在这里，刘善明提出了"辩学"一词，其所言之"辩学"是从东汉末年开始在经学论难及魏晋以来玄学清谈背景下，逐渐形成的关于论辩技巧以及论辩艺术的一种学问，这种学问在行人这里得到了极好的伸张和实践。针对刘善明的提问，中书舍人朱异的回答既表明南朝人才济济，同时又委婉地贬损了刘善明，可谓辩学才华的绝佳展示。

在面临对方的诘难时，"占对闲敏"是最佳表现，所谓"闲"，即表现悠然从容，"敏"即反应敏速、机智。南北朝使者不乏因"占对闲敏"而受到赞美者，如李彪因对问机敏，赢得南朝"骞博"之赞；陆琰因其"风气韶亮，占对闲敏，齐士大夫甚倾心焉"②；柳弘因"占对敏捷，见称于时"③；杜杲"有辞辩，闲于占对，前后将命，陈人不能屈，陈宣帝甚敬异之"④；柳肃"少聪敏，闲于占对。……陈使谢泉来聘，以才学见称，诏肃宴接，时论称其华辩"⑤，等等。当然，也有因应对不善而被本国弹劾者，如卢度世因为"应对失衷。还，被禁劾，经年乃释"⑥，足见口才在行人选拔中的重要作用。

---

① 《魏书》卷47《卢玄传附卢昶》，中华书局1974年版，第1055页。
② 《南史》卷48《陆慧晓传附陆琰》，中华书局1975年版，第1202页。
③ 《北史》卷64《柳虬传附柳弘》，中华书局1974年版，第2287页。
④ 《北史》卷70《杜杲传》，中华书局1974年版，第2430页。
⑤ 《隋书》卷47《柳机传附柳肃》，中华书局1973年版，第1273—1274页。
⑥ 《魏书》卷47《卢玄传附卢世度》，中华书局1974年版，第1046页。

在文学与口才之间，往往先重口才，次及文学。《北史·崔凌传》载东魏孝静帝"天平末，魏欲与梁和好，朝议将以崔凌为使主。凌曰：'文采与识，凌不推李谐。口颊翩翩，谐乃大胜。'于是以谐兼常侍、卢元明兼吏部郎、李业兴兼通直常侍聘焉"。李谐因口才胜于崔凌之文学，因此获得出聘机会。又《北史·祖莹传附祖孝隐》："词章虽不逮兄，机警有口辩，兼解音律。魏末为兼散骑常侍，迎梁使。"祖孝隐辞章虽不怎么样，但口才之佳往往能掩盖文学不突出的短处。相反即便文学才能优赡，但没有口才也难以承受聘使之职，如《南齐书·谢朓传》："隆昌初，敕朓接北使，朓自以口讷，启让不当，不见许。"谢朓虽是南朝文学大家，却因为言语木讷而主动辞去聘使一职。因此，从某种程度上说，在南北朝外交经验中，口才重于文学。

（二）文学才能

在南北著名文人中，有过聘使经历或主客经历者主要有：游雅、游明根、李彪、张融、刘绘、任昉、萧琛、范云、王融、谢朓、卢元明、李谐、魏收、魏澹、庾信、徐陵、薛道衡等人，这些人中，或有诗文存世，或在当时有集子流传，都属文学优赡之士，在文学史上皆有一席之地。而《北史·文苑传》中所记文人，大部分亦都有外聘经历。北朝文采斐然者本就不多，在与重视文学的南朝文人交流中，这些文人起到了支撑门面的作用。例如《北史·薛道衡传》载："陈使傅绰聘齐，以道衡兼主客郎接对之。绰赠诗五十韵，道衡和之，南北称美。魏收曰：'傅绰所谓以蚓投鱼耳。'"在魏收看来，薛道衡的文学显然已超过南方了。魏收本人亦因"辞藻富逸"得到南朝人的认可，《魏书·魏收传》："收兼通直散骑常侍副王昕聘萧衍，昕风流文辩，收辞藻富逸，衍及其群臣咸加敬异。"此外，李彪、魏澹、卢元明等北人都曾因文学才华突出而得到南朝文人的认可。

随着孝文帝汉化加深，北朝对于出使者的文学才能渐渐加以重视，如孝文帝在卢昶出使南齐前，曾交代副使王清石："或主客命卿作诗，可率卿所知，莫以昶不作，便复罢也。"[①] 即已经表现出对文学的重视趋向。因此，北朝在此后选拔聘使中，文学才能逐渐成为重要的衡量标准。魏澹"专精好学，高才善属文"；[②] 陆操"高简有风格，早以学业知名，雅

[①] 《魏书》卷47《卢玄传附卢昶》，中华书局1974年版，第1055页。
[②] 《北史》卷56《魏季景传附魏澹》，中华书局1974年版，第2044页。

好文";① 辛德源"十四解属文,及长,博览书记";② 陆卬"善属文……虽未能尽工,以敏速见美",等等,③ 都以擅长文辞被选为聘使。而随着北朝整体文学水平的提升,文人阶层得到扩大,文学创作水平日益精进,聘使中能作文者渐多,逐渐可与南朝相抗衡。南北之间文学,借由聘使得到高层次的交流,聘使之间的文学往来遂成为南北文学得以融合的重要方式。

(三) 学问积累

在聘对过程中,难免涉及仪式、礼节等礼学问题,尤其在处理丧礼等敏感问题时,对经书的不同解说,往往成为双方争辩的焦点。这就要求出使者有深厚的儒学修为,能够随机答辩,以应不虞。北朝聘使多选学识渊博者充任,如游明根"贞慎寡欲,综习经典";④ 刘芳"才思深敏,特精经义,博闻强记,兼览《苍》《雅》,尤长音训,辩析无疑";⑤ 魏澹"高才善属文,……预修五礼,及撰《御览》";⑥ 宋弁"才学俊赡,少有美名";⑦ 裴昭明"少传儒史之业。泰始中,为太学博士"⑧,等等。

南北学风本不相同,经学的解说上也是南王北郑,多有龃龉之处。⑨即以丧礼为例,北魏太和年间,在文明太后去世时,南齐曾"遣其散骑常侍裴昭明、散骑侍郎谢峻等来吊,欲以朝服行事",这是不合北魏礼制之举,孝文帝"敕尚书李冲选一学识者,更与论执",⑩ 李冲推举成淹作代表,与裴昭明针对是否应以朝服行事展开论辩:

> 昭明言:"不听朝服行礼,义出何典?"淹言:"玄冠不吊,童孺共闻。昔季孙将行,请遭丧之礼,千载之下,犹共称之。卿方谓义出

---

① 《北史》卷28《陆俟传附陆操》,中华书局1974年版,第1022页。
② 《北史》卷50《辛雄传附辛德源》,中华书局1974年版,第1824页。
③ 《北齐书》卷35《陆卬传》,中华书局1972年版,第469页。
④ 《魏书》卷55《游明根传》,中华书局1974年版,第1213页。
⑤ 《北史》卷42《刘芳传》,中华书局1974年版,第1542页。
⑥ 《北史》卷56《魏季景传附魏澹》,中华书局1974年版,第2044页。
⑦ 《魏书》卷63《宋弁传》,中华书局1974年版,第1414页。
⑧ 《南齐书》卷53《裴昭明传》,中华书局1972年版,第918页。
⑨ 有学者认为北朝经学发达,在聘使中故意打儒学牌,此论尚有待商榷。因北朝儒学固然发达,但在与南朝对话中,往往有南朝主动挑衅的例子,于此说北朝有意显示儒学之发达,则疏于考辨。
⑩ 《北史》卷46《成淹传》,中华书局1974年版,第1698页。

何典,何其异哉!"昭明言:"齐高帝崩,魏遣李彪通吊,初不素服,齐朝亦不为疑。"淹言:"彪通吊之日,朝命以吊服自随。彼不遵高宗追远之慕,乃逾月即吉。齐之君臣,皆已鸣玉盈庭,彪行人,何容独以衰服间衣冠之中?我皇处谅闇以来,百官听于冢宰,卿岂得以此方彼也?"昭明乃摇膝而言曰:"三皇不同礼,亦安知得失所归。"淹言:"若如来谈,卿以虞、舜、高宗为非也?"昭明相顾笑曰:"非孝者,宣尼有成责,行人亦弗敢言。使人唯赍绮襦,不可以吊,幸借衣飘,以申国命。今为魏朝所逼,还南日,必得罪本朝。"淹言:"彼有君子也,卿将折中,还南日,应有高赏。若无君子也,但令有光国之誉,虽非理得罪,亦复何嫌。南史、董狐,自当直笔。"既而敕送衣飘给昭明等,明旦引入,皆令文武尽哀。①

除了上述关乎国家威仪的丧礼讨论之外,在一些具体的聘对礼节上也有争论。譬如元善"通涉五经,尤明《左氏传》","陈使袁雅来聘,上令善就馆受书。雅出门不拜,善论旧事有拜之仪,雅未能对,遂拜,成礼而去。"② 以典籍为武器折服对手。又如卢恺"神情颖悟,涉猎经史,有当世干能,颇解属文""转礼部大夫,为聘陈使副。先是,行人多从其国礼,及恺为使,一依本朝,陈人莫能屈。"③ 因其身份为礼部大夫,故能在礼仪上折服南朝。接待礼仪实则与丧礼同样代表着国家的威仪,受到重视,这就要求行人或主客有学问根底作支撑,与之周旋。而在大范围讨论经史的情况下,对学问的要求更高,《梁书·王锡传》载刘善明与王锡等人讨论经史:"善明造席,遍论经史,兼以嘲谑,锡、缵随方酬对,无所稽疑,未尝访彼一事。"皆要求使者及主客有深厚的经史修养。

对经义的切磋,多以国家制度为切入点,而结果往往引申到国家正统性的问题上。例如李业兴与梁朱异讨论南郊、圆丘位置,以及明堂形制,朱异言:"北间郊、丘异所,是用郑义。我此中用王义。"李业兴说北魏明堂形制依据纬书《孝经纬·援神契》,而朱异则认为纬书不可信。梁武帝又亲自问李业兴:"闻卿善于经义,儒、玄之中何所通达?"其答曰:

---

① 《魏书》卷79《成淹传》,中华书局1974年版,第1752页。
② 《隋书》卷75《儒林传》,中华书局1973年版,第1707页。
③ 《北史》卷30《卢柔传附卢恺》,中华书局1974年版,第1089页。

"少为书生，止读五典。至于深义，不辨通释。"又对梁武帝问"太极为有无"的问题，以"素不玄学，何敢辄酬"来回答，规避谈论自己不擅长的玄学问题。① 在问对过程中，李业兴显示了对《诗经》《周礼》《礼记》《尚书》等典籍的熟识，并能扬长避短，使学问的切磋融洽而又充满张力。

以上从口才、文学、学问三方面对聘使选拔中才学因素加以分析。与才学相比，容止作为选拔标准亦十分重要。魏晋以来人才选拔中渐有重视容貌的倾向，《人物志》以人物气骨风神为衡量才能之首要标准，其容貌风仪俨然已上升至与德行、才能并举的地位。《世说新语·容止》又将人的容貌风神，具象为玉山、玉树、青松、珠玉等美好事物，其所记载之事亦多有以貌取人者。有时容貌之作用甚至高于才学，如左思虽有逸才，然因门第衰微，且"貌寝"而沦于下流，不受重用。在重视门第的南朝社会，容貌不仅能够代表家门形象，更是"坐致公卿""平流进取"的先天资本。在出使或接待使者时，本国所妙选之聘使，必以风度翩翩、才貌荣秀者为之。如北朝聘使邢峦"有文才干略，美须髯，姿貌甚伟"②；游明根"风度清干，志尚贞敏"③；李安世"美容貌，善举止"④；庾杲之"风范和润，善音吐"⑤，皆将容貌视为聘使选拔的重要标准。

但也有才华、容止一般者入选行人的特例。譬如崔瞻"经热病，面多瘢痕，然雍容可观，辞韵温雅，南人大相钦服"⑥。而李谐"为人短小，六指"⑦，李神俊又"颈多鼠乳"⑧，这些人虽然身体有缺陷，但仍不妨碍其担任使者。又如上文所引卢度世因为"应对失忠"而遭弹劾，卢昶为"宽柔君子，无多文才"⑨，其才华不如副使王清石，气节不如张思宁，但仍可担任正使。这种特殊情况的出现，无非在于门第因素在其中起的作用要高于个人之才华因素，博陵崔氏、范阳卢氏、陇西李氏都是北朝大姓，家族门第是他们在"妙简行人"中获得青睐的根本原因。

---

① 《魏书》卷84《儒林传》，中华书局1974年版，第1863页。
② 《魏书》卷65《邢峦传》，中华书局1974年版，第1437页。
③ 《魏书》卷55《游明根传》，中华书局1974年版，第1214页。
④ 《魏书》卷53《李安世传》，中华书局1974年版，第1175页。
⑤ 《南齐书》卷34《庾杲之传》，中华书局1972年版，第615页。
⑥ 《北史》卷24《崔逞传附崔瞻》，中华书局1974年版，第876页。
⑦ 《北史》卷43《李崇传附李谐》，中华书局1974年版，第1604页。
⑧ 《北史》卷100《序传》，中华书局1974年版，第3329页。
⑨ 《北史》卷30《卢玄传附卢昶》，中华书局1974年版，第1081页。

二 "一门多使"考述

门阀士族是南北朝时期南北双方所具有的共同特征,对于南朝门阀问题,学界讨论已多且详。本节仅以北朝为切入点,从北朝门第情况入手,考察行人选拔中门第与才华、容止之间的关系。

北朝高门虽经崔浩之祸殃及池鱼,但其门第势力并未就此消减,反而因此事件得到某种程度的反弹。又经过孝文帝改革,北朝门第进一步得到制度上的保障,其对文化的垄断程度有增无减,《新唐书·柳冲传》载柳芳《氏族论》云:

> 今流俗独以崔、卢、李、郑为四姓,加太原王氏号五姓,盖不经也。

博陵崔氏、范阳卢氏、赵郡李氏、荥阳郑氏、太原王氏为北地高门,在唐时已被"流俗"视为"五姓",这些高门往往垄断选官与进阶之途。在南北朝所选文官中,士族与小姓、寒族在文官中的比例为70∶20∶10,士族所占有的席位比例要远远大于小姓及寒族。[①] 因此,面对行人这种"美差"的选拔,在基本资格当中,仅就"门第"此一项,便可排除大量才秀人微之士。

但北朝门第与才学之争,在选官层面毕竟有所先后和侧重,大体上,崔浩以前所选之人多重才学,孝文帝以后重门第,北周苏绰时期,复重才学,基本上走了一个从重才到重门第,复又重才的过程。[②] 在行人的选拔方面,似乎也呈现这样的趋势,北魏延和以前所选行人如张济、公孙表、步堆、周绍、邓颖等人皆非高门,而延和二年(433)以后,卢玄、游雅、高推、邢颖等人,则显示了陆续有高门子弟的介入态势。从和平元年(460)以后,便开始出现高门弟子接续先辈出为聘使的先例,如卢度世、游明根、邢祐等人,此后高门渐有垄断趋势。而到了北齐、北周对峙时期,又不专以高门为行人,杜杲八次使陈即为典型。

---

① 毛汉光:《两晋南北朝主要文官士族成分的统计分析与比较》,《中国中古社会史论》,上海书店出版社2002年版,第141—186页。

② 万绳楠:《魏晋南北朝文化史》,贵州人民出版社2007年版,第56页。

外交使者的家族因素主要表现在"一门多使"的现象上。要解释"一门多使"的现象,首先要明确"一人多使"与"一门多使"的区别和表现。"一人多使"与"一门多使"在南北朝聘使研究中,是一个十分明显的现象。黄宝实《中国历代行人考》中《南北朝行人为世业》一文论及重门第之风,但未深入,又其《杜杲八聘陈》以杜杲为例,论"一人多使"现象,但只胪列史料,未及两者之间的关系深入讨论。①

所谓"一人多使"与"一门多使",实际上即是重才学与重门第之区别。"一人多使"所依凭的完全是个人才华,北魏李彪六次使齐、北周杜杲八次使陈就是典型代表。李彪"家世寒微,少孤贫",但因其"有大志,笃学不倦"且与高门相攀,才获得进阶的机会,受到孝文帝赏识,进而能够六次出使南朝。而杜杲以一介行人,周旋于齐、陈之间,利用周、齐、陈三者关系,分化孤立北齐,进而为灭齐获得了可贵的战略支持,②所依靠的完全是自身的外交才能。杜杲家境虽略优于李彪,但究非北朝高门,其"学涉经史,有当世干略"乃是获得认可的主要凭借,③ 两人都能够多次出使南朝,家族因素在其中所起到的作用要小于个人才华所展现的优势。

相比之下,北朝在选择聘使时,"一门多使"的现象,明显远远高于"一人多使"的情况。其中尤以范阳卢氏、清河崔氏、赵郡李氏、河间邢氏四门为首,为清晰说明问题,现将此四门出使情况列表如下。④

范阳卢氏一门多使者:

使者	卢玄	卢昶	卢元明	卢元景（接使）	卢士游	卢凯	卢昌衡（接使）
出使时间	延和二年（433）十二月	太和十八年（494）六月	天平四年（537）七月	武定三年（545）	北齐河清三年（564）	（时间待考）	隋开皇三年（583）二月

---

① 黄宝实:《中国历代行人考》,台北:台湾中华书局1969年版,第199页。
② 陈金凤:《北周外交略论》,《北朝研究》（第一辑）,燕山出版社1999年版。
③ 《周书》卷39《杜杲传》,中华书局1971年版,第701页。
④ 该表所据为蔡宗宪《南北朝交聘编年表》,其疏误之处,予以更正,不另表。《南北朝交聘与中古南北互动》,博士学位论文,"国立"台湾大学,历史学研究所2006年版,第259—286页。

清河崔氏一门多使者：

使者	崔演	崔长谦（接使）	崔肇师（接使）	崔劼	崔侃	崔瞻	崔彦穆（接使）
出使时间	北魏延兴三年（473）正月	东魏天平四年（537）；十二月兴和二年（540）十二月使梁	元象元年（538）十月；武定三年（545）十月	兴和三年（541）八月	兴和四年（542）十二月	河清元年（562）二月	天和二年（567）、天和三年（568）十一月（出使北齐）

赵郡李氏一门多使者：

使者	李安世（典客）	李同轨	李骞	李绘	李浑	李纬
出使时间	太和七年（483）十一月	元象元年（538）	兴和三年（541）八月	兴和四年（542）四月	武定元年（543）八月	武定五年（547）四月

河间邢氏一门多使者：

使者	邢颖	邢祐	邢产	邢峦	邢昕	邢亢
出使时间	太平真君元年（440）二月	皇兴五年（471）三月、延兴二年（472）正月	太和十三年（489）八月、十四年（490）四月	太和十七年（493）正月	天平四年（537）十二月、兴和二年（540）五月	武定元年（543）

除以上四门外，顿丘李氏中，李谐、李奖、李庶；博陵崔氏中，崔谦、崔子武；荥阳郑氏中，郑羲、郑伯猷等人，都属于北朝高门一门多人出使的代表。可以说，聘使的选拔囊括了北朝所有高门中的子弟，这是南北朝以高门选官传统的延续，是在孝文帝太和十九年（495）"分明族姓"之后，高门进一步控制选官途径的表现之一。

三 聘使选拔与门第观念

聘使选拔既有如上重视高门的外在表现，则其在当时必然存在合理性因素，通过分析家族因素在"妙简行人"中的作用，或可探究其选拔中重视高门的原因。[①]

首先，高门士族可为子弟提供良好的教育环境。《魏书·高允传》载高允曾上表，在郡国学校选择学生时，其标准为"学生取郡中清望，人行修谨、堪循名教者，先尽高门，次及中第"。这就在制度上保证了高门士族获得教育的优先权利。而高门之家风、门风，更能够为子弟提供良好的境教氛围，《资治通鉴·齐纪六》载孝文帝在与李冲、韩显宗争论选拔人才时，针对首重视才华还是门第的问题争论不下，孝文帝说："苟有过人之才，不患不知。然君子之门，借使无当世之用，要自德行纯笃，朕故用之。"他认为从"君子之门"中选拔出的官员，即使不堪大任，也还能"德行纯笃"，足见当时家风门风对士人的熏染教育是十分明显的。因此，在所选拔的聘使中，有见承家风、家学者，如李庶"方雅好学，甚有家风。历位尚书郎、司徒掾，以清辩知名。常摄宾司，接对梁客，梁客徐陵深叹美焉"。[②] 又如李湛"涉猎文史，有家风。为太子舍人，兼常侍，聘陈"。而赵郡李氏"学则浑、绘、纬，口则绘、纬、浑"，邺下为之倾心，"赵郡人士，目为四使之门"，[③] 这都是在良好教育环境下培养出来的优秀士人品格，也是寒族士人所欠缺和不具备的条件。

其次，高门子弟能够代表当时的最高文化水平。南北朝士族对于文化资源的垄断，已无须详论。李彪家世寒微，只有凭借高氏家里的书籍，获得知识："（高）悦兄间，博学高才，家富典籍，彪遂于悦家手抄口诵，不暇寝食。"[④] 北魏平齐民地位低下，经济贫寒，多靠"佣书为业"，其所佣之主，多为高门贵族。这些高门贵胄，最能代表当时的文化水平。即以

---

① 逯耀东先生在《北魏与南朝对峙期间的外交关系》一文中对这一问题以"使者的甄选与门第的关系"为题有过论述，然所论侧重描述其选拔重门第的现象，未深入探讨选拔重门第之原因，本文试补论之。逯耀东：《从平城到洛阳：拓跋魏文化转变的历程》，中华书局2006年版，第262页。

② 《北史》卷43《李崇传附李庶》，中华书局1974年版，第1605页。

③ 《北齐书》卷29《李浑传》，中华书局1972年版，第394页。

④ 《魏书》卷62《李彪传》，中华书局1974年版，第1381页。

当时著名文学家为例,徐陵"博涉史籍,纵横有口辩",与其父亲徐摛的引导不无关系。庾信更是"屡聘上国,特为太祖所知,江陵名士,惟信而已",① 在南朝众多名士中脱颖而出,赢得北朝认可,主要是因为父子两人在东宫的文学积累:"摛子陵及信,并为抄撰学士。父子在东宫,出入禁闼,恩礼莫与比隆。"② 王褒被虏至北周后,也因为出于"世胄名家,文学优赡",受到世宗的"特加亲待"。③ 此外,由南入北的兰陵萧氏中的文人,都能代表当时的最高文学水平,这便间接提高了南北文学交流的层次。

再次,选取高门出使,符合南北两地高门之间的身份认可。南北朝门第等级森严,士庶之间多不通婚,即便在看似平等的学问切磋上,也存在门户之见。而行人不仅代表了国家身份,有时更代表家族身份,更进一步说,行人乃是南北门阀精英之代表。因此,不仅出使者要选取高门子弟,接对者的家族地望也要能与之旗鼓相当,如此方不丢国家及家族颜面。《魏书·卢玄传》载卢玄"后转宁朔将军,兼散骑常侍,使刘义隆。义隆见之,与语良久,叹曰:'中郎,卿曾祖也。'""中郎"指东晋时期的卢谌,宋文帝此语实是对卢玄身为北地高门的认可,此后范阳卢氏七位使者的选择,当与此不无关系。《北史·祖莹传附祖孝隐》载:"时徐君房、庾信来聘,名誉甚高,魏朝闻而重之,接对者多取一时之秀,卢元景之徒,并降阶摄职,更递司宾。孝隐少处其中,物议称美。"卢元景也属北朝第一高门范阳卢氏一支。出身高门使行人在交往过程中,底气十足,《南史·王彧传附王锡》载刘善明因是"彭城旧族,气调甚高,负其才气"。有时南人、北人之间的地域门第之争及其所代表的文化身份之争,甚至要高于以国家为单位的文化争胜。

值得注意的是,在才华与门第之间,门第因素显然要高于个人才华。上文提到过谢朓因口讷而辞退主客一职,但实际上,延兴元年(494)这次接待北魏卢昶、王清石、张思宁等人的任务,仍由谢朓承担,这主要是看重陈郡谢氏在江南的地望。而北魏方面,孝文帝之所以派出"无甚文才""宽柔君子"的卢昶担任使主,也无非看重范阳卢氏在北朝的知名度

---

① 倪璠:《庾子山集注》,中华书局1980年版,第65页。
② 《周书》卷41《庾信传》,中华书局1971年版,第733页。
③ 《周书》卷41《王褒传》,中华书局1971年版,第731页。

较高而已，使其在门第方面能够与谢氏旗鼓相当，因此才呈现了这种并不适合作为聘使的人选，分别担任使主以及主客的奇怪现象。

综上所述，南北朝行人的选拔过程中，个人才华与门第之间，有所先后，司马光在评价孝文帝选官重门第时曾说："选举之法，先门第而后贤才，此魏、晋之深弊，而历代相因，莫之能改也。"① 先门第后贤才固然是六朝社会整体之弊端，但在人才的培养及选拔上，家学及家门因素的确能够对人才的成长产生良好影响。因此，在代表国家形象的行人选拔问题上，在考虑才华因素之外，更加重视家族因素，是南北双方的共识。而从另一个角度看，南北行人之间重视门第的选拔标准，也为南北门阀士族之间展开广泛深入的交流，提供了平台，这是其所产生的积极效果。

第二节　南北朝聘使职事考论

南北朝外交中，虽无固定之行为准则，但除了完成君主所交代的基本任务外，聘使尚负有多项职责。如在交聘过程中进行贸易往来，以应国内贵族要求，与邻国进行物物交换，以获得奇珍异宝；又有刺探彼国国情军情之兼职，以期为军事行动作调研；又有维护国家形象之隐含职责等。

一　对双方贸易的促进

南北朝聘使出使他国，可通过贸易，从中获取经济利益。《北史·李绘传》："前后行人皆通启求市，绘独守清尚，梁人重其廉洁。"此条材料说明聘使要经过对方政府允许方可通市，同时也表明，"通市"是聘使可以获得额外收入的机会。《北史·辛德源传》点明出使的便利之处："后为兼员外散骑侍郎，聘梁使副。德源本贫素，因使，薄有资装，遂饷执事，为父求赠，时论鄙之。"在聘使交往中，本朝显贵多派人随同聘使进行贸易往来，例如"魏、梁通和，要贵皆遣人随聘使交易"，② 在南北隔绝的情况下，南北间的商业交流，需要经过官方许可，私人的互市活动，往往被视为通敌而被禁止，甚至以此获罪。《北齐书·崔季舒传》载崔季舒："出为齐州刺史，坐遣人渡淮平市，亦有赃贿事，为御史所劾。"又

---

① 《资治通鉴》卷140《齐纪六》，中华书局1956年版，第4396页。
② 《北齐书》卷30《崔逞传》，中华书局1972年版，第405页。

《北齐书·高乾传附高季式》："为私使乐人于边境交易，还京，坐被禁止，寻而赦之。"虽然私人交易不被允许，但随同聘使交往的方式则是被默许的。

如果聘使在不能满足本朝显贵求异国奇货的情况下，也会以"行商人之事"为由，遭到弹劾，如"高隆之求货不得，讽宪台劾昕、收在江东大将商人市易，并坐禁止"。① 然而，这种情况毕竟属少数。这两人尤其是魏收，在出使中不顾使节身份，恣意妄为是其获罪的主要原因，通市只是理由之一。《北齐书·魏收传》："收在馆，遂买吴婢入馆，其部下有买婢者，收亦唤取，遍行奸秽，梁朝馆司皆为之获罪。"不仅如此，魏收还曾在他人出使时，私遣门客跟随进行贸易，牵累使者被除官名。《北史·封懿传附封孝琰》："孝琬弟孝琰，字士光，少修饰，学尚有风仪。位秘书丞、散骑常侍、聘陈使主，在道遥授中书侍郎。还，坐受魏收嘱，牒其门客从行事发，付南都狱，决鞭二百，除名。"其"门客从行"显然是逐利而往。②

南齐孔稚珪在《上与虏通使表》中提出"北虏顽而爱奇，贪而好货，畏我之威，喜我之赂"，③道出北方对南方货物的喜好和追求之风。造成北魏普遍追求南货的原因有两点：其一，北方鲜卑贵族仍未脱离掠夺的民族习气，朝中贪好财货之风盛行。北魏河间王元琛、章武王元融皆是贵族巨贪，④ 这种贪污之风又多产生上行下效的效应，对社会风气造成不良影响。其二，北魏在孝文帝班禄酬爵实行之前，官员的俸禄一直出于赏赐，⑤ 这导致大部分贵族以外的下层官吏也有贪污之举。此风之弊虽在孝文帝改革中得到纠正，但积习已久，难以骤转，《洛阳伽蓝记》对北方炫富之风描绘甚多，此亦为北魏后期朝局转向衰颓的一大原因。"顽而爱

---

① 《北史》卷24《崔逞传附崔昕》，中华书局1974年版，第883页。
② 黄宝实：《中国历代行人考》，中华书局1955年版，第197页。
③ 《南齐书》卷48《孔稚珪传》，中华书局1972年版，第840页。
④ 《洛阳伽蓝记》卷4《法云寺》条称："河间王琛最为豪首，常与高阳争衡，造文柏堂，形如徽音殿。置玉井金罐，以金五色绩为绳。"又《魏书》卷13《宣武灵皇后》云："后幸左藏，王公、嫔、主已下从者百余人，皆令任力负布绢，即以赐之，多者过二百匹，少者百余匹。唯长乐公主手持绢二十匹而出，示不异众而无劳也，世称其廉。仪同、陈留公李崇、章武王融，并以所负过多，颠仆于地，崇乃伤腰，融至损脚，时人为之语曰：'陈留、章武，伤腰折股；贪人败类，秽我明主。'"
⑤ 徐美莉：《试论北魏前期的官员薪酬分配模式》，《民族研究》2003年第6期。

奇，贪而好货"实为南朝人对北魏社会上下贪污现象的观火之见。

通过聘使的"互市"，不仅满足了南北对彼此货物缺乏的需求，还能借此体现本国物产的丰富，进而以此宣扬国威。《魏书·李安世传》称："国家有江南使至，多出藏内珍物，令都下富室好容服者货之，令使任情义易。使至金玉肆问价，缵曰：'北方金玉大贱，当是山川所出？'安世曰：'圣朝不贵金玉，所以贱同瓦砾。又皇上德通神明，山不爱宝，故无川无金，无山无玉。'缵初将大市，得安世言，惭而罢。"由于聘使交往的目的性极强，因此，在交聘过程中，向使者彰显国家军事、经济实力成为主要内容之一。北魏这种对贸易的虚假行为，其彰显国家强盛的政治意图，远大于从中获取的经济利益，从这点上看，南北聘使间的货物交换，并非对等公平，与边境上基于物物交换为原则的互市，有着本质上的区别。

在交换的货物方面，北方所求南方之物，多为"南金、象齿、羽毛之珍"等稀有珍奇之物。[①] 南方求北方之物则多为马匹、胡盐等必需品。《魏书·岛夷刘裕传》载延和二年（433）九月"义隆遣赵道生贡驯象一"，又太平真君"九年正月，义隆遣使献孔雀"，彼此往来频繁。《宋书·张畅传》与《魏书·李孝伯传》同时记述了宋魏战争中的一次交聘活动，在这次交聘中，北魏太武帝亲征至彭城，遣李孝伯与张畅谈判。其中涉及大量物品的交换。北魏向刘宋方面购求甘蔗、酒、博具、签箅、琵琶、棋子等物品，并送与骆驼、貂裘、骡马、葡萄酒、毡、盐、胡豉等杂物。其时太武帝已无心南下，因此希望通过物品交换，达到讲和目的。在达成交换目的之后，太武帝自然罢兵还朝。

在货物贸易方面，南朝对北朝亦有所求。南方马匹的来源之一即为外交中于北方获得，[②] 南齐王融曾指责北方所献马匹不够精良，《南齐书·王融传》：

  上以虏献马不称，使融问曰："秦西冀北，实多骏骥。而魏主所献良马，乃驽驼之不若。求名检事，殊为未孚。将旦旦信誓，有时而爽，駉駉之牧，不能复嗣？"宋弁曰："不容虚伪之名，当是不习土地。"融曰："周穆马迹偏于天下，若骐骥之性，因地而迁，则造父

[①] 《魏书》卷35《崔浩传》，中华书局1974年版，第813—814页。
[②] 黎虎：《魏晋南北朝史论》，学苑出版社1997年版，第394—396页。

之策，有时而踬。"弁曰："王主客何为懃懃于千里？"融曰："卿国既异其优劣，聊复相访。若千里日至，圣上当驾鼓车。"弁曰："向意既须，必不能驾鼓车也。"融曰："买死马之骨，亦以郭隗之故。"弁不能答。

北朝并不缺乏优良马匹，而献给南朝之马皆"驽骀之不若"，显然是不愿以好马交换。宋弁对王融的责问显得虚与委蛇，不从正面回答，因此遭到王融的诘难。但是作为"回报"，这次交聘中宋弁向南齐索求书籍，也遭到了拒绝。由此可见，藉由聘使的贸易往来，并不基于货物交易的对等原则，而是常常受政治、军事因素所左右，由于双方政权各怀私心，加之交易范围较小，交换货物稀有，因此并不能与边境互市相等同，对南北双方经济整体的发展影响亦不大。

二 对国情军情的刺探

黄宝实先生认为"南北朝时代之行人，除赗吊会葬外，皆泛使无具体使命，美才硕学，徒为口辩之资耳"。[①] 这种观点只是看到聘使交往中的表面现象，聘使往来固然有以才华为口辩之资的表现，但这并非主要职责。有一种职责几乎是所有使者共同具备的，但同时也是隐而不宣的，那便是刺探对方国情军情。

南北朝的对立，在某种程度上属于军事对立，对中间地带的争夺是南北双方地缘政治的核心。这使得南北边境地带时常形成一种权力真空，谁的军事力量强一些，谁便可填补此真空地带，此地带又被称为"瓯脱"，黄淮地区即属于此类。[②] 而地处中间地带的人民，管理起来十分困难，"民情去就，实所谙知"，[③] 因此南奸北入、北人南叛的现象十分普遍，战争中的诈降、间谍亦颇多。

因此，南北双方对边境地区的管理十分谨严，《魏书·源贺传》载："萧衍亡人许周自称为衍给事黄门侍郎，朝士翕然，咸共信待"。源子恭

[①] 黄宝实：《中国历代行人考》，台北：台湾中华书局1969年版，第200页。
[②] 参见陈金凤《魏晋南北朝中间地带研究》，天津古籍出版社2005年版；逯耀东：《从平城到洛阳：拓跋魏文化转变的历程》，中华书局2006年版。
[③] 《魏书》卷44《薛虎子传》，中华书局1974年版，第997页。

所摄南主客事，不仅负责考察南来降附者，大概也有审核南来使者的职责。当时南来者往往在边境慰劳，或临时接待，"接使于界首"，然后再引入宾馆，即如入境检查一般。对南北人员往来亦颇有限制，规定"自非行人，不得南北"，因为对边境地区的严格管控，因此聘使在军事斗争中的作用，便显得十分珍贵。《魏书》中记载有以聘使为刺探国情为目的者：

《魏书·崔浩传》："谋议南伐，崔浩谓不可：'我使在彼，期四月前还。可待使至，审而后发，犹未晚也。'"

《魏书·程骏传》："骏至平壤城，或劝琏曰：'魏昔与燕婚，既而伐之，由行人具其夷险故也。今若送女，恐不异于冯氏。'琏遂谬言女丧。"

又《资治通鉴》卷一百四十二《宋纪六》：

河西之亡也，鄯善人以其地与魏邻，大惧，曰："通其使人，知我国虚实，取亡必速。"乃闭断魏道，使者往来，辄钞劫之。由是西域不通者数年。

南朝也有此现象，《南齐书·垣崇祖传》：

上遣使入关参虏消息还。

由以上材料可见，聘使在出使过程中，自然负有侦察通往对方国土道路情况的任务，北魏灭北燕便是"由行人具其夷险故也"，高丽也曾因此而拒绝北魏的和亲请求。而聘使在进入彼方领土之后，又可"知其虚实"，深入了解对方军事虚实，在回到本国后，能够对国家的军事决策起到指导作用，使其"审而后发"，避免了盲目行动。《资治通鉴》载太建七年（575）周人于"三月，丙辰，使谦与小司寇元卫聘于齐以观衅"，为其大举攻齐进行军事情报的收集。太建八年（576）"邺伊娄谦聘于齐，其参军高遵以情输于齐，齐人拘之于晋阳"，高遵的行为属于泄露军情，依例当斩，周主仅唾其面而已，可见通过行人来刺探军情于时当为常见。

聘使往来属于双方对等的相互行为，因此对方使者的目的，本国是十分清楚的。在外交活动中，显示本国军事实力，彰显优势，隐藏弱势，甚至有所夸张，便很自然。《南齐书·魏虏传》："（永明二年）冬，虏使李道固报聘，世祖于玄武湖水步军讲武，登龙舟引见之。"齐武帝使李彪参与讲武，明显透露出夸耀国威的信息。孝文帝令南齐使者参与西郊祭天活动，也是从军事、政治上宣扬国威以及正统性，也是使者对国情了解的侧面佐证，属于一种耀武行为。

考察彼国政教得失，是聘使在军事刺探之外的另一项重要职责。《魏书·李顺传》："顺既使还，世祖问与蒙逊往复之辞，及蒙逊政教得失。"如果说李顺对于沮渠蒙逊政教的参考，具有指导北魏灭凉的军事行动价值的话，[①] 那么，宋弁在论述南齐的兴亡之数时，则更透出使者对于对方政治的了解程度如何。《魏书·宋弁传》：

> 高祖曾论江左事，因问弁曰："卿比南行，入其隅陬，彼政道云何？兴亡之数可得知乎？"弁对曰："萧氏父子无大功于天下，既以逆取，不能顺守。德政不理，徭役滋剧，内无股肱之助，外有怨叛之民，以臣观之，必不能贻厥孙谋，保有南海。若物惮其威，身免为幸。"

宋弁对孝文帝的回答或有谀谄之嫌，然其所论"徭役滋剧，内无股肱之助，外有怨叛之民"，是在对南齐内政有一定认识基础上提出的。于此可见，聘使对政教的考察并非完全不实。

此外，使者在出使过程中担任巡使的任务，通过使者来考察本朝地方政绩，《魏书·薛虎子传》："高祖曾从容问秘书丞李彪曰：'卿频使江南，徐州刺史政绩何如？'彪曰：'绥边布化，甚得其和。'高祖曰：'朕亦知之。'沛郡太守邵安、下邳太守张攀咸以赃污，虎子案之于法。"对聘使的问话，不仅考察了地方官员的实际执政水平，更从侧面考察聘使多方收集信息的能力，以此衡量聘使是否称职。

三 对国家正统的维护

南北朝对国家正统认识皆十分重视，代表国家形象出使的聘使，往往

[①] 实际上，李顺于沮渠蒙逊之政教多有回护之词，可见使者在回复中有所隐瞒。事见《魏书·崔浩传》，周一良在《魏晋南北朝史札记》中对其分析颇详细，可兹参考。

因为涉及国家正统形象的问题，与出使国主客或帝王进行面对面的折冲，这种交往，富有战斗意味，而因为机智敏捷的对话，也更具有欣赏性，历代笔记小说多因其文学性较高，而加以引录。

南北朝交往中的正统之争，除了体现在檄移文上之外，外交场合中最为常见。聘使出聘多是以"宣扬此化，多非彼僭"为政治目的，①但以各自站在自己国家的立场上发言，往往很难说服对方，聘使多选择才学优赡、富有口辩之人，以此折服对方，其意义就体现在此。

南北方之争论皆由细微处入手，但背后往往集中在正统的问题上牵扯出系列的辩论。例如，以南北气候为话题的争论。南北方气候本殊，江南历来多瘴气，且天气暑热，中原人在南方很难马上适应，《汉书·地理志》中说"江南卑湿，丈夫多夭"，即指此而言。北方人以此来嘲笑南方人，《陈书·徐陵传》载徐陵于太清二年（548）使魏，"魏人授馆宴宾，是日甚热，其主客魏收嘲陵曰：'今日之热，当由徐常侍来。'陵即答曰：'昔王肃至此，为魏始制礼仪；今我来聘，使卿复知寒暑。'收大惭。"魏收本来嘲笑徐陵出自南方，反被徐陵所嘲，《南史·徐陵传》又在此段后补充："齐文襄为相，以收失言，囚之累日。"竟然因为魏收没有驳难成功而将其囚禁，可见聘使的言辞在维护国家形象方面的重要意义。

同样，南朝人也有以天气为话题嘲笑北方，进而双方又针对地理位置的正统展开辩论的例子，《魏书·李平传附李谐》：

> 胥问曰："今犹尚暖，北间当小寒于此？"谐答曰："地居阴阳之正，寒暑适时，不知多少。"胥曰："所访邺下，岂是测影之地？"谐答曰："皆是皇居帝里，相去不远，可得统而言之。"胥曰："洛阳既称盛美，何事迁邺？"谐答曰："不常厥邑，于兹五邦，王者无外，所在关河，复何所怪？"胥曰："殷人否危，故迁相耿，贵朝何为而迁？"谐答："圣人藏往知来，相时而动，何必俟于隆替？"胥曰："金陵王气兆于先代，黄旗紫盖，本出东南，君临万邦，故宜在此。"谐答曰："帝王符命，岂得与中国比隆？紫盖黄旗，终于入洛，无乃自害也？有口之说，乃是俳谐，亦何足道！"

---

① 赵超：《汉魏南北朝墓志汇编》，天津古籍出版社2008年版，第193页。

这则对话以三个问题为中心：南北气候、都城位置以及帝王符命。南北气候如上所述，本属于无关紧要的问题，但在聘使交流中具有非同寻常的意义。至如都城位置以及帝王符命，往往更关涉政权合理性的问题。因此，像李谐与范胥这种争论，在外交活动中随处可见。《南北朝杂记·李谐》载："梁陆晏子聘魏，魏遣李谐郊劳。过朝歌城，晏子曰：'殷之余人，正应在此。'谐曰：'永嘉南渡，尽在江外。'"李谐被崔凌赞为"口颊翩翩"，在此将陆晏子的戏弄之言转而刺向对方，显示了极佳的外交口才。又比如《魏书·李安世传》载："（刘）缵又指方山曰：'此山去燕然远近？'安世曰：'亦由石头之于番禺耳。'"刘缵意在嘲讽北魏距中原距离较远，而李安世以子之矛攻子之盾，称建康与蛮夷相近，尽显机智巧妙。

对于地理位置及帝王符命上的正统争辩，尤以《洛阳伽蓝记》所载杨元慎与陈庆之一事最为著名，此为南北方对于正统问题的一次典型交锋。北魏杨元慎针对梁朝将领陈庆之所说"正朔相承，当在江左，秦皇玉玺，今在梁朝"一句，引出一系列辩论北魏正统的高见。在论辩中杨元慎"清词雅句，纵横奔发"，分别从地理方位、人伦道德、礼乐宪章、承运受命等角度对南朝大肆鞭挞，引得陈庆之以"杨君见辱深矣"相告饶。在陈庆之返回南朝后，仍交口称赞北魏"衣冠士族，并在中原。礼仪富盛，人物殷阜，目所不识，口不能传"。[①]此次交锋虽不出于聘使之口，但两人分别为南北政权之代表，其意义实与聘使相同。

《酉阳杂俎·广知·陆缅》条所载东魏使臣尉瑾、魏肇师与梁主客陆缅以象阙为话题的争论，也颇值得注意：

> 梁主客陆缅谓魏使尉瑾曰："我至邺，见双阙极高，图饰甚丽。此间石阙亦为不下。我家有荀勖尺，以铜为之，金字成铭，家世所宝此物。往昭明太子好集古器，遂将入内。此阙既成，用铜尺量之，其高六丈。"瑾曰："我京师象阙，固中天之华阙。此间地势过下，理

[①] 具体内容详见《洛阳伽蓝记》卷2所载，其结尾言："庆之因此羽仪服式，悉如魏法。江表士庶，竞相模楷，褒衣博带，被及秣陵"，是否果如此言，今不能验其真伪，盖因南北方史传著述中，以各自为正统之例不胜枚举，将此视为杨衒之的夸张之语，亦不为过。（杨勇：《洛阳伽蓝记校笺》，中华书局2006年版，第114页。）

不得高。"魏肇师曰:"荀勖之尺是积黍所为,用调钟律,阮咸讥其声有湫隘之韵,后得玉尺度之,过短。"

象阙为国家形象的代表,犹今之华表,陆缅显示南朝石阙亦为不下,并指出自己家中藏有"荀勖尺",意在表明对西晋制度的继承。尉瑾以地势低下讥讽其石阙处在低势,肇师又否定其"荀勖尺"失准,以说明南朝并非正统,其所传之物也非正统。相对来说,无论是自然地理方位上的打趣性质的口舌之争,还是制度方面的互不相让,但凡关涉到政权正统性质的争论,北朝人大多比南朝人更加敏感,史书中的记载,也多以记载北朝人逞口舌之胜为主,这一方面说明北朝亟须通过正统证明自身政权的合法性,另一方面也说明南北间在正统问题上,是互不相让的。

此外,宴会中所涉及的任何内容都能引起双方的唇枪舌战,其大多以炫耀学识为竞争武器。如《酉阳杂俎·酒食·刘孝仪》就针对南北食物的差别,进行了一番学问上的较量:

> 梁刘孝仪食鲭鲊曰:"五侯九伯,今尽征之。"魏使崔劼、李骞在坐。劼曰:"中丞之任,未应已得分陕?"骞曰:"若然,中丞四履,当至穆陵。"孝仪曰:"邺中鹿尾,乃酒肴之最。"劼曰:"生鱼熊掌,孟子所称。鸡跖猩唇,吕氏所尚。鹿尾乃有奇味,竟不载书籍,每用为怪。"孝仪曰:"实自如此,或古今好尚不同。"梁贺季曰:"青州蟹黄,乃为郑氏所记。此物不书,未解所以。"骞曰:"郑亦称益州鹿尾,但未是珍味。"

刘孝仪引用《左传·僖公四年》中管仲"五侯九伯,汝实征之,以夹辅周室"的话,意在表明魏的地位低于梁,已在梁征辖范围之内。崔劼、李骞两人予以回击,其中李骞的回击也同样引用《左传·僖公四年》"赐我先君履,东至于海,西至于河,南至于穆陵,北至于无棣"与刘孝仪相抗。崔劼关于"鹿尾"的话题也征引了《孟子》《吕氏春秋》,彰显学识的态度很明显。贺季进而又发难,说青州蟹黄在郑玄记载中有,但鹿尾却没有,意在贬低其鹿尾的美味价值。李骞反驳说,郑玄也提到了益州的鹿尾,只不过不是美味而已。从两者针锋相对的外交对话中可以看出,南北双方频频引用经典,如若没有一定的学识作为基础,很难战胜对方,因此选择聘使时，学识往往是重要标准。

宴会中还有对音乐给予评价，以彰显本国音乐正统的例子。北魏郑羲出使刘宋，宋主客郎孔道均在宴会上问郑羲音乐如何，郑羲说："哀楚有余，而雅正不足，其细已甚矣，而能久乎？"① 孔道均颇为不悦。而针对南北不同的风俗喜好，也会引起一番争论，《南北朝杂记·卢思道》载：

> 北齐卢思道聘陈，陈主令朝贵设酒食与思道宴会，联句作诗。有一人先唱，方便讥刺北人，云："榆生欲饱汉，草长正肥驴。"为北人食榆，兼吴地无驴，故有此句。思道援笔即续之，曰："共甑分炊水，同铛各煮鱼。"为南人无情义，同饮异馔也，故思道有此句。吴人甚愧之。

南北聘使之争往往寓于嬉笑之间，并无恶意。《北史·李绘传》载李绘出聘时："与梁人泛言氏族，袁狎曰：'未若我本出自黄帝，姓在十四之限。'绘曰：'兄所出虽远，当共车千秋分一字耳。'一坐皆笑。"又《宋书·张畅传》："孝伯曰：'亦知有水路，似为白贼所断。'畅曰：'君著白衣，故称白贼邪？'孝伯大笑曰：'今之白贼，亦不异黄巾、赤眉。'畅曰：'黄巾、赤眉，似不在江南。'孝伯曰：'虽不在江南，亦不在青、徐也。'畅曰：'今者青、徐，实为有贼，但非白贼耳。'"这种嘲谑只不过是图一时之口胜，并不会因此伤害彼此感情，张畅与李孝伯之间仍有相惜之情。② 虽然有诸如正统问题的针锋相对，但聘使之间还是本着"以和为贵，勿递相矜夸，见于色貌，失将命之体"③、"勿以言辞相折"④ 作为交往原则。

总体来说，聘使的众多职事中，贸易往来属于附带职事，刺探国情军

---

① 陆增祥：《八琼室金石补正》卷14《兖州刺史荥阳文公郑羲下碑》，转引自黎虎《汉唐外交制度史》，学苑出版社1999年版，第175页。
② 《宋书·张畅传》："畅便回还，孝伯追曰：'长史深自爱敬，相去步武，恨不执手。'畅因复谓曰：'善将爱，冀荡定有期，相见无远。君若得还宋朝，今为相识之始。'孝伯曰：'待此未期。'"
③ 《魏书》卷47《卢玄传附卢昶》，中华书局1974年版，第1055页。
④ 《北史》卷36《薛道衡传》，中华书局1974年版，第1338页。

情属于隐含职事，维护国家正统属于应然职事。此外，聘使尚有充当信使、传递消息、缔结盟约、游说君主等多方面职事，这些众多职事，不仅是先秦时期行人所负有的职责功能的延续，同时也呈现出南北朝时期的特有风格。

第三节　李彪使南与南北文化争胜

在孝文帝时期的南北交往中，李彪曾六度衔命出使南朝，《魏书》本传称其"辎轩骤指，声骇江南"，南朝人也"奇其謇谔"，可见李彪在当时的影响颇大。李彪六次使南在孝文帝太和七年（483）至太和十五年（491）之间，这一时期正值南齐永明元年到永明九年，其间虽经历北魏南齐的一次交战，但两朝基本能够维持和平交往。李彪频繁出使正值孝文帝改革深化时期，其中颇能反映孝文帝对待南朝文化的态度，通过对李彪使南具体时间、内容、任务等问题的考索，可以探究李彪出使背后所反映的南北文化背景，以及其出使事件对南北文化交流的作用和影响。

一　李彪仕宦与"二李交恶"

李彪出身寒微，非高门子弟，但"有大志，笃学不倦"，年轻时相继攀附于高闾、李冲，以求仕进，《魏书·李冲传》："李彪之入京也。孤微寡援而自立不群，以冲好士，倾心宗附。"但当时并未得到李冲的直接提拔，李彪得到李冲的提拔当在其使南之后，李冲弹劾李彪的表中言："臣与彪相识以来垂二十载，彪始南使之时，见其色厉辞辩、才优学博，臣之愚识，谓是拔萃之一人"，① 是为证。李彪为人性格耿介，因其出身低微，故欲处处彰显才华和学识，《北史·儒林传·孙蔚宗》载："及乐成，闾上疏请集朝士于太乐，共研是非。秘书令李彪，自以才辩，立难于其前。"这一优势虽为其赢得孝文帝赏识，但也为日后与李冲的交恶埋下祸根。

李彪为官由散骑侍郎一直做到御史中尉，与李冲的交恶是其仕途的转折点。按照史书所言，李彪因受到孝文帝重用，对曾经提拔过他的李冲颇不敬重，这引起李冲的怨恨，故而李冲联合任城王元澄一起弹劾李彪。

---

① 《魏书》卷62《李彪传》，中华书局1974年版，第1391—1392页。

《魏书·李冲传》载:"及彪为中尉、兼尚书,为高祖知待,便谓非复藉冲,而更相轻背,惟公坐敛衽而已,无复宗敬之意也。冲颇衔之。"《资治通鉴》所言更为明确:"彪自以结知人主,不复藉冲,稍稍疏之,唯公坐敛衽而已,无复宗敬之意,冲浸衔之。"这一说法源自史臣的总结,触及了问题的中心,但仍属于表层原因,其背后所反映的,乃是孝文帝试图平衡士庶矛盾的政治意图。

史称李彪"素性刚豪",当官至御史中尉后,颇有恃官之嫌。《魏书·李彪传》:"自谓身为法官,莫能纠劾己者,遂多专恣。"又《魏书·河间公齐传》载:"子志,字猛略,少清辩强干,历览书传,颇有文才,为洛阳令,不避强御,与御史中尉李彪争路,俱入见,面陈得失。"身为御史中尉竟与洛阳令争路,可见其在为官姿态上存在问题。从这一点上来看,他得罪李冲似乎是一种必然。但是孤掌难鸣,李彪与李冲之交恶,并非仅因李彪性格耿介而已,李冲的某些表现也促成了两人的反目。

李冲在孝文帝时期因"年才四十,而鬓发班白,资貌丰美,未有衰状",① 受到文明太后宠信,可谓权倾朝野,故有恃无恐,汲汲于扩大李氏家族在朝中的势力。这体现在李冲与皇族及高门联姻,广泛树立党羽上。《魏书·献文六王传·彭城王元勰》曰:"勰妃李氏,司空冲之女也",与皇室元勰攀上姻亲;又《北史·卢玄传附卢伯源》载:"伯源与李冲特相友善,冲重伯源门风,伯源私冲才官,故结为婚姻,往来亲密。至于伯源荷孝文意遇,颇亦由冲。"李冲看重范阳卢氏之门第,卢伯源看重李冲之官位,是以建立紧密联系。李冲在与朝中王公贵族及高门显贵的联姻过程中,提升了李氏家族的整体地位,扩大了其在朝中的影响。

但是李彪在朝中的影响逐渐上升,使李冲感到自己的地位受到威胁。按史书所载,李彪在孝文帝南伐时,② 被任命为御史中丞兼度支尚书,与任城王元澄、仆射李冲共同掌管国家事务,《资治通鉴·齐纪七》载齐建武四年(497):"庚辰,军发洛阳。使吏部尚书任城王澄居守;以御史中丞李彪兼度支尚书,与仆射李冲参治留台事。"又《魏书·李彪传》:"车

---

① 《魏书》卷53《李冲传》,中华书局1974年版,第1187页。
② 孝文帝曾四次南伐,分别在太和十七年(493)、太和十八年(494)、太和二十一年(497)、太和二十三年(499)。此次当在太和二十一年(497)。

驾南伐,彪兼度支尚书,与仆射李冲、任城王等参议留台事。""度支尚书"一职主掌贡赋和税租,把持着财政权柄,这一职位的授予,显示了孝文帝对李彪的倚重日渐加深,这引起李冲和以任城王为代表的鲜卑贵族的强烈不满。在与两人共事的过程中,因为李彪"与冲等意议乖异,遂形于声色,殊无降下之心。自谓身为法官,莫能纠劾己者,遂多专恣",①李冲及鲜卑贵族只能以"倨傲无礼"来弹劾李彪,可知李彪实际上并没有落下把柄的失职行为,因此不可能被直接扳倒。

从表面看,李彪在商议国家大事时,无视尊卑贵贱,独断专行,似乎是得罪李冲和朝中显贵的主要原因。实际上的深层原因,乃是李彪在辅助孝文帝打击豪强整治吏治的过程中,触犯了鲜卑贵族及朝中以李冲为代表的权贵利益。②《资治通鉴》说他"弹劾不避贵戚,魏主贤之,以比汲黯",孝文帝言曾称赞他"吾之有李生,犹汉之有汲黯",将他比作西汉以耿直闻名的汲黯。在整治不法权贵的过程中,李彪表现出不凡的行政能力,赵郡王干因为"贪淫不遵典法"遭到李彪严厉弹劾,③并受到惩戒。如果说惩戒赵郡王干属于秉公办事的话,对太子元恂的上表,则更能体现其不避权贵的耿介性格。在太子元恂被废之后,李彪曾"告恂复与左右谋逆"④,以致元恂被赐以毒酒鸩死,这就使李彪在王室中引起了极大的怨恨。李彪与任城王本无大隙,曾经在一起参与儒学人才的选拔,建设学校等工作,⑤且在李彪去世后,任城王也曾不计前嫌地帮助过李彪的儿子进仕。但《北史》本传却说"任城王澄与彪先亦不穆",可知两人也有嫌隙,这一嫌隙指的大概就是太和二十一年(497),李彪与李冲、任城王共同掌管国家事务中所结下的芥蒂。

李彪被李冲等人弹劾,还可以从他结党以对抗门阀的作派上寻找原因。李彪对出身如自己一般寒微,又有才华的庶族,往往竭力提拔,并渐渐形成一派党众。郦道元即是李彪所提拔,《北史·郦道元传》:"御史中尉李彪以道元执法清刻,自太傅掾引为书侍御史。彪为仆射李冲所奏,道

---

① 《魏书》卷62《李彪传》,中华书局1974年版,第1391页。
② 杨钰侠:《论李彪的历史功绩》,《安徽史学》1995年第2期。
③ 《魏书》卷21《赵郡王干传》,中华书局1974年版,第543页。
④ 《魏书》卷22《废太子恂传》,中华书局1974年版,第588页。
⑤ 《魏书·郑羲传附郑道昭》:"命故御史中尉臣李彪与吏部尚书、任城王澄等妙选英儒,以崇文教。"

元以属官坐免。"与郦道元同时提拔的还有李焕,《北史·李焕传》:"焕有干用,与郦道元俱为李彪所知。"可见,李彪选官是以才干为首选,不以门第为限制。在为官过程中,他还有意识地团结一些遭到李冲排挤的士人,如《北史·宋弁传》云:"孝文北都之选,李冲多所参预,颇抑宋氏。弁恨冲而与李彪交结,雅相知重。及彪之抗冲,冲谓彪曰:'尔如狗耳!为人所嗾。'及冲劾彪,不至大罪,弁之力也。彪除名,弁大相嗟慨,密图申复。"宋弁因受李冲排挤,转而与李彪结盟。可知以李彪为中心,形成了一股反李冲的势力。这一势力中,多数是门第上出身较低,又有吏干才能之人,他们在反对李冲的同时,客观上遏制了以李冲为代表的门阀势力的坐大。

对二李交恶问题的处理上,孝文帝表现得十分冷静,李冲曾两次上表弹劾李彪,本来是想将李彪处死,有司大概按照李冲的意思,准备"处彪大辟"。但孝文帝却仅对李彪"除名而已",将他放归本乡。① 虽然不乏宋弁等人努力营救游说的作用,但孝文帝本身不想处罚李彪,同时也想通过李彪遏制李冲的锐气,或许是李彪最终没有被处以极刑的主要原因。在孝文帝眼中,李彪是改革干将,虽然其采用的手段颇为严酷无情,但这种做法在政绩上十分奏效。相反,李冲是文明太后面前的红人,又与宗室显贵联系密切,且通过受宠广泛扩展李氏家族势力,这在当时已引起朝局中许多人的极大不满。《魏书·李冲传》称李冲为:"显贵门族,务益六姻,兄弟子侄,皆有爵官,一家岁禄,万匹有余。是其亲者,虽复痴聋,无不超越官次。时论亦以此少之。"连痴傻盲聋者都可为官,可见李冲对朝政的把握情况,李冲的坐大显然是孝文帝不想看到的。在李冲得宠于文明太后时,因为碍于文明太后的掣肘,一时难以找到合适的机会将李冲铲除。但文明太后去世以后,孝文帝急于将朝政把持到自己手中,为其改革扫清道路。二李交恶,正为孝文帝提供了绝佳的机会。因此在事发之后,孝文帝曾如此评价两人:"道固(李彪)可谓溢也,仆射(李冲)亦为满矣",② 在其看来,两人宜各打二十大板。表面看来,孝文帝对待两人公平处理,但实际上是对李彪的偏袒,对李冲的惩罚。李彪、李冲的冲突,实际是孝文帝与文明太后的权力角逐的延续,孝文帝此语虽针对两人而

---

① 《魏书》卷62《李彪传》,中华书局1974年版,第1393页。
② 《魏书》卷53《李冲传》,中华书局1974年版,第1188页。

发,但同时也警示了对自己推行汉化一直抱有敌意的鲜卑贵族。

在孝文帝改革进入深化时期,亟须李彪这种能够不避权贵,打击国戚的官吏,来对抗反对汉化的政治势力。在诸多反对汉化的势力中,较强烈的自然是鲜卑贵族,李冲交结鲜卑权贵的行为,也间接对孝文帝的汉化形成一定阻力。因此,李彪与李冲交恶一事,不光是两人之间的恩怨,更是孝文帝追求政治平衡的产物。虽然李彪成为孝文帝权力博弈的牺牲品,但李冲亦因此饮恨而终,其中得利者,似乎仅有孝文帝。

李彪在仕宦上不知变通,显得耿介刚豪,并以此获罪。这种性格的人,在朝中,能为孝文帝牵制权力过大的官员;在朝外,能够充当聘使折冲樽俎,不战而屈人之兵。孝文帝之所以能够六次都派遣李彪出使南朝,其主要因素就在于发挥了李彪强硬耿直、不屈不挠的精神。

二 李彪使南及其与南朝文人的交往

(一)李彪出使时间、副使考

李彪六次出使南朝的时间、副使、接待使者,以及南齐的报聘情况,史有明载。详见下表①。

出使时间	太和七年(483)七月甲申	太和八年(484)五月甲申	太和八年(484)十一月乙未	太和九年(485)十月辛酉	太和十五年(491)四月甲戌	太和十五年(491)十一月
副使人员	员外郎兰英	员外郎兰英	员外郎兰英	尚书郎公孙阿六头	尚书郎公孙阿六头	散骑侍郎蒋少游
接待使者	张融	不详	不详	不详	刘绘	萧琛
报聘情况	永明元年(483)十月丙寅,遣使刘瓒、张谟报聘	永明二年(484),遣使司马宪、庚习报聘	永明三年(485)三月,遣刘瓒、裴昭明报聘	永明四年(486)遣裴昭明、司马迪之报聘	永明九年(491)八月,遣萧琛、范云报聘	永明十年(492)遣萧琛、范云报聘

---

① 本表以蔡宗宪《南北朝交聘与中古南北互动》附录《南北朝交聘编年表》为基础。("国立"台湾大学,历史研究所2006年版)。

从上表中可以看出,在太和七年(483)到太和十五年(491)之间的八年中,南北的交往颇为集中,而在486年到489年之间呈现断裂,其主要原因在于魏齐交战。

这次交战,《北史·孝文本纪》载太和十二年(488)三月"己巳,齐将陈显达功陷沣阳,长乐王穆亮率骑讨之"。又十三年(489)正月"戊辰,齐人寇边,淮南太守王僧俊击走之"。太和十三年(489)"乙亥,诏兼员外散骑常侍邢产使于齐"。又十四年(490)四月"甲午,诏兼员外散骑常侍邢产使于齐"。这次战事,以北魏来看,是南齐挑拨在先。

北魏在此之前的几年中,内有灾害、外有边患,太和九年(485)"数州灾水,饥馑荐臻",① 这次水患造成严重饥馑,孝文帝曾于太和十年(486)十二月乙酉、十一年(487)二月甲子、六月辛巳,分别下诏开仓振恤汝南、颖川、雁门、代郡、秦州等地饥民。又在太和十一年(487)"是岁大饥,诏所在开仓振恤",恰恰在这一年,北方蠕蠕又南下骚扰,"八月壬申,蠕蠕犯塞",② 对北魏来讲,乃是危机存亡之秋。

南齐在太和十年(486)派出的使者,经过探察,对北魏这一政局情况有了基本了解,于是,紧随其后的,便是齐将陈显达侵犯沣阳。可以说,这次战事是南齐利用北魏内忧外患的时机,相机而动之举。但因为这次灾害波及范围极广,南北皆受水灾,③ 因此,南齐并没有得到多少好处。在同时度过灾年,结束了无功而返的战争之后,两国开始考虑修复旧好。

这一僵局首先由北魏打破,《魏书·游明根传》载:

> 诏以与萧赜绝使多年,今宜通否,群臣会议。尚书陆睿曰:"先以三吴不靖,荆梁有难,故权停之,将观衅而动。今彼方既靖,宜还通使。"明根曰:"中绝行人,是朝廷之事,深筑醴阳,侵彼境土,二三之理,直在萧赜。我今遣使,于理为长。"

---

① 《北史》卷3《魏本纪·高祖孝文帝》,中华书局1974年版,第101页。
② 同上书,第102—103页。
③ 486年至488年之间,南北皆有水灾,见《南齐书·武帝纪》。因此,争夺粮食成为此时战争口实,北方蠕蠕也在此时伺机而动。

从中可以看出这样几条信息，南北通使在孝文帝时期已经形成固定制度，只有军事冲突条件下才出现"绝使"的情况。游明根认为此次军事冲突的原因在于北魏自身，故按照礼节应当主动修好，《南史·萧琛传》载："永明九年，魏始通好"，也说明是北魏首先派遣使者的。这一年的使者就是李彪。

按照惯例，北魏出使虽多以汉人为使主，但必配以鲜卑族官员为副使，这种现象并非出于点缀鲜卑文化门面如此简单，① 其中当有更为深刻的原因。《南齐书·王融传》里的一则材料，揭示了这一现象背后的深层原因，王融称："虏前后奉使，不专汉人，必介以匈奴，备诸觇获。"② 实际上，北魏在外交中采取的这一做法，目的不光在于"备诸觇获"，即监督使者对所交换的物品有无贪污现象，③ 更为重要的是防止使者在出使过程中，与南朝产生过多交往，进而做出对本国不利之事。④

孝文帝在初次任命李彪出使南朝时，是犹豫不决的。《北史·郭祚传》载："初，孝文以李彪为散骑常侍，祚因入见，帝谓祚曰：'朕昨误授一人官。'祚对曰：'岂容圣诏一行，而有差异。'帝沈吟曰：'此自应有让，因让，朕欲别授一官。'须臾，彪有启云：'伯石辞卿，子产所恶，臣欲之已久，不敢辞让。'帝叹谓祚曰：'卿之忠谏，李彪正辞，使朕迟回，不能复决。'遂不换李彪官也。"⑤ 可见，孝文帝在首次选择聘使人员时是十分谨慎小心的。其犹豫可能一方面是因为李彪出身寒微，不能服众；另一方面对李彪不知底细，担心其与南朝私通往来。

因此，在李彪六次出使南朝中，五次皆以鲜卑族官为副使，其目的就

---

① 逯耀东先生即认为杂以鲜卑、代人于其中，只是一种点缀性质，并无实际作用。《从平城到洛阳：拓跋魏文化转变的历程》，中华书局2006年版，第263页。
② 其中所说的"匈奴"，即指鲜卑而言。
③ 北魏有因出使而获财货者，《北史·辛德源传》："后为兼员外散骑侍郎，聘梁使副。德源本贫素，因使，薄有资装，遂徇执事，为父求赠，时论鄙之。"
④ 《魏书》中记载了大量北魏人私通南人的记载，如《魏书·薛虎子传》："安等遣子弟上书，诬虎子南通贼虏。"薛虎子为代北人士，以其武力收枋头，尚且被诬陷为通敌，可知当时通敌人数甚多。又如青齐士人的迁徙平城近畿，也是为了防止与南朝过多交往，产生叛离。再加上有人认为崔浩之诛杀，亦因其具有通敌南朝之意图。由此可见，北魏在外交中以汉为主，杂以鲜卑，自有渊源。
⑤ 李彪首次出使南朝时，官衔即为"员外散骑常侍"，因此，此处当为初次出使南朝前所授予之官。

是起到监督作用。前三次都以员外郎兰英为副使,据姚薇元先生考证,兰氏为鲜卑姓氏,故兰英其人当为鲜卑族人。① 第四、第五次以尚书郎公孙阿六头为副使,从其姓氏看,亦为鲜卑人无疑。而最后一次则由鲜卑副使变为汉人副使,也就是蒋少游。蒋少游为平齐户,早年曾经得到过高允的接济,且与南齐骁骑将军崔元祖有甥舅关系,与南方关系可谓紧密。孝文帝一改之前派鲜卑族副使的惯例,而无论主副,纯任汉使,且毫不避讳使者与南朝之间的亲密关系。可见在孝文帝改革后期,已建立了一定的文化自信,而由鲜卑人作副使改为汉人为副使,也是对李彪此前出使南朝的肯定和信任。同时,这次出使南朝派遣了蒋少游,也有取法南朝制度的目的。

(二) 李彪与南朝文人的交往

李彪虽然没有太多作品流传下来,但据史载其本人有一定的文学水平。《北史》本传称其:"宣武践阼,彪自托于王肃,又与郭祚、崔光、刘芳、甄琛、邢峦等诗书往来,迭相称重。"其中所列诸人皆北朝当时著名文人。其与崔光进行联句为诗,可凸显其文学才华,《北史·崔光传》载:"初,光太和中依宫商角徵羽本音而为五韵诗,以赠李彪,彪为十二次诗以报光,光又为百三郡国诗以答之,国别为卷,为百三卷焉。"以崔光用五音作诗来看,李彪所作当依据十二律为本事,而崔光又以国别卷数为题作诗,两人相互赠答,其中似乎有一种以友谊为基础的文学竞赛意味在内,可见李彪具有一定的文学才华。又《魏书·韩显宗传》载韩显宗:"既失意,遇信向洛,乃为五言诗,赠御史中尉李彪曰:'贾生谪长沙,董儒诣临江。愧无若人迹,忽寻两贤踪。追昔渠阁游,策驽厕群龙。如何情愿夺,飘然独远从?痛哭去旧国,衔泪届新邦。哀哉无援民,嗷然失侣鸿。彼苍不我闻,千里告志同。'"北朝文人间的交往,以此类真实表达情感的诗歌为最佳,韩显宗赠诗与李彪,可通过诗歌表达难言之隐,以寄托政治上的失意。对此,李彪当亦有回赠,惜今不存。另外,《洛阳伽蓝记》所载李彪猜谜一事,更能体现其不仅文采斐然,亦有敏锐之反应,同时还展示了其不肯屈居人下的性格特征。②

---

① 姚薇元:《北朝胡姓考》,中华书局2007年版,第250页。王仲荦先生亦认为此兰氏当为鲜卑乌洛兰氏,见王仲荦《蜡华山馆丛稿续编》,中华书局2007年版,第80页。
② 《洛阳伽蓝记》卷3载:"高祖大笑,因举酒曰:'三三横,两两纵,谁能辨之赐金钟。'御史中尉李彪曰:'沽酒老妪瓮注瓨,屠儿割肉与秤同。'"(杨勇校笺:《洛阳伽蓝记校笺》,中华书局2006年版,第136页。)

以李彪汲汲于仕进的心态，以及北朝普遍重视实用文体的创作环境来看，他并不以能写文章而自豪。《北史·儒林传》载："刘芳、李彪诸人以经书进"，以经书仕进乃是其求官之道。受他的影响，李彪的两个儿子虽然也有文采，但也都不屑作文，李彪二子李志与李游皆因尔朱之乱奔江左，而独留李游子李昶于洛阳，李昶颇有文才，然不重文华，"昶常曰：'文章之事，不足流于后世，经邦致化，庶及古人。'故所作文笔，了无藁草，唯留心政事而已。"① 显然也是受李彪家风之影响。

虽然在本朝不以作文为能事，但在与南朝交往时情况则不同，宴会中不免以诗文相会，因此李彪的文学才华便凸显出来。《北史·李彪传》记载了他与南齐文士诗文交往的情况：

> 彪将还，齐主亲谓彪曰："卿前使还日，赋阮诗云：'但愿长闲暇，后岁复来游。'果如今日。卿此还也，复有来理否？"彪答："请重赋阮诗曰：'宴衍清都中，一去永矣哉。'"齐主悯然曰："清都可尔，一去何事。观卿此言，似成长阔。朕当以殊礼相送。"遂亲至琅邪城，登山临水，命群臣赋诗以送别。其见重如此。

由于多次出使南齐，南齐士人包括齐主在内，皆与李彪建立了深厚的友谊。因此，在李彪最后一次归国时，齐主"登山临水，命群臣赋诗"。李彪所赋阮籍此诗逸句，出于《咏怀》八十二首，② 其慨寄遥深的特点，较委婉地表达了对齐主知遇之恩的感念，齐主希望李彪能够再次出使南齐，李彪通过此句表示一去不返的惆怅。

在与南朝人的交往中，竟陵王萧子良及其帐下文人，即"竟陵八友"中的王融、范云、萧琛等人，最具代表性。《北史·宋弁传》：

> 齐司徒萧子良、秘书丞王融等皆称美之，以为志气謇谔不逮李彪，而体韵和雅，举止闲邈过之。

---

① 对于北周李昶的文学表现，详见第六章第二节。
② 逯钦立先生认为《魏书·李彪传》引阮籍《咏怀诗》曰："宴衍清都中，一去永矣哉。"当是此篇逸文。

李彪多次出使南齐,给南齐人留下极深的印象,这一印象被概括为"志气謇谔"。所谓"志气謇谔"主要是针对李彪在交往中,不肯屈居人下,处处争胜的性格特征而言,这与他在朝中与李冲交恶的表现,可谓相互呼应。这种性格在与宋弁"体韵和雅,举止闲邃"的对比下更为明显。两人可谓外交中两种不同姿态的典型代表。除萧子良、王融外,萧琛、范云与李彪也有直接交往。《南史·萧琛传》载:

> 永明九年,魏始通好,琛再衔命北使,还为通直散骑侍郎。时魏遣李彪来使,齐武帝宴之。琛于御筵举酒观彪,彪不受,曰:"公庭无私礼,不容受劝。"琛答曰:"《诗》所谓'雨我公田,遂及我私'。"坐者皆悦服,彪乃受琛酒。

萧琛在永明九年(491)到永明十年(492)之间曾三次作为使主出使北魏,是南朝特为倚重的使者,也与李彪有多次接触,李彪在宴席上拒绝敬酒的表现,也印证了南朝人所言李彪"志气謇谔"的性格特征。又《南史·范云传》:

> 永明十年,使魏。魏使李彪宣命,至云所,甚见称美。彪为设甘蔗、黄甘、粽,随尽绝益。彪笑谓曰:"范散骑小复俭之,一尽不可复得。"

甘蔗、黄甘、粽皆为南方所产之物,因此,李彪半开玩笑地说"一尽不可复得",可见其与范云关系较为亲密,可以互开玩笑,此当是李彪在南齐时,与南齐士人频繁交往所建立的感情。

此外,张融、刘绘作为接待李彪的使者,在南朝皆有文采之名,张融与李彪还曾有过言语交锋。据《南史·张畅传附张融》:"后使融接对北使李道固,就席,道固顾而言曰:'张融是宋彭城长史张畅子不?'融颦蹙久之,曰:'先君不幸,名达六夷。'"张融身为齐臣,其父张畅是宋臣,李彪此问显是挖苦,而张融的回答更含奚落,此类舌战在南北朝交往中处处可见,并成为外交对话中的经典范例。

李彪被张融的奚落,在刘绘这里找到了平衡。刘绘在接待李彪时,李彪请将宴乐辞去。而李彪辞乐,理由是为文明太后守丧:"向辞乐者,卿或未相体。我皇孝性自天,追慕罔极,故有今者器除之议。去三月晦,朝臣始除缞裳,犹以素服从事。裴谢在此,固应具此。今辞乐,想卿无怪。"刘绘就丧礼问题继续发难,两人围绕礼制展开讨论,《北史·李彪传》载:

> (刘绘问曰:)"请问魏朝器礼竟何所依?"彪曰:"高宗三年,孝文逾月。今圣上追鞠育之深恩,感慈训之厚德,报于殷、汉之间,可谓得礼之变。"绘复问:"若欲遵古,何不终三年?"彪曰:"万机不可久旷,故割至慕,俯从群议。服变不异三年,而限同一期,可谓失礼?"绘言:"汰哉叔氏,专以礼许人。"彪曰:"圣朝自为旷代之制,何关许人。"绘言:"百官总已听于冢宰,万机何虑于旷?"彪曰:"五帝之臣,臣不若君,故君亲揽其事。三王君臣智等,故共理机务。主上亲揽,盖远轨轩、唐。"

李彪以"得礼之变"以及"万机不可久旷""远轨轩、唐"等为理由回应刘绘,完全出于随机应变,并非遵照儒家经典。李彪与南朝人在礼上的反复讨论,显然不是在学术层面上的互相研讨、资借,而属于外交上的驳难,因此也就不可能真正促进礼学在学术上的南北融合。这些都属于交往中急中生智的表现。

李彪出使南朝时,正值南朝大盛永明体时期,李彪与南朝诗人的广泛交往,使其必然对永明体有一定的了解。虽然李彪本人并不以作文章为能事,但外交中赋诗、赠答活动,必然涉及大量文学交流。在此过程中,永明体通过李彪带入北朝,是有可能的。而南朝文人与李彪关系密切,将自己的文集带入北朝也并非难事,因此,李彪在南北文学交流中,其作用和贡献不应被忽视。

三 李彪使南中的南北文化对抗

北朝派遣使者,大部分以其政治军事任务为主,主要探查对方军事实力,以及国内朝政情况,南朝使者任务亦如是。《南齐书·魏虏传》称:"明年(即永明二年)冬,虏使李道固报聘,世祖于玄武湖水步军讲武,登龙舟引见之。"其讲武的举措,显然是在夸耀军队的整肃,意在向北朝使者昭示军事力量之强大。在军事之外的非正式交往中,多能体现文化对抗的意味在其中,以李彪南使中出现的两件文化对抗事件为例,可以看出南北之间对待彼此文化的态度。

(一) 蒋少游模范宫殿考释

在李彪第六次出使南朝时,蒋少游作为副使同往。蒋少游颇有巧思,按《魏书·艺术传·蒋少游》所载,其在孝文帝朝礼制建设方面贡献有四:第一,"议定衣冠于禁中",在这一问题上,虽与南人刘昶意见相左,以至蹉跎六年才得以完成,但蒋少游赢得了"有巧思"的美称;第二,参与营建太庙、太极殿;第三,修船乘,因蒋少游"多有思力,除都水使者,迁前将军、兼将作大匠,仍领水池湖泛戏舟楫之具";第四,在于增新华林殿、改作金墉门楼,"号为妍美"。① 青齐士人的出身,是蒋少游熟悉汉人典章制度的主要原因,因此,孝文帝在完善礼制建设中对其多有倚重。在南朝人眼中,蒋少游这次作为副使,其目的是模范南朝宫殿,以用来参照太庙、太极殿的营建。

对于蒋少游是否模范了南朝宫殿的形制,并将其付诸实际工程建设之中,《魏书》《南齐书》《南史》所载颇有出入。《魏书》并未言及其模范南朝宫殿一事,只说"后为散骑侍郎,副李彪使江南",语辞极为含糊。《南齐书·魏虏传》则称:"密令观京师宫殿楷式,……虏宫室制度,皆从其出",意为蒋少游将南朝图纸实施于北魏宫殿建设中,《南史·崔祖思传附崔元祖》也说:"少游果图画而归"。事情是否如南人所述,蒋少游在出使南朝时将南朝宫殿形制摹写后带入北朝?对此,可从北魏太庙以及太极殿营建时间上加以分析。

孝文帝建太极殿在太和十六年(492)二月庚寅,至太和十六年十月庚戌之间,② 而太庙修建在太和十五年(491)四月己卯,至同年十月间。③ 其间相隔四个月左右。《魏书·穆崇传》载穆崇建议缓修太极殿时说:"去岁役作,为功甚多,太庙明堂,一年便就。若仍岁频兴,恐民力凋弊。且材干新伐,为功不固,愿得逾年,小康百姓。"孝文帝并未采纳此言。这既说明太庙建设的速成,也体现出孝文帝修建太极殿的迫切心情。太庙以及太极殿的修建中,蒋少游在其中起到了关键作用,"后于平

---

① 《北史》卷90《艺术传·蒋少游》,中华书局1974年版,第2984页。
② 《魏书》卷7《高祖纪》,中华书局1974年版,第169—170页。
③ 同上书,第167—168页。

城将营太庙、太极殿,遣少游乘传诣洛,量准魏晋基趾",① 太庙的修建,当是建立在对洛阳建筑旧址的量准之上的,但洛阳久经战火,其所存基趾显然不能满足营建需要。在这种情况下,对太极殿的修建,从形制到规模上都亟须提供现实参照的蓝图,而这一需求只有南朝建康能够提供。李彪、蒋少游出使在永明九年(491)十月甲寅到达建康,此即太和十五年十月,正值太庙完成,且太极殿营建尚未提上日程之时。蒋少游使南,正值两殿营造的空隙。因此,太庙的建设并未参准南朝规格,而太极殿的建设,应当是参照了南朝。

对于北魏这种明显的"窃取"行为,南朝人自然有所警觉,因此崔元祖建议齐武帝将蒋少游扣押下,《南齐书·魏虏传》载:

> 清河崔元祖启世祖曰:"少游,臣之外甥,特有公输之思。宋世陷虏,处以大匠之官。今为副使,必欲模范宫阙。岂可令毡乡之鄙,取象天宫?臣谓且留少游,令使主反命。"世祖以非和通意,不许。

崔元祖所言"岂可令毡乡之鄙,取象天宫"?反映了南朝在礼制上的优越感,在对正统性质的维护上,这与北魏借书南齐一事所体现的心态是一致的。南朝始终坚信自身所代表的文化乃是中原正统,因此出于战略考虑,借书北魏与"取象天宫",都会削弱南朝的文化优势,而且更有可能造成中原士人对北魏鲜卑政权的认可,舆论上对己不利。然而因此就扣留副使蒋少游,毕竟不符合交往礼节,于是只能将蒋少游放归北魏。于此可以看出,派出工匠出身的蒋少游作为副使,实乃孝文帝处心积虑的安排。

(二)范宁儿围棋"制胜而还"辨

围棋作为传统博弈游戏,起源甚早,自东汉中兴后,至魏晋南北朝时期得到极大发展,南朝更是达到围棋史上的黄金时期。其盛行标志之一即棋品制度的完善。宋明帝曾仿九品中正制设置品评棋艺的机构,名为"围棋州邑",《南齐书·王谌传》载:"明帝好围棋,置围棋州邑,以建安王休仁为围棋州都大中正,谌与太子右率沈勃、尚书水部郎庾珪之、彭城丞王抗四人为小中正,朝请褚思庄、傅楚之为清定访问。"这是魏晋以来以品第为衡量标准的扩展,相当于"画品""诗品"之类。"围棋有手

---

① 《北史》卷90《艺术传·蒋少游》,中华书局1974年版,第2984页。

谈、坐隐之目",① 与清谈一样,成为南朝士族文化品位的象征。

在有了棋艺评价标准后,齐梁以后的围棋扩大为皇家活动。这表现在皇室对围棋的喜好,齐武帝萧赜、梁武帝萧衍、梁简文帝萧纲等人都热衷于围棋,《隋书·经籍志》载梁武帝萧衍有《围棋品》一卷、《棋法》一卷,萧纲、褚思庄、柳恽、陆云等人皆著有关于品棋的著作。可见,当时士族不仅喜爱下棋,更爱品评棋艺高低。齐梁以后,围棋已被视为衡量人物才能的标准之一,《梁书·朱异传》载沈约言:"天下唯有文义棋书",显然已将其与文学、经学、书法地位并列,成为士族文化身份的标识。

相对于南朝而言,北朝因为中原士族多重经业,于杂艺不甚用心,加之君王提倡不力,发展较为缓慢。北魏太武帝虽然喜好围棋,也曾向南朝借过博具、棋子之类,但北朝务实的人文环境使这项文艺活动难以扩展。《魏书·古弼传》载太武帝沉迷于围棋,就曾遭到古弼颇为鲁莽的直谏。② 但在孝文帝深入汉化以后,围棋活动得以在文人中广泛展开,《魏书·甄琛传》称甄琛好围棋,"颇以弈棋弃日,至乃通夜不止。"在这一背景下,北朝的围棋高手范宁儿随李彪出使南朝,与南朝第一品王抗对弈,遂成为当时南北文化交流中的著名事件。据《魏书·艺术传·范宁儿》:

> 高祖时,有范宁儿者善围棋。曾与李彪使萧赜,赜令江南上品王抗与宁儿。制胜而还。

王抗为南朝围棋第一品,《南齐书·萧惠基传》:"当时能棋人琅邪王抗第一品,吴郡褚思庄、会稽夏赤松并第二品。"又《南齐书·良政传·虞愿传》:"帝好围棊,甚拙,去格七八道,物议共欺为第三品。与第一品王抗围棊,依品赌戏,抗每饶借之,曰:'皇帝飞棊,臣抗不能断。'帝终不觉,以为信然,好之愈笃。"可见王抗的棋技与棋品都是很高的,永明年间,还被封为品棋官。③ 可以说,王抗代表了南朝围棋技艺的最高水

---

① 王利器:《颜氏家训集解》,中华书局1993年版,第591页。
② 《魏书·古弼传》:"弼览见之,入欲陈奏,遇世祖与给事中刘树棋,志不听事。弼侍坐良久,不获申闻。乃起,于世祖前捽树头,掣下床,以手搏其耳,以拳殴其背曰:'朝廷不治,实尔之罪!'世祖失容放棋曰:'不听奏事,实在朕躬,树何罪?置之!'弼具状以闻。"
③ 《南史·萧思话传附萧惠基》:"永明中,敕使抗品棋,竟陵王子良使惠基掌其事。"

平。而范宁儿在史籍上并无太多记载，可能只因为善于围棋，被孝文帝派往南朝进行切磋，而实际上是否代表了北方围棋艺术胜于南方，则很难确认。因此，《魏书》所言"制胜而还"一句，颇堪玩味。据《宛委余编博物志》以及王世贞的《弈问》，都以《魏书》为据，认为范宁儿确实胜了王抗。但王世贞《弈问》还认为："抗重而宁微也，宁儿以有心待王抗，而抗以无心待宁儿"，言外之意，是王抗有心谦让范宁儿。从王抗谦让宋明帝的姿态上看，他怀有这种心态也不无可能，况且，究竟范宁儿胜王抗几盘棋，史书也是言之不详。总之，在这一事件上，输赢问题对于南朝而言似乎并不在意，而北魏对此却意义非常，以至于魏收在写《艺术传》时，特意强调此事。

综上所述，在孝文帝改革中，制度文化上多向南朝靠拢，并汲汲于追求与南朝文化的对等地位，在李彪使南过程中，不仅派出了蒋少游以"模范宫殿"为潜在职责，还派出无甚官阶的范宁儿与南朝围棋一品高手王抗过招，其"制胜而还"虽不乏自欺意味在内，但从中不难看出孝文帝在文化上努力追赶南朝，与南朝一较高下的决心和态度。

第四节　交聘与南北朝文学交流

南北朝文学传播形式多样，如文人流亡、僧侣交往、商贸往来、外交活动等，都不同程度促进了文学交流与传播，相对来说，尤以外交活动即聘使往来最为直接与关键。对于南北朝聘使与文学之关系，虽已多有学者进行论述，但大多集中在聘使文学表现之层面，[①] 于文学交流之传统、特点、影响等方面的研究尚有待深入挖掘。

一　作为文学传播中介的聘使

行人在聘使过程中进行赋诗活动，始自先秦，《汉书·艺文志·诗赋略序》："古者诸侯卿大夫交接邻国，以微言相感，当揖让之时，必称诗

---

① 有关聘使与文学之关系研究，有如下重要文章及专著：王琛《南北朝的交聘与文学》（《古典文学知识》1997年第2期）；张泉《北魏行人的文学表现》（《福建论坛》2002年第2期）；胡大雷《外交场景中的南北朝诗人诗作》（《东方丛刊》2008年第4期）；刘永涛《行人与魏晋南北朝文学研究》（暨南大学硕士学位论文，2010年）；王允亮《南北朝文学交流研究》（上海古籍出版社2010年版）等。

以喻其志，盖以别贤不肖而观盛衰焉。"这种赋诗喻志的委婉方式，符合外交中的情感需要，即在不伤害彼此感情的情况下，通过意蕴丰富的诗歌达到外交目的，在周秦汉外交中普遍应用。这种外交赋诗，是建立在彼此共同理解诗歌引申义的基础上的。其对于使者的学问修养要求极高，尤其强调对《诗经》的记诵及理解能力。因此，孔子说："诵诗三百，……使于四方，不能专对，虽多，亦奚以为？"①强调士人在出使各国时，不仅要对《诗经》内容精通谙熟，还要能够与别人"专对"。《左传》中大量赋诗活动体现的正是行人的这种基本职能，建立在共同话语体系之内的诸侯国之间，皆以《诗经》作为交流范本。

秦汉统一帝国的建立，打破了诸侯国固有的交往模式，其交往对象由文化相对平衡的诸侯国渐渐转为周边四夷，曾经属于秋官司寇的大行人一职，也被鸿胪寺所代替，其职能和范围都发生了明显变化。赋诗传统也被打破，行人的外交处理方式更为灵活。这一时期，行人所提供的文学线索主要集中在"苏李诗"上，其中所蕴含的行人不辱使命的精神，在后世文学中得到发扬。

南北朝行人外交环境不同于先秦及秦汉，这表现在：首先，其外交对象为异族政权。若以东晋南朝为中心视角，则十六国至北魏、北齐、北周皆为传统中原汉族所异类，少数民族政权在外交策略、交往方式、外交习惯中都与中原汉族大不相同，具有与先秦两汉时期的外交对象完全不同的外交文化。其次，外交中多以维护国家正统作为政治背景。南北朝交往追求政治正统性，往往掩藏于行人之间的唇枪舌战之中，这体现了深层次上的文化竞胜意味。然后，门阀因素贯穿于外交活动之中。南北朝外交之重视出身门第现象，不仅体现国家间重视门第外交的取向，更展现了南北门阀交流之渠道。在这种变化下，行人的身份除政治代表外，更趋向于文化传播的使者。

不同的外交环境决定了聘使作为文学传播的使者，表现出不同的特点：

第一，针对异族政权军事力量的强大，南朝主动选择文化优势作为强力后盾，因此，所选择之聘使不仅系出名门，且才学优赡，在文学上的表现更是选拔聘使的重要标准。这在整体上提高了聘使交往中的文学水平，

---

① 杨伯峻：《论语译注》，中华书局1980年版，第135页。

使得聘使之间的交往，不局限在简单的满足政治、军事目的层面，更有文学竞争的文化诉求在内。以南齐永明年间为例，据史料所载，南齐作为主客郎接待北魏使者主要有以下几人：任昉（永明三年）；张融（永明八年）；刘绘（永明九年五月）；萧琛（永明九年十月）；王融（永明十年）；谢朓（延兴元年）。作为使者出使北魏的主要有：车僧朗（萧道成建元三年）；刘缵、张谟（永明元年）；司马宪、庚习（永明二年）；刘缵、裴昭明（永明三年）；裴昭明、司马迪之（永明四年）；颜幼明、刘思效（永明七年）；裴昭明、谢竣（永明九年正月）；萧琛、范缜（永明九年八月）；萧琛、范云（永明十年）；萧琛、庚荜、何宪、邢宗庆（永明十年十二月）；虞长耀（永明十一年）。众所周知，齐永明文学以"竟陵八友"成就最为突出，而永明年间作为聘使或主客者，八友中就有任昉、萧琛、范云、王融、谢朓五人，其中萧琛还曾三次出使北魏。而聘使中的张融、刘绘、范缜等人，虽未列八友之列，亦是文学优赡之士。同时，北朝在孝文帝改革之后，对于南朝文化地位亦有撼动之势，孝文帝要求使者在南朝文人面前"卿等欲言，便无相疑难"，[1]就表达了与南朝文化竞争的姿态。可以说，文化软实力的竞争已经成为政治、军事以外的重要外交竞争方式。

第二，聘使交往中，文学的较量代表着南北文学的最高水平，是南北文学切磋、比较的桥梁，通过聘使之口，可以看出南人、北人所代表的文学风尚与文学取向。而分析其对彼此的认同或否定，还可以看出南北相互之间的文学态度。如南齐王融在接待北魏房景高、宋弁时，宋弁"因问：'在朝闻主客作《曲水诗序》。'景高又云：'在北闻主客此制，胜于颜延年，实愿一见。'融乃示之。后日，宋弁于瑶池堂谓融曰：'昔观相如《封禅》，以知汉武之德；今览王生《诗序》，用见齐王之盛。'"[2]宋弁在北方虽然听闻王融《曲水诗序》的大名，但是难得一见，而在阅览后，大为钦佩。如果没有彼此的交往以及宴会上的切磋，王融的《曲水诗序》很难顺利传到北方。与王融相对比，北朝邢邵为北地三才之一，"当时文人，皆邵之下"。南朝行人在出使北魏时曾问宾司："邢子才故应是北间第一才士，何为不作聘使？"因慕其名，主动求见，但因为邢邵其人"不

---

[1]《魏书》卷47《卢玄传附卢昶》，中华书局1974年版，第1055页。
[2]《南齐书》卷47《王融传》，中华书局1972年版，第821—822页。

持威仪，名高难副，朝廷不令出境"，① 因此南朝人不得相见。从这两例可以看出，南北聘使在要求赏鉴对方最高文学水平后面，表达了一种共同心理，即希望通过对彼此的互鉴学习，试图超越对方，并在文化上凌驾对方之上，这种颇有竞争意味的交流，不仅利于北朝文学水平的整体提升，更利于南朝以北朝为镜鉴，取长补短。

第三，几种重要的文学现象的产生或文学大家的出现，皆与聘使有直接或间接之联系。南朝齐梁之际盛行的"永明体"，在其北传过程中，聘使起到主要作用。沈约、谢朓、任昉等人之文集，也当于此时传入北朝。其作家文集及永明诗人所标榜的文学理念，得以在北朝盛行，魏收、邢邵才可能有师法沈约、任昉之举。而南北朝后期文学代表徐陵、庾信也曾有过聘使经历，尤其庾信，可以看作南朝文学尤其是骈文的集大成者，他的早期作品虽多流于媚俗，但在任梁通直散骑常侍出使邺城之时，其"文章辞令，盛为邺下所称"，② 此时便已赢得北方的认可。在滞留北周以后，更以南方文化耆老待之，虽然仍有奉和之作，但多数作品已融入自身坎坷经历，一洗宫体铅华，渐趋老成之美，下开唐音之先风。

此外，宫体诗在北朝的接受与传播，"梁鼓角横吹曲"曲目及歌辞在南朝的传播等文学现象，虽并无直接证据为聘使所带来，但都间接与聘使相关，因为在多种文学传播方式中，聘使所表现的官方交往及私人交往都更具有合法性及普遍性。

二 聘使的文学传播活动

聘使在出使邻国，与邻国人员接触时，主要在宾馆接待、公共宴会、私人宴会、贸易互市等场合，在这些场合中，最能够展现文学才能之处，多集中在有皇帝或王公大臣参与的公私宴会上。因为聘使之职责主要负有政治军事目的，在完成政治使命之余，宴会活动则是相对轻松无拘束的，其中不免有彼此之间酬唱应和之举，此时可以一展才华。

先秦在宴会时便有文学创作之举，《诗经·小雅》中不少篇章为宴飨诗，其创作依据或许不始于宴会，然于宴会歌之。秦汉以降，宴会歌诗作诗之举亦有传沿，高祖刘邦《大风歌》，汉武帝及群臣柏梁台七言诗歌之

---

① 《北史》卷43《邢峦传附邢邵》，中华书局1974年版，第1591页。
② 《周书》卷41《庾信传》，中华书局1974年版，第733页。

作,皆属于飨宴之余的助兴之作。汉末邺下文人之创作宴会诗更加普遍,王粲、刘桢、应玚、阮瑀、曹植等人无不有公宴诗流传。两晋更是发扬建安文人乐于游宴之余作诗的传统,并将宴余作诗当作表达情感的主要方式,金谷雅集、兰亭雅集是为代表。

南朝宴会赋诗之传统自不待言,而北朝亦多效法,且往往采取与人联句的形式,颇能考验宗室大臣的文学机智,如孝文帝、孝明帝、节闵帝都有与宗室及大臣于宴会中创作联句诗的经历。① 且常伴有舞蹈,有着少数民族所遗留的习俗,丰富了宴会的内容。诗酒本不分家,酒酣之时,帝王与君臣共同赋诗助兴,往往成为推动诗歌进程的一大因素,永明体、宫体诗、上官体、台阁体等皆本于宴会赋诗,其中所作之诗或许内容匮乏平庸,但往往是展现诗人才情的舞台,并能间接促进诗歌格律体式的完善。

相比之下,聘使在宴会上的表现与在本国宴会中不同,并不能过于随意自如,这要求与会者不仅不失本国威仪,还需注意言行,不要伤害对方感情,既要"欲见但见,须论即论",还要"以和为贵,勿相矜夸,见于色貌"。② 所言所行当符合礼数。在这一标准下,北魏李彪的表现显得颇为过激,《梁书·萧琛传》载:

> 时魏遣李道固来使,齐帝燕之,琛于御筵举酒劝道固,道固不受,曰:"公庭无私礼,不容受劝。"琛徐答曰:"《诗》所谓'雨我公田,遂及我私'。"座者皆服,道固乃受琛酒。

面对李彪的折俎,萧琛以机智和谐的应对,化解了紧张气氛。既针锋相对又和谐相处,这是宴请聘使与本国宴请之间的主要区别。

除宴会之外,聘使与文学传播直接相关者,还表现在以下几种方式。

(一) 交聘语辞

作为聘使交往的实录文本,交聘语辞的撰写在南北朝外交中成为制度性的规定。《南齐书·王融传》载王融有《接虏使语辞》;又同书《刘绘

---

① 孝文帝《悬瓠方丈竹堂飨侍臣联句诗》、孝明帝《幸华林园宴群臣于都亭曲水赋七言诗》、节闵帝《联句诗》,均见逯钦立辑《先秦汉魏晋南北朝诗》,中华书局1983年版,第2200、2209、2211页。

② 《北史》卷30《卢玄传附卢昶》,中华书局1974年版,第1081页。

传》中说刘绘接待后"事毕,当撰《语辞》";又《南史·王彧传附王锡》:"引宴之日,敕使左右徐僧权于坐后,言则书之。"皆说明交聘宴会中有语辞的记录。

《隋书·经籍志四·总集》有"《梁、魏、周、齐、陈皇朝聘使杂启》九卷",当是所记录《语辞》的汇编整理。当时外交中的重要谈话,除了当事人的见证外,形成文本的语辞为史书的编撰提供了参考资料。以魏收《魏书》为例,《李彪传》记录齐主客郎刘绘与李彪关于辞乐的讨论;《李谐传》中记录李谐与梁主客郎范胥之间的对问;《李孝伯传附李安世》中记录李安世与齐使刘缵的对话。这些一问一答的对话体形式,显然是魏收直接摄取了交聘语辞这一文本载体的记录,由此可以看出交聘语辞对于史书编撰的参照作用。

除正史外,杂史及笔记小说对于聘使语辞也多有摄取。隋代阳休之《谈薮》对聘使对话有大量记载,当也有语辞为参照,唐人段成式所著《酉阳杂俎·语资》中,也记载了大量南北朝聘使之间言语对白,当是依据其时所录之语辞进行记述的。此后《太平御览》《太平广记》等类书皆将其作为小说谈资进行收录整理,使语辞得到部分保存。外交中的对话因为其机敏巧辩的对白,充满睿智的回应,往往受到小说家的重视,从《世说新语》对于人物对话形式的选取中,已经看出这种趋向,由此可见语辞对于中古小说对话体式的影响。

这类小说的性质,是由于语辞往往带有记录者的主观乃至虚构成分的特点,剔除或掩盖于己国不利的言论,是事后处理语辞中的常用手段。例如宋元嘉二十七年(450),魏太武帝亲征,南下攻宋彭城,宋遣使张畅与魏李孝伯于阵前对话。《宋书·张畅传》与《魏书·李孝伯传》皆有记录,但将两者对读,便会发现其中史家之史笔往往有曲直回护。为方便比较,现将两者记载内容之差别列表如下。

序号	《宋书·张畅传》	《魏书·李孝伯传》
①	(张)畅于城上与魏尚书李孝伯语。孝伯问:"君何姓?"答曰:"姓张。"孝伯曰:"张长史乎?"畅曰:"君何得见识?"孝伯曰:"君名声远闻,足使我知。"	(李)孝伯遥问畅姓,畅曰:"姓张。"孝伯曰:"是张长史也。"畅曰:"君何得见识?"孝伯曰:"既涉此境,何容不悉。"

续表

序号	《宋书·张畅传》	《魏书·李孝伯传》
②	魏主复令孝伯传语曰："魏主有诏，借博具。"畅曰："博具当为申致，有诏之言，正可施于彼国，何得施之于此？"孝伯曰："以邻国之臣耳。"	畅曰："有诏之言，政可施于彼国，何得称之于此？"孝伯曰："卿家太尉、安北，是人臣不？"畅曰："是也。"孝伯曰："我朝廷奄有万国，率土之滨，莫敢不臣。纵为邻国之君，何为不称诏于邻国之臣？"
③	孝伯又言："太尉、镇军，久阙南信，殊当忧邑。若遣信，当为护送。"畅曰："此中间道甚多，亦不须烦魏。"孝伯曰："亦知有水路，似为白贼所断。"畅曰："君著白衣，故号白贼也。"孝伯笑曰："今之白贼，亦不异黄巾、赤眉，但不在江南耳。"	孝伯曰："又有诏：'太尉、安北久绝南信，殊当忧悒。若欲遣信者，当为护送，脱须骑者，亦当以马送之。'"畅曰："此方间路甚多，使命日夕往复，不复以此劳魏帝也。"孝伯曰："亦知有水路，似为白贼所断。"畅曰："君著白衣，称白贼也。"孝伯大笑曰："今之白贼，似异黄巾、赤眉。"畅曰："黄巾、赤眉，不在江南。"孝伯曰："虽不在江南，亦不离徐方也。"
④	并云："魏主致意太尉、安北，何不遣人来问，观我仪貌，察我为人。"畅又宣旨答曰："魏主形状才力，久为来往所见。李尚书亲自衔命，不忍彼此不尽，故不复遣。"	孝伯曰："有后诏：'……太尉、安北何不遣人来至朕闻？彼此之情，虽不可尽，要复见朕小大，知朕老少，观朕为人。'"畅曰："魏帝久为往来所具，李尚书亲自衔命，不患彼此不尽，故复遣信。"
⑤	孝伯又曰："君南土膏粱，何为著屩？君且如此，将士云何？"畅曰："膏粱之言，诚以为愧。但以不武，受命统军，戎阵之间，不容缓服。"	孝伯曰："君南土士人，何为著屩？君而著此，将士云何？"畅曰："士人之言，诚为多愧。但以不武，受命统军，戎陈之间，不容缓服。"

这一历史事件，当事双方应该皆有语辞记录留下，而沈约《宋书》对此段描述，只有八百余字，仅记录其大要而已。魏收《魏书》则以两千多字铺叙之，将两人之对话描述得甚为精彩。而且针对同一件事，明显有不同的记述。通过以上对比可发现，有时是双方故意歪曲事实，如①；有时是单方面对内容进行了删减，如②③；有时是意思完全相左，不知何者为是，何者为非，如④；有时仅对关键词语进行替换，如⑤。

沈约与魏收分别站在不同的立场上，对此段交聘言辞的记录皆有所取舍，以致我们要客观了解此段史实时，需要将两者互相参照。例如在本传最后，《宋书》评价张畅时，言其"随宜应答，吐属如流，音韵详雅，风仪华润，孝伯及左右人并相视叹息"。① 《魏书》评价李孝伯时，赞其"风容闲雅，应答如流，畅及左右甚相嗟叹"。② 两相对比一下，张畅与李孝伯的优劣实在很难判断。

《魏书·李孝伯传》记录了李孝伯之子李豹子，于孝明帝正光三年（522）的上书，其中曰："刘氏伪书，翻流上国，寻其讪谤，百无一实，前后使人，不书姓字，亦无名爵。至于《张畅传》中，略叙先臣对问，虽改脱略尽，自欲矜高，然逸韵难亏，犹见称载，非直存益于时，没亦有彰国美，乞览此书，昭然可见。"从中可以看出，沈约对此段语辞的记录虽"改脱略尽，自欲矜高"，但因为北魏自有记录，其"逸韵"自然"难亏"，可见沈约对此段历史确有文饰。但从另一角度看，魏收亦未尝没有对此进行过润饰，这在史书记载中概属难免。所以刘知几《史通·曲笔》讥称："但古来唯闻以直笔见诛，不闻以曲词获罪。是以隐侯《宋书》多妄，萧武知而勿尤；伯起《魏史》不平，齐宣览而无谴。"刘知几从史书撰写角度，视《宋书》为"多妄"，《魏书》为"不平"，两者各有缺失，但因维护了国家形象，所以帝王虽心知其失，也多不见责怪。

对这一事件的分析可以看出，交聘语辞作为重要的史料来源，本应如实反映当时事件的发展，但史官在选取材料加工成书时，出于种种缘由，往往掺入个人感情，对事件或人物以"春秋笔法"进行曲笔回护，使得原本清晰的历史事件变得扑朔迷离，遂为后世研究者带来极大干扰。

（二）聘使游历作品

聘使在出使过程中，对沿途所经地理、人文、风物之记述，往往以游记、辞赋、行纪、诗歌等形式记录下来。《北史·魏收传》称魏收"在途作《聘游赋》，辞甚美盛"。其《聘游赋》已佚，以魏收对自己的赋作十分自负，以及在唐代仍有流传的情况来看，该赋之"美盛"当为不虚。③《隋书·经籍志二·地理类》记录了当时所存的几种聘使行记：

---

① 《宋书》卷59《张畅传》，中华书局1974年版，第1605页。
② 《魏书》卷53《李孝伯传》，中华书局1974年版，第1172页。
③ 程章灿先生辑录魏收《聘游赋》一句："珍是淫器，无射高县。"取自《左传正义·昭公二十一年》，可见该赋在唐代仍有流传。（程章灿：《魏晋南北朝赋史》，江苏古籍出版社2001年版，第379页。）

《魏聘使行记》六卷；

《聘北道里记》三卷，江德藻撰；

《李谐行记》一卷；

《聘游记》三卷，刘师知撰；

《朝觐记》六卷；

《封君义行记》一卷，李绘撰。

以上所载行记皆佚。其中，《魏聘使行记》六卷及《朝觐记》六卷，未著撰人，当是后人根据当时使者行记及藩国朝觐实录进行的整理。《旧唐书·经籍志》载《魏聘使行记》五卷。《李谐行记》为李谐天平四年（梁大同三年，537）出使所作，其记录人当为李谐本人。《陈书·江德操传》载江德藻于"天嘉四年（563），兼散骑常侍，与中书郎刘师知使齐，著《北征道理记》三卷。"《北征道理记》即《聘北道里记》，其内容据题，当是记录北上路线及周边地理环境的报告。然《陈书》未载刘师知《聘游记》，大概因其为副使所作的缘故。李绘曾于兴和四年（梁大同八年，542）聘于梁，其《封君义行记》当撰于此时。

聘行游记的写作，虽然没有留下太多的内容，但其在游历过程中进行的创作，远上继承了建安文人"征行赋"的创作传统，近下开拓中古游记小品文的创作，从《水经注》及《洛阳伽蓝记》的内容和形式中，大体可以想见其风貌。

除游记外，更多的是聘使在出使途中，就所见所感写下的诗歌，以南朝人居多，其中尤以庾信为最。他曾两次出使北朝，并写下《将命至邺酬祖正员诗》《将命至邺诗》《将命使北始渡瓜步江诗》《西门豹庙诗》《经陈思王墓诗》《入彭城馆诗》等诗作，这些诗就途中见闻，表达了初使异方的兴奋，以及对历史人物的凭吊，其中虽有悲凉之句，但明显可以看出其仿古的心理。吊古感怀是聘使游历诗作中最大的主题，例如梁代陈昭于天统二年（566）出使北齐，途经薛城（今山东枣庄）所作《聘齐经孟尝君墓诗》："薛城观旧迹，征马屡徘徊。盛德今何在，唯余长夜台。苍茫空垄路，憔悴古松栽。悲随白杨起，泪想雍门来。泉产无关走，鸡鸣谁为开。"以吊古感怀为题材。又范云与萧琛出使北魏过程中作《渡黄河诗》："河流迅且浊，汤汤不可陵。桧楫难为榜，松舟绕自胜。空庭偃旧木,荒畴余故塍。不睹人行迹,但见狐兔兴。寄言河上老,此水何当澄。"观黄河引起兴衰之感。这些游历诗歌的创作以南朝人居多,这些人自幼长在南方,但所接触的历史掌故多发生在北方,因此,在进入中原故地时,往往勾起思古情怀,不禁系之悲慨。相对应地,北朝人入南朝也有感慨之作,如卢思道《游梁城诗》:"扬镳历汴浦,回扈入梁墟。汉藩文雅地,清尘暧有余。宾游多任侠,台苑盛簪裾。叹息徐公剑,悲凉邹子书。亭皋落照尽,原野冱寒初。鸟散空城夕,烟光彩古树。东越严子陵,西蜀马相如。修名窃所慕,长谣独课虚。"这些感怀之作以异地风貌为对象,丰富了景物诗歌的主题及内涵。

(三) 聘使文学交往

由于南北限隔,书信往来不便,仅聘使可以起到信使的作用,因此,南北文人即便相互友善,也不能时常互通音信,文人的优秀作品也很难涉越长江顺利传播。庾信《寄王琳诗》:"玉关道路远,金陵信使疏。独下千行泪,开君万里书。"表明了当时书信往来的困难。这种情况下,聘使所带来的文学传播活动显得弥足珍贵。

北朝早期文学难以与南朝抗衡,孝文帝汉化深入后,文学始有复兴,此后虽然发展缓慢,但个别才子也颇可与南朝相抗。但这些才子的文章辞赋,只有凭借南来行人作为传播中介,才能在江左流传。如北地三才之一的温子升,其文章借由梁聘使张皋"写子升文笔,传于江外",才能得到梁武帝一见,并称赞"曹植、陆机复生于北土。恨我辞人,数穷百六"。[1] 又如魏收托付徐陵传其诗集一事,也说明南北文学的传播,实有赖于聘使。直到梁侯景之乱后,南朝文人大量流徙到北朝,萧詧、萧㤎、颜之推、王褒、庾信等南朝文人陆续进入北朝文学视野,并潜在地改变着北朝文学的创作环境,为北朝文学增添新的活力,南北文学方呈均势状态。其中,又以庾信、王褒作为南人滞留北朝文学家的典型代表,其创作中所体现的乡关之思与身处夷狄的惆怅悲凉的心境,往往借由聘使这一中介得到抒发。

庾信曾两次出使东魏、西魏,一次于梁大同十一年(545)被任为通直散骑常侍出聘东魏,其"名誉甚高,魏朝闻而重之",[2] 出使过程中的

---

[1] 《魏书》卷85《文苑传·温子升》,中华书局1974年版,第1876页。
[2] 《北齐书》卷39《祖珽传附祖孝隐》,中华书局1972年版,第521页。

"文章辞令，盛为邺下所称"，这也成为其日后被扣留在北周不得遣还的主要原因。第二次为承圣三年（554）出使西魏，并被扣留，再也没有返回南朝。身陷北周后，与南朝聘使周弘正、徐陵等人的诗歌往来，格调气度大不同于此前出使时的游历作品。因为身份以及环境的不同，这些诗中往往掺杂着悲痛、悔恨、沮丧等复杂情感，内在地扩展了其诗歌的表现力量。这些情感集中体现在与周弘正的赠答诗中，如《别周尚书弘正诗》《重别周尚书诗二首》《送周尚书弘正诗》等。这些诗较其在南朝的应和之作，少了一些典故，多了一些真诚，简单的意象中蕴含深沉的情感，如其中所言的黄鹄反顾、秋雁南归等意象，都能形象地传达其乡关之愁。

周弘正于天嘉二年（561）使于北周，目的是与北周结好，取得共同对抗北齐的军事联盟。这时北周与陈的关系较为缓和，周帝允许王褒、庾信等人与聘使"通亲知音问"，① 并慨允书信往来。王褒在给周弘正书信中说："所冀书生之魂，来依旧壤；射声之鬼，无恨他乡。白云在天，长离别矣，会见之期，邈无日矣。"悲苦惆怅之情溢于言表。周弘正回复王褒："但愿爱玉体，珍金箱，保期颐，享黄发。犹冀苍鹰颊鲤，时传尺素，清风朗月，俱寄相思。子渊，子渊，长为别矣！握管操觚，声泪俱咽。"② 也情真意切。周弘正还曾作过一首《咏雁诗》："南思洞庭水，北想雁门关。稻粱俱可恋，飞去复飞还。"这首诗虽没有写明所咏之目的，但其中似乎蕴含了对庾信、王褒两人赠诗的回应，从诗歌中可以看出周弘正安慰他们，南北仕途都是一样为稻粱而谋，不必过于悲伤自责的温情旨意。

面对南来使臣和昔日文友，庾信在与他们交往赠答时，坦露了在北周承欢侍宴中难以言说的复杂情感，如"故人倪相访，知余已执圭"（《对宴齐使诗》）的自嘲，"虽言异生死，同是不归人"（《伤周处士诗》）的悲凉；"更寻终不见，无异桃花源"（《徐报使来止得一相见诗》）的无奈。尤其在念及与徐陵共事东宫时的情形，如今却相隔异地、分事二主，难免心生酸楚，悲戚之情溢于言表，在《寄徐陵诗》中，表达了希望在有生之年能够与其再次相见的意愿："故人倘思我，及此平生时。莫待山阳路，空闻吹笛悲。"这些诗，都是庾信晚年"不无秋气之悲，实有穷途之恨"的悲凉心态的写照。

---

① 《北史》卷83《文苑传·王褒》，中华书局1974年版，第2793页。
② 《周书》卷41《王褒传》，中华书局1974年版，第733页。

除了像庾信这样表达悲苦情绪的作品外,聘使间的赠答唱和诗中所蕴含的心态和感情也是复杂的。周弘正赠韦琼诗"德星犹未动,真车讵肯来"曾为一时之美谈,是使者之间相互倾慕心态的写照。而薛道衡与陈使傅縡之间的赠诗,则有相互竞争的味道,《隋书·薛道衡传》载:"陈使傅縡聘齐,以道衡兼主客郎接对之。縡赠诗五十韵,道衡和之,南北称美,魏收曰:'傅縡所谓以蚓投鱼耳。'"五十韵非有高才者难以应和,陈使傅縡此举显然是在向北齐文人发出挑战书,但薛道衡的表现反而让傅縡相形见绌。虽然这是魏收站在北朝的立场上作出的评价,但是从中似乎透露出这样的讯息:北朝文学在北齐以后,确实可以与南朝文学进行同等水平的对话。而在卢思道聘陈时,"陈主令朝贵设酒食,与思道宴会,联句作诗",卢思道应手便来,甚至能用诗句回应陈人的讽刺:"有一人先唱,方便讥刺北人,云:'榆生欲饱汉,草长正肥驴。'为北人食榆,兼吴地无驴,故有此句。思道援笔即续之,曰:'共甑分炊水,同铛各煮鱼。'为南人无情义,同饮异馔也,故思道有此句。吴人甚愧之。"① 于此可见,曹道衡先生所言北朝文学在后期超越南朝文学的说法,并非虚谈。

综合南北朝聘使文学可以发现,聘使交往作品多作于南北朝后期,于北齐、北周与陈为较多,主要原因在于此时南北之间外交活动相对之前更为频繁。齐、周、陈三国的政治形势决定外交活动的取向,彼此都希望在外交中分化孤立对手,取得最大利益,因此扩大了交往的频率,并采取更加开放的态度,以往禁止在交聘过程中进行私人活动的要求,也不再那么强硬。再加上北朝文学自身的提高,尤其是南人北上后文学环境的改变,南北文学对话才逐渐增多,在南北聘使"琴酒时欢会,篇章极讨论"的过程中,② 不仅改变了北朝文学落后的地位,也改变了南朝文人对北朝文学的态度。

三 聘使文学交流的影响

南北朝聘使文学交流的影响主要体现在以下几个方面。

第一,聘使的文学交流,加速了南北文学的融合。南北朝文学交流形

---

① 阳玠撰,黄大宏校笺:《八代谈薮校笺》,中华书局2010年版,第101页。
② 潘徽:《赠北使诗》,逯钦立:《先秦汉魏晋南北朝诗》,中华书局1983年版,第2563页。

式多样,如商贸、战争、和亲、聘使、僧侣等,凸显了文学传播方式的多样性。这其中,聘使交往较之其他形式,优势尤为突出。首先其合法性就优于其他方式,在南北对峙的情况下,"自非聘使行人,无得南北"的禁令确定了聘使交流的唯一性及合法性。① 而且,聘使交往中往往又同时包含了商贸、和亲等其他方式。因此,聘使在促进文学交流中,起到的作用明显要大于其他几种方式。在交往过程中,聘使选拔需要最能代表本国文学水平者,其文学品位、文学修养往往能够代表本国之文学取向。这种文学交往的层次显然要高于民间及私人的文学交往,而两种文学的交流融合需要的不仅是才能优赡者,更需要能够代表本土文学特色的文人之间的切磋交流。越到南北朝后期,这种趋势越加明显,魏收、庾信、王褒、徐陵、颜之推、许善心、薛道衡、卢思道等著名文人的参与,使我们看到聘使这一身份,对于南北文学传播的重要价值。所谓"无才地者不得预焉"这一准则得到充分的印证,② 在聘使的选拔上,"世胄名家,文学优赡"者往往是首选。③《北史·阳休之传》载北齐与梁通和,崔暹想要将其子崔达拏的五言诗给梁客看,但阳休之认为"小儿文藻,恐未可以示远人"以拒之。从这点上看,聘使交往使南北朝最高的文学才华得到展现的平台,南北文学之间的交流也显得更加成熟健康。

第二,随着南朝对北朝文学的认识和理解不断加深,渐渐改变了早期轻视的态度。宋齐时期,南朝文人仍鄙视北方文士。南齐主客郎刘绘所言"无论润色未易,但得我语亦难矣",④ 透露出南方文人的文化优越感。北魏宋弁向王融求《曲水诗序》一览后大加称赞,以及魏收师法沈约、邢邵师法任昉等现象,也表明此时北朝文人虚心学习的态度。梁陈以后,南朝态度逐渐有所转变,梁武帝给予温子升极高的评价;薛道衡"每有所作,南人无不吟诵焉"等现象,⑤ 都表明随着交流的扩大,以往书信不通的情况有所改变,诗书往来较为频繁的情况下,南朝对北朝文人逐渐由排斥变为接受,甚至褒奖。促成这种态度的转变,聘使在其中起着至关重要的作用。

---

① 《宋书》卷95《索虏传》,中华书局1974年版,第2343页。
② 《北史》卷43《李崇传附李谐》,中华书局1974年版,第1604页。
③ 《周书》卷41《王褒传》,中华书局1974年版,第730页。
④ 《南齐书》卷48《刘绘传》,中华书局1972年版,第842页。
⑤ 《隋书》卷57《薛道衡传》,中华书局1973年版,第1406页。

第三，聘使出使经历所带来的新鲜感，为贫血的南朝文学注入新鲜血液，改变了南朝宫体诗风弥漫的风气。例如，刘孝仪的诗歌虽不多，但基本上以典丽为主，《雍州平等寺金像碑》《平等寺刹下铭》等诗，都展现了他的文辞华美典雅的一面，相比之下内容上则略显空洞。但其出使之作则对北方的苦寒，以及出使的辛苦体验描摹得情真意切。《初学记》刘孝仪《北使还与永丰侯书》："足践寒地，身犯朔风。暮宿客亭，晨炊谒舍。飘飘辛苦，届毡乡下。"明显是切身体会的质朴书写。又如周弘正的《入武关》："武关设地险，游客好邅回。将军天上落，童子弃繻来。挥汗成云雨，车马飏尘埃。鸡鸣不可信，未晓莫先开。"《陇头送征客诗》："朝霜侵汉草，流沙度陇飞。一闻流水曲，行住两沾衣。"何胥《被使出关诗》："出关登陇坂，回首望秦川。绛水通西晋，机桥指北燕。奔流下激石，古木上参天。莺啼落春后，雁度在秋前。平生屡此别，肠断自催年。"这些诗歌中的意象如朔风、毡乡、武关、陇坂、秦川等，都是南方所难见的，深入北方的使者触目所见皆凄凉之境，引起乡关之思的同时，也在思考如何用符合景物的诗句进行恰当的表达。对异域意象和刚健气质的吸收，扩展了其诗歌的表现空间和情感维度。这些诗歌由于传播广泛，同时也在北朝诗坛产生影响，比如上引何胥"莺啼落春后，雁度在秋前"一句，明显影响了薛道衡《人日思归》中"人归雁落后，思发在花前"的构思，由此更可见聘使交往促进文学借鉴与交流的作用。

第四，文学风格上的变化。以往对南朝、北朝文学风格的描述，多以"词义贞刚""贵于清绮"来概括，① 这是魏征站在唐初一统的立场上，就南方北方纵向的、整体的印象式概括，这种特征的区分甚至可以上溯到《诗经》《楚辞》时代。而实际上，越到南北朝后期，这种区分越不明显，北周也有宫体诗的浓艳，陈代也有边塞诗的贞刚，卢思道也有"微津梁长黛，新溜湿轻纱"的轻薄；江总也有"万里朝飞电，论功易走丸"的慷慨。这种变化的出现并不是偶然现象，而是在南北频繁密切交往的基础上产生的。不同的文化氛围与环境所造就的文学风格在聘使的传播中相互涤荡，产生碰撞和融合，是南北朝后期文学发展的总体趋势。

当然，我们不宜过分夸大聘使给当时文学交融带来的影响，但也不应忽视其对文学交流和传播的推动作用。随着南北朝政治文化背景的转变，

---

① 《隋书》卷76《文学传序》，中华书局1973年版，第1730页。

"行人"这一自先秦以来便出现的群体,已不仅仅是"两国交战,使在其中,以增国威"这么单纯了。聘使自身的文学修养及其在交聘过程中的文学活动,都彰显了其在文学传播交流上的重要作用。这种现象出现在南北朝聘使身上,是有别于此前,乃至此后历代外交活动中所表现的,所以我们有理由说,聘使及其文学传播活动,是促进南北朝文学融合的催化剂。

第四章

胡乐南传与南朝边塞诗的形成

"羌胡伎"一词出现在对南齐东昏侯萧宝卷、郁林王萧昭业、章昭达、柳元景等人的记载中,这一音乐形式其特征如何?怎样体现胡乐之南传,以及南传之途径?南朝文学中,又如何吸收了以羌胡伎为代表的胡乐的音乐特征?我们可以对羌胡伎在南朝的流行进行讨论。羌胡伎是西北音乐的代表,而《敕勒歌》则属于北狄音乐的代表。敕勒族作为北方六镇一带少数民族的代表,其在东魏北齐时期,如何南下中原,并将自己的武人文化传播至中原,从而竟颠覆了孝文帝改革的文化成果,这是研究《敕勒歌》时,需要深入挖掘的文化背景。众所周知,南朝文学之一大特征是边塞诗的创作和盛行。南朝的边塞诗中,多提到"陇首"的现象值得我们注意。从地理位置上看,陇首属于北朝关陇一带,南朝诗人大多数都没有去过陇首,但为何却在边塞诗中反复出现"陇首"意象,并由此生发出许多伴生意象,进而形成边塞诗固定的意象群?对于这一现象的研究,既可以了解北朝文化在南朝接受的一个侧面,又可明确南朝文学创作传统的形成及其如何影响初唐时的创作习惯。

第一节 羌胡伎与西北乐舞之南传

从时间和地域角度划分,北方乐舞可以分成三种类型,其一是永嘉以后留在中原,没于刘、石的中原乐舞,包括雅乐与清商乐;其二是西域流传入中原及江左的,以羌胡伎为代表的胡乐;其三是北方少数民族,如鲜卑族的北狄乐,这三种形态对南朝音乐皆有影响,且呈现出明显的阶段性。刘宋时期多以收复散落在少数政权中的中原乐舞为主;齐梁时期,在统治阶层中则多流行胡乐,羌胡伎的出现是为代表;陈代以后,又开始以主动学习北狄音乐为主。对于第一种、第三种类型,学界已多有讨论,本书主要讨论第二种类型的乐舞南下情况。

以往研究中,多将羌胡伎作为南朝流行胡乐的例子,而鲜对其内容进行详细考索。① 围绕羌胡伎的一系列问题,诸如以羌胡伎为代表的北方乐舞,其演奏形式如何?以何种方式传到南方?在南方的流行程度如何?对南朝文学创作曾产生何种影响?这些都是值得我们深入思考的问题。对这些问题的探讨,有助于深入理解北朝乐舞南传的具体表现。

一 羌胡乐与鼓角横吹曲之区别

"羌胡伎"一词在南北朝文献中出现频次虽然不多,但其出现之语境,以及出现之方式,值得注意。其主要见于《南齐书·高帝纪》:

> 五年七月戊子,帝微行出北湖,常单马先走,羽仪禁卫随后追之,于堤塘相蹈藉,左右张互儿马坠湖,帝怒,取马置光明亭前,自驰骑刺杀之,因共屠割,与左右作羌胡伎为乐。又于蛮冈赌跳。

《南齐书·东昏侯传》:

> 高鄣之内,设部伍羽仪,复有数部,皆奏鼓吹羌胡伎,鼓角横吹。夜出昼反,火光照天。②

《陈书·章昭达传》:

> 昭达……每饮会,必盛设女伎杂乐,备尽羌胡之声,音律姿容,并一时之妙,虽临对寇敌,旗鼓相望,弗之废也。

《南史·柳元景传》:

---

① 相关研究如吴大顺《魏晋南北朝乐府歌辞研究》(上海古籍出版社 2009 年版),刘怀荣、宋亚莉《魏晋南北朝乐府制度与歌诗研究》(商务印书馆 2010 年版),皆将"羌胡伎"视为北乐南传的例证。
② 《南史》卷 5 记载与《南齐书》相同,唯"夜出昼反"处作"夜反"。

> 郢城既不可攻，而平西将军黄回军至西阳，乘三层舰，作羌胡伎，溯流而进。

《南史·齐本纪下废帝郁林王》：

> 合夕，便击金鼓吹角，令左右数百人叫，杂以羌胡横吹诸伎。

以上是南北朝期间涉及羌胡伎的全部史料，由以上史料可以总结羌胡伎有如下特点：（1）从曲类上看，与"横吹曲""鼓角横吹"并列出现，表示其与鼓角横吹曲系列有别。（2）从表演形式上看，有伎有乐，伎以女子为主，因此称"音律姿容，并一时之妙"。（3）从用途来看，主要用以娱乐，也使用于军中。（4）从性质上看，羌胡伎属俗乐。其格调不高，甚至带有野蛮色彩。

羌胡伎的来源，应与西凉乐关系密切，按《隋书·音乐志》所载，隋炀帝大业年间所定九部乐中，有西凉乐一部，所谓西凉乐者，"起苻氏之末，吕光、沮渠蒙逊等，据有凉州，变龟兹声为之，号为秦汉伎"。是以凉州一带盛行的龟兹声为基础，变之而为"秦汉伎"，北魏太武帝平河西之后获得此乐，更名为《西凉乐》，"至魏、周之际，遂谓之国伎"。"羌胡伎"这一说法的形成，一方面可能由于羌胡的活动范围主要在西凉州一带，因此凉州形成的"秦汉伎"自然被视为羌胡之声。西凉一带胡汉杂糅的倾向较明显，早在董卓组建西凉军时，便利用了西凉一带羌胡骁勇善战的特色。久而久之，西凉一带被视为杂有羌胡文化的地带，因此羌胡伎或即"秦汉伎"之别称。另一方面，也可能是因为羌族早期便有以龟兹声为基础的羌胡乐，吕光、沮渠蒙逊等所变之"龟兹声"实际上就是"羌胡伎"。因为羌胡进入中原较早，汉化亦较早，[①] 因此，其音乐融合西域与中原特色，并沿用其名亦不无可能。两种推测其实都表明羌胡伎与凉州一带的西凉乐关系密切。

《隋书·音乐志》载有西凉乐之乐器："其乐器有钟、磬、弹筝、搊筝、卧箜篌、竖箜篌、琵琶、五弦、笙、箫、大筚篥、竖小筚篥、横笛、腰鼓、齐鼓、担鼓、铜钹、贝等十九种，为一部。"其乐器半数出自西

---

① 马长寿：《氐与羌》，上海人民出版社1984年版。

域,《隋书·音乐志》:"今曲项琵琶、竖头箜篌之徒,并出自西域,非华夏旧器。"因此,羌胡伎之乐器亦多数出自西域,《北史·党项羌》称党项羌之乐器中"有琵琶、横吹,击缶为节"。其民族乐器以琵琶、横吹、缶为主,使其在音乐风格上与鼓吹曲、横吹曲相似,因此,上述史籍多称"鼓吹羌胡伎""羌胡横吹"。羌胡伎虽然与鼓吹曲、横吹曲相似,但还应有所区别,否则史籍何以不径言鼓吹曲、横吹曲,而称"鼓吹羌胡伎""羌胡横吹"?

关于羌胡伎与鼓角横吹曲的关系,最早由王运熙先生提出:"至于所谓羌胡伎、胡伎恐怕是一个内涵广泛的名称,泛指西北少数民族的乐曲,也包括鼓角横吹曲在内。"① 在王运熙先生看来,羌胡伎、胡伎是一种泛称,泛指西北少数民族的乐曲,此点无疑是正确的。但认为羌胡伎包括鼓角横吹曲在内,则有待商榷。我们认为,羌胡伎虽然在乐器以及曲调上与鼓角横吹曲有相同之处,但基本仍属西凉乐一系统,乃是西域音乐的延续。其与鼓角横吹曲之关系,并非羌胡伎包括鼓角横吹曲,而恰恰相反,是横吹曲系统中包括"鼓角横吹曲"及"羌胡横吹曲",两者为并列关系,属于同一曲种里的不同曲类。

据《晋书·乐志》:"横吹有鼓角,又有胡角。按周礼云'以鼖鼓鼓军事'。旧说云,蚩尤氏帅魑魅,与黄帝战于涿鹿,帝乃始命吹角为龙鸣以御之。其后魏武北征乌丸,越沙漠而军士思归,于是减为中鸣,尤更悲矣。横吹有双角,即胡乐也。汉博望侯张骞入西域,传其法于西京,唯得《摩诃兜勒》一曲。李延年因胡曲更造新声二十八解,乘舆以为武乐,后汉以给边将,和帝时万人将军得用之。"可知横吹曲有"鼓角""胡角"之分。鼓角在后来发展成为"鼓角横吹曲",而胡角应是"羌胡横吹"之代表。

无论是"鼓角"还是"胡角",皆有角这一乐器。角最早为军乐器,对于其来源,《宋书·乐志》称出于羌胡:"角,书记所不载。或云出羌胡,以惊中国马。"又说"或云出吴越",出于吴越一说难以确考,不知所据为何,暂且不论。而出于羌胡一说,得到普遍认可,陈旸、郑樵等学者皆主此说。另有一种说法,认为角出自黄帝战蚩尤时,如上引《晋

————————
① 王运熙:《梁鼓角横吹曲杂谈》,《乐府诗述论》,上海古籍出版社2006年版,第514—522页。

书·乐志》内容，但《晋书》所据显然是传说，并不据实。陈旸《乐书》在说明双角时，便认为黄帝之说为先儒附会，郑樵《通志·乐略》亦否定此说："角之制始于胡，中国所用鼓角，盖习胡角而为也。黄帝之说多是谬悠。"也认为角是出于羌胡。既然角出于羌胡，那么，横吹曲中所用之鼓角、胡角，便都与羌胡产生了联系，两者之区别，仅在于用单角与双角的不同。因此，后世渐渐将"羌胡横吹""胡角横吹"统称为"鼓角横吹曲"。

从《南史·废帝郁林王》记载"合夕，便击金鼓吹角，令左右数百人叫，杂以羌胡横吹诸伎"可见，"击金鼓吹角"实际上即是"鼓角横吹"，而又称"杂以羌胡横吹诸伎"，足以证明"羌胡横吹"与"鼓角横吹"之区别。又《南齐书·东昏侯传》称："皆奏鼓吹羌胡伎，鼓角横吹。"可见，鼓吹曲中亦有羌胡伎之曲类，亦与"鼓角横吹"明显有别。而所谓的"羌胡之声"，应是出于龟兹—西凉系统的音乐，这一曲调与"鼓角"曲调明显不同，其进入横吹系统之后，便形成所谓"羌胡横吹曲"。

至于何以有时称"羌胡伎"，有时称"羌胡之声"，乃是因为"伎"与"乐"存在固有的区别。伎是歌、乐、舞合一，以舞为主，而乐则以演奏乐器，或歌、乐为主。刘宋以来，"胡伎"一词，便与舞蹈联系。《宋书·江夏文献王义恭传》："胡伎不得彩衣。舞伎正冬著衽衣，不得装面。冬会不得铎舞、杯盘舞。长蹻、透狭、舒剑、博山、缘大橦、升五案，自非正冬会奏舞曲，不得舞。"称"羌胡伎"时，是指带有舞蹈的形式，刘宋后废帝刘昱"因共屠割，与左右作羌胡伎为乐"，是亦亲身参与舞蹈表演。而"羌胡之声"则仅指具有"羌胡"声调的音乐风格。

二　羌胡乐的审美特征及其在南朝的流行

从上引史籍记述中，可以总结羌胡伎音乐特征大致有三，即悲、响、俗。

第一，羌胡伎因属横吹曲，其乐器以箫、笳、角为主，故声调以悲为特色。钱锺书先生曾概括六朝时期音乐为"奏乐以声悲为善音，听乐以能悲为知音。"① 胡乐器的各种悲壮、悲慨,乃至悲哀的情感特点,符合南朝后期以悲为美的审美需求。② 在演奏乐器方面,箫笳与鼓角分属于鼓吹与横吹,《乐府诗集·横吹曲辞》题解中言:"有箫笳者为鼓吹,用之朝会、道路,亦以给赐。……有鼓角者为横吹,用之军中,马上所奏者是也。"箫笳声以悲凉为主,鼓角声以悲壮为主,皆突出悲这一特色。

胡笳的悲凉音色使人闻之落泪,《太平御览》引《古诗》云:"啼呼哭泣,如吹胡笳。"王维《双黄鹄歌送别》有"悲笳嘹泪垂舞衣"句,再远者如《胡笳十八拍》,着重突出胡笳之悲的特点,内容唯以悲酸为主,闻之使人伤怀。对此,南朝诗歌已多有体现,如鲍照《拟行路难》:"朔风萧条白云飞,胡笳哀急边气寒。"萧纲《雁门太守行》:"悲笳动胡塞,高旗出汉堭。"庾信《拟咏怀》:"胡笳落泪曲,羌笛断肠歌。"张正见《陇头水》:"羌笛含流咽,胡笳杂水悲。"江总《横吹曲》:"箫声凤台曲,洞吹龙钟管。镗鞳渔阳掺,怨抑胡笳断。"因为羌笛声调悠长,胡笳低沉婉转,加之出于西北,常与边塞、战争、征戍之事联系,因此容易引起悲伤心理。而角声绵长回环,也突出悲凉之气,如萧纲《折杨柳》:"城高短箫发,林空画角悲。"这些特点在表现内容以及文学气质等方面,都对梁陈文学之精神产生影响,并进一步奠定了盛唐边塞诗悲凉的基调,如王昌龄《胡笳曲》、李益《夜上受降城闻笛》、岑参《裴将军宅芦管歌》、高适《塞上听吹笛》等边塞名篇,皆以羌笛、箫、角等乐器烘托环境之悲凉,其渊源即出自梁陈对胡乐悲美情感的理解与表现。

第二,羌胡横吹曲及鼓角横吹曲,因为演奏乐器以鼙、铎、角、铙等军乐器为主,钲铙铿锵,声响极大,适合在行军时用。出于羌胡的角,是鼓角横吹的主要乐器,其声音较大。孔稚圭《白马篇》:"吹角沸天声";何承天《战城南篇》:"长角浮叫响清天";杨广《白马篇》:"地迥角声长",言角之声音绵长、声调清远、声势浩大。而鼓角所用之鼓,多以鼙鼓为主,鼙是一种小鼓,其音色响亮,适合做乐器的伴奏或起节拍的作用。李善注《文选》:"郑玄曰:击鞞以和乐,《字林》曰:'鼙,小鼓也。'"陆机《演连珠》五十首:"臣闻柷敔希声,以谐金石之和;鼙鼓疏击,以节繁弦之契。"萧琛《咏鞞应诏》:"抑扬动雅舞,击节逗和音。却

---

① 钱锺书:《管锥编》第三册,中华书局1979年版,第946页。
② 王允亮:《胡乐兴盛与以悲为美》,《文艺评论》2011年第2期。

马既云在,将帅止思心。"鼙鼓节奏疏朗,用来作为分辨节拍的乐器,以和乐为主,但在单独演奏时声音很大,其"金声振谷,鸣鼙聒天"。行军之中应用,能够起到鼓舞士气的作用。如《南齐书·魏虏传》称:"(元)宏时大举南寇,……其诸王军朱色鼓,公侯绿色鼓,伯子男黑色鼓,并有鼙角,吹唇沸地。"鼙有时作为鼓的代称,直接与角相连,此处"鼙角"即是"鼓角"。孝文帝南伐时,带有鼓角乐队,其"吹唇沸地"的声势皆是通过鼙、角所营造。因此,柳世隆于舰上"作羌胡伎,泝流而进",是取其声势,以壮军威;郁林王、东昏侯以之为乐,是取其声响之大,热闹非常。

第三,羌胡乐作为北方乐歌,在南朝属俗乐,胡伎虽进入乐府系统,但其地位等同于杂舞,与杂技属同类。《南齐书·乐志》:"角抵、像形、杂技,历代相承有也。……太元中,苻坚败后,得关中檐橦胡伎,进太乐,今或有存亡,案此则可知矣。"淝水之战后,檐橦胡伎由战争进入南朝,与角抵、像形、杂技等活动并列成为杂乐舞。周一良即疑"胡伎"为"安息五案"的杂技一种,《邺中记》载:"正会殿前作乐,高絙、龙鱼、凤凰、安息五案之属莫不毕备。有额上缘橦,至上鸟飞,左回右转。又以橦著口齿上,亦如之。"① 其中"安息五案"自西域传入,或即"胡伎"之一种。上文已言,羌胡伎不仅集合乐队演奏,还融合了舞蹈表演。因此,由西域传来的杂技之类,加入羌胡伎的表演,更使之流于通俗。

羌胡伎所用乐器与横吹曲类似,故其曲调以悲为主,同时又属俗乐,何以会被南朝皇室所喜好?此一方面出于南朝皇室成员特殊癖好,另一方面出于后世史官对音乐政教观的总结。羌胡伎在南朝的消费大多以皇室为主,且多是宋后废帝、齐郁林王、东昏侯之类的昏庸之主。此类君主多喜嬉戏游玩,不务时政,如宋后废帝刘昱"惰业好嬉戏,主帅不能禁,好缘漆帐竿,去地丈余,如此者半食久乃下"。② 齐郁林王萧昭业"与左右无赖群小二十许人,共衣食,同卧起。……每夜辄开后堂阁,与诸不逞小人,至诸营署中淫宴"。③ 齐东昏侯萧宝卷"日夜于后堂戏马,与亲近阉

---

① 周一良:《魏晋南北朝史札记》,中华书局1985年版,第184页。
② 《宋书》卷9《后废帝》,中华书局1974年版,第189页。
③ 《南史》卷5《齐本纪》,中华书局1975年版,第135页。

人倡伎鼓叫。……每三四更中，鼓声四出，幡戟横路，百姓喧走相随，士庶莫辨。……教黄门五六十人为骑客，又选无赖小人善走者为逐马，左右五百人，常以自随，奔走往来，略不暇息"。① 其偏好悲响之俗乐，并不难理解。

  在刘宋时期，胡乐已经进入乐府系统，受到帝王喜爱，但着意突出昏庸之君的使用情况，乃是后世史官以政教反思的角度进行刻意强调。萧子显的《南齐书》修于梁朝，自然为梁禅代树立合法性，因此暴露前朝昏君恶行在所难免。萧绎也在《金楼子·箴戒篇》中列出齐郁林王萧昭业、东昏侯萧宝卷各七条行为，历数其种种不端，每一条看似都不应为帝王所作，这也是从对前代之批评反思角度出发。《南史·齐本纪》称萧宝卷："江祏、始安王遥光等诛后，无所忌惮，日夜于后堂戏马，鼓噪为乐。合夕，便击金鼓吹角，令左右数百人叫，杂以羌胡横吹诸伎。常以五更就卧，至晡乃起，王侯以下节朔朝见，晡后方前，或际暗遣出。台阁案奏，月数十日乃报，或不知所在。"萧宝卷将羌胡杂戏带入宫廷，既不理朝政，又肆无忌惮。《魏书·岛夷萧道成传》载郁林王萧昭业在萧赜丧车未出端门时，便"于内奏胡伎，鞞铎之声，震响内外。时司空王敬则问射声校尉萧坦之曰：'便如此，不当匆匆邪？'坦之曰：'此政当是内人哭声响彻耳。'"萧昭业的行为连臣下都看不过。因此，出于《礼记·乐记》所言"治世之音安以乐，其政和；乱世之音怨以怒，其政乖；亡国之音哀以思，其民困"，将亡国与音乐相联系的思路，宋后废帝、齐郁林王、东昏侯必然成为史官口诛笔伐的对象。而羌胡伎之声调以悲哀为主，正吻合"亡国之音哀以思"的主题，因此，其于政教之功用不免被史官所放大。

  出于以上认识，梁朝皇室尽量保持音乐正统色彩，因此并未见有演奏胡伎的记载。但陈代建立以后，胡伎在上层又死灰复燃，其传播范围进一步扩大，并成为日常应用之乐。《陈书·章昭达传》："每饮会，必盛设女伎杂乐，备尽羌胡之声，音律姿容，并一时之妙，虽临对寇敌，旗鼓相望，弗之废也。"说明作为演奏形式，以及音乐特点的羌胡之声，已经进入宴会之中，这是胡乐进一步扩大影响的表现。江总《宛转歌》中提到："楼中恒闻哀响曲，塘上复有辛苦行。"也表明此时哀响为主要基调的西

---

① 《南齐书》卷7《东昏侯》，中华书局1972年版，第102页。

北胡乐受到普遍欢迎，演奏极广。除了西北地区的胡乐，北方的北狄乐舞也散播广泛，如《隋书·音乐志》载陈后主："尤重声乐，遣宫女习北方箫鼓，谓之《代北》，酒酣则奏之。"陈后主遣宫女习北方箫鼓，因为便于学习演练，故当在本朝内进行，而并非派遣宫女北上，这说明当时朝野之间已经大量充斥胡乐的箫鼓之声。胡乐"悲憾如怼，酸极无已"的音乐特征，更适合于娱人耳目，摇荡性灵。因此，陈代在胡乐盛行基础上，大力创作边塞诗，并初步奠定了边塞诗苦寒悲怨的情感基调。

总体来说，以羌胡伎为代表的胡乐能够流行于南朝，主要原因是因为其音乐特征与南朝审美相契合，其悲哀情调能够突出反映当时的审美风尚。刘宋以后，在文学表现内容和主题日益匮乏，文学表现空间日益狭隘的趋势下，胡乐的哀感进入文学系统，为文学提供了更为广阔的情感表达空间。胡乐所具有的娱乐功能，不同于雅乐的典正刻板，在非正式场合获得南朝皇室及下层的广泛喜爱。而随着胡乐的盛行南北，至隋唐以后，胡乐的音乐风格和曲调得以进入燕乐系统，进而摆脱了政教的束缚，获得了普遍认可。

三 羌胡乐与西北乐舞的南传途径

北歌流传至南朝的方式，学术界一般多接受孙楷第先生的解释，其在《沧州集·梁鼓角横吹曲用北歌解》一文中说："北歌入南，必在南北用兵南师胜之时。晋太原中破苻坚，此一时也。义熙中刘裕灭南燕、后秦，此又一时也。梁武帝时魏诸元来降，此又一时也。史称永嘉之乱，旧京乐没于刘石，后入关右。及晋破苻坚，获其乐工，于是四厢金石乐始备，清商乐自晋朝播迁，其音亦分散。苻坚灭凉得之。传于前后二秦。及刘裕平关中，因而入南。雅乐清商之为中国乐者，既因南朝胜复入中国；则北歌'横吹曲'之出于魏晋乐及房中者，亦必因南朝胜入于南，无可疑也。余谓苻秦、姚秦、燕慕容氏诸曲入中国，必在东晋末。梁时所得盖唯后魏曲。今《乐府诗集》卷二十五所录诸曲，不尽梁时所得，而题梁'鼓角横吹'者，盖据《古今乐录》书之。此书作于陈时，陈承梁，用梁乐。故应如题。"[①] 其所言之"北歌"，含义较广，既包括永嘉南渡后没于中原的清商雅乐，又包括横吹曲等西北及北方的音乐。其所言南传之途径

---

① 孙楷第：《沧州集》，中华书局2009年版，第332页。

"必在南北用兵南师胜之时",理据皆足,可备一说,但言之凿凿其必然、"无可疑也",则略显武断。

若采取宽泛含义的"北歌"概念,那么以羌胡伎为代表的西北乐歌也应包括在内。这样一来,认为横吹曲"亦必因南朝胜入于南",需详审之。因为如上文所言,横吹曲中除了鼓角横吹,尚有"羌胡横吹",如果不考虑"羌胡横吹"来讨论"横吹曲",则有失片面。孙尚勇在《横吹曲考论》一文中认为北乐的南传,除南北用兵之际外,还存在于南北民间音乐文化交往过程中,例如东晋穆帝永和八年(352),慕容儁破冉闵,邺下乐人有来江左者。① 除此之外,南朝与西北诸国日益密切的往来,也是北乐南传的重要途径。

南朝乐舞除了继承汉横吹曲之外,也通过与西北诸国的交往,不断吸收西北诸国的乐舞。西北诸国自晋室南渡后,便保持了与南朝的密切往来关系。例如张轨所建立的前凉政权,自东晋咸和九年(334)开始,"自是每岁使命不绝"。② 又仇池国氐杨政权自晋孝武帝时,便"遣使称藩,献方物"。③ 宋文帝元嘉十三年(436)以来,杨难当虽称大秦王,然"犹奉朝廷,贡献不绝"。④ 梁大同元年(535),杨智慧"遣使上表,求率四千户归国,诏许焉,即以为东益州"。⑤ 再如宕昌与邓至,皆为羌种。宕昌通使江左,是在刘宋孝武帝时期,"宋孝武世,其王梁瓘忽始献方物",⑥ 从460年至541年间,宕昌来使凡六次,宋、齐、梁出使,册封凡九次。邓至因居于白水附近,故又称白水羌。分别于宋文帝时期,以及梁天监五年(506)两次献方物于南朝。此外,西北诸国如吐谷浑、北凉、西凉、西秦,以及西域诸国如大秦、鄯善、粟特、龟兹、滑国、且末、波斯、高车等国,都与南朝建立了多多少少的联系。包括漠北的柔然与丁零,也都出于各自不同的政治目的,与南朝各代保持了时断时续的联系。⑦

---

① 孙尚勇:《横吹曲考论》,《中国音乐学》2003年第1期。
② 《晋书》卷86《张轨传》,中华书局1974年版,第2224页。
③ 《晋书》卷10《安帝纪》,中华书局1974年版,第251页。
④ 《宋书》卷98《氐传》,中华书局1974年版,第2416页。
⑤ 《南史》卷79《夷貊传》,中华书局1975年版,第1979页。
⑥ 同上书,第1978页。
⑦ 黎虎:《东晋南朝与西北诸国的交往》,《汉中师院学报》1989年第3期。

在西北诸国以及西域各国与南朝的贸易交往中，多以朝贡以及纳献为主，其所献方物多为异方珍奇，如盐枕、蒲陶、良马、琉璃罂、生师子、火浣布、汗血马等各具地方特色的物产，又有乌丸帽、女国金酒器、胡王金钏等奇珍异物。其中很少涉及乐舞，以及乐器、胡伎之类。但值得注意的是，在西北各国中流行一种舞马的风尚，如吐谷浑拾寅于大明五年（461），"遣使献善舞马、四角羊"，① 宋孝武帝还曾"诏群臣为赋"，"使（谢）庄作《舞马歌》，令乐府歌之。"② "皇太子、王公以下上《舞马歌》者二十七首。"③ 又于梁天监四年（505）、十五年（516）分别献舞马、"遣使献赤舞龙驹及方物"。所谓舞马，当是一种马术表演，其表演形式已不可考。舞马的表演过程中，当有乐曲相伴，故可作歌辞《舞马歌》以和乐，其演奏也应是以胡乐曲调为主。

除了舞马外，仇池国杨智慧曾"率四千户归国"，梁将其置于东益州，杨智慧显然是以贵族为中心的大规模迁徙，其中或有乐人相随，至少会有部分乐器与乐舞带到梁朝。从江南所见的胡俑中，也可看到部分关于西北乐舞的资料。羌胡伎于此时传入江左也并非没有可能，④ 因此可以不必拘泥于孙楷第先生所言之仅军事战争而获乐舞一途。

江淹的《横吹赋》不仅对横吹演奏形式的音乐特征进行了文学性的形象描述，更将历代横吹的流传，以及横吹曲在南朝的传播情况，做了概括。其赋曰："奏此吹兮有曲，和歌尽而泪续。重一命而若烟，知半气之如烛。美人恋而婵媛，壮夫去而踟蹰。故感魂伤情，获赏弥倍。妙器奇制，见贵历代。所以韵起西国，响流东都。浮江绕泗，历楚传吴。故函夏以为宝饰，京关以为戎储。"其中，"妙器奇制"是指其乐器之奇特，与中原殊别。"韵起西国"是说横吹曲为西域传来，其在中原流传过程是经江水而下，北至黄淮一带的泗水（今山东中南部，南北朝时属南北中间地带），后从荆楚传入吴越，线路颇为清晰。从"函夏以为宝饰，京关以为戎储"来看，江左将其作为较为难得的、珍贵的乐曲看待，所以，在南朝诸史料中，仅可见在皇室以及王公贵族中演奏。

---

① 又《宋书·孝武帝纪》记大明三年（459）"西域献舞马"，未记何人所献，当是"大明五年"之误。
② 《宋书》卷85《谢庄传》，中华书局1974年版，第2176页。
③ 《宋书》卷96《吐谷浑》，中华书局1974年版，第2373页。
④ 黎虎：《东晋南朝与西北诸国交往的目的和意义》，《汉中师院学报》1989年第4期。

与西北诸国的交往，是北乐南传的一条途径，而北人南下当也为北歌的南传带来方便。上文所引孙楷第先生已经有所发凡，但未深入阐述。在南北交流的问题上，学术界多关注南人北上及其影响，① 事实上，南北之间的人员流动是双向的，在南人北迁的同时，也有北人南下，但其在数量和规模，以及文化影响方面远不如南人北上。南朝梁时，曾有大量北魏皇族出于避乱、家难，或对当局不满和政治压迫等各种原因南下渡江，较著名的有：元翼兄弟，于梁天监五年（506）三月"魏宣武帝从弟翼率其诸弟来降"。元法僧及子元景隆、元景仲"以彭城内附"，元稚及子元善"奔萧衍"，元庆和于大通元年（527）"以涡阳内属"，元愿达于大通二年（528）"以义阳内属"，汝南王元悦、临淮王元彧"前后奔萧衍"，颍川郡王元斌之"帝入关，斌之奔萧衍，后还长安"。安丰王元延明"颢败，遂将妻子奔萧衍，死于江南"。②

南渡北魏皇族，有在梁朝廷内任职者，也有在州郡任外职者，总体来说，萧梁王朝对这些皇族待遇不错。除了皇族外，更有北镇兵将南渡到江南者，如贾显度，其父贾道监为沃野镇长史。贾显度"初为别将，防守薄骨律镇。……尔朱荣之死也，显度情不自安，南奔萧衍，衍厚待之"。③ 对这些将才，萧衍更是厚待之。正因为萧衍对这些降将并不排斥，使得梁代北人南下现象十分突出，至北魏后期，此风气一直延续，以至高欢慨叹："江东复有一吴儿老翁萧衍者，专事衣冠礼乐，中原士大夫望之以为正朔所在。我若急作法网，不相饶借，恐督将尽投黑獭，士子悉奔萧衍，则人物流散，何以为国？"④ 北人南下成为一时潮流，其影响不得不引起注意。

这些南下北人，仓皇之间虽不具备带走乐器以及乐人之可能，但北方的歌谣以及六镇军歌属于口耳相传者，传到江南亦非难事。《梁书·杨华

---

① 关于南人北上之著作及文章，可参见曹道衡《兰陵萧氏与南朝文学》（中华书局 2004 年版）；王永平《北魏时期南朝流亡人士形迹考述：从一个侧面看南北朝之间的文化交流》（《北朝史研究：中国魏晋南北朝史国际学术讨论会论文集》，商务印书馆 2004 年版）；牟发松《梁陈之际南人北迁及其影响》（《北朝史研究：中国魏晋南北朝史国际学术讨论会论文集》，商务印书馆 2004 年版）；王允亮《南北朝文学交流研究》（上海古籍出版社 2011 年版）。

② 详见宋燕鹏《北魏在南皇族考》，《北朝研究》（第一辑），北京燕山出版社 2008 年版，第 108—118 页。

③ 《魏书》卷 80《贾显度传》，中华书局 1974 年版，第 1775 页。

④ 《北齐书》卷 24《杜弼传》，中华书局 1972 年版，第 347 页。

传》载:"杨华,武都仇池人也。父大眼,为魏名将。华少有勇力,容貌雄伟,魏胡太后逼通之。华惧及祸,乃率其部曲来降。胡太后追思之不能已,为作《杨白华歌辞》,使宫人昼夜连臂蹋足歌之,辞甚凄惋焉。"胡太后所作《杨白华歌辞》,其辞曰:"阳春二三月,杨柳齐作花。春风一夜入闺闼,杨花飘荡落南家。含情出户脚无力,拾得杨花泪沾臆。春去秋来双燕子,愿衔杨花归窠里。"其表演形式为"连臂蹋足",歌舞一体,《梁书》详载此事,说明此歌已由口耳相传进入南朝。

又如关于咸阳王元禧的一首乐歌,也是通过北人南下传入江左。《魏书·献文六王传·咸阳王禧传》载:"其宫人歌曰:'可怜咸阳王,奈何作事误。金床玉几不能眠,夜蹋霜与露。洛水湛湛弥岸长,行人那得渡。'其歌遂流至江表,北人在南者,虽富贵,弦管奏之,莫不洒泣。"咸阳王元禧为孝文帝之弟,宣武帝时受命辅政,"虽为宰辅之首,而从容推委,无所是非,而潜受贿赂,阴为威惠者,禧特甚焉。"① 后因密划谋反被诛杀,临刑前尚惦念"一二爱妾",受到公主的责骂,其宫人作此歌,以表示对其同情与不解,略含微讽之意。在南朝的元魏宗室之所以听到此歌"莫不洒泣",乃是因为咸阳王元禧之子元翼、元昌、元晔、元树皆在元禧被诛之后,逃于江左,且受到萧衍重用,如元树"美姿貌,善吐纳,兼有将略。衍尤器之,封为魏郡王,后改封邺王,数为将领,窥觎边服"。② 因此,其所言"富贵"者,当是指元禧在南诸子。该诗后半部分所言之"洛水湛湛弥岸长,行人那得渡",所表达的正是元禧诸子久在南朝,不得北归的凄凉心境。此诗传入江左之初大概亦是口耳相传,但较契合诸子心境,故此将此歌披之管弦,以慰藉忧思。

由此可见,北歌南传之途径和方式其实多种多样,不必拘泥于孙楷第先生所言,必在南向北用兵胜利之时。西北诸国的往来,其中并没有战争的参与,而胡风、胡乐却由商旅使团传入南朝;而北魏南奔江左的元魏宗室,也并非因梁武帝向北朝用兵,而是因为北魏自身政治内乱中,失势贵族的主动南迁。实际上南朝北伐的胜利,也仅有几次而已,而北伐进入中原腹地以及关中一带,则更是屈指可数。因此,夸大用兵得胜而获音乐,并不能全面概括北歌南传的途径和方式。音乐的传播,实际上与人员的流

---

① 《魏书》卷21《咸阳王禧传》,中华书局1974年版,第537页。
② 同上书,第540页。

动密切相关，北方的民歌形成以后，经过口耳相传的方式进入南朝，南朝在此基础上以"弦管奏之"，实为常态。

第二节 《敕勒歌》的形成及其经典化

作为北朝民歌的代表，《敕勒歌》的研究已达到一定高度，学界研究焦点多集中在《敕勒歌》的作者、民族属性、语言、时代背景、描写地域、文字异同等方面。① 因为受史料限制，对于《敕勒歌》的研究皆没有强有力的证据，以上问题的结论仍然以推测为主，且言人人殊。如果将《敕勒歌》放在北魏后期六镇武人文化南下的背景下进行考察，探究其作为民歌的南传，与六镇武人文化之关系及其南下以后对北齐文化之影响方面，或许对《敕勒歌》的研究能够有所突破。同时，对《敕勒歌》在文学史上之意义，以往仅称其为北朝乐府民歌之代表，皆未注意其在南北文学对比之中的价值，以及后世评论中自觉将其纳入南北文质评价系统中的意义。

一 从敕勒族之歌到《敕勒歌》的形成

《敕勒歌》见于《乐府诗集》卷八十六《杂歌谣辞四》，郭茂倩引沈建《乐府广题》曰："北齐神武攻周玉壁，士卒死者十四五。神武恚愤，疾发。周王下令曰：'高欢鼠子，亲犯玉壁，剑弩一发，元凶自毙。'神武闻之，勉坐以安士众。悉引诸贵，使斛律金唱《敕勒》，神武自和之。其歌本鲜卑语，易为齐言，故其句长短不齐。"此段记载与《北齐书》有异，见《北齐书·神武纪》："是时西魏言神武中弩，神武闻之，乃勉坐见诸贵，使斛律金敕勒歌，神武自和之，哀感流涕。"《北史》与此同。司马光《资治通鉴》的记载又与前两书不同："欢之自玉壁归也，军中讹言韦孝宽以定功弩射杀丞相；魏人闻之，因下令曰：'劲弩一发，凶身自陨。'欢闻之，勉坐见诸贵，使斛律金作《敕勒歌》，欢和之，哀感流涕。"将《敕勒歌》视为斛律金所作。

因为以上史籍记载的龃龉，便产生了一些疑问，第一，《敕勒歌》的作者是否是斛律金？第二，《北齐书》所载之"敕勒歌"是否是沈建《乐

---

① 张廷银：《北朝乐府〈敕勒歌〉研究综述》，《烟台师范学院学报》2005 年第 1 期。

府广题》所记录的《敕勒歌》，即今本《敕勒歌》？第三，"使斛律金敕勒歌""使斛律金唱《敕勒》""使斛律金作《敕勒歌》"三种不同记载之间是何种关系？何以会产生此种差异？这是在考察《敕勒歌》时不能绕开的问题。实际上，这三个问题是密切相关的。

首先，《敕勒歌》的作者并非斛律金。① 认为《敕勒歌》的作者是斛律金的人，其所本为《资治通鉴》"使斛律金作《敕勒歌》"，其中"作"字是依据，这一"作"字，实为司马光所误记。对此，萧涤非先生认为"旧有此歌，不得直谓金作也"，② 是较为恰当的解释。其原因应从《北齐书》之记载入手，有学者认为《北齐书》"使斛律金敕勒歌"一句意为"使斛律金（这位）敕勒族（的老公）唱歌"，③ 将"敕勒"视为斛律金的族属，这种看法可作参考，但"使斛律金敕勒歌"一句更为恰当的解释应是"使斛律金以敕勒语唱歌"，其所唱之内容，当是敕勒族所最为习见的民歌，即今本《敕勒歌》。《资治通鉴》在《乐府广题》成书之后，而《乐府广题》又在《北齐书》后，因此，从史料传承上看，当以《北齐书》更为可信。沈建在《北齐书》的基础上进行推测，径直以斛律金唱《敕勒歌》，这尚未脱离本意，而到了《资治通鉴》里，更进一步推测，将《敕勒歌》视为斛律金所作，这便脱离了实际。当然，若将"作"字理解成"唱"也是可以说得通的，但要理解成"创作"，便是一字之差，谬之千里了。故此说，斛律金并非《敕勒歌》的作者，而仅是传唱者。

其次，《北齐书》所载之"敕勒歌"，应该就是沈建《乐府广题》中所记载的今本《敕勒歌》。按照上文所述，高欢"使斛律金以敕勒语唱歌"，其所唱之歌，当是没有名称的民歌，中华书局点校版《北齐书》未将"敕勒歌"视为歌名，没有标著书名号，是较为恰当的做法。也就是说，《北齐书》中的"敕勒歌"是泛称敕勒族的民歌，而今本《敕勒歌》

---

① 对此，当代学者已做了大量辨析，如王曙光《试论〈敕勒歌〉的作者及其产生年代》（《新疆社会科学》1984年第4期）、纵横《〈敕勒歌〉辨误》（《内蒙古大学学报》1994年第3期）、王盛恩《〈敕勒歌〉考辨》（《洛阳大学学报》1996年第1期）等文。多从民族属性角度出发，或从文献记载上辨析，皆认为《敕勒歌》并非斛律金所作，但在究竟何人所作问题上，仍存有歧义。

② 萧涤非：《汉魏六朝乐府文学史》，人民文学出版社2011年版，第267页。

③ 阿尔丁夫：《〈敕勒歌〉同斛律金无关》，《内蒙古大学学报》1986年第2期。

则是专称,即"敕勒川,阴山下"一诗。在当时玉壁战败情况下,高欢使斛律金唱一曲敕勒族的歌,一方面为了鼓舞士气,另一方面为了排遣自己忧愤的情绪。敕勒族本是好歌的民族,"其人好引声长歌,又似狼嗥。"① 今蒙古族歌曲悠扬绵远的呼麦唱腔,似乎就是"好引声长歌"的遗留。因为好歌,必然有大量民歌流传,而在众多民歌之中,首先映入斛律金脑海的便是"敕勒川"一首,因为此歌最具代表性,传唱较广,因此高欢能够"自和之"。

此外,还可以从另一首文人拟作《敕勒歌》来判定其文本的流传。《乐府诗集》又记录有温庭筠《敕勒歌》一首,属于模拟之作,其开头两句言:"敕勒金帻壁,阴山无岁华。"是以《敕勒歌》"敕勒川,阴山下"为脚本的改写。古人仿拟之作,多化用被仿作品之诗句,因此,在温庭筠所处的晚唐时代,《敕勒歌》仍然广为流行。直到北宋初,经沈建考证,郭茂倩整理,使《敕勒歌》文本得以保存。至于说异文现象,大概属于流传中自然选择与裁汰的过程。②

最后,"使斛律金敕勒歌""使斛律金唱《敕勒》""使斛律金作《敕勒歌》"三种记载之间的关系,上文实际已经做了解答。作为民歌的"敕勒族"歌曲经过翻译整理,形成了今传《敕勒歌》的文本,从沈建开始直到宋代,已经成为广为认可的北朝乐府代表,黄庭坚还在诗中化用《敕勒歌》诗句。其《题阳关图》曰:"相得阳关更西路,北风低草见牛羊。"但黄庭坚误认为该诗是"斛律明月"所作,③ 便是犯了与司马光一样的错误。古人认为诗歌的创作,必然要有切实可考之作者,因此在流传过程中,常有张冠李戴的现象。《敕勒歌》作者问题的混淆,便是这一现象的体现。黄庭坚将《敕勒歌》视为斛律明月(斛律光)所作,其目的是为了突出"仓卒之间,语奇壮如此,盖率意道事实耳"的"率意"创作原则。若将其视为民歌,则文人作诗之心态及方法便难以体现。可以说,"敕勒歌"作为一个民族集体创作的作品,演变成斛律金一人乃至斛律明月、高欢等其他人的个人创作,实际上正是诗歌流传过程中记录者的当然想法。

---

① 《魏书》卷103《高车传》,中华书局1974年版,第2307页。
② 张廷银:《〈敕勒歌〉异文小识》,《文学遗产》2004年第3期。
③ 洪迈:《容斋随笔》,中华书局2005年版,第6页。

另外,《北齐书》并未记录斛律金所唱"敕勒"民歌的具体歌词,沈建《乐府广题》据此推测:"其歌本鲜卑语,易为齐言,故其句长短不齐。"这一推测既符合实情,又有所偏差。《北齐书》之所以没有记录歌词,正是因为斛律金是以少数民族语言唱的,因此没有将二十七个字记录下来,这涉及后来翻译的问题。因此,沈建认为"易为齐言(汉语)"是正确的推断。但认为"其歌本鲜卑语"是不符合实际情况的。斛律金是以敕勒语歌之,而非鲜卑语。

虽然当时北齐所通用的官方语言为鲜卑语,但在东魏时期,六镇南下的民族成分较为复杂,各部族之间的语言多保持了一定的独立性,尤其是敕勒族更为明显。早在北魏道武帝时期"分散诸部,唯高车以类粗犷,不任使役,故得别为部落"。① "别为部落"使其保持了相对独立性,敕勒族对于北魏的压制屡屡背叛或反抗,也体现了其"不任使役"的倔强民族性格。总体来说,敕勒族是比较难以同化的民族,其整体既不鲜卑化,又不汉化。因此其在语言上与鲜卑语有所区别,敕勒语"略与匈奴同,而时有小异",《魏书》的记录已经明显表示了敕勒语与鲜卑语的不同。今人有谓其语言乃受鲜卑语影响,进而推论其为土耳其语,② 其依据是沈建的《乐府广题》,是不可靠的。沈建《乐府广题》言其"本为鲜卑语"并无根据,因北齐官方语言为鲜卑语,故认为当时其他种族亦言鲜卑语,属于大胆的假设。即便当时敕勒族出于交流方便,通行鲜卑语,也没有必要连其民歌都以鲜卑语唱之。这并不符合敕勒族的民族个性。高欢曾说"库狄干鲜卑老公,斛律金敕勒老公,并性遒直,终不负汝"。③ 将鲜卑与敕勒分述,显然两者并无共同之处。而《北齐书》言"使斛律金敕勒歌",不是"使斛律金鲜卑歌",更能说明当时斛律金所唱的民歌,用的是敕勒族的语言,而非鲜卑族语言。

总之,《北齐书》所言"敕勒歌"是指以"敕勒语唱一首歌",其本来是以敕勒语演唱,斛律金只是其演唱者而非创作者。这首民歌在东魏北齐广为传唱,由于影响较大,被翻译成汉语,即后世所传的"敕勒川,

---

① 《魏书》卷103《高车传》,中华书局1974年版,第2309页。
② [日]小川环树:《敕勒歌:其原语及文学史意义》,《中国文学研究》(辑刊)2001年第2期。
③ 《北齐书》卷2《神武纪下》,中华书局1972年版,第24页。

阴山下"。其翻译中形成的"三、三、四、四"、"三、三、七"句式，明显经过了汉人的加工，并参照了鼓吹曲的句式，以及民间歌谣的形式。由于温庭筠的拟作，可知在唐代时其文本形态已经形成了。北宋人沈建以《北齐书》记载为蓝本进行了大胆推测，其中有符合历史实际的部分，也有背离历史真实的情况，后人以《乐府广题》为信史，遂产生了诸多歧义。

二 六镇对《敕勒歌》的传诵

《敕勒歌》所反映的民族与地域，皆与北魏六镇相关，故《敕勒歌》既可看作敕勒族单个民族的专有民歌，又可体现六镇一带的文化特点。

北方六镇主要指北魏为防备北边柔然侵袭，拱卫京城平城而设置的六个军事重镇，自西向东依次为：沃野、怀朔、武川、抚冥、柔玄、怀荒。其设置年代约在太武帝延和中（433），[①] 在地理位置上，北方六镇处于阴山以北的平原或丘陵一带，连起来略呈拱形，以起到拱卫京师，钳制柔然的作用。阴山以北一带是六镇活动的主要范围，此阴山即《敕勒歌》所提到的"敕勒川，阴山下"之阴山，阴山成为阻隔六镇与平城的天然屏障，但同时也是阻隔六镇与平城文化交流与认同的屏障。

六镇镇民的来源主要有三类：其一，鲜卑拓跋部族成员；其二，被迁徙的汉族及其他少数民族；其三，徙边的罪犯。迁徙的少数民族占总人口的大多数，其中又以敕勒部最多。[②] 因为部落势力较弱，敕勒多被视为"戎狄小人"，备受其他民族的歧视，并受拓跋鲜卑所建立的北魏政权的压迫。在历史上北魏对敕勒曾有九次掠夺战争，[③] 战争之后，敕勒部多依附于北魏政权，但这种依附显然出于无奈。太武帝征服两部敕勒后，将其迁徙至漠南，但因为其"以类粗犷，不任使役，故得别为部落"。这使其保持了相对的民族独立性，但同时也意味着其政治立场随着现实利益的变化而改变的弊端。

敕勒族经常在北魏政权与柔然势力之间徘徊，缺乏坚定的政治立场，柔然与敕勒同属游牧民族，在逐水草而居方面可谓同俗，而北魏定都平城后，向农业经济发展的趋势更加明显，但需要敕勒为其提供牛羊以及战

[①] 鲍桐：《北魏北疆几个历史地理问题的探索》，《中国历史地理论丛》1999年第3期。
[②] 杨耀坤：《北魏末年北镇暴动分析》，《历史研究》1978年第11期。
[③] 周伟洲：《敕勒与柔然》，广西师范大学出版社2006年版，第26—28页。

马,因此北魏在奴役敕勒方面,可以说与柔然没有区别。处在其中的敕勒常受现实利益的需要及受到压迫的强度而改变政治立场。一旦柔然势力南下侵袭到敕勒的利益,敕勒便在北魏政权的引领下予以抗衡。然而,一旦北魏对其压制过于严苛,敕勒便很容易背叛北魏政权,北魏历史上敕勒叛逃起义,寻而反悔内附的事件频频发生,极为常见。对此,北魏政权也认为敕勒部落一直没有同心同德,需加以羁縻与提防,袁翻曾在主张讨伐高车的奏章中认为"高车豺狼之心,何可专信"?又认为"高车昧利,不顾后患",[1] 对敕勒抱着非我族类、其心必异的认识。

但是,如此难以控制的敕勒部族,在六镇起义中,为何能独与高欢密切合作,并最终成为建立东魏与北齐政权的主导力量?其主要原因除了高欢在政治立场上与敕勒统一战线外,还在于其在文化方面,与以敕勒为代表的六镇武人保持了相对的一致性。六镇武人之整体文化特征,可从以下几个方面把握。

第一,游牧文化的延续。由于民族成分的复杂,六镇保留了游牧民族善于骑射,崇尚武功的风尚。如武川镇将王勇"少雄健,有胆决";[2] 宇文虬"骁悍有胆略";[3] 耿豪"少粗犷,有武艺,好以气陵人";[4] 怀朔镇将蔡俊"豪爽有胆气";[5] 张保洛"家世好宾客,尚气侠,颇为北土所知。保洛少率健,善弓马"。[6] 斛律金在骑射方面尤其突出:"(阿那)瓌见金射猎,深叹其工。"[7] 高欢在起事之前就经常在六镇一带与地方诸贵游猎骑射。《北齐书·神武纪》:"刘贵尝得一白鹰,与神武及尉景、蔡俊、子如、贾显智等猎于沃野。"在这一过程中,高欢与六镇地方豪贵建立了亲密而牢固的合作关系,并能在日后的战斗中保持共进退的步伐。这种关系是建立在高欢"累世北边,故习其俗,遂同鲜卑"的身份转变基础之上的,[8] 其在文化上与六镇保持了一致性,故而能够得到六镇豪贵的普遍支

---

[1] 《魏书》卷103《高车传》,中华书局1974年版,第2309页。
[2] 《北史》卷66《王勇传》,中华书局1974年版,第2320页。
[3] 《北史》卷66《宇文虬传》,中华书局1974年版,第2321页。
[4] 《北史》卷66《耿豪传》,中华书局1974年版,第2321页。
[5] 《北齐书》卷19《蔡俊传》,中华书局1972年版,第246页。
[6] 《北齐书》卷19《张保洛传》,中华书局1972年版,第257页。
[7] 《北齐书》卷17《斛律金传》,中华书局1972年版,第219页。
[8] 《北齐书》卷1《神武纪上》,中华书局1972年版,第1页。

持。可以说，高欢受到豪贵的拥戴皆出于文化上的认同。

相对于代北六镇对于游牧文化的保持，北魏政权在迁都洛阳后，则较大程度地放弃了传统的游牧射猎习俗。北魏政权建立之初的阴山却霜习俗，以射猎为主要活动，而在孝文帝看来，其行为颇为野蛮与原始，与其一贯的汉化思维相左。因此，从有放弃平城的打算开始，便逐渐减少了阴山却霜的活动次数，在迁都以后，则几乎不再有此活动。孝文帝汉化的同时，意味着对传统的游牧文化的抛弃，同时也意味着放弃了尚武的品格，转而向文治方向发展。但是代北六镇一带，由于常年面临柔然的侵袭，尚武风气一直有所保留，游牧文化也没有完全抛弃。北魏政权日用以及军事上所需之牛羊，仍旧多出于六镇，即是明证。《敕勒歌》所歌唱的"风吹草低见牛羊"，就是六镇保持游牧习惯的体现。游牧文化的保持，一方面使其保证了其在日后的军事战争中发挥极强的战斗力，另一方面使其本民族民歌得以具备保留与传唱的条件。

第二，"等夷"观念与政治立场的选择。六镇镇将在处理人际关系方面，多以兄弟结义为联结。在处理政治立场上，却多左右摇摆，缺乏坚定的主从意识。这在高欢本人与侯景等人身上体现得尤为明显。但高欢与库狄干、斛律金等人却能够一直保持良好的合作关系，其中缘由值得探讨。

六镇之所以存在以结义金兰为利益联结纽带的现象，其根本在于"等夷"观念的存在，所谓"等夷"，即建立在共同文化认知基础上的平等的社会关系。① 等夷观念的出现，使军阀间以兄弟情义为纽带联系利益的同时，也使君臣意识相对淡薄，这体现在六镇军阀相互背叛的现象格外明显。高欢为博得尔朱兆信任，曾与其结为金兰，并欲使其分兵就食山东，但实际上却暗度陈仓，伺机谋叛，慕容绍宗劝谏尔朱兆不可分兵高欢，尔朱兆认为"香火重誓，何所虑也"？慕容绍宗劝其："亲兄弟尚可难信，何论香火"。② 慕容绍宗受过较高的汉化教育，在军事上的认识明显较羯胡出身的尔朱兆更加现实。

侯景在多次易主方面表现最具代表性，其先依附尔朱荣，尔朱势力失势后又转投高欢，在与高澄矛盾爆发后，又寻求昔日宿敌宇文泰的庇佑，

---

① 曾磊：《论北朝后期的"等夷"关系》，《历史教学》2013年第2期。
② 《北齐书》卷1《神武纪上》，中华书局1972年版，第5页。

最后南下梁朝，在政治立场上多次易主，可谓毫无节操。与其说其易主乃是出于现实利益考虑，不如说是其思想深处的平等意识作祟。侯景曾对司马子如说："王在，吾不敢有异，王无，吾不能与鲜卑小儿共事。"① 侯景为羯胡首领，在其心目中，羯胡与鲜卑同等地位，因此"不能与鲜卑小儿共事"，其之所以甘心依附高欢，乃是因为其碍于与高欢起于草莽的情谊。

与侯景相比，何以斛律金与高欢一直保持良好的合作关系，没有产生任何的背叛？原因主要有两点，一是斛律金在对抗尔朱兆方面，与高欢保持了一致的立场，《北齐书·斛律金传》载："及尔朱兆等逆乱，高祖密怀匡复之计，金与娄昭，库狄干等赞成大谋，仍从举义。"在第一次的政治立场抉择上，斛律金就站在高欢一面，而高欢非常重视昔日与己共同起事的伙伴，史称"神武重旧"，这就意味着高欢在任何时候都不会抛弃昔日旧友，与其对待同等势力的军阀态度截然不同。在军队构成方面，斛律金以及库狄干始终是高欢部队的主力，高欢在临终为高澄分析形势时说："库狄干鲜卑老公，斛律金敕勒老公，并性遒直，终不负汝。"两者之间密切的依附关系于此可见。

二是斛律金之性格耿忠。《北齐书》言其"金性敦直"，高欢也认为其与库狄干"并性遒直"，这使高欢对其格外倚重。如在攻打邺城时，"留金守信都，领恒、云、燕、朔、显、蔚六州大都督，委以后事。"② 高澄即位后，对其格外重视"肃宗践阼，纳其孙女为皇太子妃。又诏金相见，听步挽车至阶，世祖登极，礼遇弥重，又纳其孙女为太子妃。……赐假黄钺，都督朔定冀并瀛青齐沧幽肆晋汾十二州诸军事、相国、太尉公、录尚书、朔州刺史，酋长、王如故，赠钱百万"。斛律金之耿忠性格体现在其面对高位并不傲慢，常表现出忧患意识，曾曰："'我虽不读书，闻古来外戚梁冀等无不倾灭。女若有宠，诸贵妒人；女若无宠，天子嫌人。我家直以立勋抱忠致富贵，岂可藉女也？'辞不获免，常以为忧。"③ 这一点与北魏鲜卑勋贵在封爵后多贪婪掠夺相比，尤为难得。④

---

① 《北齐书》卷2《神武纪下》，中华书局1972年版，第23页。
② 《北齐书》卷17《斛律金传》，中华书局1972年版，第220页。
③ 同上书，第222页。
④ 六镇酋帅亦多有贪利之徒，如《北齐书》卷15《尉景传》："以勋戚，每有军事，与库狄干常被委重，而不能忘怀射利，神武每嫌责之。"

以此,在玉壁之战中,高欢使斛律金唱《敕勒歌》,并自和之,哀感流涕,是出于对斛律金之信任与倚重。高欢面对自己最后一次战役的失利,颇有"出师未捷身先死,长使英雄泪满襟"的感慨,以及英雄末路的惆怅,在面对昔日与自己起于草莽的兄弟时,不免惭愧愤懑。在这一背景下,高欢令与自己关系非比寻常的斛律金唱《敕勒歌》,既表达了自己与六镇酋帅同进退的姿态,又有思念故土之心,以示自己并未忘本,进而能够在军心动摇的状态下鼓舞士气。可以说,高欢在使斛律金唱《敕勒歌》的时候,其政治意图是多重的。

第三,不以胡为耻,不以汉为荣的文化态度。这一点实际上是"等夷"观念在文化上的延续。由于武人出身,六镇镇将多不知书,库狄干"干不知书,署名为'干'逆上画之,时人谓之穿锥"①。斛律金也同样不知书,《北史·斛律金传》称:"金性质直,不识文字。本名敦,苦其难署,改名为金,从其便易,犹以为难。司马子如教为金字,作屋况之,其字乃就。神武重其古质,每诫文襄曰:'尔所使多汉,有谗此人者,勿信之。'"虽然斛律金不识书,但高欢所看重的正是其"古质"的品格,而且与汉族士人相比,更倾向于信任"古质""遒直"的敕勒人、鲜卑人,这也正是斛律金以及库狄干"终不负"高欢的感情基础。

六镇镇将不知书的情况,和北魏后期汉化的鲜卑贵族相比,犹同天壤,然而,库狄干与斛律金并不以"不知书"为耻,在其看来,不知书恰恰可以保持鲜卑、敕勒的民族个性。梁鼓角横吹曲《折杨柳歌辞》:"我是虏家儿,不解汉儿歌。"亦有保持自身民族独立性的心理,甚至可以从中看出以此为自豪的心情,身为"虏家儿"不解"汉儿歌"似乎是一种当然之状态。

这一文化态度直接影响了东魏、北齐的文化风尚。如在官方语言方面,鲜卑语成为主要语言,高欢常以鲜卑语号令三军为其先导,以致北齐士人之中多有谙熟鲜卑语者,如祖珽"并解鲜卑语"。②又孙搴"又能通鲜卑语,兼宣传号令,当烦剧之任,大见赏重"。③并有以此致官的做法,《颜氏家训》:"齐朝有一士大夫,尝谓吾曰:'我有一儿,年已十七,颇

---

① 《北齐书》卷15《库狄干传》,中华书局1972年版,第198页。
② 《北齐书》卷39《祖珽传》,中华书局1972年版,第515页。
③ 《北齐书》卷24《孙搴传》,中华书局1972年版,第341页。

晓书疏，教其鲜卑语及弹琵琶，稍欲通解，以此伏事公卿，无不宠爱，亦要事也。'"又如音乐上之影响尤为突出，《隋书·音乐志》述北齐音乐云："杂乐有西凉、龟兹舞、清乐、龟兹等，然吹笛、弹琵琶、五弦、歌舞之伎，自文襄以来，皆所爱好，至河清以后，传习尤甚。后主唯赏胡戎乐，耽爱无已；于是繁手淫声，争新哀怨，故曹妙达、安未弱、安马驹之徒，有至封王开府者。"胡乐开始成为乐府演奏的主要内容，以擅长胡乐邀宠者大量出现。

以往在对北齐文化的认识上，多以为其反汉化的胡化之风为主流，这一认识虽然略显片面，但一定程度上体现了北齐胡风逆流的事实，而这一事实是建立在六镇武人文化南下的背景之中的。六镇武人以一股强劲之力量将北魏分裂为东西魏的同时，也将其保留的原始气息以及胡风带入中原，"胡风"不宜笼统概括为鲜卑文化，还应包括敕勒族、羯族、高丽，乃至西域诸族的文化在内的多民族文化的混合体。这些文化在六镇起义的背景下融合并南传至中原，使得孝文帝汉化的成果受到巨大冲击的同时，也深刻影响了东魏、北齐的文化格局。《敕勒歌》作为六镇一带民歌的代表，其传唱并得到翻译，正能体现六镇文化为多民族文化共生的历史现实。

三　唐宋之后对《敕勒歌》的认同

萧涤非《汉魏六朝乐府文学史》认为"北朝一代，实无所谓文学，如曰有之，则厥为乐府"。[①] 这一说法固然武断，但却表达了乐府文学在北朝文学中的地位。北朝乐府多保存在《乐府诗集》卷二十五《横吹曲辞》中的《梁鼓角横吹曲》中，而《敕勒歌》则被列入《杂歌谣辞》当中，由此可见，《敕勒歌》与《梁鼓角横吹曲》在当时并不在一个系统内被南朝接受。《梁鼓角横吹曲》是经过梁代以前南方士人的翻译润色而成，虽然其中依然不失北方刚健之气，但其浑朴天然却较《敕勒歌》逊色，鉴于这一点，王世贞《艺苑卮言》认为《敕勒歌》"为一时乐府之冠"，许印芳《诗法萃编》称其为"乐府绝唱"，实为高见。

但是，仅将《敕勒歌》视为北朝文学史上的优秀代表，是不能全面

[①] 萧涤非：《汉魏六朝乐府文学史》，人民文学出版社2011年版，第257页。

概括其文学史意义的,如果从历代文学家对其评述的角度来考察,其更重要的意义在于:将《敕勒歌》作为北朝文学典范代表,与南朝文学进行对比的同时,进一步将其纳入文质系统的评价之中,是历代文学家无意识的做法。这一做法对于区别北朝文学与南朝文学的特点,以及以北朝之刚健天然修正南朝之雕刻繁缛的文学取向方面,具有极其重要的意义。而这一点却是历来文学史研究中所忽略的。

历代对于《敕勒歌》文学价值的评价,可概括为两个字:自然。其中又包含三个方面:从创作角度看,其发于自然;从写景角度看,其取材天然;从修辞角度看,其不假雕饰。值得注意的是,这三个方面都是在与南朝文人诗对比的情况下提出的。

南宋王灼在其《碧鸡漫志》中云:"金不知书,能发挥自然之妙如此,当时徐、庾辈不能也。"这里将其与宫体诗人徐陵、庾信作对比,突出《敕勒歌》出于天然之妙的特点,其中便开始有批评徐、庾的倾向在内。此后,诗评多延续这一思路,将其与南朝文人对比,如明代胡应麟《诗薮》云:

> 齐梁后七言无复古意,独斛律金《敕勒歌》云:"敕勒川,阴山下,天似穹庐,笼盖四野。天苍苍,野茫茫,风吹草低见牛羊。"大有汉魏风骨。金武人目不知书,此歌成于信口,咸谓宿根。不知此歌之妙,正在不能文者以无意发之,所以浑朴莽苍,暗合前古,推之两汉乐府歌谣,采自闾巷,大率皆然。使当时文士为之,便欲雕缋满眼,况后世操觚者。[①]

胡应麟首先肯定其具有汉魏风骨传统的延续,就是肯定了其作为乐府原初状态的价值,所谓乐府的原初状态,即"采自闾巷""不能文者以无意发之,所以浑朴莽苍",在与南朝文人对比之下,便呈现出明显的优劣之差。在胡应麟这里,将王灼所称的"徐、庾辈"扩大为"当时文士",又较之王灼的批判范围更大一圈。但是胡应麟将《敕勒歌》成于信口归结为斛律金之"宿根",是不知其歌乃敕勒已有之民歌的事实。

---

① 胡应麟:《诗薮》,上海古籍出版社1979年版,第45页。

谢榛《四溟诗话》更是具体举例，以表明《敕勒歌》出于性情之妙："韩昌黎《琴操》虽古，涉于摹拟，未若金出性情尔。"① 这与胡应麟"况后世操觚者"所表达的意思一样，只不过胡应麟并没有明确提出例子而已。清人翁方纲也举了例子进行对比，其引《七言诗三昧举隅》曰："举此一篇，则后来坡公'大孤小孤江中央'等篇之类，何烦悉举矣。""大孤小孤江中央"一句出于苏轼《李思训画长江绝岛图》，其首句为"山苍苍，水茫茫，大孤小孤江中央"。显然是对《敕勒歌》的模仿，翁方纲认为后世许多作品都在模仿《敕勒歌》，因此其典范意义不宜忽视。这从侧面说明《敕勒歌》浑茫天成的创作状态，是许多诗人难以企及的最高目标。

在写景方面，《敕勒歌》自然天成、不事雕琢的手法，也是后世评论者所着重推崇的。王夫之在《古诗评选》中称其："寓目吟成，不知悲凉之何以生。诗歌之妙，原在取景遣韵，不在刻意也。"赞其取景乃是"寓目吟成"，强调发于自然为诗歌之妙。此后如许印芳《诗法萃编》云："只用本色语，直陈所见，而情寓景中，神游象外，有得意忘言之妙。"此即合于钟嵘《诗品》所强调之"观古今胜语，多非补假，皆由直寻"之意。因此，王国维《人间词话》将其作为写景之典范，称其"写景如此，方为不隔"。在于其写景出于自然，与陶渊明"采菊东篱下"之句有同妙之处，因其中皆存"无我"之境界。

在诗歌创作中，历来都是以天工为美，出于胸臆者多胜于雕镂刻画者，然而在现实中，天工并非俯仰可拾，天工之存在一则需要如李白一类的天生之才，一则需要外界条件的适配，即通常所说灵感之呈现。这两个条件虽然不一定是充分的，但却是必要的。如果缺少这两者，就只能走向"笔补造化"，形成以"思力"为主的审美追求。此为中国文学在唐代以后两条明显的分途，这一分途最初的认识基础，就是南北朝文学的对比。

北朝文学作品虽少，但多出于胸臆，发于自然，成于混莽。南朝文学虽积案盈箱，但多雕缋满眼，刻意经营，缺乏韵致。这是在唐以后历代文人在评论作品时自然形成的一种共识。北朝乐府代表《敕勒歌》在这一认识形成的过程中，起到极其重要的作用：一方面，它将南北文学在文

---

① 丁福保：《历代诗话续编》，中华书局2006年版，第1163页。

质上的侧重点加以更为明确的区分；另一方面，着重强调创作发于自然、合于古朴的风格和精神，成为后世在改革文风时，所自觉追溯并参考的典范对象。此两点已经突破了其作为民族诗歌的价值所在，而具备更加宽泛的内涵意蕴。这是我们在思考《敕勒歌》的文学史意义时，所不应忽视的。

第三节 南朝边塞诗对"陇首"意象的塑构

"陇首"由早期的地理方位，后形成文学意象而进入诗歌主题，除了汉代以来文人创作的推动外，《陇头曲》由民歌系统进入横吹曲系统的过程，也是重要的因素之一。南朝诗人虽然多数没有到过陇首一带，但诗歌中常出现"陇首"意象，除了边塞诗外，赠答、征戍、闺怨等主题中，也多涉及"陇首"意象，这一现象的产生，是出于南朝诗人对北方地名的想象性构建。这种做法虽然受到当时如颜之推等人的反对，但从文学的虚构性及以情感表达为主的角度看，是一种进步而非落后。学界已对"陇首"意象的文学意蕴进行了系统研究，[①] 我们可以在此基础上，来分析其对南朝边塞诗的作用方式。

一 "陇首"意象的文学生成

陇首即陇山，又称陇头、陇坻、陇阪，因其地理位置较特殊，西临羌胡，东临长安，处于关中与西域沟通的要塞，故素有"陇右门户，关西要隘"之称。班固《西都赋》介绍关中一带地理方位称："左据函谷二崤之阻，表以太华终南之山，右界褒斜陇首之险，带以洪河泾渭之川。"[②] 赋中称陇首一带地势险要，是泾水、渭水分流之地。

陇山即今甘肃东部的六盘山，山势呈南北走向，南北分别为大陇山、小陇山。大陇山即陇首山，小陇山又称陇坻，《十道山川考》载："秦州陇城县有大陇山，亦曰陇首山。清水县小陇山，亦名陇坻，又名分水

[①] 王晓玲：《汉魏六朝诗文中的"陇首"意象及其文学意蕴》，《中南大学学报》2012年第2期。

[②] 萧统：《文选》卷1《西都赋》，上海古籍出版社1986年版，第5—6页。

岭。"① 南北朝时期的诗文中，经常将两者混淆，实际两者在地理位置上尚有一定差别。

北部陇山山顶在左右各分两条水路，自西向东南方向为泾水源头，自东向西南方向为瓦亭川，见《水经注》卷十七"渭水"："陇水出陇山，一西流，经瓦亭南，一东南流，历瓦亭北，二水合流，为瓦亭川。"② 瓦亭川在天水郡汇入渭水，《太平御览》引《周地图记》："其（陇山）上有悬溜，吐于山中，为澄潭，名曰万石潭，流溢散下，皆注于渭。"③ 又《明史》载："（秦）州北。东有大陇山。又东北有瓦亭山，所谓西瓦亭也。城南有渭水。又西有陇水，瓦亭川自东北流合焉。"④ 因此，陇首山上的两条水路，被视作泾渭分流的起始段。

陇首山为关中与陇西的门户，由关中入秦州必翻越陇首山。辛氏《三秦记》载："陇坻其坂九回，不知高几里，欲上者七日乃越。高处可容百余家，下处数十万户。上有清水四注。俗歌曰：'陇头流水，鸣声幽咽。遥望秦川，心肝断绝。'去长安千里，望秦川如带。又关中人上陇者，还望故乡，悲思而歌，则有绝死者。"⑤《三秦记》所记录者乃汉代情况，其交代了陇山地势之险峻，并且将汉代人翻越陇山的心理感受，以民歌的形式记录下来。该民歌是文献中最早记录的关于陇首的歌诗作品。

民歌形成以后，汉代文人开始将陇首作为意象初步运用于诗歌之中，张衡《四愁诗》："三思曰。我所思兮在汉阳，欲往从之陇阪长，侧身西望涕沾裳。美人赠我貂襜褕，何以报之明月珠。路远莫致倚踟蹰，何为怀忧心烦纡。"⑥ 将陇阪与离别之思相联系，且以"侧身西望涕沾裳"一句，丰富了民歌中"遥望秦川，心肝断绝"所表现的内涵，颇具文人气息。《胡笳十八拍》也将"陇头流水，鸣声幽咽"一句进行了丰富的扩展："冰霜凛凛兮身苦寒，饥对肉酪兮不能餐。夜闻陇水兮声鸣咽，朝见长城

---

① 王应麟撰，张保见校注：《通鉴地理通释校注》，四川大学出版社2009年版，第177页。
② 王国维：《水经注校注》，上海人民出版社1984年版，第568页。
③ 《太平御览》卷50《地部十五》，中华书局1960年版，第243页。
④ 《明史》卷42《地理志三》，中华书局1974年版，第1007页。
⑤ 刘庆柱：《三秦记辑注；关中记辑注》，三秦出版社2006年版，第83页。
⑥ 萧统：《文选》，上海古籍出版社1986年版，第1357页。

兮路沓漫。追思往日兮行李难，六拍悲兮欲罢弹。"① 文人对陇头意象的运用虽然尚未形成自觉，只是在民歌《陇头歌》基础上，进行了部分的文人化改造，但已经显示"陇首"意象初步形成的萌芽。

"陇首"意象得以进一步进入文学视野，乃是通过音乐的作用。随着关中人出陇现象的频繁，以及胡乐的传入，"陇首"渐渐演变成为乐府曲目，进入到横吹曲系统中。

汉代横吹曲的流传，据崔豹《古今注》："横吹，胡乐也。博望侯张骞入西域，传其法于西京，唯得《摩诃兜勒》一曲，李延年因胡曲更进《新声二十八解》，乘舆以为武乐。后汉以给边将军。和帝时，万人将军得用之。魏晋以来，《二十八解》不复俱存见世，用《黄鹄》《陇头》《出关》《入关》《出塞》《入塞》《折杨柳》《黄覃子》《赤之阳》《望行人》十曲。"② 《陇头》是流传至魏晋的十曲之一。汉横吹曲《陇头》的歌辞，保留在郭茂倩《乐府诗集》卷二十五《梁鼓角横曲》当中，其辞为三曲四解：

　　　　陇头流水，流离山下。念吾一身，飘然旷野。
　　　　朝发欣城，暮宿陇头。寒不能语，舌卷入喉。
　　　　陇头流水，鸣声幽咽。遥望秦川，心肝断绝。③

其中第三曲与《三秦记》所记载的民歌相符，说明此三曲为汉横吹曲无疑。但是《乐府诗集》卷二十五《梁鼓角横吹曲》中，又有《陇头流水》，《古今乐录》称："梁鼓角横吹曲有《企喻》《琅琊王》《钜鹿公主》《紫骝马》《黄淡思》《地驱乐》《雀劳利》《慕容垂》《陇头流水》等歌三十六曲。二十五曲有歌有声，十一曲有歌。"④ 《陇头流水》与汉横吹曲略有不同，其歌三曲，曲四解：

　　　　陇头流水，流离西下。念吾一身，飘然旷野。

---

① 逯钦立：《先秦汉魏晋南北朝诗》，中华书局1983年版，第202页。
② 郭茂倩：《乐府诗集》，中华书局1979年版，第309页。
③ 同上书，第371页。
④ 同上书，第362页。

西上陇阪，半肠九回。山高谷深，不觉脚酸。
手攀弱枝，足蹂弱泥。①

两者有重合的曲辞，又有相异的部分，这种情况的产生，疑有两种可能：一种是《梁鼓角横吹曲》中的《陇头流水》，是在汉横吹曲《陇头》的基础上，对个别歌辞做了修改。另一种是《梁鼓角横吹曲》完全沿用了汉横吹曲《陇头》的曲辞曲调。因此《古今乐录》才说"乐府有此歌曲，解多于此"。②乃是汉乐府旧有此曲。正因为《梁鼓角横吹曲》沿用了"汉横吹曲"，因此《陇头》才与《陇头流水》同时列入《梁鼓角横吹曲》当中。

另外，《太平御览》引《周地图记》："东人西役，升此而顾，莫不悲思，其歌云：陇头泉水，流离西下，念我行役，飘然旷野，登高远望，涕零双堕。是此山也。"③此又是一种版本的《陇头歌》，仅有部分歌辞与上引不同。大约汉横吹曲《陇头》的四言歌辞，有多解流传于世。这也符合《古今乐录》所说的"解多于此"的说法。

作为乐府的《陇头》能够从汉代一直传唱到梁代，直到陈智匠《古今乐录》仍有记录，说明该曲辞曲调具有强烈的感动人心之处。其实，无论是汉横吹曲《陇头》，还是《梁鼓角横吹曲》中的《陇头流水》，都是以淋漓表达离别之哀伤为主要情调的，其情感特质以悲凉为主。

这一特征的形成大致有如下几方面原因：其一，从地理方位上看，陇山处于关中与西域的屏障，其东部的关中平原，土地肥沃，都城俨然，其西部多荒凉大漠，人烟稀少。由东向西的行程，恰有被流放之意。其二，陇山往西为西戎、羌胡活动范围，出关多与征战镇戍之事相关，正如萧纲《陇西行》所言，"陇西四战地，羽檄岁时闻"，战争意味着时刻被死亡、离别等未知的恐惧萦绕。其三，陇山上的陇水，四面流注，一则喻人的东西流离，一则其流水之声恰如人分别时之哭泣，触景生情，不免生发悲凉心境。

---

① 郭茂倩：《乐府诗集》，中华书局1979年版，第368页。
② 同上。
③ 《太平御览》卷50《地部十五》，中华书局1960年版，第243页。

陇首意象悲凉情调的形成，还与横吹曲的音乐演奏特点相关。作为横吹曲目，《陇头》曲的演奏乐器以羌笛和胡笳为主。虞羲《咏霍将军北伐》："胡笳关下思，羌笛陇头鸣。"李善注曰："李陵书曰：胡笳互动。沈约《宋书》有《胡汉旧筝笛录》，有曲不记所出。《长笛赋》曰：近世双笛从羌起。"① 因为羌笛、胡笳皆出于陇西，因此羌笛、胡笳等乐器经常与"陇首"意象同时出现。如薛道衡《和许给事善心戏场转韵诗》："羌笛陇头吟，胡舞龟兹曲。"庾信《经陈思王墓诗》："陇水哀葭曲，渔阳惨鼓声。"张正见《度关山》："寒陇胡笳沁，空林汉鼓鸣。"

羌笛的音乐特色，以悲为主。贺彻《赋得长笛吐清气诗》："胡关氛雾侵，羌笛吐清音。韵切山阳曲，声悲陇上吟。"清音的特点是清长悠远，有悲凉之气。羌笛的另一种变形乐器"篪"，也可演奏出"陇首"的悲凉声调。《洛阳伽蓝记》记载河间王琛"有婢朝云，善吹篪，能为《团扇歌》、陇上声。琛为秦州刺史，诸羌外叛，屡讨之不降。琛令朝云假为贫妪吹篪而乞，诸羌闻之，悉皆流涕。迭相谓曰：'何为弃坟井，在山谷为寇也。'即相率归降。秦民语曰：'快马健儿，不如老妪吹篪。'"② 篪是一种以竹制成的有孔乐器，其形制与笛类似。从这条材料中可以看出，"陇头吟"与"陇上声"并非是一个固定曲目，而是一种以悲凉为主要特点的曲调，这种曲调的最佳效果是以笛和篪演奏为主。

实际上，形成"陇首"悲凉意象的原因，正是"陇首"意象所表达的离别、征戍、从军的主题。南朝人的边塞诗，在发挥"陇首"意象的这些主题之外，还生发出了多方面的意义，丰富了"陇首"意象的内涵。体现了一种文学意象由生成到被文人发挥改造，乃至重新塑构成为文学创作经典范例的独特现象。

二 南朝诗歌对"陇首"意象的重构

南朝诗歌中的"陇首"意象主要出现在边塞诗中，乃因为"陇首"一带的地理位置与边塞的关系密切。但是，由于"陇首"意象内涵的丰

---

① 萧统：《文选》，上海古籍出版社1986年版，第1014页。
② 杨勇：《洛阳伽蓝记校笺》，中华书局2006年版，第179页。

富性,许多赠别诗、征戍诗、从军诗乃至闺怨诗中,也多喜欢运用"陇首"意象。

南朝的乐府系统中,一直存在汉横吹曲《陇头歌》,所以,文人的拟乐府创作中,以"陇头""陇水"为题的为数不少。其中尤以梁、陈两代居多,有如下数人拟作:萧绎《陇头水》1首;刘孝威《陇头水》1首;萧子晖《陇头水》1首;顾野王《陇头水》1首;谢燮《陇头水》1首;车敷《陇头水》1首;江总《陇头水》2首;张正见《陇头水》2首;陈叔宝《陇头》1首、《陇头水》2首;徐陵《陇头水》2首。共计15首。

南朝人的拟乐府《陇头》或《陇头水》中,自然以表现"陇首"为主题。但在其他类型诗歌中,"陇首"作为意象的出现更为频繁。如果对拟乐府以及其他类型的诗歌中对于"陇首"意象的运用现象,进行系统的梳理和归纳,可以概括出以下几个方面的特点。

其一,"陇首"意象多用在征戍主题的表达上。上文提到陇首的特殊地理位置,是面向西部羌胡、匈奴,或通称西戎的少数民族的屏障,为了拱卫关中地区的安全,陇西一带经常需要关中地区提供经济、军事上的支持。汉武帝就曾多次巡游陇首山,表示出对陇山军事地位的重视。

面向陇西的征戍行役,一方面充满对未知世界的恐惧,另一方面充满对故乡的眷恋之情。南朝士人的征戍诗中,就将这两种情感通过"陇首"意象借以表达。如萧衍《古意诗二首》:"既悲征役久,偏伤垅上儿。"萧绎《陇头水》:"衔悲别陇头,关路漫悠悠。故乡迷远近,征人分去留。"车敷《陇头水》:"陇头征人别,陇水流声咽。"沈约《有所思》:"西征登陇首,东望不见家。"谢燮《陇头水》:"陇坂望咸阳,征人惨思肠。"庾信《出自蓟北门行》:"蓟门还北望,役役尽伤情。关山连汉月,陇水向秦城。"《拟咏怀二十七》:"燕客思辽水,秦人望陇头。"

陇首意象出现在征戍行役题材中,是其最初本意的延续,可以看作是对汉横吹曲《陇头》,以及梁鼓角横吹曲《陇头流水》内涵的延伸。其所表达的是征戍行役过程中的艰辛劳顿,对未知世界的困惑迷惘,以及对家乡的眷恋缱绻之情。

其二,"陇首"意象多与赠别相联系。南朝梁陈以后,"陇首"意象在赠别诗中出现的频次增多，渐渐成为诗人较为常用的意象。赠别诗中"陇首"意象的运用，实际上是在征戍行役基础上的延伸，不过更加扩大其适用范围而已。如江淹《古意报袁功曹诗》："从军山陇北，长望阴山云。"王褒《赠周处士诗》："云生陇坻黑，桑疏蓟北寒。"潘徽《赠北使诗》："回旌逗陇左，返轴指河源。"徐陵《别毛永嘉诗》："徒劳脱宝剑，空挂陇头枝。"庾肩吾《新林送刘之遴诗》："常山喜临岱，陇头悲望秦。"何胥《被使出关诗》："出关登陇坂，回首望秦川。"江总《别袁昌州诗二首》："河梁望陇头，分手路悠悠。"《同庾信答林法师诗》："塞云凝不解，陇水冻无声。君看日远近，为忖长安城。"周弘正《陇头送征客诗》："朝霜侵汉草，流沙度陇飞。一闻流水曲，行住两沾衣。"陇头成为离别赠诗中必然涉及的主要意象。

在梁代诗人柳恽与吴均两人的赠答诗中，陇首意象的运用更加自然、纯熟。柳恽《赠吴均诗三首》："始信陇雪轻，渐觉寒云卷。"《赠吴均诗二首》："秋风度关陇，楚客奏归音。"吴均《与柳恽相赠答诗六首》其一："书织回文锦，无因寄陇头。"其二："蹀叠黄河浪，嘶喝陇头蝉。"《答柳恽诗》："清晨发陇西，日暮飞狐谷。"在北朝后期诗人的赠答中，也多将"陇首"意象运用其中，如杨素《赠薛内史诗》："汉阳隔陇吟，南浦达桂林。"薛道衡《出塞二首和杨素》："尘沙塞下暗，风月陇头寒。"

因为陇头有东西流水的分离，故有歧路离别之意，因此在送别诗中，多将陇头作为背景意象，用来烘托离别时悲凉的气氛。此时的陇首，已经成为诗中日用而不知的意象，这是陇首意象进一步融入诗歌内涵的表现。

其三，产生了大量以"陇首"意象为主的次生意象。如果说"陇头"是一个较大意象范畴的话，那么"陇头水"就是相对小一些的范畴，陇头上的风物景色，则是更小的范畴，这些内容渐次进入诗歌，形成了"陇首"意象为中心的伴生意象。如陇云、陇月、陇风、陇树、陇日、陇雪、陇枝，等等，这些意象因为有陇首作为基础，因此都添染上了悲凉的色调。南朝诗歌中的运用如下：

次生意象	诗人作品
陇云	柳恽《捣衣诗》："亭皋木叶下，陇首秋云飞。" 王褒《赠周处士诗》："云生陇坻黑，桑疏蓟北寒。" 虞世基《入关诗》："陇云低不散，黄河咽复流。"
陇月	王褒《饮马长城窟》："昏昏垅坻月，耿耿雾中河。" 薛道衡《出塞二首和杨素》："尘沙塞下暗，风月陇头寒。" 江总《杂曲三首》："关山陇月春雪冰，谁见人啼花照户。" 张正见《和阳侯送袁金紫葬诗》："唯当三五夜，垅月暂时明。"
陇风	王融《法乐辞》："长风吹北陇，迅景急东瀛。" 柳恽《赠吴均诗二首》："秋风度关陇，楚客奏归音。" 萧纲《雁门太守行三首》："陇暮风恒急，关寒霜自浓。" 江总《陇头水二首》："雾暗山中日，风惊陇上秋。" 陈叔宝《陇头水二首》："高陇多悲风，寒声起夜丛。"
陇树	刘孝威《骢马驱》："风伤易水湄，日入陇西树。" 刘遵《度关山》："陇树寒色落，塞云朝欲开。" 孔稚珪《白马篇》："陇树枯无色，沙草不常青。"
陇日	陈昭《明君词》："交河拥塞雾，陇日暗沙尘。"
陇雪	徐陵《长相思二首》："欲见洛阳花，如君陇头雪。" 柳恽《赠吴均诗三首》："始信陇雪轻，渐觉寒云卷。" 鲍照《拟古诗八首》："河渭冰未开，关陇雪正深。"
陇枝	徐陵《别毛永嘉诗》："徒劳脱宝剑，空挂陇头枝。"

单纯的陇首意象已经难以满足南朝诗人日益丰富的诗歌表达需求，在南朝诗人眼中，陇头之上所存在的不仅是陇水了，即使最为常用的"陇水"意象，其中也还要带有流沙："从军戍陇头，陇水带沙流。"（刘孝威《陇头水》）陇水的流动也不再幽咽潺湲，而是更加迅疾了："天寒陇水急，散漫俱分泻"（萧子晖《陇头水》）；"陇头流水急，流急行难渡"（张正见《陇头水二首》）；"陇头流水急，水急行难度"（徐陵《陇头水》）。

陇云、陇月、陇风、陇树、陇日、陇雪、陇枝等次生意象的出现，是南朝诗人对"陇首"意象的再创造，其中想象的成分更多更大。这些伴生意象的出现，标志着"陇首"作为文学意象已经完全融入南朝诗歌创作系统之中。

由此可见,"陇首"意象因为本身就具有丰富的内涵,因此被吸纳入各种诗歌主题之中,同时,各种诗歌在表现主题的同时,也重新塑造和构建了陇首意象,使得陇首意象的内涵更加丰富,意义更加明确,更符合诗歌表达的需要。

三 "陇首"与西北边塞的想象性构建

文学创作以想象为主,陆机《文赋》认为创作是将外物内化于己,进而行诸笔端的过程:"情曈昽而弥鲜,物昭晰而互进。……笼天地于形内,挫万物于笔端。"这其实是在进行文学创作前,在头脑中进行想象性构建过程。南朝诗人在构建边塞诗系统时,充分发挥想象力,将历史与现实融汇在文学想象之中,形成独特的亦真亦幻、亦虚亦实的表现手法。

南朝士人多数没有到过边塞地带,尤其是隶属于北魏的秦州一带,更是绝少有机会到达。加之边境地带的人员往来管理十分严格,《高僧传》中记载的许多关中僧人,在南下过程中都曾经历了艰难险阻。因此,南朝人对边塞地区景物的描述,多出于想象以及史籍中的记载,甚至于道听途说的传闻。

南朝诗人中仅吴均有过从军经历,到过真正的边疆八公山一带,但严格意义上讲,八公山位于淮河南岸,其风物景色与陇首一带的环境有相同之处。然而吴均却常将"陇首"意象用于边塞诗中,如《从军行》:"怀戈发陇坻,乘冻至辽川。"《别鹤》:"单栖孟津水,惊唳陇头山。"《酬郭临丞诗》:"白日辽川暗,黄尘陇坻惊。"在吴均这里,"陇首"已经远远超出其地理含义,作为文学意象,能起到烘托气氛的作用。这与后来边塞诗中常出现的"关山""辽水""蓟北""燕山"等意象属于同一性质。现实中诗人是否到过诗中所提到的地理位置已经不再重要,重要的是这些意象能够为读者提供极大的想象空间。

钟嵘在《诗品序》中提到:"'清晨登陇首',羌无故实。"在时人看来,陇首已经成为习见之意象,并无典故依据,是单纯的自然风物的描述。如何胥《被使出关诗》:"出关登陇坂,回首望秦川。绛水通西晋,机桥指北燕。"运用赋法的铺陈,将意象进行简单的罗列排比,其意象的本义已被抽离,所剩下的只是意象提供的引申义。

又如陆凯《赠范晔诗》:"折花逢驿使,寄与陇头人。江南无所有,聊赠一枝春。"范晔所在之地为长安,《荆州记》曰:"陆凯与范晔交善,自江南寄梅花一枝,诣长安与晔。"① 可见,陇头的内涵已经扩展出其实际地理范围以外,凡与征戍、行役、离别相关之人,皆可以"陇头人"指代。陇头作为文学意象,已经远远超出其作为地理方位的价值。这种做法在南朝边塞诗中运用得极为广泛。

由南入北的颜之推对于南朝诗歌此种现象提出了批评,《颜氏家训·勉学》:

> 谈说制文,援引古昔,必须眼学,勿信耳受。江南闾里间,士大夫或不学问,羞为鄙朴,道听途说,强事饰辞:呼征质为周、郑,谓霍乱为博陆,上荆州必称陕西,下扬都言去海郡,言食则餬口,道钱则孔方,问移则楚丘,论婚则宴尔,及王则无不仲宣,语刘则无不公干。凡有一二百件,传相祖述,寻问莫知原由,施安时复失所。庄生有乘时鹊起之说,故谢朓诗曰:"鹊起登吴台。"吾有一亲表,作《七夕》诗云:"今夜吴台鹊,亦共往填河。"《罗浮山记》云:"望平地,树如荠。"故戴暠诗云:"长安树如荠。"又邺下有一人《咏树》诗云:"遥望长安荠。"又尝见谓矜诞为夸毗,呼高年为富有春秋,皆耳学之过也。

又《颜氏家训·文章》:

> 文章地理,必须惬当。梁简文《雁门太守行》乃云:"鹅军攻日逐,燕骑荡康居,大宛归善马,小月送降书。"肖子晖《陇头水》云:"天寒陇水急,散漫俱分泻,北注徂黄龙,东流会白马。"此亦明珠之颣,美玉之瑕,宜慎之。

从《勉学》所引用的例子来看,南朝诗歌不仅在地理方位的描述上不去较真,在其他典故运用上,也比较混乱。在颜之推看来,文学想象一定要有现实依据,且要以切身经历作为支撑,"上荆州必称陕西,下扬都言去海郡"的做法是颜之推极为不齿的,而这正是南朝边塞诗意象运用

---

① 逯钦立:《先秦汉魏晋南北朝诗》,中华书局1983年版,第1204页。

的主要特质。针对南朝诗人意象运用的随意性,他又提出"文章地理,必须惬当"的标准,要求诗歌中的地名,符合实际的地理方位。其所举肖子晖《陇头水》的例子,充分说明南朝诗人在塑构北方地理意象时,发挥了极大的想象空间。颜之推认为这种现象的产生,其原因是"出于耳学""道听途说",以及一人运用则百人跟风的创作氛围。

　　实际上,颜之推站在儒学立场,对文学的批评有其局限之处。从文学发展的角度看,诗歌并非历史实录,亦非严密的考证,而是以表达情感为主,适当的虚构在文学作品中的存在是合情合理的,过分强调意象的真实性,往往会损害诗歌的艺术魅力。紧紧抓住这一问题进行批评,也会遮蔽南朝诗歌在意象塑构,以及诗歌想象方面的贡献。须知正是由于南朝诗人对于北地"陇首"等意象大胆的想象性构建,才使得边塞诗形成了自己独特的意象群,诗人情感的表达深度,才不会因为意象的坐实而受到削弱。

　　在唐代以后的边塞诗创作中,这些意象群的运用便极为常见。唐以后诗歌,突出强调意境的营构,追求"羚羊挂角、无迹可寻"的空灵之美,意象的运用需要以营造意境为前提,因此,颜之推所说的"文章地理,必须惬当"的因素,越来越被放到次要地位,这是文学发展的必然趋势。

第 五 章

北僧南下及其对南朝文学的影响

在南北之间政治军事长期对立的环境中，作为僧徒，有条件在南北之间自由流动，这就使南北方僧人可以进行广泛的接触与深入的交流。南北间僧人的流动，虽然南来北往，但尤以北向南为多，北上僧人远少于南下僧人。若以北僧南下为考察对象，针对北僧南下之人员、时间、路线、南下之原因及影响等问题进行深入考论，可以对北僧南下的群体特征进行整体把握。在此基础上，观察晋宋间山水诗如何摆脱玄言之束缚而形成独立审美意识，并对僧人之作用展开讨论。此外，南北僧人交流过程中的论难，所涉及的逻辑思维方式，对南朝论难文之发展产生了不容忽视的作用。

第一节　北僧南下表现形态及文化意义

西晋永嘉末至刘宋元嘉中，是汉魏两晋南北朝僧人大规模迁徙浪潮之一，其在南北佛教文化交流史上值得关注。对于两晋南北朝时期南北僧人之流徙，以及北方僧人南下问题，已有不少论述。[1] 但尚未有对南下僧人在人员、时间、路线、迁徙原因等问题上进行细致考论，我们可以先做基础性的考察。

---

[1] 相关研究如，汤用彤《汉魏两晋南北朝佛教史》（武汉大学出版社 2008 年版）中第八章关于"释道安"部分，以及第十章"鸠摩罗什及其门下"部分，有对北方僧人南下及其意义简明而重要的论述；普慧《南朝佛教与文学》（中华书局 2002 年版）中第一章第一节"南下、过江高僧对东晋文化的影响"；徐清祥《门阀信仰：东晋士族与佛教》（中国社会科学出版社 2010 年版），第一章第三节"南下士族出家考"。关于佛教与文学关系的研究，则主要有［越南］释慧莲《东晋佛教思想与文学研究》（四川出版集团巴蜀书社 2008 年版），以及王允亮《南北朝文学交流研究》（上海古籍出版社 2010 年版），两书均对北僧南下问题有所涉及。

一　北僧南下表现形态及其原因

南北朝僧人在地理分布上呈现明显的不均衡现象。据严耕望先生统计，南北僧人比例北方所占四分之一，南方占四分之三，而建康、会稽等地又占全国二分之一以上。从《高僧传》中记载统计，在建康游锡有八十五人，其中外国十一人，陇山以西今甘肃省境十人，淮汉以北三十人，淮南五人，四川湘赣各一人，建康十人，建康以外江左十六人。[1] 可见建康高僧多属地外籍，且以北向南输入者为多。而由北向南的僧人迁徙，尤以晋宋之际最为突出，史载于此颇多。严耕望先生《魏晋南北朝佛教地理稿》一书中，虽列"高僧驻锡地与游锡地图表"，但所示意旨归并未在探究僧人之流动性，而仅以标示地理为主，未详细标明南北僧人游锡时间、路线及原因等细节。以下列表，以《高僧传》《续高僧传》《比丘尼传》为主要资料来源，以补严氏。通过此表，或可对北方僧人南下情况有更深入具体的了解。

两晋南北朝高僧南下表

序次	僧尼	南下时间	原属籍	南下归属地	南下原因及活动	出处
1	道整	约东晋太元年间	商洛山人	襄阳	雍州刺史郗恢逼共同游	《高僧传·译经上》
2	僧伽提婆	约东晋太元末	洛阳人	庐山	弘法	《高僧传·译经上》
3	卑摩罗叉	东晋义熙九年（413）	罽宾人（后居长安）	寿春（江陵）	弘法	《高僧传·译经中》
4	释智严	东晋义熙十三年（417）	西凉州人（后居长安）	建康始兴寺	宋武帝延请	《高僧传·译经下》
5	释宝云	晋	凉州人（后居长安）	建康道场寺	禅师横为秦僧所摈，徒众悉同其咎，云亦奔散	《高僧传·译经下》

---

[1] 严耕望：《魏晋南北朝佛教地理稿》，上海古籍出版社2007年版，第58页。

第五章　北僧南下及其对南朝文学的影响　　185

续表

序次	僧尼	南下时间	原属籍	南下归属地	南下原因及活动	出处
6	昙摩蜜多	宋元嘉元年（424）	罽宾人（敦煌—凉州）	蜀（荆州长沙—京师建康）	传法	《高僧传·译经下》
7	释智猛	宋元嘉十四年（437）	雍州京兆新丰人（西行求法后至凉州）	蜀（成都）	游历	《高僧传·译经下》
8	畺良耶舍	宋元嘉初	西域人	远冒沙河，萃于京邑（蜀—江陵）	弘法	《高僧传·译经下》
9	康僧渊（康法畅、支敏度）	晋成之世	本西域人，生于长安	建康	游历	《高僧传·义解一》
10	竺道潜	西晋永嘉初	琅琊人	剡山	避乱	《高僧传·义解一》
11	于法兰	约西晋末	高阳人（道振三河）	剡县	游历	《高僧传·义解一》
12	于道邃	约西晋末	敦煌人	剡县	与兰公（于法兰）俱过江	《高僧传·义解一》
13	释道安	晋哀帝兴宁三年①（363）	常山扶柳人（弘法邺都）	襄阳	避乱慕容儁	《高僧传·义解二》
14	竺法汰	东晋哀帝兴宁三年（365）	东莞人	建康	避乱慕容儁	《高僧传·义解二》
15	释僧光	东晋哀帝兴宁三年（365）	冀州人	随竺法汰南游晋土（襄阳）	游历	《高僧传·义解二》

---

① 汤用彤：《汉魏两晋南北朝佛教史》，武汉大学出版社2008年版，第134页。

续表

序次	僧尼	南下时间	原属籍	南下归属地	南下原因及活动	出处
16	竺僧辅	西晋永嘉末	邺人（值西晋饥乱，与道安隐于濩泽）	荆州上明寺	荆州刺史琅琊王忱延请	《高僧传·义解二》
17	竺僧敷	西晋末年	未详氏族	京师建邺瓦官寺	避乱	《高僧传·义解二》
18	释昙翼	东晋哀帝兴宁三年（365）	羌人，或云冀州人	荆州江陵长沙寺	随道安避乱	《高僧传·义解二》
19	释昙徽	东晋太元三、四年间（378—379）	河内人（随道安至襄阳）	荆州	避苻丕寇境乱	《高僧传·义解二》
20	释慧远	东晋太元三、四年间（378—379）	襄阳人	庐山	避苻丕寇境乱	《高僧传·义解三》
21	释慧持	东晋太元三、四年间（378—379）	襄阳人	庐山	避苻丕寇境乱	《高僧传·义解三》
22	释昙邕	东晋太元中	关中人（长安）	随师道安至襄阳—庐山	投师慧远	《高僧传·义解三》
23	释慧永	约东晋永和中	河内人	浔阳—庐山	游历	《高僧传·义解三》
24	释慧睿	约晋宋间	冀州人（从鸠摩罗什于长安）	建康乌衣寺	游历	《高僧传·义解三》
25	释慧严	约东晋末	豫州人（从师鸠摩罗什于长安）	建康东安寺	游历	《高僧传·义解四》

续表

序次	僧尼	南下时间	原属籍	南下归属地	南下原因及活动	出处
26	释慧观	东晋安帝义熙中	清河人（庐山—长安）	荆州	游历	《高僧传·义解四》
27	释慧义	约东晋安帝义熙中	北地人（游学彭、宋间）	京师建康	游历	《高僧传·义解四》
28	释僧苞	宋永初中	京兆人（长安）	北徐州（入黄山—京师）	游历	《高僧传·义解四》
29	释僧诠	未详	辽西海阳人（少游燕、齐）	京师建康	游历	《高僧传·义解四》
30	释昙鉴	约东晋安帝年间	冀州人（从学鸠摩罗什于长安）	荆州江陵辛寺	游历	《高僧传·义解四》
31	释昙无成（同学昙冏）	东晋安帝义熙末	黄龙人（从学鸠摩罗什于长安）	淮南	避乱	《高僧传·义解四》
32	释法愍	约宋元嘉中	北人	江夏郡五层寺	游历	《高僧传·义解四》
33	释梵敏	约刘宋时	河东人（少游学关陇，长历彭泗）	丹阳	讲学	《高僧传·义解四》
34	释道温	宋元嘉中	安定朝那人（年十六入庐山，后游长安）	襄阳檀溪寺	讲学	《高僧传·义解四》
35	释慧亮	宋元嘉中	东阿人（讲学临淄）	建康何园寺	讲学	《高僧传·义解四》
36	释僧镜	宋元嘉中	陇西人（迁居吴地、关陇受学）	京师建康定林下寺	讲学	《高僧传·义解四》
37	释道猛	宋元嘉二十六年（449）	西凉州人（少游燕赵，停止寿春）	京师建康东安寺	游学	《高僧传·义解四》

续表

序次	僧尼	南下时间	原属籍	南下归属地	南下原因及活动	出处
38	释超进	东晋义熙十三年（417）	长安人	京师建康	避赫连勃勃乱	《高僧传·义解四》
39	释法瑶	宋元嘉中	河东人（宋景平中游兖、豫）	吴兴武康小山寺	游历	《高僧传·义解四》
40	释弘充	宋大明末	凉州人	建康多宝寺	弘法讲学	《高僧传·义解四》
41	释智林	宋明帝初	高昌人（负笈长安）	江州、豫州（后远适岭外）	因释道亮被摈	《高僧传·义解四》
42	释法瑗	宋元嘉十五年（438）	陇西人（游学燕赵，去来邺洛）	成都—建邺	避乱（胡寇纵横、关陇鼎沸）	《高僧传·义解五》
43	释僧远	宋大明中	渤海重合人	建康彭城寺	弘法	《高僧传·义解五》
44	释慧次	宋元嘉中①	冀州人	京口—彭城	随师南游	《高僧传·义解五》
45	释法度	刘宋末年	黄龙人（游学北土）	京师建康	游历	《高僧传·义解五》
46	单道开	东晋升平三年（359）	敦煌人（邺城—临漳）	建邺	避石虎乱	《高僧传·神异上》
47	竺僧显	东晋太兴末	北地人（洛阳）	江左	刘曜寇荡西京	《高僧传·习禅》
48	竺昙猷	未详	敦煌人	江左（剡县）	游历	《高僧传·神异上》
49	竺法慧	东晋康帝建元元年（343）	关中人（嵩高山）	襄阳养叔子寺	游历	《高僧传·神异下》
50	释贤护	未详	凉州人	广汉（四川射洪）	游历	《高僧传·习禅》
51	支昙兰	东晋太元中	青州人	剡县（始丰赤城山）	游历	《高僧传·习禅》

---

① 据《高僧传·慧次传》：慧次永明八年（490），年五十七卒，年十五，即元嘉二十五年（448），随师法迁还彭城。

第五章　北僧南下及其对南朝文学的影响　189

续表

序次	僧尼	南下时间	原属籍	南下归属地	南下原因及活动	出处
52	释法绪	未详	高昌人	蜀	游历	《高僧传·习禅》
53	释法成	宋元嘉中	凉州人	巴西涪城	东海王怀素闻风遣迎	《高僧传·习禅》
54	释慧览	宋元嘉间	酒泉人（游西域—于阗—河南）	建康钟山定林寺	宋文帝延请	《高僧传·习禅》
55	释僧业	约东晋义熙末	河内人（从鸠摩罗什学于长安）	京师建康	关中多难，避地江左	《高僧传·明律》
56	释慧询	宋永初中	赵郡人（从鸠摩罗什学于长安）	广陵（元嘉中至京师止道场寺）	讲经传律	《高僧传·明律》
57	释僧隐	宋元嘉二十一年左右①（444）	秦州陇西人（从学玄高于凉州）	巴蜀（江陵琵琶寺）	游学	《高僧传·明律》
58	释志道	约刘宋末	河内人（虎牢）	建康（湘州）	太武灭佛	《高僧传·明律》
59	释法颖	宋元嘉末	敦煌人（凉州公府寺）	建康新亭寺	游历	《高僧传·明律》
60	释昙称	东晋末	河北人	彭城	游历	《高僧传·亡身》
61	释昙弘	宋永初中	黄龙人	番禺	游历	《高僧传·亡身》
62	释道冏	约宋初	扶风人	建康	游历	《高僧传·诵经》
63	释道嵩	宋元徽中	高密人	建康钟山定林寺	游历	《高僧传·诵经》
64	释超辩	约宋元嘉中	敦煌人	（西河—巴楚）建邺	游历	《高僧传·诵经》
65	释慧豫	不详	黄龙人	建康灵根寺	游历	《高僧传·诵经》
66	释僧侯	宋孝建初	西凉州人	建康	游历	《高僧传·诵经》
67	释慧弥	不详	弘农华阴人（长安终南山）	建康钟山定林寺	游历	《高僧传·诵经》

① 僧隐师玄高，玄高元嘉二十一年（444）卒，后南下。

续表

序次	僧尼	南下时间	原属籍	南下归属地	南下原因及活动	出处
68	竺慧达	东晋宁康中	并州西河离石人（丹阳、会稽、吴郡）	建康	游历	《高僧传·兴福》
69	释慧受	东晋兴宁中	安乐人	建康	游历	《高僧传·兴福》
70	释慧芬	宋元嘉中	豫州人（谷熟县常山寺）	建康	太武灭法	《高僧传·唱导》
71	慧哥	陈太建十一年（579）二月	中原人	建康	周武灭法	《续高僧传·译经》
72	释法申	宋太始初	任城人（祖世寓居青州）	建康安乐寺	延请	《续高僧传·义解》
73	释僧韶	宋元徽之初	齐国高安人	建康建元寺	游历	《续高僧传·义解》
74	释法护	宋孝建中	东平人	建康建元寺	游观	《续高僧传·义解》
75	释慧超	未详	赵郡阳平人	钟离朝哥县	中原丧乱	《续高僧传·义解二》
76	明感	东晋建元元年（343）	高平人	建康建福寺	弘法	《比丘尼传》卷一
77	慧湛	东晋建元二年（344）	任城人	建康建福寺	弘法	《比丘尼传》卷一
78	道仪	东晋太元末	雁门娄烦人	建康何后寺	不详	《比丘尼传》卷一
79	法盛	东晋永嘉末年	清河人	金陵	避乱	《比丘尼传》卷二
80	慧玉	约宋元嘉初	长安人	江陵牛牧精舍	游历	《比丘尼传》卷二
81	普照	约宋元嘉中①	渤海安陵人（南皮）	广陵建熙	从师游学	《比丘尼传》卷二
82	慧木	约宋元嘉初	北地人	梁郡筑戈村寺	不详	《比丘尼传》卷二

---

① 据《高僧传·普照传》以生卒年推测其出家之年为宋元嘉十一年（434），后不知几载便"从师南游"，姑以元嘉中期为宽泛年限。

续表

序次	僧尼	南下时间	原属籍	南下归属地	南下原因及活动	出处
83	法净	宋元嘉五年①（428）	江北人	秣陵	避乱	《比丘尼传》卷二
84	僧盖	宋元徽元年（473）	赵国均仁人	建康妙相尼寺	索虏侵州	《比丘尼传》卷三
85	释玄畅	宋元嘉二十二年（445）	河西金城人	扬州	太武灭佛	《高僧传·义解五》

关于上表，需要说明的是，《僧传》于名僧生平，必先述其俗家姓氏及籍贯，并多详细列出其游历经历，对考察僧人的流动迁徙形态帮助极大。在未知其祖籍时，《僧传》多书"未详何许人"，盖因南北朝僧人流动性极强，其祖籍所在地未必是其最初弘法活动之所在，因此该表中"原籍"一栏，不仅将名僧原籍列入，且包含其最初弘法之地，而其最后归属地也作同样处理，以期尽量清晰描述其游历路线。

在时间一栏中，《僧传》等书多直接书其南下时间，未说明南下时间而可考者，多通过《僧传》所录僧人之生卒年记录进行考证，时间不详则约略推测其大体时间范围，凡"约"字者即为推测，实难推测者以"未详"处之。

从时间上看，北僧南下，西晋永嘉之乱为一高峰，宋元嘉中又是一高峰，加上此前汉魏之际北僧南下，共形成汉魏晋南北朝三次大的僧徒迁徙浪潮。此三次浪潮皆在大的人口迁徙洪流之中，其共同性在于皆因战乱而起。除此三次南迁高峰外，东晋太元间、齐永明间、梁武帝时期相继形成小规模南下趋势。

北僧南下于路线方面，有几条固定之路。所至南方有几个大中心区域，即成都、荆州、江陵、广陵、建康、庐山。晋永嘉以前，西域僧人多集于凉州及长安，进而进入中原腹地，长安、邺城、洛阳遂成为佛法昌盛之地。五胡入华后，长安、洛阳遭到严重破坏，僧人南迁之势更长。南迁途中，襄阳为一中转，长安、洛阳僧人南下路线多经由襄阳，进而可入荆

---

① 法净元徽元年（473）卒，卒年六十五，年二十值乱随父渡江，正值刘宋元嘉五年（428）。

州，又可东渡建康，道安"分张徒众"便以襄阳为中转站，此为其中之一条重要路线。另一条重要路线以巴蜀成都一带为中心，长安、凉州僧人多经由此条路线南下，途经荆州、江陵一带，进入建康，如昙摩蜜多、畺良耶舍、释法瑗等人多循此途。另外一条属冀州地区、青齐地区、黄淮之间僧人，多经由彭城、寿春一线，进入建康，寿春遂成为一时佛教之中心。以上三条属于可考知者，除三条路线外，亦有其他多条路线。但路线之选择，多遵循舍远就近、沿江而下的基本原则，以其交通方便之由，并且因受当地佛教氛围影响，有集中之势。

从上表反映情况可以看出，北僧南下，以游历者居多，游历者中又呈现出多种表现形态：其中有随师南下者。如释慧次随法迁南游；于道邃随于法兰过江；释昙翼、释昙徽、慧远等人随道安南游；昙壹、昙贰弟子随师竺法汰南下荆州；比丘尼普照随师南下游学，等等。随师南下者，早期虽多以游学为主，其后便有成长为高僧，继承师业播扬道教者，慧远即是显例。游学过程中又可咨访名僧，与名士交游，又可观风化、识民风，对体悟教义皆有所帮助，释昙斌曾在江陵辛寺"听经论，学禅道，覃思深至，而情未尽达。夜梦神人谓斌曰：'汝所疑义，游方自决。'于是振锡挟衣，殊邦问道"[①]。其游学以通达宏旨、积学储宝为主要目的。

有因慕江南山水之绮丽而游历者，如于法兰"闻江东山水，剡县最奇，乃徐步东瓯，远瞩崿嵊"[②]。剡县因其山水最奇，成为远近名僧聚集之地，竺法潜、支遁、于道邃、支昙兰、竺法友等人皆以游历剡县闻名。剡县之所以如此受到僧徒青睐，不仅因山水秀美之故，东晋以来，会稽剡山便多有名士游历，孙绰、许询、谢安、王羲之、谢灵运等名士多寓居或游览剡县山水，方便名僧、名士间进行玄谈交流，并从中孕育出玄言、山水等诗歌形式。此外，剡县于会稽郡中经济最为发达，物产丰美，张稷"以贫求为剡令，略不视事，多为小山游"可为旁证。[③] 僧徒同名士清谈、隐居游览之余，更能满足其生活基本所需，遂使"剡中佛事甚盛"，成为江南佛教交流的圣地之一。

有仰慕名僧风采，远投南方者。如慧远在庐山结社讲学，"虚心侧

---

① 释慧皎撰，汤用彤校注：《高僧传》卷7《释昙斌传》，中华书局1992年版，第290页。
② 释慧皎撰，汤用彤校注：《高僧传》卷4《于法兰传》，中华书局1992年版，第166页。
③ 《南史》卷31《张稷传》，中华书局1975年版，第817页。

席,延望远宾",① 吸引了远近僧徒的追奉,其中不乏从北方不远千里闻风而至者,如释昙邕;又释慧观"弱年出家,游方受业,晚适庐山,又谘禀慧远"。② 而在长安讲学、译经的鸠摩罗什,除大量吸引北方本土僧人聚集外,也吸引大量南方僧人北上,进而与慧远各据南北,形成了南北颇具影响的两大教团。两人生卒年相近,但因学术背景不同,在教理以及学术侧重方面有明显的区别,但并不妨碍其往来书信交流。这种因高僧个人影响力而形成的聚集群落,进而形成较大规模教团的现象,是魏晋南北朝时期佛教地理的显著特点。

有南下传法者,传法与游历有所区别,游历多以观风化、增见识为主,而非专以弘法为职责,这些僧徒大多以学为主,以游为辅,某种程度上可作"游学"看。而以传法为目的者,传法者或已学识渊博,远播北土,或有极大信心以学问对抗南方名僧,立稳脚跟。北来僧人欲立足南方,须在义理上自出新意,《世说新语·假谲》载支愍度南下后:"愍度道人始欲过江,与一伧道人为侣。谋曰:'用旧义在江东,恐不办得。'便共立心无义。既而此道人不成渡,愍度果讲义积年。后有伧人来,先道人寄语云:'为我致意愍度,无义那可立!治此计,权救饥尔,无为遂负如来也!'"这些得道僧人南下的目的,即专以弘扬佛法为主。他们在南下后,多与南方僧徒进行交流辩论,对南北佛教交流起到了重要作用。

也有地方当政者或帝王宗室因慕佛法而延请者。名僧之道业德行受到世人敬仰,同时也受到帝王的关注,十六国君主在这方面表现尤其突出。如沮渠蒙逊与拓跋焘对于昙无谶的争夺,石勒、石虎对于佛图澄的敬重,姚兴远迎鸠摩罗什于长安等。但是,基于其对佛教教义理解程度较浅,这些十六国君主所关注的,较之于僧人的道行,更多的是对佛家的边缘学术如神异法术、星相占卜、医术幻化,乃至房中术的兴趣更为浓厚,间接促进了佛教在信仰层面的扩展。而南朝整个社会从皇族宗室到士族阶层,多奉佛事,不仅信仰上认同佛教,思想上更精于佛理,对于远近名僧多有延请,乃至奉名僧为家师、门师、国师,供养不绝,使其地位远胜于游历僧人。北来僧人因受延请而南下可考者,有释智严,晋义熙十三年(417)宋武帝延请还都;竺僧辅,西晋永嘉末为荆州刺史琅琊王忱延请;释法

---

① 释慧皎撰,汤用彤校注:《高僧传》卷1《僧伽提婆传》,中华书局1992年版,第37页。
② 释慧皎撰,汤用彤校注:《高僧传》卷7《释慧观传》,中华书局1992年版,第264页。

成，宋元嘉中为东海王怀素闻风遣迎；释慧览，宋元嘉间为宋文帝延请；释昙准，齐永明中为竟陵王萧子良延请。或有延请不至，乃至于逼遣者，如昙摩难提为"雍州刺史郄恢逼共同游"。① 总体而言，对僧人之延请，一方面出于信仰，另一方面出于装点文化门面。

  北方僧人南下的最主要动因在于躲避战乱。五胡入华以来，北朝十六国相互之间，以及南北之间战事频繁，躲避战乱成为促进僧人南下的最直接原因，所谓"邦乱则振锡孤游，道洽则欣然俱萃"，② 社会安定与否是僧徒选择迁徙的共同标准。东晋以来，与北方"邦乱"相比，南方显然属于"道洽"之流，因此，由北入南者明显多于由南入北者。从时间上看，南北间的几次规模较大的战争，成为僧人南下的契机，如西晋末的永嘉之乱，随中原士族南下的僧人数量最多。宋元嘉七、八年间（430—431）南北之间用兵，也促使大量僧尼南下，从《比丘尼传·法净传》的记载中可以看出因战争南下的具体情况："法净，江北人也，年二十值乱，随父避地秣陵，门修释教。……年六十五，元徽元年卒也。"从其卒年推算，法净年二十，正值刘宋元嘉五年（428），彼时南北并无战事，无乱可言。但古人所言年二十多为概称，"年二十"实为二十上下，若按时年二十二算，元嘉七年（430）正是刘义隆用兵北魏，兵败复失河南之时，则"值乱随父避地秣陵"应指此事而言。此种例子在《僧传》中可兹考证者甚多，不明书僧人南下用意者，多数是为了躲避战乱。此外，东晋义熙十三年（417），十四年（418），晋太元三、四年间（378—379），晋哀帝兴宁三年（365），宋武帝永初三年（422），宋元嘉二十七至二十九年间（450—452），南北间冲突较多，亦是僧人南下明显增多的时期。

二 "太武灭佛"与北僧南下

  北魏太武帝拓跋焘于太平真君七年（446）灭佛一事，是佛教进入中土后面临的首次法难，其对南北佛教的发展皆影响深远。学界对太武灭佛事件之起因、过程及影响等方面，已多有阐发，③ 本书仅就此特殊事件对

---

① 释慧皎撰，汤用彤校注：《高僧传》卷1《昙摩难提传》，中华书局1992年版，第35页。
② 支道林：《与桓玄论州符求沙门名籍书》，《弘明集》卷12。
③ 相关研究可参考向燕南《北魏太武灭佛原因考辨》（《北京师范大学学报》1984年第2期）、王勇《太武帝大规模"灭法"原因初探》（《雁北师范学院学报》2004年第4期）、王继训《北魏太武其人及灭佛其事》（《广州大学学报》2011年第12期）等文章。

僧人南下之影响,作一个案研究。

太武灭佛始于太平真君五年(444),正月戊申诏书曰:"愚民无识,信惑妖邪,私养师巫,挟藏谶记、阴阳、图纬、方伎之书。又沙门之徒,假西戎虚诞,生致妖孽。非所以壹齐政化,布淳德于天下也。自王公已下至于庶人,有私养沙门、师巫及金银工巧之人在其家者,皆遣诣官曹,不得容匿。限今年二月十五日,过期不出,师巫、沙门身死,主人门诛。"① 第一次排佛是以调和鲜汉间矛盾,加强政治控制为目的。至太平真君七年(446),太武帝在平定盖吴起义时,巡视长安诸寺庙,发现其中多藏匿兵器、酿酒器具、财物,在其看来有与盖吴通谋的倾向,于是开始加大打击力度,"诸有佛图形像及胡经,尽皆击破焚烧,沙门无少长悉坑之"。② 两次排佛时间相距不远,力度由弱渐强,虽目的各有不同,然皆针对佛教徒群体在北魏负面影响较大而发。

与此同时,南朝也有针对佛教的排斥行为,元嘉十二年(435)丹阳尹萧摹之上书"沙汰沙门",奏可,但其目的是针对佛教造像"不以精诚为至,更以奢竞为重",耗费财力、物力而发。因此其罢佛影响较小,仅在京畿之内"罢道者数百人"而已,其余地方佛法仍盛,且并不以武力执行。但是,宋文帝元嘉十三年(436)后,"信心乃立,始致意佛经",大兴佛事,此次"沙汰沙门"可谓失败,因此北方僧人在元嘉中,由北入南依附者甚众。

在第一次排佛时,不少僧人已多有南下趋势,太武帝太平真君四年(443),正值宋元嘉二十年(443),此期间到元嘉二十二年(445),乃至以后几年中,北僧南下之原因,或多或少都受到太武帝灭佛事件的影响。

太武帝灭佛时,太子拓跋晃"缓宣诏书,远近皆豫闻知,得各为计。四方沙门,多亡匿获免,在京邑者,亦蒙全济",使佛教不致沦丧。在破坏程度上,只涉及"金银宝像及诸经论,大得秘藏。而土木宫塔,声教所及,莫不毕毁矣"。实际上只是毁坏了土木宫塔,并未对佛教根基产生致命打击。由于有拓跋晃"潜欲兴之",③ 使北魏僧教没有招致倾灭。

从打击范围上看,太武帝灭佛仅以平城、长安等城市为主,于乡野村

---

① 《魏书》卷4《世祖太武帝纪》,中华书局1974年版,第97页。
② 《魏书》卷114《释老志》,中华书局1974年版,第3035页。
③ 同上。

落并不特别用力。因此有许多僧人隐于乡村,"窃法服诵习焉,唯不得显行于京都矣",① 留发还俗,在乡村中继续指导信徒并举行佛教仪式。② 待到文成帝后,仍落发为僧。这些僧人在乡村的佛教活动,进一步扩大了佛教传播的范围和信仰层次。使得日后在文成帝恢复佛法后,形成反弹,信众更加望风靡从。

长安、平城等城市中的僧人,在灭佛时,有几个逃奔方向。其中一部分,藏匿在长安周围深山之中,《高僧传·释僧周传》载:"魏虏将灭佛法,周谓门人曰:'大难将至。'乃与眷属数十人,共入寒山。山在长安西南四百里,溪谷险阻,非军兵所至,遂卜居焉。"灭佛势头一过,便接受朝廷的延请,出山重振佛教。另有一部分僧人远适西域求法。西行求法,自晋宋以来,一直是佛教传播的重要途径,诸如法显、智严、宝云、法领、智猛、法勇等人,陆续西行求法,在佛教之东传中贡献尤大。太武灭佛事件发生后,西适求法亦成为一种避难方式。《法苑珠林·潜遁篇·感应缘》载:"高昌有释法朗。……至魏虏毁灭佛法,朗西适龟兹。"释法朗即因太武灭佛,而西适龟兹,受到礼遇,且最终没有回到中原。

除以上几个去向外,大部分僧人在灭佛之时,选择南投刘宋。南下僧人见于记载的栖息之所,有寿春和京师两地,寿春自晋宋以来便多有僧人聚集,佛法鼎盛,逐渐成为南朝佛教重镇。太武灭佛时,北来僧人有大量汇集于此者,其中,释僧导之作用极大,《高僧传·释僧导传》:"后立寺于寿春,即东山寺也。常讲说经论,受业千有余人。会虏灭佛法,沙门避难投之者数百,悉给衣食。其有死于虏者,皆设会行香,为之流涕哀恸。"寿春东山寺为收留南下僧人之重要场所。

在南渡过程中,由于来自北魏军政方面的阻力较大,僧人历经磨难,其过程之艰辛可从以下材料中略见一斑。《高僧传·释玄畅》曰:

> 以元嘉二十二年闰五月十七日发自平城,路由代郡、上谷,东跨太行,路经幽、冀南转,将至孟津。唯手把一束杨枝,一把葱叶。虏骑追逐,将欲及之,乃以杨枝击沙。沙起天闇,人马不能得前。有顷沙息,骑已复至,于是投身河中,唯以葱叶内鼻孔中,通气度水,以

---

① 《魏书》卷114《释老志》,中华书局1974年版,第3035页。
② 刘淑芬:《中古的佛教与社会》,上海古籍出版社2008年版,第160页。

第五章　北僧南下及其对南朝文学的影响　　197

八月一日达于扬州。

"以杨枝击沙"而退人马,略带神异色彩,而"以葱叶内鼻孔中,通气度水",更真实地表现了渡江之艰辛与困难。又《高僧传·释慧芬》曰:

> 释慧芬,姓李,豫州人。幼有殊操,十二出家,住谷熟县常山寺。……及魏虏毁灭佛法,乃南归京师。至乌江,追骑将及,而渚次无航。芬一心念佛,俄见流船忽至,乘之获免。至都,止白马寺。

在南北交流中,僧人本应是约束最小的群体,许多南北逃亡人员,多数都化度为僧人来逃避盘查。① 但在太武灭佛时,凡是僧人渡江者,都遭到残酷的追杀、剿灭。释玄畅、释慧芬等人在逃亡过程中,面临"虏骑追逐"、大江阻隔等险难,其渡江过程的艰险可以想见。《高僧传》在记述他们的逃亡历程中,以其一贯的夸张手法进行演绎,使渡江之人染上一层神异色彩。同样,《高僧传》也颇带感情色彩,乃至以诅咒的态度,来批评太武帝灭佛之举,以维护宗教尊严。

南朝僧人对待北朝的灭佛活动,有强烈的反应。如上文所言,《高僧传》作者慧皎出于宗教同情的心理,对太武帝及崔浩、寇谦之等"罪魁祸首"大加挞伐,即可反映作为僧人群体对待灭佛事件的态度。因此,在灭佛事件风波过后,出于宗教关怀,南朝僧人也积极参与北朝佛教事业的重建活动。

太武灭佛的主要理由在于:"政教不行,礼义大坏,鬼道炽盛,视王者之法,蔑如也。"② 北方僧人没有严格的戒律,不能遵守佛门清规,触动了"王者之法",所以才导致灭佛事件的恶果。因此,在灭佛之后,南方僧人释志道等人,会集北朝的"五州道士",对北朝佛教戒律进行重新整肃,以期提高僧人之基本素质。《高僧传·释志道》载:"先时魏虏灭

---

① 南北人员化为僧人逃亡者,可略举两例,《宋书》卷84《袁顗传》:"郢州行事张沉、伪竟陵太守丘景先闻败,变形为沙门逃走,追擒伏诛。"《魏书》卷38《王慧龙传》:"慧龙年十四,为沙门僧彬所匿。百余日将慧龙过江,为津人所疑,曰'行意忽忽傍徨,得非王氏诸子乎?'僧彬曰:'贫道从师有年,止西岸,今暂欲定省,还期无远,此随吾受业者,何至如君言。'既济,遂西上江陵,依叔祖忧故吏荆州前治中习辟强。"

② 《魏书》卷114《释老志》,中华书局1974年版,第3034页。

佛法，后世嗣兴，而戒授多阙。道既誓志弘通，不惮艰苦，乃携同契十有余人，往至虎牢。集洛、秦、雍、淮、豫五州道士，会于引水寺。讲律明戒，更申受法。伪国僧禁获全，道之力也。"经过志道等人的"讲律明戒，更申受法"，净化了北朝佛教的内部环境，使其在戒律方面更加完善，使北朝佛教发展更为稳固。

总之，北魏太武灭佛，虽然未对佛教产生根本性的破坏，但对僧人之捕杀较为严重。僧人由于受到太子拓跋晃的庇护，选择多种方式避免屠戮，并没有出现毁灭性的打击。这一事件虽然打击了北朝佛教的发展势头，但僧人在乡村布教，远适西域求法，以及南下刘宋等避难方式，从另一个角度讲，扩大了佛教在北朝传播的范围，并加强东西、南北之间的交流。并由此反思教团与政权之关系，进行了内部改革，使之在以后的发展中避免重蹈覆辙。

三 北僧南下之文化意义

两晋之际，中原士族的南下是当时人口迁徙的主流，中原文化之传输也主要以汉魏以来形成的世家大族为主要载体。僧人的流动当然也包含在"南渡"这一特殊历史形态当中，其在文化南传方面的作用并不亚于士族。

首先，可从南下僧侣成员的构成方面来看。魏晋时期的名僧出身，就有很多世家子弟，比如竺道潜即为王敦之弟，年十八即出家，永嘉初，避乱过江。出家之后，更能够"剪削浮华，崇本务学"。又如释慧观，属清河崔氏，"十岁便以博见驰名，弱年出家，游方受业，晚适庐山，又谘禀慧远。闻什公入关，乃自南徂北，访核异同，详辨新旧。"[①] 出入于南北之间，对南北文化的交流起到重要作用。士族中也有许多服膺佛法者，如琅琊王氏中就有王洽、王珉、王珣、王谧等人皈依佛门；陈郡谢氏中谢灵运更是虔诚信徒。这些世家子弟多受良好教育，在南渡后士族与僧人之间的交往方面，起到很好的桥梁作用。六朝佛教的兴衰，与这些士族出身的僧人，以及信仰佛教的士族关系密切。士族在信奉佛教的同时，扩大了佛教的传播路径，而佛教进入士人生活，也丰富了士族文化形态。南下僧人进入江左后，或受到士族延请，或依附士族高门，借助士族

---

① 释慧皎撰，汤用彤校注：《高僧传》卷7《释慧观传》，中华书局1992年版，第264页。

在文化上的影响力，以此扩大信徒。在与士族交流的同时，也使士族文化不再局限于儒家或玄学内容，增加了士族文化的思辨色彩，使之走向多元化。

其次，促进三教交流与融合。南下僧人多具有良好的知识结构，有些僧人出入于儒释道，对道家典籍非常熟悉，甚至对儒家典籍也颇为精通，如慧远就"博综六经"，① 南朝著名儒学大师雷次宗，还曾师从慧远学《三礼》与《毛诗》，其学说中，便有直接蹈袭慧远之处；释法瑗在论议之隙，"时谈《孝经》丧服"。②《孝经》《三礼》等儒家典籍看似与佛教观念相左，然而对其义理的阐发，一则在于表明佛教并不违背儒家思想；一则出于以解释为突破的理路，如果对儒家典籍不精熟，便无从对其进行批评。此外，南下僧人多精于老庄之说，通过"格义"来用道家概念阐释佛教概念，这是佛教初入中土时所不得已而采取的折中手段。因此，从支遁开始，到道安、慧远时期，皆对老庄思想、玄学理论十分精熟。精于玄学，便于披玄入佛，细致地阐发佛理；精于儒学，便于减少思想阻力，扩大信仰层面。因此，僧人若仅精通释典，而不通外学，是很难在知识层面推广佛教的，其弘法起信之意义也就无从谈起。这在客观上，促进了三教之间的相互理解，进一步为三教融合奠定了基础。

最后，外来文化多经由北方僧人南下而得到播扬。中亚及印度僧人，在传播佛教过程中，除了部分经由海上航线进入江南者外，大多经由凉州进入中原，再由中原渡江南下。这些僧人不光以传播佛教为主，也带来西域文化诸如音乐、美术、舞蹈等多种艺术形式。其佛教思想在中原地区生根发芽后，经由中原及西凉州僧人的南下，传播到南方，鸠摩罗什的译经以及佛学思想便是以这种途径在江南地区广泛传播的。而外来僧人多操梵语，其语言与中国的区别，使士人初步认识到中外语音的差异，在口头和书面翻译佛经的时候，逐渐发现了汉语声调的问题，并在此基础上形成了以四声为特征的永明声律说。因此，包括印度僧人在内的北来僧人，成为中古文学发展的一大契机。

综上所述，北僧南下之原因及方式各有不同，但战争、游学乃是主要因素，战争实为客观条件，游学是为主观意愿。其中太武帝的灭佛事件，

---

① 释慧皎撰，汤用彤校注：《高僧传》卷6《释慧远传》，中华书局1992年版，第211页。
② 释慧皎撰，汤用彤校注：《高僧传》卷8《释法瑗传》，中华书局1992年版，第312页。

是在战争与游学之外的特殊形态，其对南北佛教发展皆产生重要影响，是值得关注的问题。而北僧南下，不仅于佛教史上意义非凡，在南北文化交流史上更具重要意义。尤其在文学方面，北僧南下对晋宋间山水意识的形成起到明显促进作用，是影响晋宋文学转关的重要因素。

第二节　南下僧人与晋宋间山水意识之演进

对山水诗形成的研究，首先要考虑的是其与玄言诗之关系。按刘勰所言，其形成过程乃是"庄老告退，而山水方滋"，[①] 两者互为嬗替关系。若大而言之，此语可通，但细论之，则并不能确切解释山水如何从玄言蜕变而来。山水与玄言之纠合关系并未得到合理解决。对此，今人已多有辨析，值得参考。[②] 但对于山水意识如何一步步从玄言中剥离，尚缺乏细致的梳理。需要注意的是，在山水诗形成过程中，南下僧人多参与其间，使得以佛禅阐释山水成为一时潮流，对此会稽支遁僧团与庐山慧远僧团贡献突出，而精通佛理的谢灵运，受其泽溉，在诗歌中亦表现出明显的佛理倾向。以三者为对象，考察山水诗如何逐渐摆脱玄言、佛理，形成独立审美意识，具有重要意义。

一　会稽僧团与"以玄对山水"

在东晋士人眼中，会稽郡剡县一带的山水，其秀美有异于中原，会稽风景"峰崿隆峻，吐纳云雾。松栝枫柏，擢干竦条。潭壑镜彻，清流泻注"。《世说新语·言语》："顾长康从会稽还，人问山川之美，顾云：'千岩竞秀，万壑争流，草木蒙笼其上，若云兴霞蔚。'"东晋士人对山居之开发，首先即从会稽入手，《晋书·王羲之传》曰："会稽有佳山水，名士多居之，谢安未仕时亦居焉。孙绰、李充、许询、支遁等皆以文义冠世，并筑室东土，与羲之同好。"会稽郡剡县山水秀美，吸引大量北来僧

[①] 范文澜：《文心雕龙注》，人民文学出版社1958年版，第67页。

[②] 相关研究可参见曹胜高《庄老、山水与思力》（《从汉风到唐音：中古文学演进论稿》，中国社会科学出版社2007年版）、葛晓音《山水方滋、庄老未退：从玄言诗的兴衰看玄风与山水诗的关系》（《汉唐文学的嬗变》，北京大学出版社1990年版）及其《山水田园诗派研究》（辽宁大学出版社1993年版）、孙明君《"庄老告退而山水方滋"析论》（《两晋士族文学研究》，中华书局2010年版）等论著。

人汇集于此，讲法传道。

　　落脚于会稽的南下僧人，以支遁为代表。支遁渡江以后，先居于余杭山，后归于会稽剡山。谢安以"此多山县闲静，差可养疾，事不异剡"，① 欲留其在吴兴而未果。支遁虽游历四方，但活动范围未出三吴（会稽、吴兴、吴会）、京畿地带，而始终以会稽郡剡山沃洲小岭为其归宿。支遁在剡山立寺后，"僧众百余，常随禀学"，② 与之交往的名士见于记载者有三十多人。除支遁外，于法兰、竺法潜、竺法兴、支法渊、于法道、于道邃、于法开、于法威、竺法崇、支昙兰、竺法友等名僧，多聚集在会稽剡山一带，与名士切磋玄理，交流佛义，游览山水，形成颇有影响力的会稽僧人团体。

　　北方僧人来到南方，影响最大者为般若及禅数，般若思想的传入，其作用在于破除玄理命义难通之处。而禅法带入南方修道方式之中，则影响到东晋士人对待山水的认识。

　　支道林"晚移石城山，立栖光寺。宴坐山门，游心禅苑，木食涧饮，浪志无生。乃注《安般》《四禅》诸经"，③《安般》即东汉安世高所译《安般守意经》，"安般守意"是指通过控制呼吸以达到守意，从而进入禅定状态。《安般守意经》强调："比丘或往林中，或往树下，或往寂静处，结跏趺坐，端身正直，系念在前。"林中树下寂静之处，实乃最佳修禅之所在。因此，南下僧人逐渐形成"夫坐禅者，宜山居穴处"的观念，又因为"如来阐教，多依山林"，此后僧人多效法，故此，以寂静和优美闻名的会稽山水，自然成为南下修禅者的首选之地。

　　《高僧传·习禅》记载许多修习禅业的僧人，来到会稽郡剡县寻求清静之所。竺法崇"后还剡之葛岘山，茅庵涧饮，取欣禅慧，东瓯学者，竞往凑焉"。其目的是在剡山修炼禅定功夫，并曾与隐士鲁国孔淳结交，其行迹如同隐士："每盘游极日，辄信宿忘归，披衿领契，自以为得意之交。"④ 帛僧光于"晋永和初，游于江东，投剡之石城山。……于南山见一石室，仍止其中，安禅合掌，以为栖神之处。……乐禅来学者，起茅茨

---

① 释慧皎撰，汤用彤校注：《高僧传》卷4《支遁传》，中华书局1992年版，第160页。
② 同上。
③ 同上书，第161页。
④ 释慧皎撰，汤用彤校注：《高僧传》卷4《竺法崇传》，中华书局1992年版，第171页。

于室侧,渐成寺舍,因名隐岳。"① 名之为"隐岳",是希望不受外界打扰。修禅者往往刻意涉险,追求人迹罕至之处,以求清净,如竺昙猷"后游江左,止剡之石城山,乞食坐禅。……赤城山山有孤岩独立,秀出千云。猷拊石作梯,升岩宴坐,接竹传水,以供常用。禅学造者十有余人"②。王羲之等人慕名而来,但因为"天台悬崖峻峙,峰岭切天",地势险峻,故而只能"仰峰高挹,致敬而反"。③ 为求得宁静避免打扰,深入山林腹地,形同隐士。或选择林泉清旷之处居住,如支昙兰"青州人,……晋太元中游剡,后憩始丰赤城山,见一处林泉清旷而居之"。④ 剡县附近名山,如葛岘山、石城山、赤城山等皆是风景秀美,人迹罕至之处,因此僧人修习禅定者多居之。

东晋以来,习禅者不断进入会稽一带,乃是因为"江东山水,剡县最奇"。⑤ 他们将禅法带入南朝的同时,也逐渐发掘了会稽一带的秀美山水。支遁在剡县的生活,除了修禅讲学之外,以采药为主,养马放鹤,兼与名士切磋文艺。其在《八关斋诗》序中称:"于是乃挥金如土手送归,有望路之想。静拱虚房,悟外身之真。登山采药,集严水之娱。遂援笔染翰,以慰二三之情。"在登山采药之余,援笔染翰,抒发从山水中感悟出的玄理。与支遁相互切磋文艺的还有谢安、许询、王羲之,皆为当时名士,《晋书·谢安传》载:"寓居会稽,与王羲之及高阳许询、桑门支遁游处,出则渔弋山水,入则言咏属文,无处世意。"谢安、许询、王羲之与支遁交往,沉浸在山水玄理当中,大有出世之意。

会稽山水既然如此之美,又多名士与名僧居之,且彼此切磋文艺,何以没有形成以山水为主的山水诗?其主要原因在于当时"以玄对山水"的思想为主导,山水意识被屏蔽在玄言之下。孙绰在《太尉庾亮碑》中曰:"公雅好所托,常在尘垢之外。虽柔心应世,蠖屈其迹,而方寸湛

---

① 释慧皎撰,汤用彤校注:《高僧传》卷11《帛僧光传》,中华书局1992年版,第402页。
② 释慧皎撰,汤用彤校注:《高僧传》卷11《竺昙猷传》,中华书局1992年版,第403页。
③ 同上书,第404页。
④ 释慧皎撰,汤用彤校注:《高僧传》卷11《支昙兰传》,中华书局1992年版,第407页。
⑤ 释慧皎撰,汤用彤校注:《高僧传》卷4《于法兰传》,中华书局1992年版,第166页。

然，固以玄对山水。"虽然是在评价庾亮，但可概括此时玄言与山水的关系。"以玄对山水"，是将山水作为体玄的契机、方式、手段，而非直接的审美对象。

东晋山水尚未摆脱玄理的束缚，主要在于士人眼中的山水不具备独立的审美价值，其之所以畅游山水，一方面是企羡濠上之游，一方面是通过山水体认玄理。东晋士人在面对山水时，自然联想到《庄子·秋水》所载惠子与庄子濠梁之上的辩论。《世说新语·言语》："简文入华林园，顾谓左右曰：'会心处，不必在远。翳然林水，便自有濠、濮间想也。觉鸟兽禽鱼，自来亲人。'"濠、濮间想，乃在于其中寓有理趣，这种理趣并非必然以山水为寄托，因此称"会心处，不必在远"，触目皆有玄理所在，并非一定要有山水相对。因此，东晋士人在玄言诗中涉及山水时，必然要与"濠梁"相联系，以启发玄思。如虞说《兰亭诗》："神散宇宙内，形浪濠梁津。寄畅须臾欢，尚想味古人。"通过浪迹濠梁，与古人相遇；曹华《兰亭诗》："愿与达人游，解结遨濠梁。狂吟任所适，浪流无何乡。"以求逍遥无待之状态；孙绰《秋日诗》："垂纶在林野，交情远市朝。澹然古怀心，濠上岂伊遥。"因怀古心，故濠上之游与我不远。其时人物多以有"濠上之风"为风雅，如帛道猷"好丘壑，一吟一咏，有濠上之风"。① 士人试图通过山水，在行为方式上接近老庄，进而体悟老庄中的玄理。

兰亭诗人眼中的山水，是寄寓了玄思玄理的山水，并不是以纯粹的审美感受体认山水之美。《兰亭诗》中仅谢万有一首四言诗全以山水描写为主，以此被王夫之称为"兰亭之首唱"，② 此外皆是体玄之作。王羲之面对自然发出的是"大矣造化均"的感慨，看到山水则"寓目理自陈"，处处不脱离理感和理趣，《兰亭集序》也仅有极少部分对山水进行了简单的白描："天朗气清，惠风和畅，……崇山峻岭，茂林修竹，又有清流击湍，映带左右。"此外，皆是大段大段的人生感悟、哲理思考。可以说，东晋初期的士大夫，比起关注自然美景，更加关注的是宇宙、人生、生命等抽象而超脱的玄理，游览山水和曲水流觞的行为，只是触发其感悟玄理的手段而已，这时期山水意识在玄言的屏蔽下，发展相对缓慢。

---

① 释慧皎撰，汤用彤校注：《高僧传》卷5《帛道猷传》，中华书局1992年版，第207页。
② 王夫之：《古诗评选》，上海古籍出版社2011年版，第100页。

在支遁的玄言诗中,"以玄对山水"的态度体现得更为明显。其诗多从大环境入手感悟山水,缺乏细节的描摹刻画,如《四月八日赞佛诗》:"三春迭云谢,首夏含朱明。祥祥令日泰,朗朗玄夕清。"在看到山水时,不自觉地与玄理密切联系,《五月长齐诗》:"静晏和春晖,夕阳厉秋霜。萧条咏林泽,恬愉味城傍。逸容研冲赜,彩彩运宫商。匠者握神标,乘风吹玄芳。"几乎是一半写山水,一半写玄理,处处有诗人理性的感悟在内。《八关斋诗》其三:"望山乐荣松,瞻泽哀素柳。解带长陵坡,婆娑清川右。泠风解烦怀,寒泉濯温手。"诗中处处有我。诗人对山水发自内心的喜爱,乃是因山水可以提供清净优雅的环境,追求超脱世俗的逍遥状态。这种想法在其《咏禅思道人诗》《咏利城山居》中表现得尤为突出。《咏禅思道人诗》先铺写山水之美:"云岑竦太荒,落落英岊布。回壑伫兰泉,秀岭攒嘉树。蔚荟微游禽,崢嵘绝蹊路。"目的主要在于引出山水之中逍遥超脱的禅思道人形象,表达支遁对其隐逸姿态的倾心向往之情:"中有冲希子,端坐摹太素。自强敏天行,弱志欲无欲。玉质凌风霜,凄凄厉清趣。指心契寒松,绸缪谅岁暮。会衷两息间,绵绵进禅务。"同样,《咏利城山居》在描述山居环境后,指出向往隐逸是其山居之追求:"苟不宴出处,托好有常因。寻地存终古,洞往想逸民。"由此可见,支遁在诗中所涉及的山水,总是被玄言、佛理所裹挟。

沈增植称:"康乐总山水庄老之大成,开其先者支道林。"[①] 是看到支遁在玄言中引入山水的做法。实际上,支遁在玄言诗中引入山水,乃是出于通过山水体悟玄理,是"以玄对山水"的方式,其出发点是"玄",而非"山水",因此,并没有直接将审美目光投向山水。以山水为审美对象,对其进行细致的刻画和描摹的转变,在东晋末年以慧远为代表的庐山僧团这里得以实现。

二 庐山僧团与"山水以形媚道"

以慧远为代表的庐山僧团,对待山水的态度,表现出与东晋初中期会稽僧团明显的不同。其将东晋初中期玄言诗中的山水,进一步从玄言中剥离出来,使山水逐渐成为独立的审美对象。

[①] 沈增植:《与金甸丞太守论诗书》,王元化:《学术集林》卷三,上海远东出版社1995年版,第116页。

慧远的庐山僧团，其形成可追溯至道安僧人团体之南下。晋哀帝兴宁三年（365），慕容儁派兵攻打许昌、汝南等地，当时在陆浑讲学的道安，于是南投襄阳，途中分张徒众，"乃令法汰诣扬州""法和入蜀，山水可以修闲"。道安则与"慧远等四百余人渡河"。① 此后，前秦建元九年（373），苻丕攻打襄阳，道安再次分张徒众，各随所之。其中慧远"与弟子数十人，南适荆州，住上明寺。后欲往罗浮山，及届浔阳，见庐峰清净，足以息心，始住龙泉精舍"。② 慧远自太元六年（381）至义熙十二年（416）去世，"影不出山，迹不入俗"，③ 一直生活在庐山龙泉精舍。

　　慧远在佛学思想上对道安的继承，一在于将道安所提出的禅法理念进一步在江南扩展，一在于继承和发扬了道安弥勒净土的信仰。两者对玄言与山水的剥离皆产生影响。

　　江东禅法的盛行，除上文所言支遁大力提倡外，道安亦颇有助益。道安曾注释《安般守意经》，其注解"序致渊富，妙尽深旨，条贯既叙，文理会通"，④ 支遁亦宗其理。道安提倡禅法，影响了慧远，慧远也因江东缺禅法，使其弟子法净、法领"远寻众经，……皆获梵本，得以传译"。⑤ 并对受长安僧人排斥的觉贤加以维护，使其能够在江南推行禅法，宋初江陵、建业的禅法盛行，实皆因觉贤之力。⑥ 对禅法的重视，可以说是道安、慧远一支的重要特征。

　　禅定之法讲究优雅清净的环境，支遁隐居会稽剡山目的即为修禅。慧远选择庐山为最终归宿，主要也在于"庐峰清净，足以息心"，其在庐山中"创造精舍，洞尽山美，却负香炉之峰，傍带瀑布之壑。仍石叠基，即松栽构，清泉环阶，白云满室。复于寺内别置禅林，森树烟凝，石迳苔合。凡在瞻履，皆神清而气肃焉"。⑦ 环境可谓优雅至极。慧远在修禅之余，与诸僧人及名士游览山水，开发庐山，在这一过程中，逐渐摒弃了"以玄对山水"的态度，将目光直接关注在山水之上，深入挖掘山水

---

① 释慧皎撰，汤用彤校注：《高僧传》卷5《释道安传》，中华书局1992年版，第178页。
② 释慧皎撰，汤用彤校注：《高僧传》卷6《释慧远传》，中华书局1992年版，第212页。
③ 同上书，第221页。
④ 释慧皎撰，汤用彤校注：《高僧传》卷5《释道安传》，中华书局1992年版，第179页。
⑤ 释慧皎撰，汤用彤校注：《高僧传》卷6《释慧远传》，中华书局1992年版，第216页。
⑥ 汤用彤：《汉魏两晋南北朝佛教史》，武汉大学出版社2008年版，第242页。
⑦ 释慧皎撰，汤用彤校注：《高僧传》卷6《慧远传》，中华书局1992年版，第212页。

之美。

　　此外，道安对慧远的影响，还在于弥勒净土的信仰。《高僧传·道安传》称："安常与弟子法遇等，于弥勒前立誓，愿生兜率。"据汤用彤先生考察，《乐邦文类》载遵式《往生西方略传序》，称安公有《往生论》六卷，唐怀感亦引道安《净土论》。① 与弟子僧辅、法遇、昙戒、道愿等八人立誓往生兜率，可见道安在襄阳时期，已经对弥勒净土有所向往。但道安在襄阳时期的净土信仰尚属小范围，将其继承和发扬的则是慧远。

　　慧远于元兴元年（402）立白莲社，即是为了追求弥陀净土。②《高僧传·慧远传》载刘遗民发愿文："惟岁在摄提格，七月戊辰朔，二十八日乙未。法师慧远贞感幽冥，宿怀特发。乃延命同志息心清信之士，百有二十三人。集于庐山之阴，般若台精舍阿弥陀像前，奉以香华敬荐而誓焉。"据《莲社高贤传》载，③ 慧远是为主持者，被奉为师，而得预莲社者尚有：慧持、竺道生、昙顺、僧睿、昙恒、道昞、道诜、道敬、佛驮耶舍尊者、佛驮跋陀罗尊者等僧人。其中，多数僧人是北方南下而来。此外，俗家士人中有刘程之、张野、周续之、张诠、宗炳、雷次宗。不入社者有陶潜、谢灵运、范宁三人。莲社的成立，吸引大量文人名士参与其中，加强了僧人与文人的联系，文人在建立净土信仰的同时，与慧远修禅悟道，游览山水，切磋文艺，剪断世俗羁绊，将目光集中在山水之上。

　　庐山僧人名士对待山水的态度，可概括为"以形媚道"。宗炳在《画山水序》中提出："圣人以神法道，而贤者通；山水以形媚道，而仁者乐，不亦几乎。"宗炳是莲社中的成员，对山水达到痴迷境界，其"好山水，爱远游，西陟荆巫，南登衡岳，因而结宇衡山，欲怀尚平之志。有疾还江陵，叹曰：'老疾俱至，名山恐难遍睹，唯当澄怀观道，卧以游之。'凡所游履，皆图之于室，谓之曰：'抚琴动操，欲令众山皆响。'"④ "山

---

　　① 汤用彤：《汉魏两晋南北朝佛教史》，武汉大学出版社2008年版，第149页。

　　② 两者虽有区别，但同属净土信仰范畴。关于弥勒净土与弥陀净土之区别，详见王公伟《从弥勒信仰到弥陀信仰：道安和慧远不同净土信仰原因初探》，《世界宗教研究》1999年第4期。

　　③ 该书又称《东林十八高贤传》，汤用彤先生虽考证该书"乃妄人杂取旧史，采撷无稽传说而成"。但书中所据史料，当有一定可信度。（汤用彤：《汉魏两晋南北朝佛教史》，武汉大学出版社2008年版，第248—249页。）

　　④ 《宋书》卷93《隐逸传·宗炳》，中华书局1974年版，第2278页。

水以形媚道"思想的形成，显然是其与庐山僧人广泛交往所得。所谓"以形媚道"，虽然仍是以"道"为依归，但已将目光聚集在山水的形态上，因此用了"媚"字，① 这一主观色彩极浓的字眼，以区别于"以玄对山水"的枯燥乏味，使山水具备了独立的审美价值。

庐山诸道人的《游石门诗序》，以及慧远《庐山略记》，最能体现山水意识由"以玄对山水"到"山水以形媚道"的转变。庐山诸道人的《游石门诗序》曰：

> 石门在精舍南十余里，一名障山。基连大岭，体绝众阜。辟三泉之会，并立则开流，倾严玄映其上，蒙形表于自然，故因以为名。此虽庐山之一隅，实斯地之奇观。皆传之于旧俗，而未睹者众。将由悬濑险峻，人兽迹绝。迳回曲阜，路阻行难，故罕经焉。释法师以隆安四年，仲春之月，因咏山水。遂杖锡而游，于时交徒同趣，三十余人。咸拂衣晨征，怅然增兴。虽林壑幽邃，而开途竞进。虽乘危履石，并以所悦为安。既至则援木寻葛，历险穷崖。猿臂相引，仅乃造极。于是拥生倚严，详观其下。始知七岭之美，蕴奇于此。双阙对峙其前，重严映带其后。峦阜周回以为障，崇严四营而开宇。其中则有石台石池，宫馆之象。触类之形，致可乐也。清泉分流而合注，渌渊镜净于天池。文石发彩，焕若披面。怪松芳草，蔚然光目，其为神丽，亦已备矣。斯日也，众情奔悦，瞩览无厌，游观未久，而天气屡变，霄雾尘集，则万象隐形，流光回照，则众山倒影，开阖之际，状有灵焉，而不可测也。乃其将登，则翔禽拂翮，鸣猿厉响，归云回驾，想羽人之来仪。哀声相和，若玄音之有寄。虽仿佛犹闻，而神以之畅。虽乐不期欢，而欣以永日。当其冲豫自得，信有味焉，而未易言也。退而寻之，夫崖谷之间，会物无主，应不以情而开兴，引人致深若此。岂不以虚明朗其照，闲邃笃其情耶。并三复斯谈，犹昧然未尽。俄而太阳告夕，所存已往。乃悟幽人之玄览，达恒物之大情。其为神趣，岂山水而已哉。

---

① 谢灵运诗歌多喜用"媚"字，如"孤屿媚中川"（《登江中孤屿诗》）、"潜虬媚幽姿"（《登池上楼》）、"绿筱媚清涟"（《过始宁墅诗》）、"云日相照媚"（《初往新安至桐庐口诗》），等等。

于是徘徊崇岭，流目四瞩。九江如带，丘阜成垤。因此而推，形有世细。智亦宜然，乃喟然叹。宇宙虽遐，古今一契。灵鹫邈矣，荒途日隔。不有哲人，风迹谁存。应深悟远，慨焉长怀。各欣一遇之同欢，感良辰之难再。情发于中，遂共咏之云尔。

该序开篇交代所游之地石门的具体位置，再记述游览时间和参与之人。[①] 慧远师徒从清晨出发，虽乘危履石、历险穷崖，但彼此猿臂相引，其乐融融。接下来，介绍石门风景，从"于是拥生倚严，详观其下"至"其为神丽，亦已备矣"一句止，是从大环境着手，对其描述运用了赋的铺陈手法。但从"斯日也，众情奔悦"往下一部分，则详细描绘山中景物的变化："天气屡变，霄雾尘集，则万象隐形，流光回照，则众山倒影，开阖之际，状有灵焉，而不可测也。"细致地捕捉天气、光影的变化，与此前的赋法静态描绘相比，具有动态之美。紧接着，翔禽扑打翅膀之声，猿猴凄厉的叫声，使人联想到"羽人之来仪""玄音之有寄"，令人产生不可言说的审美感受："当其冲豫自得，信有味焉，而未易言也"，此时，众人已完全沉浸在山林给人带来的玄远之境当中。从"退而寻之"一句往后，便开始了对环境进行玄理的感悟，自"乃悟幽人之玄览"至全文结束，则发表大段的玄理感悟，颇类似于《兰亭集序》的手法。

其序后所附诗歌，也几乎全部是玄言，关涉山水之句较少："超兴非有本，理感兴自生。忽闻石门游，奇唱发幽情。褰裳思云驾，望崖想曾城。驰步乘长岩，不觉质有轻。矫首登灵阙，眇若凌太清。端坐运虚论，转彼玄中经。神仙同物化，未若两俱冥。"[②] 对山水的描绘已经在序中交代很清楚了，此时虽然已经具备了山水审美意识，但由于玄言诗影响仍大，在诗歌中仍是以玄言为主导。

从整篇来看，虽然序言后面以及诗歌仍没有摆脱体悟玄理的思维惯性，但对山水之美的开掘和描绘方式，已经远较支遁时期的会稽僧人团体详细而具体。尤其已将支遁时期幽冥静默的山水意趣，一变而成动态的游

---

① 此次游览庐山活动在隆安四年（400），距莲社成立尚有两年，但此前"谨律息心之士，绝尘清信之宾，并不期而至，望风遥集"。实际上已经在庐山聚集了许多名士，如"彭城刘遗民，豫章雷次宗，雁门周续之，新蔡毕颖，南阳宗炳，张莱民、张季硕等，并弃世遗荣，依远游止"。这次游览石门，"交徒同趣，三十余人"中，当亦不乏以上名士的参与。

② 逯钦立：《先秦汉魏晋南北朝诗》，中华书局1983年版，第1086页。

览,"庐山净土法门成员从亲身实践中体会到,登临山水能够使人气虚神朗,和观想功夫具有同样效果"。① 在通过山水启悟的同时,不知不觉就将目光停留在山水之美上,是山水独立审美意识形成的一大进步。

在《游石门诗序》之后,慧远还有《游山记》与《庐山略记》两篇对庐山景物进行描绘的作品。《游山记》作于元兴二年(403)立莲社之时,此时慧远已70岁,《游山记》仅在《世说新语》刘孝标注中保存几句:"自托此山二十三载,再践石门,四游南岭,东望香炉峰,北眺九江。传闻有石井方湖,中有赤鳞踊出,野人不能叙,直叹其奇而已矣。"其对庐山环境之描写,不如后来所作《庐山略记》详尽。②

《庐山略记》与《游石门诗序》同样,并非进行静态的铺叙,而是注意山水自然景物的变化之美:"天将雨,则有白气先抟,而缨络于山岭下;及至触石吐云,则倏忽而集;或大风振岩,逸响动谷,群籁竞奏,其声骇人,此其化不可测者矣。"慧远的山水审美是动态的审美,而非静止的冥想似的山水,这是其与支遁的明显区别,也是其影响谢灵运山水之处。"东晋山水诗的俯仰观照,表现为静态的冥游自然,而谢灵运则按游览顺序,充分表现了他在山水中徙倚、徘徊、流连时所发现的大自然的生动气韵。"③ 这种体认方式,实际上正是从慧远处得来。《庐山略记》后半部分从各个角度发掘庐山的奇异景色:"北背重阜,前带双流,……左有龙形,而右塔基焉。下有甘泉涌出,……南对高岑,上有奇木,……东南有香炉山,……其左则翠林,……西有石门",从游览角度入手,方位感极强。谢灵运在诗歌中,东南西北地观望,上下左右地描摹,寓目辄书,并按照其观览历程来写,《山居赋》对会稽周围环境的描写,也与慧远《庐山略记》的描写手法极为相似。

从会稽僧团"以玄对山水",到庐山僧团"山水以形媚道",东晋士人对山水的认识已逐渐脱离玄言的束缚,这表现在:一方面山水独立的审美意识已然形成;另一方面山水已成为独立的审美对象。在谢灵运的山水诗中,对山水的描摹虽然仍不脱理趣,但已能融入个人的审美经验,将其

---

① 李炳海:《慧远的净土信仰与谢灵运的山水诗》,《学术研究》1996年第2期。
② 赵翔认为《庐山略记》"列举庐山风物景致,记其变化险异,如数家珍,非身临其境、屡游数览而不能知,故推断其可能作于《游山记》之后。"姑从之。(赵翔:《慧远与山水诗的发展》,《兰州学刊》2013年第5期。)
③ 葛晓音:《山水田园诗派研究》,辽宁大学出版社1993年版,第40页。

内化为生命不可或缺之物。

三 佛理与谢灵运的"山水为理窟"

沈德潜《古诗源》评谢灵运山水诗为"山水闲适,时遇理趣",[①] 提出谢诗重理趣的倾向。虽然谢灵运已经开始注意山水的自在之美,但仍不觉地将着眼点落在理上,这和庐山诸道人的《游石门诗》一个道理,他们可以在序中淋漓尽致地表现山水,但在诗歌中却完全没有任何山水的痕迹表露。从文学发展规律来看,这是玄学影响久远的思维惯性所致;而从思想史发展角度来看,这又与佛理和玄理并行发展的理路密切相关。

东晋时期在山水中所寄托的理,有玄理、佛理之分,支遁的诗中,因尚未脱离玄学思维的影响,玄理的影子较大;慧远时期,道安僧团对"格义"之法的破除,使玄学思维在诗歌中的影响逐渐减小,而佛理的影响增大;谢灵运的思想中,玄学思维虽不时仍有体现,但佛学思维乃占主导。体现在其诗歌中,则是玄理与佛理共存,而佛理占主导。因此,谢灵运诗歌拖着的"玄言的尾巴",不应简单理解成玄学影响所致,而应从玄佛兼综、玄佛嬗替的角度来看待。

谢灵运诗歌中涉及的理,有时指玄理,譬如《石壁精舍还湖中作诗》:"虑澹物自轻,意惬理无违。寄言摄生客,试用此道推。""摄生"即养生,是魏晋以来玄学思想的重要实践方式。《过白岸亭诗》:"未若长疏散,万事恒抱朴。"《齐中读书诗》:"万事难并欢,达生幸可托。"其中"抱朴"和"达生"都是典型的老庄思想。有时明显是指佛理,譬如《从游京口北固应诏诗》:"事为名教用,道以佛理超。"《石壁立招提精舍诗》:"禅室栖空观,讲宇析妙理。"《登石室饭僧诗》:"望岭眷灵鹫,延心念净土。若乘四等观,永拔三界苦。"有时指与情相对之道理,[②]《石门新营所住四面高山回溪》:"感往虑有复,理来情无存。"《于南山往北山经湖中瞻眺诗》:"孤游非情叹,赏废理谁通。"《庐陵王墓下作诗》:"理感心情恸,定非识所将。"《入彭蠡湖口诗》:"三江事多往,九派理空

[①] 沈德潜:《古诗源》,中华书局 2006 年版,第 196 页。
[②] 东晋以来,玄学所思考的最高哲学理念与佛学所追求的理念,在某种程度上具有一致性,从支遁开始,玄言诗中的"理"就已经不光具有玄理的意义,同时也具备佛理的含义。到了慧远这里,佛理开始占上风,玄理渐退化。

存。"其中之"理"乃是与"情"相对的道理，实则是玄佛兼有之理。

从谢灵运生平活动和其作品来看，对其思想影响较大的主要是佛教。谢灵运交往的"道人"，多数是僧人，谢灵运在生活之中，常常是"远僧有来，近众无阙。法鼓朗响，颂偈清发"。与佛教徒保持极为密切的联系。并留下许多与僧人交往的作品，如《答纲琳二法师书》《答法勖问》《答僧维问》《答慧骦问》《答骦维问》《答法纲问》《答慧琳问》等，与僧人切磋交流经义的理解。在佛学思想方面，还专门写有《辨宗论》《佛影铭》《无量寿佛颂》《和范光禄祇》《维摩经十譬赞》《庐山慧远法师诔》《昙隆法师诔》等阐发佛教思想、赞颂佛教人物的作品，同时他还大力翻译《大本涅槃经》。相比之下，从谢灵运生平和作品中，很难再看到集中讨论玄学的内容。以上种种可以说明，在谢灵运的思想中，佛教思维与玄学思维相比，已经占据主流。其思想转变的学术背景是玄佛嬗替。

晋末宋初的玄学思潮渐退，逐渐被佛学所取代，虽然宋文帝仍将"玄学"列入四馆之内，但实际上只是为了满足士族阶层清谈的需要。在学术方面，玄学从命题到内容，皆已被佛教所吸纳、涵盖。因此，社会上虽有玄学之风，但无玄学之实。而谢灵运诗中所存留的少量玄理内容，一则出于玄言诗发展之惯性，是玄言诗的余波影响所致；一则在于谢灵运所取乃是玄言诗中构造的境，而非实理。因此，玄理的内容虽然存在，但并非谢诗的主流，其诗歌所落脚的"理窟"主要为佛理。谢灵运在《山居赋》中表达畅游山水以追求理趣："乘恬知以寂泊，含和理之窈窕。指东山以冥期，实西方之潜兆。虽一日以千载，犹恨相遇之不早。""恬知"与"寂泊"正是玄学所营造的境界，这在东晋初中期兰亭诗人及支遁诗中，多有表现。而"冥期""西方"则是佛教术语，谢灵运运用山水所营造的氛围，是为了表现"道以佛理超"的内涵，而非体悟玄理。

谢灵运诗虽仍未脱离"理窟"，追求"道以佛理超"的顿悟，但在山水审美意识的开拓上，已经较支遁、慧远进步许多。这主要体现在：

其一，对山水之美的细致挖掘。上文已言，支遁和兰亭诗人，在表现山水时，喜欢从整体把握，将山水之美放到宇宙大化中感受。唯一全以山水为对象的谢万《兰亭诗》："肆眺崇阿，寓目高林。青萝翳岫，修竹冠岑。"对山水的描摹也不够细致，表现方式多为静态勾画。时人仰观宇宙，俯察品类，在观察景物时多作俯仰姿态，王羲之《兰亭诗》："仰望碧天际，俯磐绿水滨。"孙统《兰亭诗》："地主观山水，仰寻幽人踪。"

庾蕴《兰亭诗》:"仰想虚舟说,俯叹世上宾。"袁峤之《兰亭诗》:"四眺华林茂,俯仰晴川涣。"徐丰之《兰亭诗》:"俯挥素波,仰掇芳兰。"上下左右的泛览,是很难对景物产生细致感悟的。再加上兰亭雅集是"端坐兴远想",以静观为主,而并非实地探幽,因此难以发现山林的动态之美。而慧远僧团,则是"开途竞进""乘危履石""历险穷崖",遂能发掘庐山奇绝多变的一面。同样,谢灵运游览山水时,也是不停地走,《宋书·谢灵运传》载其"出郭游行,或一日百六七十里,经旬不归,……寻山陟岭,必造幽峻,岩嶂千重,莫不备尽。登蹑常著木履,上山则去前齿,下山去其后齿。尝自始宁南山伐木开迳,直至临海,从者数百人。"因此,谢灵运对山水能够从细微处入手,捕捉景色的动态变化,寓目辄书,如《从游京口北固应诏诗》:"远岩映兰薄,白日丽江皋。原隰荑绿柳,墟囿散红桃。"《过始宁墅诗》:"山行穷登顿,水涉尽洄沿。岩峭岭稠叠,洲萦渚连绵。白云抱幽石,绿筱媚清涟。"《石壁精舍还湖中作》:"昏旦变气候,山水含清晖。……林壑敛暝色,云霞收夕霏。"多注意声、光、色的变化,使山水景物有栩栩如生之态,形神兼备。清人称谢灵运"于山水处,只是心细、眼细、手细,故能凌前绝后"。[1] 表明谢灵运之于山水诗的贡献,正在于对景物的用心体悟、观察仔细、描摹细致方面。

其二,将个人感情注入山水。登临山水引发感慨,乃是自然常理,刘勰称:"登山则情满于山,观海则意溢于海。"[2] 东晋以来的山水描写中,情感的因素渐渐让位于理性,对理的追求逐渐成为诗歌主流。而谢灵运则拾起汉魏以来的抒情传统,将个人遭际和情感注入山水当中。葛晓音先生认为:"谢灵运恢复了汉魏古诗抒情言志的传统,并使之与玄言相结合,是山水逐渐走出理窟,为后代山水诗创造抒情、缀景与理旨相结合的境界提供了有益的启示。"[3] 钟嵘《诗品》称谢诗"源出于陈思",乃是从情感郁结的角度出发。吴淇称谢诗为《小雅》之流,[4] 也是就其诗中多注入个人悱恻难言之情,与阮籍类似而言。其所寄托之情感,多是为官与隐逸

---

[1] 吴淇:《六朝选诗定论》,广陵书社2009年版,第373页。
[2] 范文澜:《文心雕龙注》,人民文学出版社1958年版,第494页。
[3] 葛晓音:《山水田园诗派研究》,辽宁大学出版社1993年版,第42页。
[4] 吴淇:《六朝选诗定论》,广陵书社2009年版,第348页。

的矛盾之情。进与退、仕与隐构成了谢灵运思想的一大矛盾，他也认识到这一点，说自己是"进德智所拙，退耕力不任"。慧远说他心杂，不收其为徒，亦是出于此点考虑。① 时时不忘个人得失，使谢灵运在描写景物时，不自觉地将个人心理流程、感受融入其中，如《七里濑诗》："羁心积秋晨，晨积展游眺。孤客伤逝湍，徒旅苦奔峭。石浅水潺湲，日落山照曜。荒林纷沃若，哀禽相叫啸。"因为羁旅，使景物都染上苦闷哀怨的色调。又《九日从宋公戏马台集送孔令诗》："骈棹薄枉渚，指景待乐游。河流有急澜，浮骖无缓辙。岂伊川途念，宿心愧将别。"因为有欲归不得，无限牢骚，故河流、浮骖皆作急切之貌。陈祚明《采菽堂古诗选》称谢灵运："登临远眺，则景物与人相关。以我揽物，以物会心，则造境皆以适情，抒吐自无凝滞，更得秀笔，弥见姿态。"② 其景中有我，以景造境抒情之手法，与支遁、王羲之诸人相比，已有极大进步。

其三，对山水表现语汇的开拓。为了彰显才学，表现典雅，在遣词造句上殚思苦虑，是谢灵运诗歌一大特点。从"池塘生春草，园柳变鸣禽"一句，是因为梦见谢惠连而得的传闻，就可以说明其对诗歌语汇的精益求精态度。虽然凭借谢灵运"兴多才高"，扩大了山水诗表现的语汇。但这一做法有其弊端，使谢诗用字生僻，多滞涩句、拗晦句，清人吴淇称："康乐之诗，语多生撰，非注莫解其词，非疏莫通其义。"③ 例如，《初去郡诗》："理棹遄还期，遵渚骛修坰。"《初发石首城诗》："出宿薄京畿，晨装抟曾飔。"《道路忆山中诗》："濯流激浮湍，息阴倚密竿。"《入彭蠡湖口诗》："乘月听哀狖，浥露馥芳荪。"《夜宿石门诗》："异音同至听，殊响俱清越。"④ 用字务求典雅，乃至生造僻词，若无注解，一般读者很难通晓其义。就此，钟嵘《诗品》称谢诗："名章迥句，处处间起；丽典新声，络绎奔会。"认为这种做法是对诗歌发展的贡献，虽有刻意经营之嫌，但瑕不掩瑜："譬犹青松之拔灌木，白玉之映尘沙，未足贬其高洁也。"⑤ 但在刘勰看来，此为影响诗歌健康发展的一大顽疾，在谢灵运之

---

① 《莲社高贤传》称谢灵运"尝求入社，远公以其心杂而止之"。
② 陈祚明：《采菽堂古诗选》，上海古籍出版社2008年版，第524页。
③ 吴淇：《六朝选诗定论》，广陵书社2009年版，第361页。
④ 沈德潜：《古诗源》："异音同至听，空翠难强名，皆谢公独造语。"中华书局2006年版，第205页。
⑤ 钟嵘著，曹旭集注：《诗品集注》，上海古籍出版社2011年版，第201页。

后，这种巧似的风气扩而大之，渐渐形成"俪采百字之偶，争价一句之奇，情必极貌以写物，辞必穷力而追新"的趋势，[1] 刘宋以后文学发展重形式的风气，正是谢灵运在刻意追求迥句异词时不自觉造成的。但总体来讲，谢灵运在开拓描绘山水词汇方面的功绩，是不应被抹杀的。

总之，谢灵运山水诗虽不脱理趣，但在山水意识方面，从遣景造境到构词造句，都已趋近成熟。沈德潜《古诗源》评论谢灵运："理语入诗，而不觉其腐，全在骨高。"[2] 能将玄言诗中玄理之腐朽化为神奇，不仅是因为谢灵运兴多才高，天才独发使然，更在于其能吸收支遁、慧远等南下僧人在山水意识开拓上所取得的进步，在剔除诸人流连玄理之弊病，去粗存精的基础之上，方始走出"理窟"，开山水之先声。

第三节　南北朝佛教论难及其文学意义

北僧南下虽原因方式各有不同，但进入南方后，都面临其所秉持之教义能否顺利通行于南土的问题。这一问题不仅关系到信仰的深浅，更直接影响生计的有无，若获得信徒，便得以在南土立住脚跟；若无信徒，则只能游于四方。其中关键在于南下僧人是否具有高超的论辩才能，是否能够在疑难锋起中挫败对手。论难内容涉及教理、经义、戒律等多方面。且僧人因此常被用以作为接待聘使的主客人员。佛教论难体现在文学方面，则促进了南朝论难文在内容与形式上的进一步发展。

一　南北朝佛教论难的方式与技巧

西晋末年丧乱至东晋南迁，佛教借此空隙得以在中土思想界广泛传播，当时的传播方式以披玄入佛为主，即通过阐发玄学概念或讨论玄理问题引入佛教思想。清谈是玄学最常见的表达形式，随着佛教的介入，以支遁为代表的僧人也逐渐参与到清谈的阵营之中。《世说新语》记载了大量支遁与名士间交游清谈的情况，从其行为言语来看，与其说支遁是僧人，不如说是名士更恰当。比如康法畅"畅常执麈尾行，每值名宾，辄清谈

---

[1] 范文澜：《文心雕龙注》，人民文学出版社1958年版，第67页。
[2] 沈德潜：《古诗源》，中华书局2006年版，第196页。

尽日"。① 俨然名士风范。周颙评价释慧隆为"隆公萧散森疏,若霜下之松竹",② 亦采取典型的清谈名士的评论方式。释宝琼"僧正慧令,切难联环。琼乃徐拂麈尾,从容而对"。③ 善于清谈,手挥麈尾,兼以玄学命题阐发佛教,使僧人与玄学名士无二。汤用彤先生称:"晋代佛学与玄学之根本义,殊无区别。由是而僧人行事之风格,研读之书卷,所用之名辞,所采之理论,无往而不可与清谈家一致。"④

实际上,魏晋之际的清谈之风,并非囿于玄学领域,也非局限在名士之间,僧人及其代表的佛家思想,也是促成清谈的滋养因素,玄学名士与沙门名僧之间的交游,共同塑造了清谈之风的形成。对此,有学者即认为:"印度僧伽藉'因明学'以资论辩,与魏晋名流承'刑名学'以利玄谈,原无二致,此论辩之风同为中印人士所有本,因时空迁流,运会所至,而有魏晋清谈与佛教思想之汇流。"⑤ 可谓切中其旨。

魏晋清谈作为名士生活的标志,其内容以老庄玄理为主,其外在有重视容止,言辞清雅,风流不羁的特点。与魏晋名士重视言谈容止一样,名僧也多以容止的端庄整肃,谈吐清雅简要,获得僧俗敬重。如支孝龙"少以风姿见重,加复神彩卓荦,高论适时";⑥ 慧远"席上谈吐,精义简要。加以容仪端整,风彩洒落";⑦ 释宝亮"为人神情爽岸,俊气雄逸,及开章命句,锋辩纵横";⑧ 释昙斐"斐神情爽发,志用清玄,……加又谈吐蕴藉,辞辩高华,席上之风,见重当代";⑨ 释灵询"美容貌,善风仪,词辩雅净,听者无挠",⑩ 既为"清谈",不仅其所谈之内容以清虚简要为主,其参与者亦须有清雅、清通、清爽之气质,如此方不愧"清谈"

---

① 释慧皎撰,汤用彤校注:《高僧传》卷4《康法畅传》,中华书局1992年版,第151页。
② 释慧皎撰,汤用彤校注:《高僧传》卷8《释慧隆传》,中华书局1992年版,第327页。
③ 释慧皎撰,汤用彤校注:《高僧传》卷8《释宝琼传》,中华书局1992年版,第336页。
④ 汤用彤:《汉魏两晋南北朝佛教史》,武汉大学出版社2008年版,第184页。
⑤ 刘贵杰:《清谈与佛教:以论辩之风为中心,探清谈与佛教之契接》,《华冈佛学学报》(台湾)1984年第7期。
⑥ 释慧皎撰,汤用彤校注:《高僧传》卷4《支孝龙传》,中华书局1992年版,第149页。
⑦ 释慧皎撰,汤用彤校注:《高僧传》卷6《释慧远传》,中华书局1992年版,第222页。
⑧ 释慧皎撰,汤用彤校注:《高僧传》卷8《释宝琼传》,中华书局1992年版,第336页。
⑨ 释慧皎撰,汤用彤校注:《高僧传》卷8《释昙斐传》,中华书局1992年版,第341页。
⑩ 释慧皎撰,汤用彤校注:《高僧传》卷11《释灵询传》,中华书局1992年版,第430页。

之"清"。僧人断绝尘念，在气质上自然与世间俗物不同，更能体现"清"的风采。清谈时，除清雅而不失风度外，口才是最为重要的考量标准。

在僧人自己的评价体系中，辩论才能之作用尤为重要。鸠摩罗什与慧远书中曾提出僧人需具"五备"："夫财有五备，福戒、博闻、辩才、深智，兼之者道隆，未具者凝滞，仁者备之矣。"[1] 般若学中强调"方便般若"，即将玄奥的佛理以易懂的方式传递给别人，这是早期佛教传播过程中形成的普遍意识，"辩才"便是方便般若最具代表性的体现。因为除了传播外，尚需针对不同教义、不同思想的发难，进行辩驳。因此，"辩才"成为衡量僧人得道与否的重要标准。《高僧传》所载僧人，大都具备优秀的辩论才能，兹举数例：

《高僧传》卷三《求那跋摩传》：跋摩神府自然，妙辩天逸，或时假译人，而往复悬悟。

《高僧传》卷四《于道邃传》：善方药，美书札。洞谙殊俗，尤巧谈论。

《高僧传》卷五《释道安传》：因事澄为师。澄讲，安每覆述，众未之惬，咸言："须待后次，当难杀昆仑子。"即安后更覆讲，疑难锋起，安挫锐解纷，行有余力。时人语曰："漆道人，惊四邻。"

《高僧传》卷六《释僧肇传》：肇既才思幽玄，又善谈说，承机挫锐，曾不流滞。

《高僧传》卷七《释道汪传》：学兼内外，尤善谈吐。

《高僧传》卷八《释弘充传》：善能问难，先达多为所屈。后自开法筵，锋镝互起。充既思入玄微，口辩天逸，通疑释滞，无所间然。

《高僧传》卷八《释慧隆传》：隆既思彻诠表，善于清论，乘机抗拟，往必折关。

《高僧传》卷八《释僧宗传》：妙辩不穷，应变无尽，而任性放荡，亟越仪法。

《续高僧传》卷六《慧开传传》：应变无穷，虽逢劲敌巧谈，罕

---

[1] 释慧皎撰，汤用彤校注：《高僧传》卷6《释慧远传》，中华书局1992年版，第217页。

有折其角者。

论辩之缘起，或论辩围绕之主题，大致有以下几种：其一，以论辩回应对佛教持有否定者。这一主题源头甚早，在佛教初入中国时即已发生，魏晋以来，则主要集中在玄儒、礼法之士对佛教的论难上。如康僧渊与殷浩之论佛经与俗书之高下："后因分卫之次，遇陈郡殷浩，浩始问佛经深远之理，却辩俗书性情之义，自昼之昏，浩不能屈，由是改观。"① 其论难改变了名士对佛教的态度。又如释慧芬与袁愍孙之传法："会得芬至，袁先问三乘四谛之理，却辩老庄儒墨之要。芬既素善经书，又音吐流便，自旦之夕，袁不能穷，于是敬以为师，令子弟悉从受戒。"②

其二，以论辩应对异端挑战。著名例子是释道融与狮子国婆罗门之论难，面对婆罗门的挑战，"时关中僧众，相视缺然，莫敢当者"，鸠摩罗什乃遣释道融与之论难，释道融凭借其才力与丰富的阅读量，打败婆罗门："融与婆罗门拟相酬抗，锋辩飞玄，彼所不及。婆罗门自知辞理已屈，犹以广读为夸，融乃列其所读书，并秦地经史名目卷部，三倍多之。"③ 当时鸠摩罗什在长安影响力较大，来自佛教渊源较深的狮子国的婆罗门之挑战，关涉其学术根基的稳固与否，从"像运再兴，融有力也"来看，其对鸠摩罗什学术地位有所动摇，而道融之胜利，则不仅巩固了关陇一带的学术地位，更扩大了信徒，"问道至者千有余人。依随门徒，数盈三百。"其论难之效果可以想见。

其三，以论辩建立自身学术。此点尤为重要，是多数辩论所围绕的中心，或主要解决的问题。如释昙斌南下以后，定居新安寺，讲《小品》《十地》，并申顿悟、渐悟之旨。"时心竞之徒，苦相仇校，斌既辞愜理诣，终莫能屈。"而陈郡袁粲，曾派出中书舍人巢尚介与之辩论，"斌不为屈，粲乃躬自往候。"④ 由此其所提倡之顿悟、渐悟之旨方得以树立。又如同样阐发顿悟义的释道猷，被宋文帝刘义隆延请入宫内，

---

① 释慧皎撰，汤用彤校注：《高僧传》卷4《康僧渊传》，中华书局1992年版，第150页。
② 释慧皎撰，汤用彤校注：《高僧传》卷13《释慧芬传》，中华书局1992年版，第514页。
③ 释慧皎撰，汤用彤校注：《高僧传》卷6《释道融传》，中华书局1992年版，第241页。
④ 释慧皎撰，汤用彤校注：《高僧传》卷7《释昙斌传》，中华书局1992年版，第290页。

"大集义僧，令猷申述顿悟。时竞辩之徒，关责互起。"因为释道猷对顿悟义思考较深，参以玄理，并且宗源有本，加之口才非常好，于是"乘机挫锐，往必摧锋，帝乃抚机称快"。① 因论辩胜利，而在皇帝面前获得认可，其学说之推行阻力便减小许多。有时，名士亦参与其中，如释智猛在南朝讲《成实论》，当时名士张融"构难重叠"，智猛"称疾不堪多领"，命其弟子释道慧接受挑战，张融因为释道慧年少，"颇协轻心，慧乘机挫锐，言必诣理，酬酢往还，绰有余裕"。② 以此使智猛的学说得以确立。

其四，以论辩消弭众议。此点实则出于建立学术地位之需要。譬如竺僧敷之于神有形无形论辩的总结，当时异学之徒咸谓"心神有形，但妙于万物，随其能言，互相摧压"，各执一端，众说纷纭。竺僧敷乃作《神无形论》，"以有形便有数，有数则有尽，神既无尽，故知无形矣。"于是引起极大反响，"时仗辩之徒，纷纭交诤"，但经过竺僧敷"理由所归"的论辩，遂使众人"惬然信服"。③

另外，僧人与名士的交游使其论难不局限在僧人之间，内容也不局限在佛经上。僧人与名士之论难可以看作清谈之外的扩展。由于僧人大多"纵心孔释之书"，在佛经之外，儒家经学造诣皆高，因此其所论难内容，多悠游于儒释老庄之间。释法瑗在"论议之隙，时谈孝经丧服""刺史王景文往侯，正值讲丧服，问论数番，称善而退"。④ 又如释慧芬"先问三乘四谛之理，却辩老庄儒墨之要"。⑤ 因此，论难内容亦延伸至玄学与儒学层面。

以上就论难内容而言，在具体的论辩技巧以及言语方式上，重在突出"随机应变"和"清雅"两个特点。

第一，掌握时机进行驳难，是论辩技巧中至关重要的环节，因明学著

---

① 释慧皎撰，汤用彤校注：《高僧传》卷7《释道猷传》，中华书局1992年版，第299页。
② 释慧皎撰，汤用彤校注：《高僧传》卷3《释智猛传》，中华书局1992年版，第125页。
③ 释慧皎撰，汤用彤校注：《高僧传》卷5《竺僧敷传》，中华书局1992年版，第196页。
④ 释慧皎撰，汤用彤校注：《高僧传》卷8《释法瑗传》，中华书局1992年版，第312页。
⑤ 释慧皎撰，汤用彤校注：《高僧传》卷13《释慧芬传》，中华书局1992年版，第514页。

作《方便心论》针对论辩过程,提出掌握时机的重要性,其中《明造论品》一篇指出"论法中之大过"有八种情况,即:"一随其言横为生过,二就同异而为生过,三疑似因,四过时语,五曰类同,六曰说同,七名言异,八曰相违。"其中,"过时语"指没有立刻理解对方主旨,不能马上做出回应,遂使机会流失的情况,可知在辩论中把握时机的重要。南北朝名僧多具备此种"随机应变"的能力,如释昙衍"声辩雄亮,言会时机";① 释慧隆"乘机抗拟,往必折关";② 释僧肇"承机挫锐,曾不流滞";③ 释慧开"应变无穷,虽逢勍敌巧谈,罕有折其角者"④。其论辩关键在于抓住对方弱点、随机应变、乘势追击。

第二,言语"清雅",徐徐道来,会使火药味极浓的辩论变得和谐,减弱冲突,同时也显示自己对于论点掌握的自信。然而辩论必然具有竞争意味,随着南朝论辩的盛行,以及论辩的社会影响逐渐扩大,至晋宋以来,僧侣论辩时常常以声音洪亮为能,乃至发展成喧哗喊叫,毫无规矩可言。《续高僧传·释僧旻》:"自晋宋相承,凡论议者。多高谈大语,竞相夸罩。及旻为师范,棱落秀上,机变如神,言气典正,座无洪声之侣。重又性多谦让,未常以理胜加人,处众澄眸,如入禅定,其为道俗所推如此。"释僧旻一出,即改变晋宋以来陋习,如释慧荣"素未陈略,即尽清辩";释昙延"出言清越,厉然不群",遂使此后辩论唯以清越为主,不以声高为能。

东晋南北朝佛教论难渊源有自,且影响深远。在佛教传播史上,僧人的论难促进了佛学思想的广泛认可,在取得社会认同的同时,使经义问题得到很好的修正和正确阐释,在与儒道之间的论难,使其日益符合中土之学术体系,是佛教中国化过程中不可忽视的重要环节。

二 南北僧人的经义论难

渡江僧人的论辩能力较强,上文所引大部分僧人都有渡江经历,此

---

① 释慧皎撰,汤用彤校注:《高僧传》卷13《释昙衍传》,中华书局1992年版,第507页。
② 释慧皎撰,汤用彤校注:《高僧传》卷8《释慧隆传》,中华书局1992年版,第327页。
③ 释慧皎撰,汤用彤校注:《高僧传》卷6《释僧肇传》,中华书局1992年版,第248页。
④ 释慧皎撰,汤用彤校注:《高僧传》卷11《释慧开传》,中华书局1992年版,第403页。

外，较为著名的僧人都是由北向南渡江而下，并通过其论辩才华获得南方僧众之认可的。当时影响较大者如竺法汰、释道安、释慧亮、竺僧敷等人，是为代表。颜延之和张绪曾评价道安、法汰、慧亮等人为："安汰吐珠玉于前，斌亮振金声于后，清言妙绪，将绝复兴。"[1] 竺法汰与道安是在晋哀帝兴宁三年（365）同时南下，释慧亮在元嘉中渡江南下，竺僧敷也因"西晋末乱移居江左"，竺法汰曾与道安书怀念当时与竺僧敷的清谈："每忆敷上人周旋如昨，逝殁奄复多年。与其清谈之日，未尝不相忆，思得与君共覆疏其美，岂图一旦永为异世。"[2] 西晋末南下僧人间建立了极其牢固的学术同盟性质的团体，在东晋南朝以后，发展成与北方在教义理解上相互对立的姿态。

（一）南北佛教义理之交锋

南北僧人流动性极强，尤其在晋宋之际，南北对教义理解的不同以及南方僧人排外心理，使得论难锋起。释僧苞是北僧南下辩论的代表，《高僧传·释僧苞传》载：

> 京兆人，少在关，受学什公。……后东下京师，正值祇洹寺发讲。法徒云聚，士庶骈席。苞既初至，人未有识者，乃乘驴往看。衣服垢弊，貌有风尘。堂内既迮，坐驴鞯于户外，高座出题适竟，苞始欲厝言。法师便问，客僧何名，答云名苞，又问尽何所苞。答曰高座之人，亦可苞耳。乃致问数番，皆是先达思力所不逮。高座无以抗其辞，遂逊退而止。

僧苞初到江南，因"衣服垢弊，貌有风尘"不受重视，受到嘲笑，待"致问数番"，方显学力，并受到王弘、范泰、谢灵运等名士的重视。北来僧人也有主动挑战南方名僧之例，如《世说新语·文学》："有北来道人好才理，与林公相遇于瓦官寺，讲小品。于时竺法深、孙兴公悉共听。此道人语，屡设疑难，林公辩答清析，辞气俱爽。此道人每辄摧屈。"可见南北间辩论，多为义气之争，然通过辩论战胜乃至改变南方义理格局者大有人在。

---

[1] 释慧皎撰，汤用彤校注：《高僧传》卷7《释慧亮传》，中华书局1992年版，第292页。
[2] 释慧皎撰，汤用彤校注：《高僧传》卷5《竺僧敷传》，中华书局1992年版，第197页。

第五章 北僧南下及其对南朝文学的影响

北方僧人南下者，皆是具有一定修为及对经义精微的理解，加之以非常的论辩能力者，往往能够挫败南方僧人，并使所持之义得以立足。以心无义为例，其在南朝的盛行与衰落，与北方僧人南下关系密切。心无义的盛行，是由北来僧人所提倡，《世说新语·假谲》："愍度道人始欲过江，与一伧道人为侣。谋曰：'用旧义在江东，恐不办得。'便共立心无义。既而此道人不成渡，愍度果讲义积年。后有伧人来，先道人寄语云：'为我致意愍度，无义那可立！治此计，权救饥尔，无为遂负如来也！'"南朝视中原人为"伧人"，这里的"伧道人"不知具体为何人，《世说新语》认为伧道人用不合时宜的心无义欺骗了支愍度，但是支愍度所立的心无义，在江南能够"讲义积年"，说明心无义在江南还是有市场的。而后来此道人又寄语说，心无义是违背如来本意的，当时只是为支愍度提供救饥的一种权宜之计。表面看来，似乎是伧道人欺骗了愍度，还因此被刘义庆列在《假谲》一科中，但实际上，北方对心无义的态度，已与支愍度初渡江时大异其趣。后来渡江的道安一系僧人，对心无义所进行的击破，即已经体现了心无义的不可实行，早是北方的共识。

支愍度的心无义，在江南有一定的追随者，曾受释道恒、竺法蕴等人的推崇，并且大行荆土。然而，道安僧团的南下，使心无义受到挑战，与道安共同南渡的竺法汰，首先认为心无义"是邪说应须破之"，便遣弟子昙壹与释道恒论难，但释道恒"颇有才力""仗其口辩，不肯受屈。日色既暮，明旦更集"。翌日，换成慧远设难，"慧远就席，设难数番，关责锋起。恒自觉义途差异，神色微动，麈尾扣案，未即有答。远曰：'不疾而速，杼轴何为。'座者皆笑矣。'心无'之义，于此而息。"[1] 慧远多方构难，乘胜追击，使释道恒"麈尾扣案，未即有答"，此次论战以道恒失败告终。"心无"之义，虽并未如《高僧传》所言于此而息，[2] 但心无义的信徒就此发生动摇，并日渐衰微，必与竺法汰、昙壹、慧远等人的论难相关无疑。心无义的破除，不仅表示了北来僧人在义理理解方面的深刻与精到，展示了在学说上立稳脚跟的能力，更体现了与南方僧人对抗的气势。从中可以看出，北来僧人在教义上，需或破或立，方可如支愍度般以

---

[1] 释慧皎撰，汤用彤校注：《高僧传》卷5《竺法汰传》，中华书局1992年版，第192页。
[2] 桓玄以及刘遗民曾作文解释心无义，且在道恒之后，详见汤用彤《汉魏两晋南北朝佛教史》，武汉大学出版社2008年版，第180页。

此为谋生救饥之手段，进而推广教义。而这一过程，免不了接受南方僧人的挑战与论辩。

除心无义外，南朝律学也受北方僧人释法愿攻难，并进而改变了南朝律学的格局。释法愿"姓任，西河人也，……东观道化，遂达邺都"，在邺都剃度，并精于律学："自东夏所传，四部律本，并制义疏，妙会异同。"后渡江南下，"当有齐之盛，律徒飙举，法正一部，各竞前驱，云公创叙纲模，晖上删其纤芥。法愿霜情启旦，孤映群篇，挫拉言初，流威灭后，所以履历谈对，众皆杜词。故得立破众家，百有余计，并莫敢当其锋锐也。时以其彭亨罕敌，号之为'律虎'焉。"① 法愿在对当时流传到中原的四部律本进行义疏的基础上，融会贯通，有所心得，在南下后，以其所理解之律学"立破众家"，是南北律学集大成者的代表。其过程也是与南齐律学僧人论辩，皆"莫敢当其锋锐"，并以此获得"律虎"之美称。

（二）僧侣作为聘使接待者的言语交锋

僧人因论辩能力较强，往往被朝廷运用到外交当中，作为使主接待邻邦聘使。僧人作为接待者，一则因为僧人本身天资清拔，不染尘俗，从形象上来讲，较符合外交礼仪。一则在南北朝普遍崇佛的情况下，僧人学问之高下，某种程度上代表了国家文化的盛衰。更重要的是，僧人活跃的思维与绝佳的辩论能力，可以得到极好的利用。

以僧人做接待使者，最初可见于齐永明年间，永明初，魏使李道固来聘，齐朝在中兴寺举行宴会，齐武帝因释僧钟有德声，敕令酬对，"往复移时，言无失厝"，两人还有言语交锋。《高僧传·释僧钟》载："日影小晚，钟不食。固曰：'何以不食。'钟曰：'古佛道法，过中不餐。'固曰：'何为声闻耶。'钟曰：'应以声闻得度者，故现声闻。'时人以为名答。"当时人认为释僧钟言语中暗含了讥刺李道固不得超度的含义，故时人以为名对。

在接待外国使者时，本国人员若在学问、文采、论辩能力上，难有旗鼓相当者，便会向僧人寻求帮助。如北齐高湛河清二年（563）六月乙卯，派遣散骑常侍崔子武使于陈朝，当时陈朝没有能够与之相抗衡的合适人选，"崔子武等，擅出境之才，议其瞻对，众莫能举"，僧人释洪偃因

---

① 道宣撰：《续高僧传》卷22《释法愿传》，中华书局2014年版，第833页。

为"内外优敏，可与抗言"，便被推举出来"敕令统接宾礼"。洪偃"枢机温雅，容止方棱，敷述皇猷，光宣帝德"不辱使命，又"才词宏逸，辩论旁驰。润以真文，引之慈寄。子武等顶受诰命，衔佩北蕃"。① 深得陈文帝嗟赏。

同样，陈人入北交聘，北人也面临人才匮乏的情况，僧人也被充作聘使。如陈人周弘正在北周建德中年，衔命入秦。周弘正是陈朝著名外交官，其"博考经籍，辩逸悬河，游说三国，抗叙无拟"，北周皇帝"讶其机捷，举朝恧采"，于是"敕境内能言之士，不限道俗，及搜采岩穴遁逸高世者，可与弘正对论，不得坠于国风"。② 甚至于到岩穴之间搜寻隐者，北周口辩人才之匮乏可以想见。由此，释昙延被推举出来，承担此次接待任务，并不辱使命。

值梁武帝时，因举国上下皆奉佛法，僧徒参与接待聘使更成为常例。《酉阳杂俎·陆操》："魏使陆操至梁，梁王坐小舆，使再拜，遣中书舍人殷炅宣旨劳问。至重云殿，引升殿，梁主着菩萨衣，北面，太子以下皆着菩萨衣，侍卫如法。操西向以次立，其人悉西厢东面。一道人赞礼，佛词凡有三卷，其赞第三卷中称为魏主、魏相高并南北二境士女。礼佛讫，台使与其群臣俱再拜矣。"陆操，《北史》有传，此处"魏主"指北魏孝武帝元修，丞相指高欢。在与群臣朝拜前，先进行礼佛活动，并通过诵经表示对魏主的友好，这在古代外交史中，可看作极为特殊之例。《酉阳杂俎·同泰寺》一条，展示了僧人作为接待者、讲解者的身份："魏李骞、崔劼至同泰寺，主客王克、舍人贺季及三僧迎门引接。至浮屠中，佛旁有执板笔者，僧谓骞曰：'此是尸头，专记人罪。'骞曰：'便是僧之董狐。'复入二堂，佛前有铜钵，中燃灯，劼曰：'可谓日月出矣，爝火不息。'"同泰寺是梁朝众寺之首，由僧人引领北使进行参观，以显其佛事之盛，香火不绝。以上几条材料，表示南北朝之间的聘使往来中，僧人作为一支独特的群体，对文化之交流也起到助益作用。但是颇有意思的是，史籍记载中虽然有大量僧人以接待者的身份出现，却极少有僧人作为聘使出境交聘的情况。

聘使也常参与到经义论难之中，除了以儒家经典以及礼制法度为论难

---

① 道宣撰：《续高僧传》卷7《释洪偃传》，中华书局2014年版，第223页。
② 道宣撰：《续高僧传》卷8《释昙延传》，中华书局2014年版，第275页。

对象外,佛教亦是焦点,体现南北佛教齐头并进的对峙形势。如北魏李同轨精于佛法,擅长论难,"永熙二年,出帝幸平等寺,僧徒讲法,敕同轨论难,音韵闲朗,往复可观,出帝善之。"兴和年间,李同轨曾任通直散骑常侍,出使梁朝,"(萧)衍深耽释学,遂集名僧于其爱敬、同泰二寺,讲《涅盘大品经》,引同轨预席。衍兼遣其朝臣并共观听。同轨论难久之,道俗咸以为善。"李同轨属赵郡李氏,"学综诸经,多所治诵,兼读释氏",[1] 因为有兼读释氏的经历,故可能在出使时,与僧人论难。北方士族代表与南朝僧人代表的论难,体现出南北间普遍精通释典的现象,而萧衍之"深耽释学",也为南北佛教思想交流,提供了宽松、活跃的环境。

三 佛教论难与南朝论难文之新趋向

我国论辩传统由来已久,孟子文章开气势凌人之先河;庄子文章擅长抓住对方逻辑漏洞,颇似狡辩;韩非本人虽不擅口辩,但其文章逻辑清晰,说理透彻,实际上奠定了论辩文的整体风格。而战国时期的苏秦、张仪等纵横家之流,则为论辩提供了重要实践经验,刘师培以为"论、辩、书、疏,源出于语",[2] 就是基于论辩文章出于实践性质的事实而言。在先秦诸子初步构建的论辩理论逻辑,以及纵横家所积累的论辩实践基础上,汉代的论难文体得到进一步发展。

至汉代,论难文一方面继承孟子、庄子、韩非子等诸子的思辨色彩,另一方面发展纵横家论辩实践。前者体现在汉赋诸多"答难"的产生,如东方朔之《非有先生论》《答客难》;扬雄之《解嘲》《解难》;班固之《答宾戏》等作品,皆是设问形式,或抒发胸臆,或解构宾难。章学诚即认为《答客难》《解嘲》之流是"屈原之《渔父》《卜居》,庄惠之问难也"。后者主要体现在经学论难中,如《盐铁论》即为当时贤良文学和御史大夫之间辩论的记录,《白虎通》也是诸儒生"讲议五经异同"最后由汉章帝断决的经学论难的产物。自东汉明帝佛教初入中土以来,对这一外来之学的质疑之声便已在思想界弥漫,作为答疑解惑的《牟子理惑论》,反映了当时思想界对于佛教的早期认识。在形式和结构方面,《牟子理惑

---

[1] 《魏书》卷36《李顺传附李同轨》,中华书局1974年版,第848页。
[2] 刘师培:《中国中古文学史·论文杂记》,人民文学出版社1984年版,第116页。

论》采取自设宾主,一问一答的形式,与汉赋具有极其类似的构思特点。

魏晋之际,随着经学式微,玄学借以清谈的方式日渐成为主流思想,而清谈重要形式之一即为论难。名士间出于推进学问的进步,以及深入阐发玄理的追求,经常围绕一个问题往复论难,切磋研讨,与汉代论难有极大不同。如嵇康作《养生论》,向秀作《难养生论》以驳难,嵇康又作《答难养生论》进行回复,一来一往,使问题得到更深层次的探讨。向秀所作《难养生论》未必是其否定嵇康的养生观点,而是代表世俗视角进行诘问,目的是使《养生论》中的观点得到更全面、细致的发挥,向秀也说自己作《难养生论》是为了"发康高致也"。[①] 王弼也曾自为主客,阐发玄理。《世说新语·文学》载:"何晏为吏部尚书,有位望,时谈客盈坐,王弼未弱冠往见之。晏闻弼名,因条向者胜理语弼曰:'此理仆以为极,可得复难不?'弼便作难,一坐人便以为屈,于是弼自为客主数番,皆一坐所不及。"论难文并非为了驳倒对方观点,驳难只是手段而非目的。刘永济先生总结魏晋时期论难文之特点认为:"析其枝条,则或穷有无,或言才性,或辨力命,或论养生,或评出处,或研易象,或敌我往复,而精义泉涌,或数家同作,而妙绪纷披。虽胜劣不同,妍媸互见,而穷理致之玄微,极思辨之精妙。晚周而下,殆无伦比。"[②] "穷理致之玄微,极思辨之精妙"一句,可谓道出此时论辩重视穷尽玄理、着意突出逻辑思辨的特点。

东晋至宋齐以后,玄学论难渐趋消歇,而佛教论难取而代之。刘永济云:"宋齐而下,流风未沫。重以佛教东来,此土才士,喜其旨义幽深,颇类道家玄致,于是附会援引,辩难遂多。"[③] 刘先生认为此现象乃是士人认为佛教类似道家之玄虚,因此加以附会,但实际上此时佛教已取得大量士人认可,其论难从内容和形式上,都与玄学论难有极大差别,这恰是南朝论难文的新趋向。

首先,论难方式由内部论争到针锋相对。魏晋以来对玄学的论难,论难双方多是名士之间,而佛教进入以后,其论难双方以佛教徒和儒生、道教徒以及对佛教持怀疑态度的名士为主。在玄学的论难中,只涉及观点是

[①]《晋书》卷49《向秀传》,中华书局1974年版,第1374页。
[②] 刘永济:《十四朝文学要略》,中华书局2007年版,第171页。
[③] 同上书,第172页。

否合理，譬如针对有无问题，是崇有还是贵无，可以各抒己见，其内容基本没有超出玄学范围。而从梁代僧祐编撰的《弘明集》内容来看，当时佛教论难主要集中在三点，即形神、夷夏、沙门是否敬王者。此三者早在佛教初传入中国后，便成为中土学者攻难佛教的主要焦点，其中佛教形神观认为形死神不灭，与道家自来讲求自我保养的意识相冲突；夷夏问题是道家利用儒家所提倡的华夷秩序理念进行排佛的重要手段；沙门是否敬王者的问题，更直接触动了专制皇权的敏感神经。因此，围绕以上问题，佛教与道家、儒家、皇权都产生了针锋相对的冲突。

如宋明帝时期顾欢所作《夷夏论》，论明释老之异同，认为道在佛先、道优于佛，意在排斥佛教，维护道教之地位。其论中言辞激烈，乃至将佛教斥为"蹲夷之仪"、佛经为"虫喧鸟聒"，并说佛陀是"鸟兽之王"，将佛教徒的礼佛行为与夷狄习俗相等同，视之为"擎跽磬折""狐蹲狗踞"。其目的虽出于维护中土文化，但具有火药味极浓的形式表达，已经接近于赤裸的谩骂了。① 因此，招致佛教徒的强烈反驳，先后有袁粲《托为道人通公驳顾欢〈夷夏论〉》、明僧绍《正二教论》、谢镇之《与顾道士析〈夷夏论〉》、朱昭之《难顾道士〈夷夏论〉》、释慧通《驳顾道士〈夷夏论〉》等文章驳难顾欢《夷夏论》。诸人多能抓住顾欢文章的逻辑漏洞，进行条理清晰、言辞犀利的驳难，如朱昭之在《难顾道士〈夷夏论〉》中将《夷夏论》中不通情理之处归纳为"十恨"，针对顾欢将礼佛视为夷狄行为，其反驳曰："何搢绅擎跽，为诸华之容，稽首佛足，则有狐蹲之贬？端委磬折，为侯甸之恭，右膝著地，增狗踞之辱？请问：若孔是正觉，释为邪见，今日之谈，吾不容闻，许为正真，何理鄙诮？既亏畏圣之箴，又忘无苟之礼，取之吾心，所恨一也。"② 朱昭之在这里以子之矛攻子之盾，中土的士大夫拱手跪拜就是华夏礼仪，而印度礼佛何以却是夷狄行为？既然承认儒家与佛教同为正真，又为何鄙薄讥诮佛教呢？处处设难，步步紧逼。除了夷夏论争外，以慧远的《沙门不敬王者论》、范缜《神灭论》为中心的几次论难，形式皆针锋相对。玄学论难尚可存在调和的结果，但佛教论难则是非此即彼的结果。

其次，佛教论难文的文人化趋向。因为受到上层认可，佛教在南朝传

---

① 李小荣：《〈弘明集〉〈广弘明集〉述论稿》，巴蜀书社2005年版，第287页。
② 《弘明集》，中华书局2011年版，第264页。

播势头迅猛,至齐梁以后,士族阶层几乎家家都有信徒,王公贵族如萧子良者,也与僧人关系密切,更有帝王如梁武帝舍身事佛者。因此,除了僧人外,士族文人也大量加入佛教论难阵营中。如范缜的《神灭论》在当时引起了强烈的反应,"此论出,朝野喧哗,子良集僧难之而不能屈。"① 梁武帝集合僧众与之论难,参与者有六十四人,产生七十多篇论难文章。其中参与辩论者不仅有光禅寺僧正释法云、尚书郎曹思文等僧众,更有当时著名文人才士,如萧琛、沈约、范云、陆倕等"竟陵八友"之属参与其中,有如此多的文人与一人辩论,可谓史无前例。文人的加入,促进了佛教论难文的文雅化,使其论难从构思到行文,都具有完整而严密的逻辑。如萧琛《难范缜〈神灭论〉》,洋洋洒洒,篇幅几乎是范缜《神灭论》的三倍。沈约《难范缜〈神灭论〉》不徒有思辨,亦颇具文采,如言"亦可断蛟蛇,亦可截鸿雁。非一处偏可割东陵之瓜,一处偏可割南山之竹"。② 再如刘勰的《灭惑论》针对当时盛行一时的《三破论》而发,其文人色彩更浓。其序中称:"或造《三破论》者,义证庸近,辞体鄙拙。虽至理定于深识,而流言惑于浅情。委巷陋说诚不足辩,又恐野听将谓信然,聊择其可采,略标雅致。"③ 针对《三破论》论证的庸俗浅近,言辞的鄙陋拙劣,刘勰在进行辩驳的同时,以期达到文辞的"雅致"。其中云:"积弘誓于方寸,孰与藏宫将于丹田;响洪钟于梵音,岂若鸣天鼓于唇齿。……彼皆照悟神理,而鉴烛人世,过驷马于格言,逝川伤于上哲。……是以昭穆不祀,谬师资于《周颂》;允塞宴安,乖圣德于《尧典》。"整篇文章骈散相间、言辞典雅,略可见《文心雕龙》之文采。文人的加入,提升了佛教论难的整体层次,在改变重逻辑轻文采的论难传统的同时,也将佛教思维带入了文人的心灵世界。

最后,佛教论难丰富了南朝论难文的理论体系。先秦至东汉末的论难文,主要以散文或赋的形式呈现,至曹魏时期,曹丕《典论·论文》已经将"论"作为一种文体,与奏议、铭诔、诗赋并列,称"书论宜理",强调"论"以说理为主。此时的"论"还与"书"相并列,尚未独立。至西晋陆机的《文赋》则将论与诗、赋、碑、诔、铭、箴、颂、奏、说

---

① 《梁书》卷48《儒林传·范缜》,中华书局1973年版,第665页。
② 严可均:《全梁文》,商务印书馆1999年版,第320页。
③ 同上书,第663页。

等文体相并列，其文体意识更为明确，并强调"论精微而朗畅",① 已经开始注意除了说理之外，"论"需要具备析理精微、语辞朗畅等特点。继承陆机的观点，刘勰将论体文的理论进行了总结，其《文心雕龙·论说》对于"论"的理解显然较曹丕、陆机进步，这表现为：一是对论的文体进行了明确的定义："弥纶群言，研精一理。……论之为体，所以辨正然否；穷于有数，追于无形，迹坚求通，钩深取极；乃百虑之筌蹄，万事之权衡也。"二是辨析了文辞与理的关系："义贵圆通，辞忌枝碎，必使心与理合，弥缝莫见其隙；辞共心密，敌人不知所乘。"三是总结了"论"的特点贵在破理："论如析薪，贵能破理。斤利者，越理而横断；辞辨者，反义而取通；览文虽巧，而检迹如妄。"②

刘勰对"论"的认识，除了继承先秦以来论难文的传统外，更吸收了佛教论难的理论及实践经验。如慧远《大智论钞序》称："又论（指大智论）之为体，位始无方而不可诘；触类多变而不可穷；或开远理以发兴，或导近习以入深；或阖殊涂于一法而弗杂；或辟百虑于同相而不分；此以绝夫累瓦之谈，而无敌于天下者也。尔乃博引众经，以赡其辞，畅发义音，以宏其美，美尽则智无不周，辞博则广大悉备，是故登其涯而无津，挹其流而弗竭，汪汪焉莫测其量，洋洋焉莫比其盛。虽百川灌河，未足语其辩矣。虽涉海求源，未足穷其邃矣。"③ 前文已言，慧远本人就极具论辩才能，在诸多佛教论难的实践中，以及佛教逻辑思维的影响下，对论难文有独到的体会。其中"或阖殊涂于一法而弗杂；或辟百虑于同相而不分"的观点，可视为刘勰"弥纶群言，研精一理"的注脚。又如刘勰认为论难要"使心与理合，弥缝莫见其隙；辞共心密，敌人不知所乘"，强调逻辑的严密，能够自圆其说，使论难者心口两服，与释僧睿《大智度论序》所言："其为论也，初辞拟之，必标众异以尽美；卒成之终，则举无执以尽善。释所不尽，则立论以明之；论其未辩，则寄折中以定之。"④ 皆有相通之处。

刘勰早年出家定林寺，并帮助僧祐整理佛教文献，僧祐编撰的《弘

---

① 严可均：《全晋文》，商务印书馆1999年版，第1025页。
② 范文澜：《文心雕龙注》，人民文学出版社1958年版，第327—328页。
③ 同上书，第332页。
④ 同上。

明集》，以东汉以来佛教论难文章为主要内容，刘勰或有参与编撰的可能，范文澜先生即认为："僧祐宣扬大教，未必能潜心著述，凡此造作，大抵皆出彦和手也。"① 因为对佛教论难思维了然于心，"观千剑而后识器"的刘勰方对论难体有所心得，因此，在《文心雕龙·论说》篇中，展示了其对"论"体独到而精练的理论总结。

综上所述，佛教在进入中土以后，面临来自佛教外围的诸多反对之声，再加上佛教内部不同教义间的矛盾，使得论难成为佛教立足中土及僧人确立学说的重要方式之一。在论难实践中，不仅吸收了魏晋清谈的论辩形式，更多借助于佛教的逻辑思维，展现了诸多独特之处。同时，佛教论难对南朝论难文的写作及其理论的发展，也起到间接的推动作用。

---

① 范文澜：《文心雕龙注》，人民文学出版社1958年版，第730—731页。

第六章

北文南传及入北南人的肆应

北朝文学的南传，不仅包括北朝文人的南下及作品的传播，同时也应包括北朝对入北南人的接受与改造，前者属直接的南传，后者属间接的"南传"，两者为一体两面，不可分割。南朝人对北朝文人的接受和评价的问题，其线索并不明显，所存在的史料也多零散，并且夹杂了许多小说性质的材料，加之南北之间不容忽视的正统意识的擅入，使得利用这些材料分析北朝文学作品南传的具体表现时，显得格外困难。然而，如果对南北文学互动的史料进行细致梳理，仍可发掘两个突出的人物，作为北朝文学南传的典型代表。一位是生活在北魏后期，被称为"北地三才"之一的温子升；另一位是生活在西魏、北周时期的李昶。而南人北上对北朝文化、文学影响方面，则学界论述较多，在此选取入隋陈人群体作为对象，以点带面，讨论北朝社会对入北南人在心态和文学观念上的双重改造。

第一节　由温子升论梁朝对北魏文化态度之转变

因《魏书》将温子升录入《文苑传》，故此将温子升视为文人已成定论，于是在研究温子升过程中，很少留意其在北魏后期政坛中的表现。本文以作为政客的温子升为对象，试图揭示其在北魏孝庄帝谋诛尔朱荣事件中的作用，进而探讨温子升的政治人格。温子升文笔曾传入南朝，梁武帝发出"曹植、陆机复生于北土"的称赞，[①] 代表了梁武帝时期对待北朝文

---

① 《魏书》卷85《文苑传·温子升》，中华书局1974年版，第1875页。

化开放的接受态度，这一开放态度的形成，其背后所蕴含的政治军事背景，亦值得深入玩味。

一 温子升政治人格辨析

在北朝后期复杂的政治事变中，温子升的经历颇具悲剧色彩。其祖父曾任宋彭城王刘义康户曹，因避乱而入北朝，属北上南人之例。但入北后家道中落，沦为寒素，温子升早年曾"为广阳王渊贱客，在马坊教诸奴子书"。后因写《侯山祠堂碑》而受常景赞赏，得广阳王重视，在文坛崭露头角。熙平初年，因射策而中高第，于是"台中文笔皆子升为之"，此时名声益大。正光年为广阳王郎中，"军国文翰皆出其手，于是才名转盛。"今存其文章中便有五篇是替广阳王代笔之作。建义元年（528），为南主客郎，元颢入洛后，征子升为中书舍人，庄帝入洛，官仍旧。"永熙中，为侍读兼舍人、镇南将军、金紫光禄大夫。迁散骑常侍、中军大将军，后领本州大中正。"① 温子升一介寒素，官至于此，一方面是因为其才华出众，另一方面是因其本身具备优秀的政治才能。

温子升虽官位至高，但结局惨淡，因受无名之冤，被文襄王高澄"饿诸晋阳狱，食弊襦而死，弃尸路隅，没其家口"。② 对于这一结局，魏收认为温子升的命运是其性格所造就的："子升外恬静，与物无竞，言有准的，不妄毁誉，而内深险。事故之际，好预其间，所以终祸败。"③ 在其看来，温子升性格外宽内忌，表面和善，内里深险，因此乐于参与政治谋划。对此，隋代王通也认为温子升为"险人也，智小谋大。永安之事，同州府君常切齿焉，则有由也"。④ 可见，温子升在当时已然被公认为永安政治事件的祸首。曹道衡先生就此提出不同看法，认为温子升预谋政变等事，实为不得已而为之："子升一介文人，岂有争权之心力，观其为孝武作敕事，不过能文之故，孝武帝强使之耳。"⑤ 事实究竟如魏收所言，是其性格中之不安定因素，使其好参与政治谋划，还是如曹道衡先生所言，迫不得已参与谋划？需要结合温子升的政治活动加以考察。

---

① 《魏书》卷85《文苑传·温子升》，中华书局1974年版，第1874—1876页。
② 同上书，第1877页。
③ 同上。
④ 张沛：《中说译注》，上海古籍出版社2011年版，第102页。
⑤ 曹道衡、沈玉成：《中古文学史料丛考》，中华书局2003年版，第732页。

温子升参与谋划的政治事件主要有三件，即永安三年（530）孝庄帝谋诛尔朱荣一事；孝武帝永熙三年（534）六月辛未"帝复录在京文武议意，以答神武，使舍人温子升草敕"一事；① 以及孝静帝武定五年（547）因涉嫌参与元仅、刘思逸、荀济等人暗中助静帝策反一事。

其所参与之政治事件，仅以上三件见载史籍。第二件事中，温子升只是被迫起草了诏书，不应该算作是参与谋划。第三件事无法确考，在此事件中，子升或有助帝之心，但未必果行其事。因此，只有永安三年（530）孝庄帝谋诛尔朱荣一事，温子升参与其间可以详细考之，这一事件不仅体现了温子升卓越的智谋与胆识，更展示了其为帝室肝脑涂地的赤胆忠心。

在孝庄帝谋诛尔朱荣一事中，温子升起到极其重要的作用。面对河阴之变中尔朱荣的凶残暴行，时年已经21岁的孝庄帝表面沉静懦弱，私下却韬光养晦，希望能够找到机会铲除尔朱势力。当时任中书舍人的温子升，是孝庄帝极少数值得信赖的力量之一。

河阴之变后，尔朱荣曾逼令百官中能文者写禅文，《北史·尔朱荣传》："时又有朝士百余人后至，仍于堤东被围。遂临以白刃，唱云能为禅文者出，当原其命。时有陇西李神俊、顿丘李谐、太原温子升立当世辞人，皆在围中，耻是从命，俯伏不应。有御史赵元则者，恐不免死，出作禅文。"其中李神俊、李谐、温子升三人表现出对尔朱势力的不合作姿态。面对尔朱荣势力，温子升没有表现出屈服妥协的态度，相反，挺身而出，对帝室展现忠诚。

如果说，这一事件只能说明温子升出于士人之耻辱心理，才不肯与尔朱荣合作的话，那么，当尔朱荣借口入洛阳时，温子升心怀帝室的态度可谓表露无遗。《北史·尔朱荣传》载：

> 荣乃暂来向京，言看皇后娩难。帝惩河阴之事，终恐难保，乃与城阳王徽、侍中杨侃、李彧、尚书右仆射元罗谋，皆劝帝刺杀之。唯胶东侯李侃晞、济阴王晖业言荣若来，必有备，恐不可图。又欲杀其党与，发兵拒之。帝疑未定，而京师人怀忧惧，中书侍郎邢子才之徒，已避之东出。荣乃遍与朝士书，相任留。中书舍人温子升以书呈

---

① 《北史》卷6《高祖神武纪》，中华书局1974年版，第222页。

帝，帝恒望其不来，及见书，以荣必来，色甚不悦，武卫将军奚毅，建义初往来通命，帝每期之甚重，然以为荣通亲，不敢与之言情。

其中，城阳王徽、侍中杨侃、李彧、尚书右仆射元罗，显然属帝党一系，主张刺杀。而胶东侯李侃晞、济阴王晖业则出于胆怯，认为不可贸然行动。更有甚者如同为"三才"之名的邢邵，竟"避之东出"。在人人皆怀忧惧的时候，面对尔朱荣"遍与朝士书，相任留"，看似礼让实则威胁的情况下，温子升非但没有逃避，相反还将尔朱荣之书信呈给孝庄帝，这是温子升向孝庄帝表露忠诚、博得信任的举动。而此时的孝庄帝，连自己以往信任之人奚毅都不能相信，身边已很难有可信任之人，作为中书舍人这一皇帝身边的亲密官员，温子升自然被视为肱股之臣。

孝庄帝对温子升的倚重，表现在向他咨询当年王允刺杀董卓的历史典故一事上，《北史·尔朱荣传》载：

> 至十八日，召中书舍人温子升，告以杀荣状，并问以杀董卓事。子升具通本，上曰："王允若即赦凉州人，必不应至此。"良久，语子升曰："朕之情理，卿所具知，死犹须为，况必不死，宁与高贵乡公同日死，不与常道乡公同日生。"上谓杀荣、天穆，即赦其党，便应不动。

孝庄帝将杀尔朱荣的详细过程向温子升进行了介绍，并向其咨询当年杀董卓的经过，同时吐露一片肺腑之言："朕之情理，卿所具知。"已足见其对温子升的倚重日增。温子升的表现也不辜负孝庄帝的信任，在刺杀尔朱荣之前，温子升表现得比庄帝更沉着冷静，《洛阳伽蓝记·宜忠寺》载："庄帝闻荣来，不觉失色。中书舍人温子升曰：'陛下色变。'帝连索酒饮之，然后行事。"在诛杀尔朱荣之前，孝庄帝已经与温子升谋划好，当诛杀尔朱荣与元天穆成功之后，立刻颁布诏书赦免其党徒无罪，并且事先已经由温子升写好诏书，"及帝杀尔朱荣也，子升预谋，当时赦诏，子升词也。荣入内，遇子升，把诏书问是何文书，子升颜色不变，曰'敕'。荣不视之。"① 这一诏书险些被尔朱荣所获，幸亏温子升表现出异乎寻常的

---

① 《魏书》卷85《文苑传·温子升》，中华书局1974年版，第1876页。

淡定冷静，才使得刺杀计划得以顺利进行。这一事件充分展现了温子升处变不惊的胆识。

在上党王元天穆手下做事，实乃迫于淫威，实际上温子升一心站在孝庄帝阵营，原因在于孝庄帝大度地宽宥了他的两次政治失误，赢得了温子升为其肝脑涂地的一片忠心。当元天穆因其渎事，欲免其职时，孝庄帝为其求情："天穆甚怒，奏人代之。庄帝曰：'当世才子不过数人，岂容为此，便相放黜。'乃寝其奏。"① 而在元颢势力被铲除后，孝庄帝不仅没有责罚温子升，更令其复为舍人："庄帝还宫，为颢任使者多被废黜，而子升复为舍人。"两人因此建立了双向的信任关系，这就是何以温子升对孝庄帝深怀感恩之情，且甘愿积极主动参与谋划刺杀尔朱荣一事的主要原因。

当然，也不排除温子升怀有试图通过匡扶帝室以获得政治地位的私心在内，但其私心未必大过公心。因为当广阳王元渊被葛荣所害时，温子升亦被羁縻，幸而得尔朱荣手下和洛兴帮助，脱离危难，经历此事的温子升已打消为官念头，"自是无复宦情，闭门读书，励精不已。"② 而在建义初年以后的官场中，温子升表现得貌似退缩，体现在两件事中，其一，当为南主客郎时，修起居注，因"一日不直"，将受元天穆鞭挞时，畏罪逃避。其二，"及天穆将讨邢杲，召子升同行，子升未敢应。"③ 最后，"不得已而见之。"这两件事表示其"无复宦情"的心态十分明显。

由此可见，温子升既非如魏收所言，属于好参与政治谋划的性格，亦非曹道衡先生所言仅仅是迫于无奈而为。实则当此乱世，无人不被卷入政变之中，温子升既没有像邢邵一般明哲保身，也没有像御史赵元则一样苟且偷生，而是采取积极主动的姿态，希望能够挽狂澜于既倒，救帝室于将颓，此绝非一般文章之士所能为也。而对于温子升的本心，历来也有学者进行过辩护。首先对温子升翻案者当为明人胡应麟，其曰："温子升之谋诛尔朱，荀济之谋诛高澄，皆忠义激发，奋不顾身。而传以温为阴险，济为好乱，史乎？"④ 将温子升与荀济视为"忠义激发，奋不顾身"的行为，

---

① 《魏书》卷85《文苑传·温子升》，中华书局1974年版，第1876页。
② 同上书，第1875页。
③ 同上书，第1876页。
④ 胡应麟：《诗薮》外编卷2《六朝》，中华书局1979年版，第153页。

并以此责备史家书法之不实。此后,张溥亦认为谋诛尔朱荣以及背齐文襄王作乱等事,属于"柔顺文明,志存讨贼,设令功成无患,不庶几其先大将军之诛王敦乎"?① 是有所作为的表现,可谓深明子升之心。同时,张溥也对北朝人将其单纯视作文人提出不满,认为"北人不称其多智,而徒矜斩将搴旗于文墨之间,犹皮相也"。② 这实际上涉及温子升的身份是作为文人的政客,还是作为政客的文人之不同定位。

二 温子升对南北文风的融合

温子升诗文散佚严重,《魏书》本传言其友人宋游道在他死后"集其文笔为三十五卷",《隋书·经籍志》:"后魏散骑常侍《温子升集》三十九卷";《旧唐书·经籍志》:"《温子升集》二十五卷(按:当为'三十五卷'之误)";《新唐书·艺文志》:"《温子升集》三十五卷。"今存温子升文章共 26 篇,其中,为帝王宗室代笔共 16 篇,铭文 3 篇,碑文 6 篇,祝文 1 篇,诗歌据逯钦立《先秦汉魏晋南北朝诗》收录,仅存 10 首。

在《魏书·文苑传》中,魏收用了四分之一的篇幅为温子升立传,使其地位远远高于本传中其他七人,而《文苑传》对于温子升文章的评价,足见其在当时影响之大:

> 萧衍使张皋写子升文笔,传于江外。衍称之曰:"曹植、陆机复生于北土。恨我辞人,数穷百六。"阳夏太守傅标使吐谷浑,见其国主床头有书数卷,乃是子升文也。济阴王晖业尝云:"江左文人,宋有颜延之、谢灵运,梁有沈约、任昉,我子升足以陵颜轹谢,舍任吐沈。"杨遵彦作《文德论》,以为古今辞人皆负才遗行,浇薄险忌,唯邢子才、王元景、温子升彬彬有德素。

本传中选取萧衍、吐谷浑国主、济阴王晖业以及杨遵彦四人的评价,分别代表了南朝、域外以及本朝的态度,突出温子升文采之出众。

本传还有两处从侧面评价温子升文章之处,一处为常景对其《侯山

---

① 张溥:《汉魏六朝百三家集题辞注》,中华书局 2007 年版,第 353 页。
② 同上。

祠堂碑》之评价,常景为北魏中期文人代表,他的评价是温子升得以崭露头角的台阶。另一处是在为广阳王渊代笔后,"黄门郎徐纥受四方表启。答之敏速,于渊独沉思曰:'彼有温郎中,才藻可畏。'"[①] 面对多数质木无文的启奏文章,温子升的表启能够因为才藻出众脱颖而出,亦可见其才华锋颖之处。另外,《朝野佥载》的这条材料也是评价温子升较为常见的:"梁庾信从南朝初至北方,文士多轻之。信将《枯树赋》以示之,于后无敢言者。时温子升作《韩陵山寺碑》,信读而写其本,南人问信曰:'北方文士何如'信曰:'惟有韩陵山一片石堪共语。薛道衡、卢思道少解把笔,自余驴鸣犬吠,聒耳而已。'"[②] 可见其创作得到南北文人的广泛认可。

从北朝文学的发展历程来看,温子升具有承前启后的地位。魏征在《隋书·文学传序》中言:"暨永明、天监之际,太和、天保之间,洛阳、江左,文雅尤盛。于时作者,济阳江淹、吴郡沈约、乐安任昉、济阴温子升、河间邢子才、钜鹿魏伯起等,并学穷书圃,思极人文,缛彩郁于云霞,逸响振于金石。"《北齐书·邢邵传》:"与济阴温子升为文士之冠,世论谓之温、邢。钜鹿魏收,虽天才艳发,而年事在二人之后,故子升死后,方称邢、魏焉。"在北朝后期文学有了长足发展时,温子升属于承前启后性质的人物,此前的高允、常景等北魏早期文人,其文学风格多承续两汉魏晋遗风,质朴无华。而到了温子升时期,则开始了全面吸收南方文学经验的时期,继之而起的邢邵、魏收,更是以任昉、沈约为典范模本的代表。

从其仅存的几篇诗文中,可以明显看出温子升对于南朝文学的模仿痕迹。如《从驾幸金墉城诗》:"兹城实佳丽,飞甍自相并。胶葛拥行风,岩峣阂流景。御沟属清洛,驰道通丹屏。湛淡水成文,参差树交影。长门久已闭,离宫一何静。细草缘玉阶,高枝荫桐井。微微夕渚暗,肃肃暮风冷。神行扬翠旗,天临肃清警。伊臣从下列,逢恩信多幸。康衢虽已泰,弱力将安骋。"陈祚明《采菽堂古诗选》评价其:"虽近梁陈之词,犹存三谢之气。"[③] 沈德潜也说该诗"略有三谢之体"。[④] "三谢"或指谢灵运、

[①] 《魏书》卷85《文苑传·温子升》,中华书局1974年版,第1875页。
[②] 张鷟:《朝野佥载》,中华书局1979年版,第140页。
[③] 陈祚明:《采菽堂古诗选》,上海古籍出版社2008年版,第1036页。
[④] 沈德潜:《古诗源》,中华书局2006年版,第291页。

谢惠连、谢朓三人。该诗更多取资于谢朓《入朝曲》："江南佳丽地，金陵帝王州。逶迤带绿水，迢递起朱楼。飞甍夹驰道，垂杨荫御沟。凝笳翼高盖，叠鼓送华辀。献纳云台表，功名良可收。"若将两诗进行对比，可以发现温诗中的意象如"佳丽""飞甍""御沟""驰道"，直接挪用了谢诗；其中句式如"高枝荫桐井"与"垂杨荫御沟"的构思也有承袭；最后结尾立意处也略有相似，即"康衢虽已泰，弱力将安骋"与"献纳云台表，功名良可收"该诗属从驾之作，古人从驾游行赋诗，基本上属于即兴而发，温子升能够当场化用谢朓《入朝曲》以成新作，表示了其对南朝文学，尤其是"三谢"作品的精熟。

王夫之《古诗评选》称温子升诗"静善平密，凌颜轹谢则不能，含任吐沈固有余矣"。① 如《春日临池诗》："光风动春树，丹霞起暮阴。嵯峨映连璧，飘遥下散金。徒自临濠渚，空复抚鸣琴。莫知流水曲，谁辨游鱼心。"《咏花蝶诗》："素蝶向林飞，红花逐风散。花蝶俱不息，红素还相乱。芬芬共袭予，葳蕤从可玩。不慰行客心，遽动离居叹。"王夫之所谓"静善平密"，当是指其师法南朝诗歌闲散悠然的气度，以及用典平实细密的特点而言，沈约的"三易"说，在温子升诗歌中能够明显体会得到。

当然，温子升对南朝并非一味模仿，在模拟过程中，也能够暗暗融合北朝之刚健气质。其五言诗中多能展现北方浑朴气息。如《白鼻䯄》："少年多好事，揽辔向西都。相逢狭斜路，驻马诣当垆。"《凉州乐歌二首》："远游武威郡，遥望姑臧城。车马相交错，歌吹日纵横。""路出玉门关，城接龙城坂。但事弦歌乐，谁道山川远。"吸收了北方民歌的气质，进行了文人化的处理。再如较为著名的《捣衣诗》："长安城中秋夜长，佳人锦石捣流黄。香杵纹砧知近远，传声递响何凄凉。七夕长河烂，中秋明月光。蠮螉塞边绝候雁，鸳鸯楼上望天狼。"更能见出北方气质的流露，陈祚明称其"稍见风华，尚不漓质"；② 沈德潜赞其"直是唐人"，③ 皆是以其能够融汇南北而言。总之，从温子升开始，对于南朝文学展开了全面而娴熟的模仿，同时，又不失北朝本身的精神气质，这为邢

---

① 王夫之：《古诗评选》，上海古籍出版社 2011 年版，第 266 页。
② 陈祚明：《采菽堂古诗选》，上海古籍出版社 2008 年版，第 1036 页。
③ 沈德潜：《古诗源》，中华书局 2006 年版，第 291 页。

邵、魏收等人的文风诗调开了典范之法。

温子升极少写赋作，魏收称其"全不作赋"，更多的是为皇帝草拟诏书，代人写章表，以及墓志碑铭创作。这些创作，很难有展现文学性灵的机会，反而是掉书袋的情况较多。从《洛阳伽蓝记》中的一则材料，也可看出温子升在典故掌握方面比较突出。① 为温子升博得声誉的《韩陵山寺碑》也同样展示了他好用典故的特点，但用典较为生涩。如："昔晋文尊周，绩宣于践土。齐桓霸世，威著于邵陵"；"楚师之败于柏举，新兵之退自昆阳，以此方之，未可同日。"庾信因为用典不着痕迹被公认为南北朝运用典故的大师，与庾信相比，温子升的典故显得痕迹太过明显，若是庾信，便不会将后两句"以此方之，未可同日"累赘其上，可见其于用典尚不能融汇于无形。然而在北朝中期文学处于从贫乏到繁荣过渡的时期，温子升的出现无疑为荒芜的文坛提供了一丝生机。

除了"文"外，温子升"笔"的才华也非常突出，具体表现在：其一，通儒学。《魏书·儒林传·李业兴》："永熙三年二月，出帝释奠，业兴与魏季景、温子升、窦瑗为摘句。"其二，明律法。《洛阳伽蓝记·景明寺》载："乃敕（邢）子才与散骑常侍温子升撰《麟趾新制》十五篇，省府以之决疑，州郡用为治本。"其三，具史才。《魏书》本传载其撰《永安记》三卷，至唐仍传，《隋书·经籍志》有录。值得注意的是，刘知几《史通·核才》将南北朝史家文笔形式进行对比时，认为："其为式也，罗含、谢客宛为歌颂之文，萧绎、江淹直成铭赞之序，温子升尤工复语，卢思道雅好丽词，江总狂獗以沈迷，庾信轻薄而流宕。"② 指出温子升将南朝盛行的骈文形式带到史书撰写中，因此隋代王劭认为温子升《永安记》一书中多是"支言"，《史通·叙事》注引王劭《齐志》曰："时议恨邢子才不得掌兴魏之书，怅怏温子升，亦若此而撰《永安记》，率是支言。"③ 刘知几也认为其缺点在于"弥漫重沓，不知所裁"。④ 从其所存几篇文章可以看出，温子升对于对仗的运用极为娴熟，在表现形式

---

① 《洛阳伽蓝记》卷2《秦太上君寺》："帝谓实曰：'怀砖之俗，世号难治。舅宜好用心，副朝廷所委。'……时黄门侍郎杨宽在帝侧，不晓怀砖之义，私问舍人温子升。"杨勇：《洛阳伽蓝记校笺》，中华书局2006年版，第88页。
② 浦起龙：《史通通释》，上海古籍出版社1978年版，第250页。
③ 同上书，第175页。
④ 同上书，第174页。

上已有自己明显的特色，但用在讲求质实的史书撰写上却不合适。

总体来说，温子升的创作体现了明显的融合南北的趋势。在孝文帝改革后，北朝文学日渐呈现师法南朝的倾向，然《魏书·文苑传》在描述北魏孝明帝时期的文学状态为："肃宗历位，文雅大盛，学者如牛毛，成者如麟角。"温子升的出现，不仅改变了这一状态，还能够在师法南朝的同时，融合北朝刚健气质，开东魏后期，以及北齐一朝的文学总体特征。

三 温文南传与梁武帝对北文的态度转变

对于温子升文章何时传入梁朝，罗国威先生认为在孝武帝永熙三年（534），① 其依据为《魏书》本传所载："永熙中，为侍读兼舍人、镇南将军、金紫光禄大夫。迁散骑常侍、中军大将军，后领本州大中正。萧衍使张皋写子升文笔，传于江外。"事实上，此处"永熙中"不宜与"萧衍使张皋写子升文笔"结合阅读。因为据《魏书·岛夷萧衍》，萧衍遣使张皋出使东魏，是在天平四年（537）："（天平）四年冬，衍遣其散骑常侍张皋、通直常侍刘孝仪、通直常侍崔晓朝贡。"又《南史·梁本纪》："（大同三年）九月，使兼散骑常侍张皋聘于东魏。"大同三年（537），即东魏静帝天平四年，又《魏书·崔休传附崔长谦》："天平中，被征兼主客郎，接萧衍使张皋等。"故此，由南来使者张皋在天平四年（537）出使东魏时，奉萧衍之命，"写子升文笔，传于江外"，此后，温子升文笔才在江南流传。

但在此之前，温子升的名声早已经传到梁朝，否则萧衍不会特意交代使者摹写文笔。《魏书》本传还提到："阳夏守傅标使吐谷浑，见其国主床头有书数卷，乃是子升文也。"阳夏太守傅标使吐谷浑的时间虽不可考，但其文章能够传播到相对较为僻远的吐谷浑，证明温子升在当时具有一定的知名度，其名声早入江南是可能的。

温子升的文章能够传写江南，得益于梁武帝开放的文化态度。梁武帝开放文化态度的形成，与此时南北间政治军事关系的微妙变化密切相关。自北魏永平四年（511）魏与梁交战，历时11年后，普通三年（522）北魏方与梁首次交聘，"预燕者皆归化北人"，② 而普通五年（524）

---

① 罗国威：《温子升年谱续》，《辽宁大学学报》1998年第3期。
② 《梁书》卷21《王份传》，中华书局1973年版，第362页。

至普通七年（526）间，梁与北魏交战，豫章王萧综奔于魏，此时南北交往随即中断。但转过年来，即北魏建义元年（528），北魏发生了使其走向衰亡的河阴之变，河阴之变不仅改变了北魏的政治格局，同时，也改变了梁武帝对待北魏的态度。在河阴之变中，北魏宗室及文武百官两千多人皆被屠戮，《魏书·尔朱荣传》："于时，或云荣欲迁都晋阳，或云欲肆兵大掠，迭相惊恐，人情骇震，京邑士子，十不一存，率皆逃窜，无敢出者。直卫空虚，官守废旷。"其中，有一部分宗室渡江南下，包括汝南王元悦、北海王元颢、临淮王元彧等人，曾先后奔梁。梁武帝对这些归诚北人极尽优待，《资治通鉴·梁纪八》："先是，魏人降者皆称魏官为伪，或表启独称魏临淮王；上亦体其雅素，不之责。"正统性对于南北政权来讲，十分重要，而梁武帝对于名号之僭越却"不之责"，足见其包容之态度。

梁武帝包容态度的背后，是有政治意图的。他希望通过北魏政局的动乱，获得控制北方政治的大好时机，因此不惜"立魏汝南王悦为魏主，资其士马，送境上"，① 建立傀儡，试图介入并左右动乱之局面。与此同时，梁武帝借北魏政局的动乱，大力吸纳北来降人，东魏孝静帝元象年间，西魏与东魏战于邙北，高季式部曲劝其归降梁朝："今日形势，大事去矣，可将腹心二百骑奔梁，既行避祸，不失富贵。何为坐受死也？"② 从北人投降"不失富贵"，可以看出梁武帝对于北来降人整体吸纳的态度。

除上述政治军事形势影响外，梁武帝对北朝文化态度的转变，还应当与陈庆之的北伐有一定关系。

梁中大通元年（北魏永安二年，529），陈庆之仅率江南七千精骑，历经四十七战，平三十二城，将北魏降王元颢送入洛阳，元颢于是年五月在洛阳称帝，收纳了当时孝庄帝遗留的朝臣，建立了临时朝廷，陈庆之也册封侍中、车骑大将军、左光禄大夫的官阶。③ 值得注意的是，此时的温子升也在元颢短期的伪朝廷里任中书舍人，《魏书·温子升传》："（元天

---

① 《北齐书》卷20《王则传》，中华书局1972年版，第271页。
② 《北齐书》卷21《高乾传附高季式》，中华书局1972年版，第279页。
③ 《梁书·陈庆之传》："其临淮王元彧、安丰王元延明率百僚，封府库，备法驾，奉迎颢入洛阳宫，御前殿，改元，大赦。颢以庆之为侍中、车骑大将军、左光禄大夫，增邑万户。"

穆）遣子升还洛，颢以为中书舍人。"元颢在洛阳虽仅据守六十五日，但在这两月内，身为中书舍人的温子升与身为"侍中、车骑大将军、左光禄大夫"的陈庆之，必然有所交集。因为据《洛阳伽蓝记》记载，陈庆之与当时在北魏的南朝人有过多次宴酬往来，在此期间还留下了北魏杨元慎与陈庆之针对正统问题的激烈争论。① 由此可见，陈庆之与温子升有交往是有可能的，而且当时温子升的才名早已经播扬本土，因此在陈庆之看来，温子升是北土之中数一数二的才子。

陈庆之归朝后，"钦重北人，特异于常"，并盛赞北朝礼仪文化之鼎盛："自晋、宋以来，号洛阳为荒土，此中谓长江以北，尽是夷狄。昨至洛阳，始知衣冠士族，并在中原。礼仪富盛，人物殷阜，目所不识，口不能传。所谓帝京翼翼，四方之则。始登泰山者卑培塿，涉江海者小湘、沅。北人安可不重？"杨衒之后文称"庆之因此羽仪服式，悉如魏法。江表士庶，竞相模楷，褒衣博带，被及秣陵"。② 或有夸大之处，但此语也并非空穴来风，因为陈庆之在北伐过程中，十分注意收集北朝各方面的信息，如其第五子陈昕"十二随父入洛，于路遇疾，还京师。诣鸿胪卿朱异，异访北间形势，昕聚土画地，指麾分别，异甚奇之"。③ 就是很明显地收集北朝战略地势的做法。而且在北朝任官，便很容易见到北朝各种制度仪轨，从这点上来看，《洛阳伽蓝记》所言"羽仪服式，悉如魏法"也并非没有依据。④ 总之，陈庆之对北朝从制度到文化方面的观念转变，是在其据守洛阳的两个月中形成的。

以陈庆之与梁武帝萧衍的关系来看，他极有可能将这种观念带到梁朝并渗透给了梁武帝，进而使梁武帝对北朝文化以及北朝文人刮目相看。《梁书》本传载陈庆之"幼而随从高祖。高祖性好棋，每从夜达旦不辍，等辈皆倦寐，惟庆之不寝，闻呼即至，甚见亲赏"。⑤ 可见梁武帝与陈庆之关系非常亲密。又陈庆之曾在战斗中展露梁武帝的"密敕"，还曾受到

---

① 杨勇：《洛阳伽蓝记校笺》，中华书局2006年版，第113页。
② 同上书，第114页。
③ 《梁书》卷32《陈庆之传》，中华书局1973年版，第464页。
④ 阎步克先生认为"北朝在法制、考课、考试、监察、地方行政等众多方面，往往都能后来居上，领先南朝，并下启隋唐"。（阎步克：《论北朝位阶体制变迁之全面领先南朝》，《文史》2012年第3辑。）陈庆之由北归南一事，或可为南朝取法北朝制度提供一条参考线索。
⑤ 《梁书》卷32《陈庆之传》，中华书局1973年版，第459页。

梁武帝亲赐手诏，任其在北伐过程中自谋自决，不加干涉，也足见梁武帝对陈庆之的信任和倚重。如此钦重的陈庆之，在梁武帝面前，将其在北伐过程中，以及洛阳短命朝廷中的所见所感据实相禀，足以引起梁武帝对北朝文化的极大兴趣。

有了陈庆之对北朝的描述，再加上梁武帝对北方的觊觎心理，从梁大同元年（535）以后，梁对北魏文化政策发生明显转变，这表现在两方面。第一，双方交往更加频繁，除了上文提到张皋于梁大同三年（537）出使北魏外，大同四年（538）直到太清二年（548）侯景之乱前的十年之间，梁与东魏保持了密切的联系，几乎每年都有两到三次的往复。第二，交往中更重视文学交流，其聘使或主客中就包括有刘孝仪（大同四年，538）、魏收（大同五年，539，太清二年，548）、庾信（大同十一年，545）、徐陵（太清二年，548）等较著名的文人参与其中。然而，侯景之乱使梁朝走向衰亡的同时，也阻断了当时频繁的文化交流，此后梁简文帝、梁元帝，都没有梁武帝时期对待北朝态度的包容心态。

综上所述，南朝对北朝的认识，从怀有文化歧视的态度，到"曹植、陆机复生北土"的盛赞，其间的转变有北朝文学自身提升的因素，也和南朝开放的文化态度相关。温子升在北魏后期纷乱的政治变局中，能够展露才华，在于其能够学习南朝文学，并能自觉融合北朝之刚健气质。而其名声能够传到梁朝，并得到梁武帝之肯定，则在于陈庆之等入北南人复归江左后，将北方文化现状介绍给南朝这一事件的外部作用。

第二节　李昶、徐陵之交与南朝对北朝文学之接受

李昶（515—565），顿丘临黄人，又名李那，因受宇文氏赐姓，故又称宇文昶。其先为北魏洛阳人，后随宇文泰入关，历经西魏、北周，官运亨通。李昶文学观念经历三次变化，① 由洛阳时期"频爱雕虫"，到西魏时期"所作文笔，了无藁草"，以实用为主；在庾信等南朝人进入北方

---

① 学界对李昶文学的研究，仅见吉定《论北周李昶及其作品的价值》（《民族文学研究》2005年第3期）一文，对李昶生平、作品、价值进行初步研究，其中涉及李昶与徐陵的交往问题，可参看。

后，又受其影响，创作颇具南朝化的诗歌。其晚年与徐陵的书信往来，既能反映当时北周文学建立自信后，急切希望得到南朝回应的心态，又可看出南朝人对待北朝态度的转变。

一 李昶作《明堂赋》时间考辨

《周书》本传载李昶"幼年已解属文，有声洛下。时洛阳并置明堂，昶年十数岁，为《明堂赋》。虽优洽未足，而才制可观。见者咸曰'有家风矣。'"李昶《明堂赋》今不存，其作年不详。曹道衡、沈玉成先生在《中古文学史料丛考》中考辨："据《魏书》，则熙平之后，无议明堂事。熙平二年，昶年二岁，无作赋理，即元叉执政时，当在孝昌元年（525）前，昶年亦不足十岁，亦无作赋理。传文所言似不及理，姑存疑。"[①] 认为《周书》本传在此事记载上缺乏条理，欲解决这一问题，可从北魏后期宣武、孝明两朝明堂的营建上加以考察。

按《魏书·礼志二》所载："初，世宗永平、延昌中，欲建明堂。而议者或云五室，或云九室，频属年饥，遂寝。至是复议之，诏从五室。及元叉执政，遂改营九室。值世乱不成，宗配之礼，迄无所设。"魏宣武帝延昌三年（514）"十有二月庚寅，诏立明堂"，时李昶尚未出生，故李昶作赋不在此时。孝明帝熙平二年（517）"复议之，诏从五室"，此时李昶年二岁，作赋亦不在此时。所剩仅元叉执政时，但元叉卒于孝昌元年（525），因此，曹、沈二先生认为此时李昶年岁不足，非作于此时。然从史实分析，李昶所赋之明堂，实乃元叉时所议建，但其作成时间并不在元叉执政之时，当在更晚。

元叉又名元义，江阳王元继之子，孝明帝时期与胡灵太后、宦官刘腾把持朝政，"恃宠骄盈"，因与清河王元怿不和，设计将其处死。[②] 为了建立自己的势力，元叉一方面拉拢党羽，一方面试图通过议建明堂，为自己赢取政治资本。元叉营明堂之事在孝明帝正光二年（521），《魏书·崔光传》："正光二年，拜中书侍郎。领军将军元叉为明堂大将，以励为长史，与从兄鸿俱知名于世。"拜为明堂大将。

---

① 曹道衡、沈玉成：《中古文学史料丛考》，中华书局2003年版，第745页。
② 《魏书》卷22《清河王怿传》，中华书局1974年版，第592页。

元叉贪婪无比，史称其"居官肆其聚敛，乘势极其陵暴"。[①] 故其营建明堂之目的非为宗庙，实为贪污建款，并邀功取宠。因此，明堂虽议立，但迟迟未成。针对"明堂、壁雍并未建就"，时任起部郎的源子恭上书曰：

> 侍中、领军臣叉，物动作官，宣赞授令。自兹厥后，方配兵人，或给一千，或与数百，进退节缩，曾无定准，欲望速了，理在难克。若使专役此功，长得营造，委成责辩，容有就期。但所给之夫，本自寡少，诸处竟借，动即千计。虽有缮作之名，终无就功之实。爽垲荒茫，淹积年载，结架崇构，指就无兆。[②]

由源子恭上书可知，元叉营建明堂之所以一拖再拖，当有如下原因：其一，人员配备不够齐全，"或给一千，或与数百，进退节缩，曾无定准"；其二，敦促不力，因此源子恭希望能够"委成责辩，容有就期"；其三，营建不积极，"有缮作之名，终无就功之实"，虽称慢工细活，但迟迟未成。加之正光四年（523）后，六镇兵乱，朝廷无暇顾及，导致明堂营建一再拖延。由以上诸因素可见，元叉当时并没有修建之意，乃至明堂之基"爽垲荒茫，淹积年载"。针对于此，源子恭建议"今诸寺大作，稍以粗举，并可撤减，专事经综，严勒工匠，务令克成"。明帝虽准此奏，但仓促之间建成的明堂，其效果不佳。源子恭上书后所营之明堂，唐时尤存，其形制粗陋。《北史·宇文贵传》："后魏于北台城南，造圆墙，在壁水外，门在水内回立，不与墙相连。其堂上九室，三三相重，不依古制。室间通巷，违舛处多。其室皆用墼累，极成褊陋。"可见在营造之初，便没有精心的策划，以至于营建费时费工。

由上述可知，元叉虽在正光二年（521）议建明堂，但由于种种缘故，其建成时间较晚，疑在孝昌元年（525）以后，不应在孝昌元年前。若在孝昌元年后，此一二年间，正值李昶"十数岁"时，与《周书》本传所载正相符合，其作《明堂赋》便有所依据。

[①]《魏书》卷74《尔朱荣传》，中华书局1974年版，第1657页。
[②]《魏书》卷41《源子恭传》，中华书局1974年版，第934页。

二 李昶与北周初期文学变革

李昶的文学思想经历三次转变，其少年时居于洛阳，受北魏后期师法南朝风气的影响，亦倾向于抒情文学。成年后为宇文泰幕僚，官位渐高，其所作以军国文翰等实用文为主。晚年，由于受南朝文人庾信、王褒等人影响，重新回到师法南朝文风的写作方向。

李昶年少时所作《明堂赋》"虽优洽未足，而才制可观"，[①] 获得北魏士人的普遍好评。该赋今虽不存，然被时人评论为"有家风矣"。其"家风"承自祖父，即孝文帝时期的名臣李彪。李彪早年虽出身寒微，但"有大志，笃学不倦"，又受李冲举荐，渐得孝文帝重视，官至"御史中尉，领著作郎"，[②] 其性格耿直，素性刚豪，后因与李冲交恶，受到弹劾，转而修史。[③] 李彪不仅在史学上有所修养，又精通《春秋》三《传》，且颇具文采。《魏书·李彪传》："彪在秘书岁余，史业竟未及就，然区分书体，皆彪之功。述《春秋》三《传》，合成十卷。其所著诗颂赋诔章奏杂笔百余篇，别有集。"重视史学及《春秋》，应是家风之一。加之李彪曾作为散骑常侍多次出使南齐，并有与南齐文人广泛交流的经历，使其对南朝文学颇为熟悉。这一文学上的优势，为其家风之二。

正因李彪与南朝有此层关系，故李昶之父李游与其伯父李志，在尔朱荣入洛之后"俱奔江左"。[④] 李昶"以父在江南，身寓关右，自少及终，不饮酒听乐。时论以此称焉"。[⑤] 因为祖父李彪曾出使南朝，加之其父亲、伯父皆在梁朝，以此，李昶对南朝文学的接触应当更方便，其早年文风受南朝影响的痕迹较大。

李昶在《答徐陵书》中称自己"弱年有意，频爱雕虫；岁月三余，无忘肄业"。在北魏后期尚文风气的影响下，李昶也不免重视形式，但是他自认为"户牖之间，时安笔砚，颦眉难巧，学步非工，恒经牧孺之讥，

---

① 《周书》卷38《李昶传》，中华书局1971年版，第686页。
② 《魏书》卷62《李彪传》，中华书局1974年版，第1381—1399页。
③ 详见第三章第三节"李彪使南与南北文化争胜"。
④ 《魏书》记载此事为武泰元年（528）六月"辛卯，南荆州刺史李志据城南叛"。《梁书》卷3《武帝本纪》载大通二年（528）夏四月"时魏大乱，其北海王元颢、临淮王元彧、汝南王元悦并来奔；其北青州刺史元世隽、南荆州刺史李志亦以地降"。
⑤ 《周书》卷38《李昶传》，中华书局1971年版，第687页。

屡被陈思之诮"。没有将大量时间放在创作上,因此,觉得自己并没有学到南朝文学的精髓,常常受到讥诮。

进入北周之后,李昶生活发生了极大改变。由《周书》可知,李昶卒于周武帝保定五年(565),时年五十,故其生年当在北魏宣武帝延昌四年(515),[1] 因此,李昶的入仕及活动时代,正与宇文泰初创北周时期相符。据《周书》本传载,李昶升迁之途颇为顺利:"加使持节、车骑大将军、仪同三司,赐姓宇文氏。……保定初,进骠骑大将军、开府仪同三司。二年,转御正中大夫。时以近侍清要,盛选国华、乃以昶及安昌公元则、中都公陆逞、临淄公唐瑾等并为纳言。寻进爵为公,增邑通前一千三百户。"其官位扶摇直上。在北周早年人才匮乏的条件下,李昶在宇文泰手下,兢兢业业,史称其"性峻急,不杂交游",又"神情清悟,应对明辨",[2] 因此受到宇文泰格外重视,其官爵得以不断升高。

李昶进入西魏后,其文学思想与西魏北周文学发展进程密切相关。《北史·文苑传序》云:

> 周氏创业,运属陵夷,纂遗文于既丧,聘奇士如弗及。是以苏亮、苏绰、卢柔、唐瑾、元伟、李昶之徒,咸奋鳞翼,自致青紫。然绰之建言,务存质朴,遂糠秕魏、晋,宪章虞、夏,虽属辞有师古之美,矫枉非适时之用,故莫能常行焉。既而革车电迈,渚宫云撤,梁、荆之风,扇于关右,狂简之徒,斐然成俗,流宕忘反,无所取裁。

此段描述,可以视为对西魏、北周文学发展史的简要概括,内容可分为三个阶段。第一阶段为创业之始;第二阶段为苏绰推行"大诰体"改革时期;第三阶段是"梁、荆之风,扇于关右",也就是庾信等人北上之后。

西魏建立之初,人才匮乏。宇文泰所据之关中一带,不似东魏、北

---

[1] 曹道衡、沈玉成《中古文学史料丛考》(中华书局2003年版,第745页)认为其生年在孝明帝熙平元年(516),曹道衡、刘跃进《南北朝文学编年史》(人民文学出版社2000年版,第531页)认为其生年在宣武帝延昌三年(514),此处取其中间年份。
[2] 《周书》卷38《李昶传》,中华书局1971年版,第686页。

齐，已有洛阳、邺城两地成熟的文化人才资源。因此在文化结构上，尚不足以形成与东魏、北齐对峙的规模。文学创作方面也较匮乏，"运属陵夷"实际上是一穷二白的概括。因此，宇文泰在文士上的渴求心理极强，"纂遗文于既丧，聘奇士如弗及"正可说明其文化境遇的窘迫。因此，对于文人的叙用，首先要以满足建设国家基本文化需求为前提，军国文翰遂成为文人创作的自觉导向。

《北史·文苑传序》所列第一阶段的代表人物有"苏亮、苏绰、卢柔、唐瑾、元伟、李昶"，六人的创作皆以军国文翰、书檄文记为主，于辞赋诗文之类则偶尔间作，并非主流。如：

苏亮："少通敏，博学，好属文，善章奏。……宝夤雅知重亮，凡有文檄谋议，皆以委之。"① 善长章奏、文檄。

苏绰："诸曹疑事，皆询于绰而后定。所行公文，绰又为之条式。……绰始制文案程式，朱出墨入，及计帐、户籍之法。"② 苏绰精于公文、文案、计帐、户籍之类，偏于实用，尤其是"六条诏书"的颁布，最能突出苏绰长于条式公文、制定法令条文的能力。

卢柔："以柔为大行台郎中，掌书记，军之机务，柔多预之。……书翰往反，日百余牒，柔随机报答，皆合事宜。……累迁中书侍郎，兼著作，撰起居注。"③ 以掌管书记为主，兼修起居注。

元伟："及尉迟迥伐蜀，以伟为司录。书檄文记，皆伟之所为……伟性温柔，好虚静。居家不治生业。笃学爱文，政事之暇，未尝弃书。谨慎小心，与物无忤。时人以此称之。初自邺还也，庾信赠其诗曰：'虢亡垂棘反，齐平宝鼎归。'其为辞人所重如此。"④ 元伟因是元魏宗室出身，故于书檄文记之外，颇有文采。

唐瑾："于时魏室播迁，庶务草创，朝章国典，瑾并参之。迁户部尚书，进位骠骑大将军、开府仪同三司，赐姓宇文氏。……撰《新仪》十篇，所著赋颂碑诔二十余万言。"⑤ 参与朝章国典的制定，长于仪注及赋颂碑诔。

---

① 《周书》卷38《苏亮传》，中华书局1971年版，第677页。
② 《周书》卷23《苏绰传》，中华书局1971年版，第381—382页。
③ 《周书》卷32《卢柔传》，中华书局1971年版，第562—563页。
④ 《周书》卷38《元伟传》，中华书局1971年版，第689页。
⑤ 《周书》卷32《唐瑾传》，中华书局1971年版，第564—565页。

以上五人虽各有侧重，但皆以实用类文章为主。同样，李昶也多写作"诏册文笔"之类："昶于太祖世已当枢要，兵马处分，专以委之，诏册文笔，皆昶所作也。及晋公护执政，委任如旧。"① 李昶与以上所列文人有一个共同点，那就是，除了写作应用文章外，皆参与国家大计的商议，以此进入国家权力之中枢，并能由此显贵。其能够"咸奋鳞翼，自致青紫"，实为时势所造就。

在这一背景下，李昶等人自觉地形成了经邦治国为主导的实用文学观，对于抒情写意的审美文学不屑为之。《周书》本传载："昶常曰：'文章之事，不足流于后世，经邦致治，庶及古人。'故所作文笔，了无藁草。唯留心政事而已。"所谓"了无藁草"，即谓其文多典正的诏册文笔，少流荡之诗赋创作。李昶等人认为，文章之事应该是为经邦治国服务的，故而其创作以实用为追求，以质朴、平实、简易为特点。

顺着这一思路，便很自然地进入苏绰所提出"大诰体"文风改革的阶段。"大诰体"正是在以上诸人在军国文翰的实践方面取得一定成效基础上提出的。大统十年（544），苏绰与柳庆谈话时论及当代文风时，便已提出改革文风的意图。《北史·柳庆传》载："近代已来，文章华靡，逮于江左，弥复轻薄。洛阳后进，祖述未已。相公柄人轨物，君职典文房，宜制此表，以革前弊。"可知其改革所针对者，乃是"文章华靡，逮于江左，弥复轻薄"，并影响洛阳的事实。两人谈话的背景，是在"时北雍州献白鹿，群臣欲贺"之时，苏绰希望能够借此献白鹿庆贺的机会，以柳庆的贺表为主，在群臣面前树立榜样，同时起到表率作用。这次上贺表，仅是改革文风前的小试牛刀。此后大统十一年（545），苏绰在宇文泰的拥护下，正式提出"大诰体"。《周书·苏绰传》载："自有晋之季，文章竟为浮华，遂成风俗。太祖欲革其弊，因魏帝祭庙，群臣毕至，乃命绰为大诰，奏行之。"在祭祀宗庙、群臣毕至的严肃氛围下，提出以苏绰《大诰》为榜样，颁行天下。由于受到行政力量的支持，史称"自是之后，文笔皆依此体"。

"大诰体"的颁行，其出发点是好的，那就是试图改变自"文章竟为浮华，遂成风俗"的弊病。但在改革的推行方式上出现了问题，因此注定了其不能持久，"大诰体"推行不久，就被废止了。苏绰等人将文

---

① 《周书》卷38《李昶传》，中华书局1971年版，第686页。

风问题考虑得过于简单，没有看到文风的形成，乃是经历多年积累所致，并非一朝一夕所能改变。而且以政治手段强行颁布，令人效法，其效果可想而知。文风的转变，只有如颜之推所言"有盛才重誉，改革体裁者"的出现，才能起到彻底扭转的作用，其所谓"改革体裁者"，并非指有政治地位、有行政能力的人，而是能够在文学上推陈出新之人。况且，文风的新旧转变过程，是在文学整体发展累积到一定程度时，某位人物才能成为由量变到质变的催化剂。西魏、北周时期，乃至隋文帝李谔时期，都尚未达到量变的最高点，而且苏绰、李谔都并非颜之推所言有"盛才重誉"的文学家。因此，苏绰的"大诰体"只是昙花一现，并未引起波澜。西魏废帝三年（554）庾信、王褒等南朝优秀文人相继入关后，在宇文护、宇文邕、宇文逌等宗亲的大力推举和提倡下，加速了此次改革的终结。

　　西魏以来如李昶这样抱着"文章之事，不足流于后世，经邦致治，庶及古人"思想的人毕竟只是少数，而且只是出于迎合实用的目的，李昶称自己早年"频爱雕虫"，不正是暴露了自己内心其实是十分喜爱抒情文学的倾向吗？这种早年形成的爱好，是不会因为追求"经邦致治"而受到磨损的。上述第一阶段中的六人，虽然以大量创作军国文翰为主，但大多有诗赋创作间杂其中，足以说明在通过实用之途获得显贵之后，回归或重寻文学寄托，乃是普遍现象。再加上在此之前，王、庾等人的名气已经大行关中，两人的到来使得文学迅速走出复古的阴翳，使"梁、荆之风，扇于关右"，引起了极大的反弹，文风又回归到骈俪雕琢上，比之先前有过之而无不及。李昶文学观念与创作上的矛盾，实际上正体现了北周在文学理论上尚实用、重政教，与文学实践上尚华美、崇骈俪的冲突。

　　李昶晚年的创作，明显表现出模拟南朝的痕迹。其诗今存仅两首：

　　　　《陪驾幸终南山诗》：尧盖临河颍，汉跸践华嵩。日旗回北凤，星旆转南鸿。青云过宣曲，先驱背射熊。金桴拂泉底，玉琯吹云中。古辙称难极，新途或易穷。烟生山欲尽，潭净水恒空。交松上连雾，修竹下来风。仙才道无别，灵气法能同。东枣羞朝座，西桃献夜宫。诏令王子晋，出对浮丘公。

《奉和适重阳阁》①：衔悲向玉关，垂泪上瑶台。舞阁悬新网，歌梁积故埃。紫庭生绿草，丹墀染碧苔。金扉昼常掩，珠帘夜暗开。方池含水思，芳树结风哀。行雨归将绝，朝云去不回。独有西陵上，松声薄暮来。

其中《陪驾幸终南山诗》一首虽不乏新意，但仍不免有刻意经营的痕迹，其中"北凤""南鸿"；"东枣""西桃"等方位名词的对仗，明显有师法谢灵运的痕迹。唯"烟生山欲尽，潭净水恒空"两句，构思巧妙，颇富新意，是篇中之警句。第二首《奉和适重阳阁》是哀明帝而作，辞调悲苦，"将生命与外界空间和历史结合在一起，构筑了阔大的意境"。② 其中"紫庭生绿草，丹墀染碧苔"在色调与意象安排上独具匠心，在北周文人诗中较为突出。虽然两首诗能够别出心裁，且意境上具备北方的宏阔，但在整体风格上，仍能看出其对雕词琢句的刻意追求，因此未能臻于浑然天成之境。

庾信、王褒等人进入北周后，不仅影响了滕王、赵王以及李昶等显贵，更使"狂简之徒，斐然成俗，流宕忘反，无所取裁"。西魏早期草创制度之人的后辈，更深受影响。例如唐瑾次子唐令则"性好篇章，兼解音律，文多轻艳，为时人所传"。③ 又如卢柔之子卢仲宣"才学优洽，乃逾于（卢）观，但文体颇细。兄弟俱以文章显，论者美之"。④ "文体颇细"显然是指在精雕刻画上用功夫。这些人已经改变了其父辈们"文章之事，不足流于后世"的看法，转而追求文章之浮美，文辞之华丽。因为，就连说过此话的李昶，都已经在实际行动上作出了改变。

三 李昶与徐陵的文学交往

庾信进入北周后，与北周权贵有频繁的交往，李昶亦在其中。上文所

---

① 逯钦立据《文苑英华》录其诗名为《奉和重适阳关》，陈祚明《采菽堂古诗选》据《诗乘》录其诗名为《奉和适重阳阁》，认为旧题"乃倒置之误"，当以陈说为是。因庾信有《和宇文内史人重阳阁诗》一诗，其格调意境与李昶诗同，可知为同时所作。又徐陵《与李那书》中有"获殷公所借陪驾终南入重阳阁诗，……一咏歌梁之言，便掩盈怀之泪"之语。故诗名当为《奉和适重阳阁》，今据陈氏改之。
② 周建江：《北朝文学史》，中国社会科学出版社1997年版，第143页。
③ 《周书》卷32《唐瑾传附唐令则》，中华书局1971年版，第565页。
④ 《北史》卷30《卢柔传附卢仲宣》，中华书局1974年版，第1091页。

引李昶两首奉和之作,庾信皆有唱和。另外,加上庾信的《和宇文内史春日游山诗》一首,共三首与李昶唱和之作。李昶通过与庾信的文学交流,极大地提升了文学创作水平,而透过庾信对其鼓吹,使其对自身的文学信心倍增。

李昶的《陪驾幸终南山诗》《奉和适重阳阁》两诗,分别作于北周明帝二年(558)、明帝武成二年(560)。李昶对两诗极有自信,故此,正值周武帝保定元年(561)"六月乙酉,遣治御正殷不害等使于陈"。①李昶遂将两诗,并之前所作《荆州大乘寺》《宜阳石像碑》共四首,嘱托殷不害带到江南,请当时南朝文坛执牛耳者徐陵批评指正。徐陵看过李昶的诗文后,作《与李那书》回复之,其文如下:

籍甚清徽,常怀虚眷,山川缅邈,河渭像于经星,顾望风流,长安远于朝日,青要戒节,白露为霜,君子为宜,福履多豫,雍容廊庙,献纳便繁,留使催书,驻马成檄,车骑将军,宾客盈座,丞相长史,瞻对有劳,脱惠笺缯,慰其翘想。

吾栖迟茂陵之下,卧病漳水之滨,迫以淹齾,难为砭药,平生壮意,窃爱篇章,忽觌高文,载怀劳伫。此后殷仪同至止,王人授馆,用阻班荆,常在公筵,敬析名作,获殷公所借陪驾终南入重阳阁诗,及荆州大乘寺宜阳石像碑四首,铿锵并奏,能惊赵鞅之魂,辉焕相华,时瞬安丰之眼,山泽晻霭,松竹参差,若见三峻之峰,依然四皓之庙,甘泉卤簿,尽在清文,扶风辇路,悉陈华简。昔魏武虚帐,韩王故台,自古文人,皆为词赋,未有登兹旧阁,叹兹幽宫,标句清新,发言哀断,岂止悲闻帝瑟,泣望羊碑,一咏歌梁之言,便掩盈怀之泪。至如披文相质,意致纵横,才壮风云,义深渊海。

方今二乘斯悟,同免化城,六道知归,皆逾火宅,宜阳之作,特会幽衿,所睹黄绢之词,弥怀白云之颂;但耆阇远岳,檀特高峰,开士罗浮,康公悬溜,不获铭兹雅颂,耀彼幽岩,省览循环,用忘饥渴,握之不置,恒如赵璧,玩之不足,同于玉枕,京师长者,好事才人,争造蓬门,请观高制,轩车满路,如看太学之碑,街巷相填,无异华阴之市,但丰城两剑,尚不俱来,韩子双环,必希皆见,莫不以

---

① 《周书》卷5《武帝纪上》,中华书局1971年版,第65页。

好龙无别,木雁可嗤,载望琼瑶,因乏行李,金风已劲,玉质宜调,书不尽言,但闻爻系。徐陵顿首。

从语气上看,徐陵的回信充溢赞美之词,其对于李昶诗文的赞美,显然有过誉之嫌。上文所引李昶的两首奉和诗,虽然在北朝中属于上乘之作,但与南朝作品相比,尤其与徐陵、庾信相比,尚难用"出类拔萃"来形容。想必徐陵多是出于礼貌,才发此评论。保定元年(561)殷不害出使陈时,李昶在北周的爵位为车骑将军,官职为中外府司录,因此徐陵称其为"车骑将军,宾客盈座,丞相长史,瞻对有劳"。然本年殷不害出使以后,李昶又至骠骑大将军、开府仪同三司,第二年又转御正中大夫,"寻进爵为公,增邑通前一千三百户"。其官爵在北朝颇为煊赫,而且又受到赐姓"宇文氏"的礼遇,充分显示其作为宇文氏廊庙之器的地位。而此时的徐陵,虽然文学上已"为一代文宗",但官位上仍是散骑常侍、御史中丞,与李昶回信时,仍需考虑礼节性等问题。

因此,徐陵对李昶四篇诗文的评价极高,认为其诗作在文采方面:"铿锵并奏,能惊赵軨之魂,辉焕相华,时瞬安丰之眼";在风格方面:"标句清新,发言哀断";在立意方面:"披文相质,意致纵横,才壮风云,义深渊海。"以上几句不仅是对李昶的评价,也能代表此时徐陵对诗歌审美的理解。概括来说,徐陵心目中的佳作,当是具备音调铿锵,标句清新,文质相协,意致纵横,义深渊海等特点的,这与其早期竞尚轻艳的宫体诗风,表现出截然不同的审美追求。

徐陵这一文学观念的转变,与其在北齐之滞留经历不无关系,梁武帝太清二年(548)徐陵为通直散骑常侍,出使东魏,适逢江左侯景之乱,"会齐受魏禅,梁元帝承制于江陵,复通使于齐。陵累求复命,终拘留不遣。"[①] 六年以后,即梁敬帝萧方智绍泰元年(555)方得以南返。徐陵在北朝前后共六年时间中,对北方的风物人情有了深入了解,在广泛接触了如邢邵、魏收等东魏北齐文人之后,对北朝文学风貌有一定的认识,同时也打开了其局限在宫体轻艳之内的文学思想格局,因此才提出"披文相质,意致纵横",文质相协,以意为主的文学观念。

徐陵在《与李昶书》的最后部分,突出介绍了李昶诗文在南朝引起

---

① 《陈书》卷26《徐陵传》,中华书局1972年版,第326页。

的反响。其首先表达自己对李昶诗文的喜爱之情:"省览循环,用忘饥渴,握之不置,恒如赵璧,玩之不足,同于玉枕",又言京师文人之反应热烈:"京师长者,好事才人,争造蓬门,请观高制,轩车满路,如看太学之碑,街巷相填,无异华阴之市"。当然,不能排除徐陵加进了大量的夸饰之辞,以及自己的感情色彩。因此,若通过徐陵对李昶的评价,就此认为北朝文人已经超过南朝文人,尚缺乏依据,因为书信中出于礼貌和客套的情感,为评价的真实性掺入了极大的水分。这一情况也同样体现在李昶给徐陵的回信中。

保定二年(562),李昶给徐陵作出了回信,即《答徐陵书》。从徐陵的《与李那书》中所言"金风已劲"看,其书写于秋天,若按聘使行程计算,殷不害复命当在第二年,故李昶给徐陵的书信写于保定二年(562),其文如下:

> 繁霜应管,能响丰山之钟;玄云触石,又动流泉之奏,矧伊物候,且或冥符,况乃袗期,相忘道术。楚齐风马,吴会浮云,行李无因,音尘不嗣。殷御正衔命来归,嘉言累札。
> 江南橘茂,蓟北桑枯,阴惨阳舒,行止多福。足下泰山竹箭,浙水明珠,海内风流,江南独步。扶风计吏,议折祥禽;平陵李廉,办酬文约。况复丽藻星铺,雕文锦缛。风云景物,义尽缘情,经纶宪章,辞殚表奏。久已京师纸贵,天下家藏,调移齐右之音,韵改河西之俗。岂直杨云藻翰,独留千金,嗣宗文雅,唯传好事。
> 仆世传经术,才谢刘歆,家有赐书,学匪班嗣。弱年有意,频爱雕虫;岁月三余,无忘肄业。户牖之间,时安笔砚,颦眉难巧,学步非工,恒经牧孺之讥,屡被陈思之诮。羞逢仲子,类居山之鼓琴;屡觅子将,同本初之车服。不谓殷侯,虚谈成价,遂同布鼓,轻向雷门。燕石空雕,终惭比德,楚军虽拂,实愧栖桐。岂若邯郸举袖,唯闻变曲,协律飞尘,必应不顾。是以日南宝贝,遥望归秦;合浦文犀,更希还汉。芳春行献,莺其鸣矣。悬豫章之床,置长安之驿,厚筑墙垣,思逢郑侨之聘,工歌周颂,伫奏延陵之乐。书缯有复,道意无伸。李那顿首。

此篇书信为北周本土文人中少见的文采斐然之作。该文骈散结合,而以骈为主，其对于骈俪文体的掌握，以及对典故运用的娴熟，令人惊叹，几乎达到无一句不用典的地步。且其用典贴切妥当，毫无滞涩之感，甚至可与庾信用典相媲美。可见，李昶对于从庾信等南人处所学到的东西不仅能够内化，而且已能够运用精熟，显示了北周本土文人具备的深厚文学底蕴。李昶在夸奖徐陵上，亦不遗余力，如称徐陵诗文"久已京师纸贵，天下家藏，调移齐右之音，韵改河西之俗"。并认为其贡献已超过扬雄、阮籍。从李昶给徐陵这封书信中的典故运用频繁来看，其向南朝人显示学识、才华的心态十分明显。虽然李昶曾说过"文章之事，不足流于后世"，但这只是其"弱年有意，频爱雕虫"的掩饰而已。

李昶与徐陵的诗文交往和书信往来，在北周文学以及南朝文学发展中都具有特殊意义，其在于：一方面，对于北周文学而言，在经历早期凋敝、复古的低潮后，由于南朝文人庾信等人的加入，扩大了创作的群体、加强了创作交流，以抒情性、审美性为主导的文学创作，很快压倒了以实用性为主要追求的军国文翰创作。在其中获得了极大自信的李昶，将自己的诗文传入南方求教，便是这一意义的表现。这种心态，对于北周文学向深层次的健康发展有着重要的正面影响。另一方面，对于南朝文学而言，南朝文学在徐陵南下后，在整体上已经认识到文学存在雕镂刻画、追求形式、缺乏内容的弊病。因此，从北方吹来的刚健之气，不免引起徐陵等梁陈间具有代表性文人的重视，使其在理论上有寻求突破的想法和诉求。

第三节　入隋陈人仕宦心态与文学表达

对隋代文学的研究，多以关陇文人、山东文人、江左文人三大文人集团作为切入点，[①] 并且多集中在少数文人的研究上，杨素、杨广、卢思

[①] 自陈寅恪先生提出隋代三大集团概念后，对于隋代文学的研究，多以此为依据，概括为关陇、山东、江左三类文人，如李建国《隋代文学研究》（武汉大学2004年博士学位论文）；康震《文化整合视野中的诗史进程：论隋代诗歌的文化史意义》（《北京大学学报》2005年第3期）；《关陇集团与隋唐之际的文学观念》（《文艺研究》2010年第4期）；杨金梅《隋代诗歌研究》（社会科学文献出版社2011年版）等论著。

道、薛道衡等人被视为重中之重。① 相反，对入隋以后的江左文人，缺乏细致的研究，并且在对隋代南朝人的划分上，多将由梁入北的南人，与由陈入北的南人划为一类。② 实际上，由梁入北与由陈入北士人，因有先后之别，虽然在文化上有共同之处，但仍存在政治利益上的差别。因此，通过对由陈入隋文人仕宦经历的考察，有助于分析隋代政治对其心态的影响，对入隋陈人文化、文学活动的考察，有助于分析其对隋代文化做出的贡献，并利于考察其文学表现如何契合北朝文学之风气，从而更全面地审视隋代对南朝文人的改造情况。

一 入隋陈人的政治困境

梁、陈以来南人大规模入北有两次，一次在北周灭梁后，梁朝士人大量进入北周、北齐。一次在隋灭陈后，陈代士人作为俘虏被迁入关中。

第一批入北士人，其代表有庾信、王褒、明克让、殷不害、诸葛颖、庾季才、刘臻、柳㪚言、裴政、柳庄等人，这些南朝人初入北周时，尚怀有故土之思。但在梁陈禅代的更迭之后，其思念故国的情怀受到削弱，并逐渐产生对北周政权的认同感。在与北周政权合作的过程中，虽然受到来自关陇集团，以及平齐后入周的山东集团的排挤，但在朝中逐渐形成一定的势力，并渐渐融入北周政治生活，在隋文帝代周的过程中也起到一定的作用。

第二批入北的陈人，所面临的政治环境，与第一批入北梁人明显不同，他们不仅面临来自固有势力较强的关陇集团、山东集团的排挤，同时也面临与前辈梁人协调利益关系的问题。因此，将先后两次入北南朝人笼统地看作一个政治集团，显然过于简单。入隋陈人在复杂的利益关系中，表现出在夹缝中生存的窘困。

入隋梁人和入隋陈人，在生活上与南朝时期无法相比。入北后的南朝梁人，因其身份为俘虏，故除少数显贵及有才华者受到礼遇外，多被

---

① 相关研究可见：曹道衡、沈玉成《南北朝文学史》（人民文学出版社 1991 年版）第二十六章；葛晓音《八代诗史》（中华书局 2007 年版）第十章；杨金梅《隋代诗歌研究》（社会科学文献出版社 2011 年版）等。以上诸论著，多以卢思道、薛道衡、杨素、杨广为主要讨论对象，对入隋陈人群体创作情况涉及较少。

② 王永平：《隋代江南士人的浮沉》，《历史研究》1995 年第 1 期；郭林生：《略论隋代南方政治集团在政治集团结构中的嬗变》，《郑州大学学报》2005 年第 3 期。

配为奴隶。"邺都之陷也,衣冠士人多没为贱",梁人庾季才曾"散所赐物,购求亲故",并劝诫隋文帝不应将南方缙绅贬为贱隶,文帝乃"因出令免梁俘为奴婢者数千口"。① 衣冠士人虽免受奴役之苦,然生活仍极其窘困。庾信早年虽闻名南北,然其入北之后生活境遇大变,在《谢赵王赉米启》中,庾信称自己几乎断炊:"陋巷箪瓢,栉风沐雨,剥榆皮于秋塞,掘蛰燕于寒山,仰费国租,遂开尘甑。非丹灶而流珠,异荆台而炊玉。"在《谢赵王赉丝布启》中陈述冬日之苦寒:"张超之壁,未足鄣风;袁安之门,无人开雪。覆鸟毛而不暖,然兽炭而逾寒。"滕王宇文逌和赵王宇文招两人对庾信多予优待照顾,时常在生活上周济庾信,其所赠物品,多是丝匹、锦带、巾、米、干鱼、猪、马、雉等寻常之物。但在庾信这里,大有受宠若惊之感。在答谢滕王、赵王时,其态度谦卑,竭诚感恩:"陈留下粟,有愧深恩,栎阳雨金,翻惭曲施。"② 以白龟、黄雀自喻:"白龟报主,终自无期;黄雀谢恩,竟知何日。"③ 甚至愿服鞍前马后之劳:"马前驱而导路,或以识恩;鸡未晓而开关,容能报主。"④ 其对北周宗室在生活上的救济,极尽感激之能事。同样,颜之推也称自己由齐入周后,"家道馨穷""朝无禄位,家无积财",⑤ 以庾信、颜之推等"特蒙恩礼"者尚且如此,其他南来士人生活之困境可以想见。

与入北梁人相似,陈人入隋后生活亦颇贫困。如沈光"家甚贫窭,父兄并以佣书为事";⑥ 虞世基"贫无产业,每佣书养亲"。⑦ 生活的窘困迫使这些南来陈人,只能倚仗自己的文化优势,以佣书为业。而少数不安分子,甚至"交通轻侠,为京师恶少年之所朋附",⑧ 潜在地威胁了隋朝政权的稳定。

陈人在生活上之窘困,尚不能与其在仕宦上之蹇滞相比。陈人入隋之

---

① 《隋书》卷78《艺术传·庾季才》,中华书局1973年版,第1765页。
② 倪璠:《庾子山集注》,中华书局1980年版,第566页。
③ 同上书,第572页。
④ 同上书,第578页。
⑤ 王利器:《颜氏家训集解》,中华书局1993年版,第204页。
⑥ 《隋书》卷64《沈光传》,中华书局1973年版,第1513页。
⑦ 《隋书》卷67《虞世基传》,中华书局1973年版,第1572页。
⑧ 《隋书》卷64《沈光传》,中华书局1973年版,第1513页。

初,多被分配到藩王府邸作为文学侍从,以此有进入朝中为官者,然而多数陈人官竟不迁,久不得调。如虞绰"绰所笔削,帝未尝不称善,而官竟不迁"。① 陆知命"数年不得调,诣朝堂上表,请使高丽"。② 庾自直"陈亡,入关,不得调"。③ 蔡徵"累年不调,久之,除太常丞"。④ 蔡徵在《与释智顗书》中称:"自江东披破,弟子前预送京,不获虔礼,于兹五载。"⑤ 可说明陈人在隋不受礼遇,仕宦不顺的苦闷。更有许多陈人连朝廷都没有进入,就死在藩王府邸,如沈德威"陈亡,入隋,官至秦王府主簿"。⑥ 王元规"陈亡入隋,卒于秦王府东阁祭酒"。⑦ 江总之子江子溢"颇有文辞,……入隋,为秦王文学。"⑧ 这些人进入秦王杨俊府邸,充当文学侍从,始终没有被朝廷委以重任。

导致陈人入隋后"经年不调""官竟不迁"的原因,大致可归纳为三点:其一,北朝固有权贵的阻挠。如裴蕴在陈代任"直阁将军、兴宁令",文帝平陈之际,"以父在北,阴奉表于隋文帝,请为内应",以此受到文帝礼重。在论功行赏时,隋文帝以裴蕴"夙有向化心,超授仪同",这引起仆射高颎的不满,他认为"蕴无功于国,宠逾伦辈",因此不可授予高位。然而隋文帝似有意与之抗衡,两人上演一场君臣斗:"(文帝)又加上仪同,颎复谏。上曰:'可加开府。'颎乃不敢复言。"⑨ 从高颎对裴蕴封官过高百般阻挠一事可见,关陇集团旧有勋贵对南朝人在朝中占据重要职位表现得极为抵触。而隋文帝对南朝士人之册封,或出于与关陇集团固有势力之对抗,或出于个人意气之争,并非出于实用之宜。因此,其对陈人所授之官多虚职而无实权。

隋文帝对待陈人的整体叙用态度是重其才德,而不予实权。在平陈之后,南来士人有的虽然受到褒奖,但也仅限于口头之表彰,并未给予与其才华相应的实际待遇。姚察在入陈之后"文帝知察蔬菲,别日乃独召入

---

① 《隋书》卷76《文学传·虞绰》,中华书局1973年版,第1739页。
② 《隋书》卷66《陆知命传》,中华书局1973年版,第1560页。
③ 《隋书》卷76《文学传·庾自直》,中华书局1973年版,第1742页。
④ 《南史》卷68《蔡景历传附蔡徵》,中华书局1975年版,第1662页。
⑤ 严可均:《全隋文》,商务印书馆1999年版,第147页。
⑥ 《南史》卷71《儒林传·沈德威》,中华书局1975年版,第1749页。
⑦ 《南史》卷71《儒林传·王元规》,中华书局1975年版,第1756页。
⑧ 《南史》卷36《江夷传附江子溢》,中华书局1975年版,第941页。
⑨ 《隋书》卷67《裴蕴传》,中华书局1973年版,第1574页。

内殿，赐果菜，乃指察谓朝臣曰：'闻姚察学行当今无比，我平陈唯得此一人。'"① 对其褒奖甚高。值得注意的是，同样的评价竟然也出现在许善心身上。许善心在入隋之初，立朝而泣，隋文帝亦曰："我平陈国，唯获此人。既能怀其旧君，即是我诚臣也。"② 从对姚察、许善心两人相同的评价可以看出，隋文帝虽表面重视南陈人才，但实际上只是流于形式上的口头称赞，其目的是通过表彰南朝士人，以树立道德典范，供关陇及山东群臣效法而已。

其二，隋朝对南朝文化固有的排斥情绪。隋平陈后，隋朝整体上抱着一种陈代之亡乃道德沦丧的态度。因此，出于控制思想，规范道德之需要，妄图在江南强制推行"五教"。所谓"五教"，即"父义、母爱、兄友、弟恭、子孝"五种儒家伦理，这一道德规范是人之常情，本不应被南朝人排斥，但因为隋文帝及苏威在执行过程中采取简单粗暴的强制手段，无视南朝文化自身的特点，竟然引起江南的大规模反叛。《北史·苏绰传》载："平陈之后，牧人者尽改变之，无长幼悉使诵五教。威加以烦鄙之辞，百姓嗟怨。使还，奏言江表依内州责户籍。上以江表初平，召户部尚书张婴，责以政急。时江南州县又讹言欲徙之入关，远近惊骇。饶州吴世华起兵为乱，生脔县令，啖其肉。于是旧陈率土皆反，执长吏，抽其肠而杀之，曰：'更使侬诵五教邪？'寻诏内史令杨素讨平之。"这一文化政策之失误在于两点：一是"无长幼"皆诵之；二是多"烦鄙之辞"。加之要将陈人"徙之入关"，于是引起江左大规模的反抗。隋文帝急于控制江南的策略，显示出关陇贵族对江南文化的敌视和排斥。③ 入北后的陈人，既背负亡国之奴的身份，同时又承受了沉重的文化负担，这是其在隋代不得叙用的原因之一。

其三，前辈梁人的排挤。入隋梁人与陈人之间，因其入隋有先后之分，故而在共同利益上并非毫无嫌隙。早期入北的南朝梁人，已经形成了固定的文化团体，常在一起文酒相会，庾季才"常吉日良辰，与琅琊王褒、彭城刘毂、河东裴政及宗人信等，为文酒之会。次有刘臻、明克让、

---

① 《陈书》卷27《姚察传》，中华书局1972年版，第352页。
② 《隋书》卷58《许善心传》，中华书局1973年版，第1424—1425页。
③ 王永平：《隋代江南士人之北播及其命运之浮沉》，《中古士人迁移与文化交流》，社会科学文献出版社2005年版，第227—229页。

柳巧言之徒，虽为后进，亦申游款"。① 陈人入隋后，则少见与梁朝文人有"文酒之会"的记载。并且，少数梁人对陈人仕宦于背后施加阻碍。

以梁人诸葛颖和陈人虞绰、王胄之关系为例。诸葛颖"起家梁邵陵王参军事，转记室。侯景之乱，奔齐，待诏文林馆。历太学博士、太子舍人"。由齐入周后久不得调，因其"清辩有俊才"颇得杨广赏识，即位后"迁著作郎，甚见亲幸。出入卧内，帝每赐之曲宴，辄与皇后嫔御连席共榻"。诸葛颖倚仗其与杨广之关系，在朝中"多所谮毁，是以时人谓之'治葛'"。② 入隋陈人虞绰也因为才华优秀，为隋炀帝修改文章"绰所笔削，帝未尝不称善"，然而"官竟不迁"。因此对诸葛颖"以学业幸于帝"表示愤愤不平，并对诸葛颖"每轻侮之"，两人"由是有隙"。③ 当隋炀帝向诸葛颖询问虞绰为人时，诸葛颖回答说："虞绰粗人也"，对其进行贬抑。又如陈人王胄"为诸葛颖所嫉，屡谮之于帝，帝爱其才而不罪"。然而以"治葛"著称的诸葛颖，对梁朝宗室出身的萧瑀评价却甚高，称赞其所作《非辩命论》为："今萧君此论，足疗刘子（刘孝标）膏肓。"诸葛颖之所以忌妒虞绰、王胄，而偏爱萧瑀；虞绰"每轻侮"诸葛颖，皆是因为两者分属梁、陈不同利益集团之故。

来自隋朝各势力的排斥和江南的反抗情绪，不仅使隋文帝朝在对南朝人的任用上多有压制，同时也使大量南朝人心怀故土，尤其怀念江南的文化环境，许善心泪洒朝堂，其实正是为故国文化之沦丧所悲。对南朝文化的眷恋，又使许多入北南人，或选择退隐山林，如徐仪"陈亡入隋，开皇九年，隐于钱塘之赭山"。④ 或冒着生命危险逃归故里，如虞绰因与杨玄感交往，被囚至长安，途中"潜渡江，变姓名，自称吴卓"。后来被人所识破，"为吏所执，坐斩江都"。⑤ 王胄因与杨玄感交往，被治罪，"潜还江左，为吏所捕，坐诛"。⑥ 萧德言也在被徙关中后，"诡浮屠服亡归江南，州县部送京师。"⑦ 对南朝生活环境、文化环境的眷恋，对隋政权的

---

① 《隋书》卷78《庾季才传》，中华书局1973年版，第1767页。
② 《隋书》卷76《文学传·诸葛颖》，中华书局1973年版，第1734页。
③ 《隋书》卷76《文学传·虞绰》，中华书局1973年版，第1739—1740页。
④ 《陈书》卷26《徐陵传附徐仪》，中华书局1972年版，第337页。
⑤ 《隋书》卷76《文学传·虞绰》，中华书局1973年版，第1740页。
⑥ 《隋书》卷76《文学传·王胄》，中华书局1973年版，第1742页。
⑦ 《新唐书》卷198《儒学传·萧德言》，中华书局1975年版，第5653页。

不满，使他们虽面临被捕后的严厉处罚，仍不惜南奔。

总而言之，因为不同利益集团的排斥，以及生活的窘困，仕途的蹇滞等多种因素，陈人对隋政权并未产生广泛的认同感。同时，隋朝也并未采取有效措施来笼络陈人，将其纳入政权结构当中，使其甘于为新政权服务。因此，许多陈人多采取观望的政治态度，在隋末动乱中，往往伺机而动，选择新的依附。杨玄感的叛乱，以及窦建德、李渊等军阀幕僚当中，陈人出力甚多，即是明证。这些士人流散四处，依附于各地方割据政权，表现出适合时宜的为政态度，以及在乱世中自保的心态。当然，也有一些陈人投隋炀帝所好，进入政权核心，并受到礼遇，在隋代文化建设以及文学发展中，贡献自己的文化才力。

二 入隋陈人的文化活动

虽然多数入隋陈人选择不与政权合作的态度，但仍有部分士人，通过迎合上意，进入政权核心。如虞世基"貌沉审，言多合意，是以特见亲爱，朝臣无与为比"。[①] 裴蕴"善候伺人主微意，若欲罪者，则曲法顺情，锻成其罪；所欲宥者，则附从轻典，因而释之"。[②] 两人皆因阿谀奉主，官位显赫，与苏夔、宇文述、裴矩"参掌朝政，时人称为五贵"。[③] 其他入隋陈人，也都或多或少因为迎合上意获得认可，并被赋予一定权力，但像虞世基和裴蕴这种参掌机要者，则少之又少。

南来陈人与隋朝士人相比，保持了一定文化上的优势，在隋炀帝身为晋王时期，便意识到陈朝士人在文化软实力上的优势。因此，隋炀帝登基之后，十分重视利用这些士人在此方面的能力，用以填补隋代文化之空白。归纳来看，陈人对隋代文化上的贡献，主要体现在以下几个方面。

第一，编书修史。陈人参与编撰的书籍涉及类书、地方志、礼书、韵书等多方面内容。《隋书·文学传·虞绰》："及陈亡，晋王广引为学士。大业初，转为秘书学士，奉诏与秘书郎虞世南、著作佐郎庾自直等撰《长洲玉镜》等书十余部。"《隋书·经籍志》称《长洲玉镜》有二百三十八卷。虞绰、虞世南、庾自直共同编撰的亦不只《长洲玉镜》，尚有

[①]《隋书》卷67《虞世基传》，中华书局1973年版，第1573页。
[②]《隋书》卷67《裴蕴传》，中华书局1973年版，第1575页。
[③]《北史》卷63《苏绰传》，中华书局1974年版，第2230页。

"十余部"。《隋书·经籍志》有"《帝王世纪音》四卷虞绰撰";《旧唐书·经籍志》载虞绰等还有"《类集》一百一十三卷",当是此时编撰的"十余部"中的部分类书。

地方志主要有《区宇图志》一部。《隋书·隐逸传·崔赜》:"五年,受诏与诸儒撰《区宇图志》二百五十卷,奏之。帝不善之,更令虞世基、许善心衍为六百卷。"该书本由北朝人崔赜主修,后又被虞世基、许善心改进。姚察也参与了编撰,《新唐书·姚思廉传》:"炀帝又诏与起居舍人崔祖浚修《区宇图志》。"该书主要以"明九域山川之要,究五方风俗之宜"为宗旨,其书"卷头有图,别造新样,纸卷长二尺,叙山川则卷首有山川图,叙郡国则卷首有郭邑图,其图上有山川、城邑"。是较早一部官修集合地图、地志的地理总志。

礼书方面主要是《江都集礼》的编撰。《隋书·文学传·潘徽》:"晋王讳复引为扬州博士,令与诸儒撰《江都集礼》一部。"《江都集礼》一百二十六卷,《隋书》载有潘徽序文,称该书"取方月数,用比星周,军国之义存焉,人伦之纪备矣"。至唐代,许多礼制建设方面,仍以《江都集礼》为准的。

韵书主要是潘徽所编《韵纂》三十卷,《隋书》并载有潘徽序文。此前北朝韵书有魏李登《声类》、吕静《韵集》,然两书"诗赋所须,卒难为用",不能直接指导诗赋创作。《韵纂》则"总会旧辙,创立新意,声别相从,即随注释。详之诂训,证以经史,备包《骚雅》,博牵子集",与两书相比,多有进步。

陈人在编书之外,亦多被用以修史。如潘徽在隋炀帝嗣位后,"与著作佐郎陆从典、太常博士褚亮、欧阳询等助越公杨素撰《魏书》,会素薨而止。"[1] 姚察也奉诏续父姚思廉之志,修《梁书》《陈书》。许善心继承其父许亨修《梁史》五十三卷。此外,许善心还对隋代书籍的目录整理有所贡献:"于时秘藏图籍尚多淆乱,善心仿阮孝绪《七录》更制《七林》,各为总叙,冠于篇首。又于部录之下,明作者之意,区分其类例焉。"[2] 对隋代图书整理贡献极大,且其"于部录之下,明作者之意"的做法,显然已开《四库全书总目提要》体例之先声。

---

[1] 《隋书》卷76《文学传·潘徽》,中华书局1973年版,第1747页。
[2] 《隋书》卷58《许善心传》,中华书局1973年版,第1427页。

第二，参与礼制建设与规划。北周及隋在礼制建设上，多承梁陈之制，南朝人在礼制建设中，起到重要作用。此问题陈寅恪先生已多所发凡："明克让、裴政俱以江陵俘虏入西魏，许善心以陈末聘使值国灭而不归，其身世与庾信相似，虞世基、袁朗在陈时即有才名，因见收擢，皆为南朝之名士，而家世以学业显于梁陈之时者也。隋修五礼，欲採梁陈以后江东发展之新迹，则兹数子者，亦犹北魏孝文帝之王肃、刘芳，然则史所谓隋'採梁仪注以为五礼'者，必经由此诸人所输入，无疑也。"① 具体而言，许善心曾著《七庙议》，讨论宗庙形制，虞世基有《章服议》讨论章服形制，皆被采纳。又《隋书·礼仪志五》："皇后属车三十六乘，初宇文恺、阎毗奏定，请减乘舆之半。礼部侍郎许善心奏驳。……制曰：'可。'"可见其时在礼制问题的决断上，多以南朝士人之论为准的。

隋开皇雅乐亦博采于梁陈。② 隋在平陈后，将陈代流传下来的宋齐旧乐器，以及江左乐工集于乐府，隋文帝在听其演奏之后，"叹曰：'此华夏正声也。'乃调五音为五夏、二舞、登歌、房内等十四调，宾祭用之。"③ 在隋文帝看来，陈代所传音乐是为华夏正声，因此采纳牛弘建议，将北魏以及后周音乐"杂有边裔之声，皆不可用，请悉停之"④。为此后隋代音乐走向雅正奠定方向。此次参与礼乐重新参定之人，就以陈人为主。开皇十四年（594）三月"乐定。秘书监、奇章县公牛弘，秘书丞、北绛郡公姚察，通直散骑常侍、虞部侍郎许善心，兼内史舍人虞世基，仪同三司、东宫学士饶阳伯刘臻等""详定雅乐，博访知音，旁求儒彦，研校是非，定其去就。"⑤ 除了牛弘外，姚察、许善心、虞世基皆为陈人，梁人仅刘臻一人。此外，陈人毛爽还参校南北音律，制作《律谱》以定十二律。

第三，与隋炀帝商讨文章。隋炀帝后期的文学成就，很大程度上得益于入隋陈人的帮助。隋炀帝在身为晋王时，因为做过扬州总管，对江南文化颇为喜爱，及为帝王之后，更重视从南朝文人身上学习文学，其早年多

---

① 陈寅恪：《隋唐制度渊源略论稿》，商务印书馆2011年版，第57页。
② 同上书，第131页。
③ 《资治通鉴》卷177《隋纪一》，中华书局1956年版，第5524页。
④ 《隋书》卷15《音乐志》，中华书局1973年版，第351页。
⑤ 同上书，第359页。

学习"庾信体","及见（柳）巧言已后，文体遂变"。① 因此，对虞绰、虞世南、庾自直、王胄等人礼遇有加。如虞绰与"虞世南、庾自直、蔡允恭等四人常居禁中，以文翰待诏，恩盼隆洽"。② 庾自直"解属文，于五言诗尤善"，在陈时就已著名，其"性恭慎，不妄交游，特为帝所爱"，隋炀帝每有篇章，"必先示自直，令其诋诃。自直所难，帝辄改之，或至于再三，俟其称善，然后方出。其见亲礼如此。"③ 王胄于大业初，为著作佐郎，以文词为炀帝所重。"帝常自东都还京师，赐天下大酺，因言诗，诏胄和之。"④ 隋炀帝对南朝文学的吸收，通过商讨诗文优劣，与南朝诗人赓和，虚心学习创作经验等多条途径，来提升自己的文学水平。通过与陈人的切磋学习，遂使隋炀帝"大制艳篇，辞极淫绮"，沈德潜《说诗晬语》称其"艳情篇什，同符后主"，实乃受入隋陈人影响所致。

第四，以阴阳符应、医术占卜附会帝王。入隋陈人亦投帝王之所好，以符应占卜医术技巧等小道，取得帝王认可者。如耿询"滑稽辩给，伎巧绝人""炀帝即位，进欹器，帝善之，放为良民"。许智藏"少以医术自达，仕陈为散骑侍郎""炀帝即位，智藏时致仕于家，帝每有所苦，辄令中使就询访，或以舆迎入殿，扶登御床。智藏为方奏之，用无不效"。袁充"性好道术，颇解占候，由是领太史令。时上将废皇太子，正穷治东宫官属，充见上雅信符应，因希旨进"。此类陈人大多既乏门第，又无弘才，多"要求时幸，干进务入"，靠察言观色，凭借自己的特殊才艺，或免受奴役，或得一官半职，其在文化上之贡献并不大。

以上仅就入隋陈人的文化活动进行粗陈概要，实际上，南朝梁陈士人，在隋代文化建设上的作用应该得到相应的重视。按照陈寅恪先生之论，隋唐制度之渊源承续东魏北齐、南朝两支，要多于承续西魏北周一支。⑤ 实则在此之前，北周所承接的东魏北齐一脉制度，也多出自南朝，因此，东魏北齐制度亦属间接来源，且其中多有讹谬之处。在隋平陈后，北上陈人所带来的制度仪轨，相对来说乃直接渊源，正如陈代音乐被隋文帝视为"华夏正声"一般。故而在隋朝的文化建构中，北上陈人之贡献，

---

① 《隋书》卷58《柳巧言传》，中华书局1973年版，第1423页。
② 《隋书》卷76《文学传·虞绰》，中华书局1973年版，第1739页。
③ 《隋书》卷76《文学传·庾自直》，中华书局1973年版，第1742页。
④ 《隋书》卷76《文学传·王胄》，中华书局1973年版，第1741页。
⑤ 陈寅恪：《隋唐制度渊源略论稿》，商务印书馆2011年版，第4页。

不亚于关陇集团以及山东集团之贡献。

三 入隋陈人的创作新变

陈人入北后虽多有奉和之作,诗歌内容和风格上承续陈朝,并影响了以杨广为中心的北朝文人。但这些作品的气象和意境,与其在陈朝时,有着明显的不同。学界对陈代的文学研究,多集中在陈人入北之前的创作,并着重在陈叔宝、张正见、江总、徐陵、阴铿等大作家上,而忽视陈人入北后的文学创作。① 这固然与其所存留作品之匮乏相关,但从少量作品中,仍能看到由南入北后,陈人在创作心态上发生的变化,以及南北文学融合的某些关键性因素。

陈人在隋朝的创作,按内容可分三类:

其一,属歌功颂德的赋颂之作。陈人在隋,迫于政治压力,不得不表现出恭顺、谦卑的姿态。在参与政权建设上,极力表现自己对政权的拥护。入隋陈人或主动称颂太平,如陆知命见天下一统,"劝高祖都洛阳,因上《太平颂》以讽焉。"或主动请缨,显示才学,如开皇十六年(596),"有神雀降于含章闼,高祖召百官赐晏,告以此瑞",许善心"于座请纸笔,制《神雀颂》。"或受帝王点名作文,虞绰"从征辽东,帝舍临海顿,见大鸟,异之,诏绰为铭"。潘徽"尝从俊朝京师,在涂,令徽于马上为赋,行一驿而成,名曰《述恩赋》"。陆知命《太平颂》和潘徽《述恩赋》其文佚失,许善心《神雀颂》、虞绰《大鸟铭》本传皆全载其文,内容上无非颂德为主。因颇冗长,故此从略。陈人在此类作品中,多以显示才学为目的,希望以此获得皇帝重视。许善心《神雀颂》写成后,"奏之,高祖甚悦,曰:'我见神雀,共皇后观之。今旦召公等入,适述此事,善心于座始知,即能成颂。文不加点,笔不停豪,常闻此言,今见其事。'因赐物二百段。"彰显陈朝文人创作之速敏。虞绰《大鸟铭》写成:"帝览而善之,命有司勒于海上。以度辽功,授建节尉。"② 这种以文学取进的做法,使他们养成卑顺谦恭的性格,同时也更加引起来自各利益集团的不满和排斥。

其二,奉和应制之作。陈人的奉和之作,主要有姚察《赋得笛诗》;

---

① 马海英:《陈代诗歌研究》,学林出版社2004年版。
② 《隋书》卷76《文学传·虞绰》,中华书局1973年版,第1740页。

王胄《奉和赐酺诗》《奉和悲秋应令诗》；许善心《奉和赐诗》《奉和还京师诗》《奉和冬至乾阳殿受朝应诏诗》；庾自直《初发东都应诏诗》；虞世基《奉和幸江都应诏诗》《汴水早发应令诗》《奉和望海诗》《赋昆明池一物得织女石诗》《赋得石诗》《衡阳王斋阁奏妓诗》《奉和幸太原辇上作应诏诗》《赋得戏燕俱宿诗》；虞世南《奉和御制月夜观星示百僚诗》《追从銮舆夕顿戏下应令诗》《奉和幸江都应诏诗》《奉和献岁燕宫臣诗》《奉和出颍至淮应令诗》等。

此类奉和之作中，陈人一方面表达恩情，如王胄《奉和赐酺诗》："诏问百年老，恩隆五日酺。小人荷熔铸，何由答大炉。"许善心《奉和赐诗》："帝道属昇平，天文预观象。兹生荷化育，博施多含养。正始振皇风，端居留眷想。夕拜参近侍，朝思滥弘奖。温树贵不言，克艰庶无爽。"另一方面试图通过奉和，展示才学，因此诗中不免流露南朝诗歌辞藻华丽，构思精巧的特征。如王胄《奉和悲秋应令诗》："蝉噪闻疑断，池清映似空。"庾自直《初发东都应诏诗》："照日秋原净，分花曲水香。"虞世南《奉和御制月夜观星示百僚诗》："清风涤暑气，文露净器尘。荡雾销轻縠，鲜云卷夕鳞。"《奉和献岁燕宫臣诗》："春光催柳色，日彩泛槐烟。"《奉和出颍至淮应令诗》："寒流泛鹢首，霜吹响哀吟。"此类句子，颇有萧悫"芙蓉露下落，杨柳月中疏"那种"萧散"和"宛然在目"的韵致。入隋陈人在奉和之作中，难免流露南朝梁陈诗风的影响，这种影响，播及初唐君臣在宫廷诗中的赓和之作。初唐宫廷诗人奉和诗中的意象和格调，实为隋代陈人此类作品的延续。

其三，抒发怀抱、吐露真情之作。与前两类作品相比，第三类作品最能真实地体现陈人入隋后内心的波动和心态的变化。此类作品在体裁上多以赠答、书信等短小诗句为主，也有长篇诗歌的情感抒发。代表作家为王胄、虞世基。

王胄祖父为梁代诗人王筠，"少有逸才"，入隋后"以文词为炀帝所重"，杨广称其诗"气高致远"。[①] 王胄在赠答诗中，多能流露真情。如《酬陆常侍诗》：

相知四十年，别离万余里。君留五湖曲，余去三河涘。寒松君后

---

① 《隋书》卷76《文学传·王胄》，中华书局1973年版，第1741页。

涧,溺灰余仅死。何言西北云,复觌东南美。深交不忘故,飞觞敦宴喜。赠藻发中情,奇音迈流徵。追惟中岁日,于斯同憩止。思之宛如昨,倏焉逾二纪。畴昔多朋好,一旦埋蒿里。无人莫己知,有痛伤知己。把臂还相泣,肖然吾与子。沾襟行自念,哀哉亦已矣。吾归在漆园,著书试词理。劳息乃殊致,存亡宁异轨。大路不能遵,咄哉情可鄙。

又《别周记室诗》:

五里徘徊鹤,三声断绝猿。何言俱失路,相对泣离樽。别意凄无已,当歌寂不喧。贫交欲有赠,掩涕竟无言。

这些诗中,诗人多次描述自己流泪的情状,"把臂还相泣""沾襟行自念""相对泣离樽""掩涕竟无言"。在入北之后,王胄心境不同于以往在陈时的安逸,故而多表达悲伤哀愁、苦闷惆怅的情绪。《隋书》本传称王胄:"性疏率不伦,自恃才伐,郁郁于官,每负气陵傲,忽略时人。"但这正是他外表作强,内心落寞的表现。在无人的时候,他常常"抱影私自怜,沾襟独惆怅",而后来他"潜还江左",正是他不适应北方生活,眷恋南方的表现。

与王胄一样,虞世基也多在诗歌中表达政治上难以诉说的情感。虞世基与其弟虞世南被时人比作"二陆",但在诗歌的侧重上有所不同。虞世南的作品全部为奉和之作,其入唐后,创作也以赓和之作为主。但虞世基在政治上阿谀谄媚隋炀帝之外,仍能在诗中表达自己的真实情绪,《新唐书·虞世南传》称:"世基辞章清劲过世南,而赡博不及也"。所谓的"辞章清劲",当是指这类真实反映思想感受的作品而言。

虞世基入隋之初,"贫无产业,每佣书养亲,怏怏不平。尝为五言诗以见意,情理凄切,世以为工,作者莫不吟咏。"其《秋日赠王中舍诗》似乎就是此类作品,该诗作于开皇十一年(591)秋,其所赠之"王中舍",当为王胄兄王眘。[①] 该诗通过送别同是南朝陈人的形式,表达陈朝沦丧之痛,颇有黍离之悲:"秦关望吴苑,渭浃去江汶。天汉星躔绝,山川

---

① 曹道衡、沈玉成:《中古文学史料丛考》,中华书局2003年版,第786页。

地角分。百年变朝市,千里异风云。……南风忽不竞,东海遂成田。……士衡嗟苦辛,德琏伤流寓。巩洛重行行,寓目尽伤情。……清文宁解病,妙曲反增愁。……兰枯芳草歇,槐古忆前秋。江干不可望,徒此叹离忧。"诗人将南朝之沦丧形容为"百年变朝市,千里异风云""南风忽不竞,东海遂成田",沧海桑田在一瞬间的变换,其中蕴含了无限的惋惜惆怅。又以陆机、应场自喻,将亡国丧家之痛楚与流离寄寓之哀伤交织在一起,更增"离忧"之感。

除了长诗《秋日赠王中舍诗》中表达丧国之痛外,虞世基的几首小诗,也能真切表达其入北后心态的变化。如《初渡江诗》:"敛策暂回首,掩涕望江滨。无复东南气,空随西北云。"《入关诗》:"陇云低不散,黄河咽复流。关山多道里,相接几重愁。"两诗都作于北上之初,其意象沉郁、格调深沉之处,不减庾信。而另外两首咏物诗,零落萧索的气象贯彻其中,《零落桐诗》:"零落三秋干,摧残百尺柯。空余半心在,生意渐无多。"又其《晚飞乌诗》,意境与之相同:"向日晚飞低,飞飞未得栖。当为归林远,恒长侵夜啼。"诗中仿佛透露出作者强烈的厌世情绪。虞世基屈仕隋朝,虽然官位显赫,典掌机要,但"于时天下大乱,世基知帝不可谏止,又以高颎、张衡等相继诛戮,惧祸及已,虽居近侍,唯诺取容,不敢忤意"[①]。上引两首诗,或许就是这种政治环境下,虞世基矛盾苦闷心态的一个注脚。

除了王胄、虞世基外,许善心的《于太常寺听陈国蔡子元所校正声乐诗》和虞绰的《于婺州被囚诗》,也多能吐露心声。许善心在隋听到所谓"正声乐",发出南陈之音乐实为亡国之音的感慨:"钟奏殊南北,商声异古今。独有延州听,应知亡国音。"可算作一种文化之反思。虞绰的《于婺州被囚诗》是在被囚之时所作,其中言:"况当此春节,物候惊田里。桃蹊日影乱,柳迳秋风起。动植皆顺性,嗟余独沦耻。投笔不重陈,此情寄知己。"诗中没有运用典故,只有对妻儿朋友真诚的悔恨,和面对死亡时豁达的态度,其真情之流露,大不同于陈人奉和之作的故作典雅之态。

陈人在隋代的作品,多能吸收北朝之清刚,对南北文学融合的深化有突出贡献。王胄的《敦煌乐》二首:"长途望无已,高山断还续。意欲此

[①] 《隋书》卷67《虞世基传》,中华书局1973年版,第1573页。

念时，气绝不成曲。""极目眺修涂，平原忽超远。心期在何处，望望崦嵫晚。"两首诗的前两句，都运用了极其开阔的意象，视野顿时延伸至辽阔之境。后两句直陈胸臆，大有北朝民歌《陇头吟》中"登高望远，涕零双堕""遥望秦川，肝肠断绝"的情貌。王胄诗歌之变化，与庾信诗歌入北后的变化同属一种情况，都是受到北朝文化风貌浸润影响所致，此种情况在南朝士人入北后，盖属共性。

  虞世基的《出塞》二首，是与杨素、薛道衡的唱和之作，属于典型的边塞诗，也能体现南北文学合流的趋势。其中"雪暗天山道，冰塞交河源。雾烽黯无色，霜旗冻不翻"几句，在艺术构思上，一直影响到盛唐岑参的边塞之作，在他著名的《白雪歌》中，仍能看到虞世基《出塞》的影子。而其《长安秋》一首，在格律和风格体式上，已直逼唐人七律。由此可见，陈人在北朝的创作，已经能够很好地将北方的刚健之气，注入南朝诗歌的形式当中，毫无凝滞不通之感，从中我们似乎可以看到初唐，乃至盛唐诗歌的气象和格局。

  综上所述，入隋陈人在隋代的政治命途多舛，他们不仅面临来自隋代固有关陇集团、山东集团的排挤，还面对难以融入此前由梁入隋的南朝人的现实，这使得他们在生活和仕途上都面临前所未有的困厄。在此困境中，入隋陈人难以对隋代政权产生认同感，在心态上与之保持一定距离。隋代也多注重他们在文化上的作用，而不重视在政治上的叙用，因此在一定程度上，他们只对隋代文化的建设起到辅助作用。入隋陈人的文学创作中，除了奉和之作外，表达内心真实感受的作品较有价值，能够展示南北文学在隋代融合的轨迹和特征。

余 论

南北融通与初唐文统的构建

初唐高祖武德年间至太宗贞观末年二十几年时间里,完成了政权一统的任务,于道统之构建也已紧张进行,由此而来,文统的构建,在太宗朝需求日益强烈,这一任务落在以魏征为首的初唐史官身上。初唐史官汲取北周以来两次文风改革失败的经验,在继承隋代大儒王通复兴儒学的思想系统下,在理论层面提出了符合初唐君臣理想价值的文统方向。其文统的构建,是通过对南朝浮华文风的批评以及对雅正文风的崇尚实现的。然而,理论上的构建与实践之间的隔阂,使得文统虽然提出,但未能及时有效清除南朝影响至深的文学传统对宫廷诗的作用。在君臣创作与理念中,体现出明显的矛盾心态,这种矛盾,使得"文质彬彬"的文学理想,经历了不断的回环反复,以螺旋上升的方式实现。

一 初唐史官对文统的建构

初唐文统之确立,史官作用极大。出于总结治乱经验,借鉴政治得失的目的,武德年间,高祖采纳令狐德棻建议,下诏修史:"司典序言,史官记事,考论得失,究尽变通,所以裁成义类,惩恶劝善,多识前古,贻鉴将来。"[①] 武德年间修史未竟,太宗于贞观三年(629)下诏重修八史,至高宗显庆年间八部史书全部完成。从高祖到太宗朝之间的修史过程可以看出,太宗时期较之高祖时期的史鉴意识更为强烈,史书的修撰得以敦促,史官为了迎合太宗的思想,也加紧了修撰步骤。这种强烈的史鉴意识,正是初唐文统得以确立的思想前提和内在动力。

八部史书及其撰修者分别为:令狐德棻、岑文本、崔仁师修《周

---

① 《旧唐书》卷73《令狐德棻传》,中华书局1975年版,第2579页。

史》,李百药修《齐史》,魏征、颜师古、孔颖达、许敬宗等人修《隋史》,姚思廉修《梁史》《陈史》,房玄龄、褚遂良等人综合各家旧本,改撰《晋史》,《南史》《北史》则由李延寿私修官定而成。

其中《陈书》有《文学传》并序论,《晋书》有《文苑传》并序论,《梁书》有《文学传》两卷,并序论,《周书》虽无文苑传,但《王褒庾信传》实际上充当了文苑传的作用,其后传论的内容,实为一篇简短的文学发展史;《隋书》列有《文学传》,魏征所作的序是一篇极为重要,后世引用率较高的评述南北文学得失的论文。《北齐书》亦有《文苑传》并序,《南史》《北史》皆有《文学传》并序论。

从史家的文学论述来看,各书中的《文学传》序论,都有相互蹈袭的现象,这一现象说明,此时对于文学观念的认知,在国家政治一统的引导下,具有一致性和共同的指向性。这一指向从大处着眼,便是建立文统的意识。自《后汉书》首列《文苑传》以来,史家在编撰史书时,便着意将文学之士汇集列入文苑之中,并进行评骘其得失。初唐史家在延续这一传统的时候,更加注重从构建初唐文统的角度着手,其列《文苑传》的目的,不仅在于汇集前朝文人学士的业绩,总结前朝文学之得失,更在于为初唐文学发展提供有益参考和前进的标准。

初唐史官在撰写各史书《文苑传序》的过程中,不约而同地体现出自觉的文统意识。其文统的确立标准,是以助益教化为政治目的,以儒家经学为思想基础,以典雅遒丽为文风导向,以反对浮靡为主要方式的。

《毛诗序》所强调"经夫妇,成孝敬,厚人伦,美教化,移风俗"中的政治功用,在魏晋南北朝文学自觉以后,得到了一定程度的削弱。其时文论,对于文学价值和目的的认识,往往突出愉悦性情的作用,而日益忽视其政教功能。曹丕首发"诗赋欲丽"之语,陆机发掘"诗缘情而绮靡"之特征,钟嵘《诗品》直言诗歌乃是"摇荡性情"的结果,萧子显认为文学是"情性之风标",[①] 至于萧纲发出"文章且须放荡"之言,[②] 萧绎称"文者,惟须绮縠纷披,宫徵靡曼,唇吻遒会,情灵摇荡",[③] 则完全偏离了"诗言志"的诗教传统,乃至走向了一种极端。虽然南北朝时期

[①] 《南齐书》卷52《文学传论》,中华书局1972年版,第907页。
[②] 萧纲:《诫当阳公大心书》,严可均:《全梁文》,中华书局1999年版,第113页。
[③] 萧绎撰,许逸民校笺:《金楼子校笺》,中华书局2011年版,第966页。

有刘勰、裴子野、萧统、颜之推等一些复古派文人的纠正，但终究积弊难返。

但是，到了初唐时期，史官出于总结治道经验的目的，对文学的政治功用，格外注意。《周易·贲卦·象传》中提到的"观乎天文，以察时变；观乎人文，以化成天下"一句，在萧统的《昭明文选》序中，被首次运用到文学目的上，将文学上升到天文、人文之系统，进而起到化成天下之作用。在初唐史官这里，不约而同地延续了萧统的这一认识，在《陈书·文学传序》《隋书·文学传序》《南史·文学传序》中，都直接引用了《周易》这一卦辞的内容。而《晋书·文苑传序》《北齐书·文苑传序》中，虽然没有直接引用此语，但却将其概括为"文以化成""圣达立言，化成天下，人文也"，其所表达的意思相同，都是强调文学政治教化的功用，希望以文学达到"移风俗于王化，崇孝敬于人伦"的目的。[①]

在史官眼中，文学的地位非比寻常。文学之作用在于经礼乐、纬国家、通古今、述美恶。诸史文学传序，所表达之意义皆同，如《梁书·文学传序》："然经礼乐而纬国家，通古今而述美恶，非文莫可也。是以君临天下者，莫不敦悦其义，缙绅之学，咸贵尚其道，古往今来，未之能易。"《陈书·文学传序》："至于经礼乐，综人伦，通古今，述美恶，莫尚乎此。"《南史·文学传序》："至于经礼乐而纬国家，通古今而述美恶，非斯则莫可也。"《隋书·文学传序》："然则文之为用，其大矣哉！上所以敷德教于下，下所以达情志于上，大则经纬天地，作训垂范，次则风谣歌颂，匡主和民。"文学的政教功能在汉代形成以后，经历南北朝的曲折与扬弃，到了初唐史官这里得到了继承和延续，并被再次放大。

既然突出强调文章的政治教化作用，那么最能补益教化的便是儒家典籍。初唐时期，在修撰史书的同时，经学也得到了及时的整理。初唐经学在经历南北朝一次大的洗礼之后，融汇了南北学风之所长，摒弃了彼此之所短，孔颖达《五经正义》便有融通古今南北的学术倾向，经学的一统，使其更加符合初唐时期在思想整合方面的要求。《六经》的地位再一次得到提升，在指导政治思想的同时，也指导文章的创作。

对于儒家经典与文学的关系，自刘勰以来便突出强调两者的密切联系，以经统文的思想初露端倪。北朝所经历的两次文风改革，都是以儒家

---

① 《晋书》卷92《文苑传序》，中华书局1974年版，第2369页。

经典为依据，以期纠正不良文风的弥散。苏绰提出的"大诰体"，将经学对理的追求，以及《尚书》的形式发挥到了极端；李谔提倡"五教六行为训民之本，《诗》《书》《礼》《易》为道义之门"。两人都寄希望于儒家经典，以期"塞其邪放之心，示以淳和之路"，[①] 但事实证明，行政手段显然无法引领文化的走向。到了隋代，大儒王通仍孜孜于追求儒学的复兴，只是此时的儒学复兴，已经从思想界开始蔓延，是从下至上的扩散，而非寄托于行政力量，由上而下地强制推行，因此更具备行之有效的基础。

王通的儒学复兴思想，以及由此而带来的文统观念，也对初唐史官产生一定影响。[②] 作为隋代的文儒代表，王通的思想中，已经展示出强烈的文统意识。但王通的文统意识，尚处于萌芽阶段，其思想的核心是以建立道统为主，文统只是道统的附庸，是为道统服务的。如他认为"言文而不及理，是天下无文也"[③]，是以理统摄文，他所谓的"理"，是以儒家思想为根本的伦理、事理、道理。李百药与王通弟子薛收论文："李伯药见子而论诗。子不答。伯药退谓薛收曰：'吾上陈应、刘，下述沈、谢，分四声八病，刚柔清浊，各有端序，音若坝簸。而夫子不应我，其未达欤？'薛收曰：'吾尝闻夫子之论诗矣：上明三纲，下达五常。于是征存亡，辩得失。故小人歌之以贡其俗，君子赋之以见其志，圣人采之以观其变。今子营营驰骋乎末流，是夫子之所痛也，不答则有由矣。'"明三纲，达五常，征存亡，辩得失，显然与初唐史官所追求的文学政教功能相一致，由此也可见初唐史官与王通思想的相通之处。

在文的方面，王通的尚典思想，也影响了史官追求典雅文风的文论思路。譬如，王通《中说》言："降而宿于禹庙，观其碑首曰：'先君献公之所作也，其文典以达。'""子曰：'陈思王可谓达理者也，以天下让，

[①]《隋书》卷 66《李谔传》，中华书局 1973 年版，第 1544 页。

[②] 有学者认为以王通为主的河汾学派，并没有形成以文学创作为中心的作家群体，这一看法值得肯定，河汾之学基本上以儒学为主，其中弟子交往并未以诗文见长，《中说》中也不以说文为主，然而据此认为河汾之学对初唐文学思想没有产生影响，是较为武断的看法。实际上，文学思想的演变并非仅仅受文学一种文化形态的制约，政治、学术、经学乃至音乐、艺术等文化因素的影响，已经成为共识。通过证明河汾之学不存在明显的作家群体创作，而否定其对初唐文学思想产生了影响的看法是片面的。

[③]《中说·王道》。

时人莫之知也。'子曰：'君子哉，思王也！其文深以典。'"罗宗强先生认为"王通文学主张的核心，是论文主理，论诗主政教之用，论文辞主约、达、典、则"① 是较为准确的概括。其约、达、典、则的文学标准，正是初唐史官在史书编撰过程中，所极力推崇并力图达到的目标。

初唐史官中，魏征、房玄龄、李百药与王通均有交集。值得注意的是，魏征与王通的关系较为特殊，其身份介于门人与友人之间，王绩在《答处士冯子华书》中称魏征为"吾家魏学士"，表示魏征与王氏兄弟关系，较之房玄龄、李百药等人更加亲密。在学术思想上，受王通影响也较为可能。而魏征较之其他近臣，与太宗的关系非比寻常，其影响太宗的可能更大，在构建文统过程中，起到的作用也更大。所以说，初唐史官文统意识的形成，直接或间接得益于王通的儒学复兴思想。

二 南北两取其长的理论形成

初唐文统的建立，是以雅正文风的崇尚与对浮靡文风的批判为主要方式和手段的。文统首先要为政统和道统服务，政统经历隋代南北统一，初唐扫清地方割据势力以后，基本得到了实现，道统虽未实现，但在初唐君臣的努力下，正朝着儒释道三者合流，以儒为主的方向发展。这一过程中的文统，尚没有明确的方向，并且，初唐建立之初，南朝淫靡文风的余波尚未完全消除，朝野上下都弥漫着浓厚的宫廷诗的气息。如何建立符合初唐意识形态的文统，首先面临着清除南朝文风余绪的障碍。

初唐君臣将南朝文风的特征，概括为浮华，清除浮华之风，在初唐史学理论层面，达成了共识。唐太宗在《贞观政要》中批评汉赋书之史册："此既文体浮华，无益劝诫，何假书之史策。"改变浮华文风的态度十分明确。此后，刘知几《史通·载文》中得以延续："凡今之为史而载文也，苟能拨浮华，采贞实，亦可使夫雕虫小技者，闻义而知徙矣。此乃禁淫之堤防，持雅之管辖，凡为载削者，可不务乎？"史书中载文，自《史记》《汉书》以来，便形成了传统，其中所载之文人辞赋，不乏雕虫刻镂者。在唐初史官编撰史书时，这一传统被削弱，一方面由于文人文集的完善，另一方面乃是整体罢黜浮华之风的影响所致。

《陈书·文学传》对于传主的选择，最能说明当时对浮华文风贬抑的

---

① 罗宗强：《隋唐五代文学思想史》，中华书局2003年版，第11页。

现象。《文学传》中所记述之人,主要有杜之伟、颜晃、江德藻、庾持、许亨、褚玠、岑之敬、陆琰、陆瑜、何之元、徐伯阳、张正见、蔡凝、阮卓等人。其中,只有张正见在后世文学史上,有一定地位和价值可言,其他诸人虽有诗文,但未成经典。然而,《陈书》何以将这些人汇集在《文学传》中?主要因为文学著名者如徐陵之辈,已经别有传记,而《文学传》中的诸位,乃是"学既兼文"者,① 其主要是以经学闻名,而非文学著称。梁陈以来的文学,早已被初唐史官贴上了浮靡的标签,是亡国之音的代表。因此,《陈书》在选择传主以及评论传主的时候,十分留意"以学统文"的权衡标准。如杜之伟"为文不尚浮华,而温雅博赡";② 颜晃"表奏诏诰,下笔立成,便得事理,而雅有气质";③ 褚玠"博学能属文,词义典实,不好艳靡";④ 岑之敬"博涉文史,雅有词笔,不为醇儒"。⑤ 姚察认为《文学传》中的诸位,"之伟尤著美焉",⑥ 因为他理想中的文学,是"人伦之所基"。因此,演奏郑卫之音、亡国之音者,当然不应该也不可能被写入《文学传》中。

初唐君臣在总结治乱之由的过程中,多将国家的兴亡与政教的得失相联系,而政教的得失与君主的喜好关系密切。因此,治乱的关键,都集中在君主一人身上。魏征在《陈书·陈后主本纪论》中总结出:"古人有言,亡国之主,多有才艺。考之梁、陈及隋,信非虚论。然则不崇教义之本,偏尚淫丽之文,徒长浇伪之风,无救乱亡之祸矣。"《隋书·文学传序》云:"梁自大同之后,雅道沦缺,渐乖典则,争驰新巧。简文、湘东,启其淫放,徐陵、庾信,分路扬镳。其意浅而繁,其文匿而彩,词尚轻险,情多哀思。格以延陵之听,盖亦亡国之音乎!"将雅道沦缺归结于萧纲、萧绎的引领提倡。《南史·文学传序》也表示梁陈文风之衰,是由于君主之奖励倡导:"盖由时主儒雅,笃好文章,故才秀之士,焕乎俱集。于时武帝每所临幸,辄命群臣赋诗,其文之善者赐以金帛。是以缙绅之士,咸知自励。至有陈受命,运接乱离,虽加奖励,而向时之风流息

---

① 《陈书》卷34《文学传》,中华书局1972年版,第453页。
② 《陈书》卷34《文学传·杜之伟》,中华书局1972年版,第454页。
③ 《陈书》卷34《文学传·颜晃》,中华书局1972年版,第456页。
④ 《陈书》卷34《文学传·褚玠》,中华书局1972年版,第460页。
⑤ 《陈书》卷34《文学传·岑之敬》,中华书局1972年版,第462页。
⑥ 《陈书》卷34《文学传》,中华书局1972年版,第473页。

矣。《诗》云：'人之云亡，邦国殄瘁。'岂金陵之数将终三百年乎？"《北齐书·文苑传》中说得更直接："原夫两朝叔世，俱肆淫声，而齐氏变风，属诸弦管，梁时变雅，在夫篇什。莫非易俗所致，并为亡国之音，而应变不殊，感物或异，何哉？盖随君上之情欲也。"由此，《北齐书·文苑传论》中将文与政的关系概括为："乃眷淫靡，永言丽则，雅以正邦，哀以亡国。"因此，君上之情欲，君上之喜好，对于文学导向乃至政教得失，具有十分重要的意义。这就将国家兴亡的压力都集中在君主一人身上，以至于唐太宗在写作几首宫体诗后，受到虞世南的严厉批评，竟然也及时承认错误。[①] 可见，文风的雅正与否，在太宗朝君臣思想中处于何等重要的地位。

所幸唐太宗经历隋末动乱，认识到政权来之不易，稳固政权的决心和毅力，使其极尽克制忍耐，在文学上，也极力反对浮华之风。其在《帝京篇序》中云："庶以尧舜之风，荡秦汉之弊；用咸英之曲，变烂漫之音。……观文教于六经，阅武功于七德。"《贞观政要》中也说："若事不师古，乱政害物，虽有词藻，终贻后代笑，非所须也。"在太宗眼中，遏制了浮华之风、郑卫之音的泛滥，意味着遏制了君主情欲的泛滥，也就意味着政教的清明，政权的稳固。"去兹郑卫声，雅音方可悦"，初唐文统建立的意义正在于此。

事实上，初唐史官并不反对文学的缘情特点，相反，一致认为缘情是文学的本质，《周书·王褒庾信传论》："原夫文章之作，本乎情性。覃思则变化无方，形言则条流遂广。"《南史·文学传》亦称："文章者，盖情性之风标，神明之律吕也。"这一点继承了魏晋以来对于文学特质的基本认识。其所反对的，乃是齐梁以后对情的泛滥，或者说对情感无节制的抒发，乃至将文学引入情欲、滥情的极端。加之强烈的镜鉴意识，使史官不免将国家的兴亡，归咎于情的泛滥、文的浮靡。陈后主、隋炀帝都是近在眼前的亡国例子，两人的共同点都是雅好文艺，并且自视甚高。陈叔宝："每引宾客对贵妃等游宴，则使诸贵人及女学士与狎客共赋新诗，互相赠答，采其尤艳丽者以为曲

[①] 《新唐书·虞世南传》："尝作宫体诗，使赓和。世南曰：'圣作诚工，然体非雅正。上之所好，下必有甚者，臣恐此诗一传，天下风靡。不敢奉诏。'帝曰：'朕试卿耳！'赐帛五十匹。"

词，被以新声。"① 隋炀帝认为自己即使在文学方面，也可称王称帝，其"恃才矜己，傲狠明德"的性格，② 在国家兴亡的总结中加以放大，使日益盼望国祚永固的唐太宗，不得不加以警惕和借鉴。

史官出于附和太宗的镜鉴意识，对于南朝文风的整体批判，有时不免失之武断。比如《周书》在评论庾信时说："子山之文，发源于宋末，盛行于梁季。其体以淫放为本，其词以轻险为宗。故能夸目侈于红紫，荡心逾于郑、卫。昔杨子云有言：'诗人之赋，丽以则；词人之赋，丽以淫。'若以庾氏方之，斯又词赋之罪人也。"作为南北朝后期成就最大的文学家，庾信早期作品虽然不乏"以淫放为本"之作，但在晚年，文风趋于清新老成，对南朝文风之弊已有所涤荡，同时又能很好地吸收北方文化因子，这一贡献是不应该抹杀的。因此，到了盛唐，庾信的价值在杜甫这里得到了重新的张扬，这也证明了史官对于南朝文学的批评是存在一定偏见的。另外，史官所集中批评的，如萧纲、萧绎、徐陵、陈叔宝、张正见、江总、杨广等人，虽然作品多数以浮靡为主，但也不乏清新明丽的民歌小调，以及刚健昂扬的边塞之作，这些优秀的因子，对盛唐诗歌的影响是潜移默化的。以"词赋之罪人"一言以蔽之，未免有失公允。

与罢黜浮华紧密联系的，便是对雅正文风的崇尚问题，两者是一破一立，一体两面的关系。如何崇尚雅正，史官将其自觉定位在儒家传统上，《周书·王褒庾信传论》："若乃坟索所纪，莫得而云，《典谟》以降，遗风可述。是以曲阜多才多艺，鉴二代以正其本；阙里性与天道，修《六经》以维其末。"《北史·文苑传序》："遂听三古，弥纶百代，若乃《坟》《索》所纪，靡得而云；《典》《谟》已降，遗风可述。至于制礼作乐，腾实飞声，善乎，言之不文，行之岂能远也。"《周书》和《北史》相互蹈袭，都认为文学应该上溯到上古三代，《坟》《索》《典》《谟》等经学经典著述产生以前，并以表彰孔子对正本清末所做出的贡献。这一认识，显然与王通所倡导的复古儒学的认识若合符契，将文学的雅正寄托在儒学、经学的复兴之上。

具体而言，雅正文风应该是清正、雅致、清远等体征。这种标准虽然没有放在一起明确提出，但在史书评述前代作品及前代文人时，不时加以

---

① 《陈书》卷7《后妃传论》，中华书局1972年版，第132页。
② 《隋书》卷4《炀帝纪》，中华书局1973年版，第95页。

流露。《隋书·经籍志》在评论《楚辞》时称："气质高丽，雅致清远，后之文人，咸不能逮。""气质高丽，雅致清远"可以说是初唐史官所认可的雅正文风的标准。《陈书·文学传序》称文学之用："大则宪章典谟，禆赞王道；小则文理清正，申纾性灵。""文理清正"也是文学雅正的一种表现。上文引《陈书·文学传》中入传诸人，其文学也都以"文理清正"为遴选标准。

史官对雅正文风的崇尚，还表现在对待北朝文学的态度问题上。从正统的角度看，唐朝政权核心出于关陇集团，其正统是北魏—西魏—北周—隋一脉延续下来的，因此，将东魏、北齐、梁、陈都视为僭伪。在文化态度上，更倾向于认同北方文化为正统文化，北朝文学为正统文学。当然，北朝文学早期的荒芜，是不得不面对的现实，但这并不妨碍对北朝文学后期的价值认同。

从《北史·文苑传序》对北朝文学发展脉络的概况来看，其中有明显的偏袒北朝文学的意识在内。如称北魏早期文学"声实俱茂，词义典正，有永嘉之遗烈焉"。其"词义典正"是值得肯定之处。北魏后期温子升诸人"比于建安之徐、陈、应、刘，元康之潘、张、左、束"，对其评价亦高。而将北周文学的浮荡文风，归结为"梁、荆之风，扇于关右，狂简之徒，斐然成俗，流宕忘反，无所取裁"。乃至认为庾信等南朝人是"词赋之罪人"。在对隋炀帝的评价中，对隋炀帝的文学也并未一概否定，而是从雅正的角度加以称道："并存雅体，归于典制，虽意在骄淫，而词无浮荡。故当时缀文之士，遂得依而取正焉。"从《北史·文苑传序》的思想倾向可以看出，北朝文学如果按照自身的发展，应该可以走向更加典雅纯正的文风，但由于南朝文风的不断冲击和干扰，使得这一优良传统不能很好地继承，这是史官在描述北朝文学脉络时，潜意识中所怀抱的不满。

魏征从更加冷静客观的角度，提出调和南北文学的两种矛盾的观点。在文化方面，南朝重文，北朝重质，这是南北朝后期有目共睹的事实，在《颜氏家训》中，这一区分已经十分明显。到了魏征这里，这种区别不仅在学术、风俗、文化层面，更具体集中在文学层面上。《隋书·文学传序》中的这段论述，已被诸多文学史引用，用来解读当时对南北文风融合的认识情况："然彼此好尚，互有异同。江左宫商发越，贵于清绮，河朔词义贞刚，重乎气质。气质则理胜其词，清绮则文过其意，理深者便于时用，文华者宜于咏歌，此其南北词人得失之大较也。若能掇彼清音，简兹累句，各去所短，合其两长，则文质斌斌，尽善尽美矣。"对于这段表述，一般理解都是南北方之间的文学区别，事实上，这种区别已经不仅局限于地域上的南北，更应代表两种不同的文学风格的区别。所谓文，其过分的表现便是淫靡浮荡，所谓质，在不过分的前提下，便是典雅纯正。初唐史官"文质彬彬"的追求，实际上是"以质革文"的做法，而非相反的形式。有质作基础，以雅正为前提，继而再增加文饰，增绘辞藻，便不会流向浮荡。如果说初唐君臣及史官在文化风尚的延承问题上，是以南为主，折北入南的做法，① 那么在理论构建上，则是以北为主，革除南弊。"以质革文"的认识，是站在北朝文化的立场之上，经过对北朝两次改革文风失败后的反省，并汲取王通的文学思想基础之上总结出来的。对初唐文统构建的理解，应充分认识到这一基本前提。

三 理论与实践的错位及调适

相比较而言，文统的构建，远远难于政统和道统的构建。政统只要在政权归一后，经过一系列的礼制建设，便不难构建。而道统和文统属于意识形态方面的内容，其构建过程自然漫长而曲折。其中道统与政统的联系更加密切，对于思想的归一意义重大。太宗朝对于儒家经典的整理编撰，以及儒释道关系的整合，一直在紧锣密鼓地进行。而文统相对来说，是政统的附庸，与道统并行不悖，道统得以确立，文统自然有指引方向，两者相互补益，相互促进。可贵的是，初唐君臣对于文统，已经形成了自觉的认识，史官在修著史书的过程中，始终将这一意识贯彻其中。然而实际的情况却是，初唐文学的发展，并没有按照史官精心构筑的文统轨道运行，相反，在实践中，却表现出明显的脱离轨道的迹象。

最早总结唐代文学发展阶段特点的殷璠，在其《河岳英灵集》中称南朝轻艳的文风，经"萧氏以还，尤增矫饰。武德中，微波尚在。贞观末，标格渐高"。从武德至贞观末的三十年间，正是太宗朝君臣活跃文坛时期，也是史官修史的集中时间段，此时的诗歌，正如殷璠所论，是南朝诗风影响仍未剔除的时期。从初唐君臣等人的创作中，可明显看出这一影响的作用。

---

① 聂永华：《初唐宫廷诗风流变考论》，中国社会科学出版社2002年版，第42页。

魏征虽秉持儒家诗教观，在诗歌实践中也身体力行，其作品以歌功颂德的郊庙乐章为主，但其仅有的奉和之作中，不免流露出南朝诗风的影子。《奉和正日临朝应诏》："声教溢四海，朝宗引百川。锵洋鸣玉佩，灼烁耀金蝉。淑景辉雕辇，高旌扬翠烟。庭实超王会，广乐盛钧天。"其辞藻的富丽，对偶的安排，实得力于南朝诗歌传统的影响。又如唐太宗《帝京篇》以展示帝京之富庶堂皇，歌颂宫廷生活之奢靡豪华为主要内容，在构思遣词上，胡应麟《诗薮》评论太宗《帝京篇》"梁陈神韵稍减，而富丽过之"。其稍减的是梁陈诗歌中的追求不高的格调和品位，而在辞藻上则是富丽过之。其《临城台赋》《小池赋》以及咏物诗如《咏桃》《咏帘》《赋得樱桃》等作品，仍不脱南朝审美情趣，在雕绘辞藻方面，更有过之而无不及，与颇具任侠气质，"心随朗日高，志与秋霜洁"的太宗判若两人，因此，王世贞称此类作品"终带陈、隋滞响"。其他宫廷文人如长孙无忌、李百药、杨师道、许善心等，其应制之作也多以模拟南朝为主。《新唐书·陈子昂传》称："唐兴，文章承徐、庾文风，天下祖尚"，是对此时整体文风较为准确的概括。

曾经以"体非雅正"批评过太宗的虞世南，其诗文也不脱南朝痕迹，《奉和咏日午》《赋得临池竹应制》《白鹿赋》《秋赋》，出于南朝人的身份，使其在宫廷创作中，难以逃脱传统的束缚，但在思想层面，还要保持追求雅正的姿态，其心境之矛盾可想而知。这种矛盾的心态，扩而大之，乃是整个初唐君臣，在面临文统与道统之间的缝隙无法弥合时，所无法摆脱的困扰。此后上官体的盛行一时，也可以说是轻艳文风的一次回光返照，这与太宗朝在宫廷文学上改革得不够彻底，有直接的关系。

南朝文风之所以能够困扰初唐君臣的创作，很大程度上，与文学传统的积累影响有关。南朝诗歌虽然在内容上比较匮乏，但在形式上树立了极佳的典范，从题材内容到辞藻技巧，都形成了固定的写作模式。[①] 加之《华林遍略》《修文殿御览》等类书的编撰，使得一些六朝时期惯用的辞藻，能够轻易地被袭用。即使才华不高的人，也能够有模有样地写作宫廷奉和之作。唐太宗虽然以武功定天下，然而亦能"游息文艺"，正在于此。但是，他的诗歌"对传统语汇意象的运用缺乏在敏锐艺术感受基础

---

① ［美］宇文所安：《初唐诗》，生活·读书·新知三联书店2004年版，第183—199页。

上的融汇与创新,艺术表现显得粗糙,也缺乏和谐统一的风格"。[①] 这与其过于依赖文学经验的创作习惯不无关系。

按曹胜高所言,从文学理论发展的角度看,一种文学主张的出现,有先启性和后验性两个特点,"所谓的先启性,是指某一种文学主张通过特定的渠道得以广播,成为时代的共识,得到响应,渐有后续理论蜂拥而来,如诗言志的提出甚早,在后世越来越多得到认同并被阐释。所谓的后验性,则指某一文学趋势经过长时间的积淀,得以总结,遂成为时代命题,代表了这个时代的创作风尚,如诗缘情的形成,实际是屈原所强调的抒情传统,逐渐成为后代创作的走向。这种先启性与后验性,并没有必然的阶段分化,只是渐行渐深、时显时隐的演进"。[②] 先启性的弊端在于,某种理论往往因为陈义过高而缺乏时代的回应,反而是经过沉积之后,在后代文人那里得到普遍回应。

先启性理论缺乏回应的典型例子,便是刘勰的《文心雕龙》一书。刘勰的文学主张可以说是极其正统的,但在当时风气引领下,并没有得到重视。只有沈约对其首肯,但从沈约创作来看,并没有多少受惠于《文心雕龙》的指导,在沈约看来,《文心雕龙》仅是才秀人微的刘勰获取文坛认可的手段。《文心雕龙》在后世得到更多认可,乃至成为南朝最有价值的文学理论著作,这在当时是难以想象的。

初唐史臣的文统构建过程,就属于先启性的例子。其先预设了一个标准文风,但这一文风陈义过高,虽然得到了当时的广泛回应,但在实践方面难以在短时间实现。若以行政手段加以干预,未免重蹈苏绰、李谔的覆辙,因此,必待文学自身的运转,方能实现其理想。然而,初唐君臣所生存的社会环境、文化环境,并不具备在实践上彻底摒弃齐梁余绪的条件。

但是,在文统意识指导下的君臣,毕竟有按照"文质彬彬"的理想发展的决心,因此,在除了宫廷诗歌中的奉和之作外,也创作边塞诗、咏史诗等颇具盛唐气象的诗歌作品,尤其是"宫体诗在他们的作品中所占百分比,比南朝诗人甚至许多盛唐、中唐诗人要小得多"。[③] 这一点,与君臣对浮华文风的罢黜,对雅正文风的追求密不可分。"文质彬彬"的理

[①] 聂永华:《初唐宫廷诗风流变考论》,中国社会科学出版社2002年版,第79页。
[②] 曹胜高:《中国文学的代际》,商务印书馆2013年版,第303页。
[③] [美]宇文所安:《初唐诗》,生活·读书·新知三联书店2004年版,第36页。

想，必须经过对南朝文学弊端不断扬弃、涤荡，对北朝文学价值的不断发掘、吸收的过程，才能达到。这一过程，经历了初唐四杰、陈子昂的激荡；上官仪、沈宋等人的曲折，直到以王维、孟浩然、高适、岑参、李白、杜甫等杰出诗人的出现时，方得以真正实现。

参考文献

一 古籍资料

[1]（清）阮元等校刻：《十三经注疏》，中华书局影印本 1980 年版。

[2] 中华书局点校本：《二十四史》，中华书局 1958—1979 年版。

[3]（西晋）常璩：《华阳国志》，齐鲁书社 2010 年版。

[4]（南朝·宋）刘义庆撰，余嘉锡笺疏：《世说新语笺疏》，中华书局 2007 年版。

[5]（南朝·宋）刘义庆撰，徐震堮校笺：《世说新语校笺》，中华书局 2008 年版。

[6]（南朝·梁）慧皎：《高僧传》，中华书局 1992 年版。

[7]（南朝·梁）僧祐：《弘明集》，四部备要本。

[8]（南朝·梁）萧统编，（唐）李善注：《文选》，中华书局 1977 年版。

[9]（南朝·陈）徐陵编，（清）吴兆宜注，穆克宏点校：《玉台新咏》，中华书局 1999 年版。

[10]（北魏）杨衒之撰，杨勇校笺：《洛阳伽蓝记校笺》，中华书局 2006 年版。

[11]（北周）颜之推撰，王利器集解：《颜氏家训集解》，中华书局 1993 年版。

[12]（北周）庾信撰，（清）倪璠注，许逸民校点：《庾子山集注》，中华书局 1980 年版。

[13]（隋）阳玠撰，黄大宏校笺：《八代谈薮校笺》，中华书局 2010 年版。

[14]（唐）张鷟、刘餗：《朝野佥载·隋唐嘉话》，三秦出版社 2004 年版。

[15]（唐）段成式：《酉阳杂俎》，中华书局 1981 年版。

[16]（唐）许嵩：《建康实录》，中华书局 1986 年版。

[17]（唐）杜佑撰，王文锦等点校：《通典》，中华书局1988年版。

[18]（唐）欧阳询等编，汪绍楹校：《艺文类聚》，上海古籍出版社1982年版。

[19]（北宋）郭茂倩：《乐府诗集》，中华书局1979年版。

[20]（元）马端临：《文献通考》，北京图书馆出版社2005年版。

[21]（北宋）李昉等编：《太平御览》，中华书局影印本1960年版。

[22]（南宋）郑樵撰，王树民点校：《通志二十略》，中华书局1995年版。

[23]（北宋）司马光：《资治通鉴》，中华书局1987年版。

[24]（明）张溥著，殷孟伦注：《汉魏六朝百三家集题辞注》，中华书局2007年版。

[25]（清）陈祚明评选，李金松点校：《采菽堂古诗选》，上海古籍出版社2008年版。

[26]（清）王夫之：《读通鉴论》，中华书局1975年版。

[27]（清）赵翼：《廿二史札记》，凤凰出版社2008年版。

[28]（清）钱大昕：《廿二史考异》，上海古籍出版社2004年版。

[29]（清）严可均：《全上古三代秦汉三国六朝文》，商务印书馆1999年版。

[30]（清）吴淇：《六朝选诗定论》，广陵书社2009年版。

[31]（清）沈德潜：《古诗源》，中华书局1963年版。

[32]（清）吴兆宜等注：《玉台新咏笺注》，中华书局1985年版。

[33]（清）李慈铭：《越缦堂读书记》，上海书店出版社2000年版。

[34]（清）何文焕辑：《历代诗话》，中华书局1981年版。

[35]（清）丁福保辑：《历代诗话续编》，中华书局1983年版。

[36]（清）纪昀等撰：《钦定四库全书总目》，中华书局1997年版。

[37]（清）朱铭盘：《南朝宋会要》，上海古籍出版社1984年版。

[38]（清）朱铭盘：《南朝齐会要》，上海古籍出版社1984年版。

[39]（清）朱铭盘：《南朝梁会要》，上海古籍出版社1984年版。

[40]（清）朱铭盘：《南朝陈会要》，上海古籍出版社1986年版。

[41]郑春颖：《文中子中说译注》，黑龙江人民出版社2003年版。

[42]逯钦立辑校：《先秦汉魏晋南北朝诗》，中华书局1983年版。

[43]赵万里：《汉魏南北朝墓志集释》，广西师范大学出版社2008年版。

[44]赵超：《汉魏南北朝墓志汇编》，天津古籍出版社2008年版。

[45] 罗新、叶炜：《新出魏晋南北朝墓志疏证》，中华书局 2005 年版。
[46] ［日］遍照金刚撰，卢盛江校考：《文镜秘府论汇校汇考》，中华书局 2006 年版。

二　文学类著作

[1] 曹胜高：《从汉风到唐音：中古文学演进论稿》，中国社会科学出版社 2007 年版。
[2] 曹胜高：《中国文学的代际》，商务印书馆 2013 年版。
[3] 曹道衡、刘跃进：《南北朝文学编年史》，人民文学出版社 2000 年版。
[4] 曹道衡、沈玉成：《南北朝文学史》，人民文学出版社 2006 年版。
[5] 曹道衡、沈玉成：《中古文学史料丛考》，中华书局 2003 年版。
[6] 曹道衡：《兰陵萧氏与南朝文学》，中华书局 2004 年版。
[7] 曹道衡：《南朝文学与北朝文学研究》，江苏古籍出版社 1998 年版。
[8] 曹道衡：《中古文史丛稿》，河北大学出版社 2003 年版。
[9] 曹道衡：《中古文学史论文集》，中华书局 2002 年版。
[10] 程章灿：《魏晋南北朝赋史》，江苏古籍出版社 2001 年版。
[11] 杜晓勤：《初盛唐诗歌的文化阐释》，东方出版社 1997 年版。
[12] 杜晓勤：《齐梁诗歌向盛唐诗歌的嬗变》，北京大学出版社 2003 年版。
[13] 葛晓音：《八代诗史》，中华书局 2007 年版。
[14] 葛晓音：《汉唐文学的嬗变》，北京大学出版社 1990 年版。
[15] 葛晓音：《诗国高潮与盛唐文化》，北京大学出版社 1998 年版。
[16] 郭绍虞：《中国文学批评史》，百花文艺出版社 2008 年版。
[17] 高人雄：《北朝民族文学叙论》，中华书局 2011 年版。
[18] 胡大雷：《中古文人抒情方式的演进》，中华书局 2003 年版。
[19] 胡大雷：《中古文学集团》，广西师范大学出版社 1996 年版。
[20] 胡国瑞：《魏晋南北朝文学史》，上海文艺出版社 1980 年版。
[21] 蒋述卓：《佛经转译与中古文学思潮》，江西人民出版社 1990 年版。
[22] 刘怀荣、宋亚莉：《魏晋南北朝乐府制度与歌诗研究》，商务印书馆 2010 年版。
[23] 刘汝霖：《东晋南北朝学术编年》，华东师范大学出版社 2009 年版。

[24] 刘汝霖：《汉晋学术编年》，华东师范大学出版社 2009 年版。
[25] 刘文忠：《中古文学与文论研究》，学苑出版社 2000 年版。
[26] 刘跃进、范子烨：《六朝作家年谱辑要》，黑龙江教育出版社 1999 年版。
[27] 刘跃进：《门阀士族与永明文学》，生活·读书·新知三联书店 1996 年版。
[28] 刘跃进：《中古文学文献学》，江苏古籍出版社 1997 年版。
[29] 陆侃如：《中古文学系年》，人民文学出版社 1998 年版。
[30] 罗根泽：《乐府文学史》，东方出版社 2012 年版。
[31] 罗宗强：《隋唐五代文学思想史》，中华书局 2003 年版。
[32] 罗宗强：《魏晋南北朝文学思想史》，中华书局 1996 年版。
[33] 罗宗强：《玄学与魏晋士人心态》，天津教育出版社 2005 年版。
[34] 马海英：《陈代诗歌研究》，学林出版社 2004 年版。
[35] 穆克宏、郭丹编著：《魏晋南北朝文论全编》，江苏教育出版社 2004 年版。
[36] 穆克宏：《魏晋南北朝文学史料述略》，中华书局 2007 年版。
[37] 钱志熙：《唐前生命观和文学生命主题》，东方出版社 1997 年版。
[38] 钱志熙：《魏晋诗歌艺术原论》，北京大学出版社 2005 年版。
[39] 钱锺书：《管锥编》，中华书局 1979 年版。
[40] 任文京：《唐代边塞诗的文化阐释》，人民出版社 2005 年版。
[41] 任文京：《中国古代边塞诗史》，人民出版社 2010 年版。
[42] 孙尚勇：《乐府文学文献研究》，人民文学出版社 2007 年版。
[43] 田晓菲：《烽火与流星：萧梁王朝的文学与文化》，中华书局 2010 年版。
[44] 王瑶：《中古文学史论》，北京大学出版社 1998 年版。
[45] 王易：《乐府通论》，中国文化服务社，中华民国三十七年（1948）。
[46] 王允亮：《南北朝文学交流研究》，上海古籍出版社 2010 年版。
[47] 王运熙：《乐府诗述论》，上海古籍出版社 2006 年版。
[48] 王运熙：《中古文论要义十讲》，复旦大学出版社 2004 年版。
[49] 吴大顺：《魏晋南北朝乐府歌辞研究》，上海古籍出版社 2009 年版。
[50] 吴先宁：《北朝文化特质与文学进程》，东方出版社 1997 年版。
[51] 吴云：《二十世纪魏晋南北朝文学研究》，北京出版社 2001 年版。

[52] 萧涤非：《汉魏六朝乐府文学史》，人民文学出版社 1998 年版。
[53] 徐宝余：《庾信研究》，学林出版社 2003 年版。
[54] 徐公持：《魏晋文学史》，人民文学出版社 2006 年版。
[55] 阎采平：《齐梁诗研究》，北京大学出版社 1994 年版。
[56] 杨金梅：《隋代诗歌研究》，社会科学文献出版社 2011 年版。
[57] 杨荫浏：《中国古代音乐史稿》，人民音乐出版社 1981 年版。
[58] 余冠英：《汉魏六朝诗选》，人民文学出版社 1979 年版。
[59] 袁行霈：《中国诗歌艺术研究》，北京大学出版社 1996 年版。
[60] 袁行霈主编：《中国文学史》，高等教育出版社 1999 年版。
[61] 张采民：《心远集：中古文学考论》，中华书局 2007 年版。
[62] 张可礼：《东晋文艺综合研究》，山东大学出版社 2009 年版。
[63] 钟忧民：《钟忧民文集》，吉林人民出版社 2009 年版。
[64] 周建江：《北朝文学史》，中国社会科学出版社 1997 年版。
[65] 周建江：《南北朝隋诗文纪事》，中州古籍出版社 2001 年版。
[66] 周建江：《太和十五年》，广东人民出版社 2001 年版。
[67] 朱谦之：《中国音乐文学史》，上海人民出版社 2006 年版。
[68] ［美］宇文所安：《初唐诗》，三联书店 2004 年版。

三 历史文化类著作

[1] 曹胜高：《国学通论》，北京大学出版社 2008 年版。
[2] 曹文柱：《魏晋南北朝史论合集》，商务印书馆 2008 年版。
[3] 陈金凤：《魏晋南北朝中间地带研究》，天津古籍出版社 2005 年版。
[4] 陈明：《儒学的历史文化功能：以中古士族现象为个案》，中国社会科学出版社 2005 年版。
[5] 陈戍国：《中国礼制史》（魏晋南北朝卷），湖南教育出版社 2002 年版。
[6] 陈爽：《世家大族与北朝政治》，中国社会科学出版社 1998 年版。
[7] 陈寅恪：《金明馆丛稿初编》，上海古籍出版社 1980 年版。
[8] 陈寅恪：《金明馆丛稿续编》，上海古籍出版社 1980 年版。
[9] 陈寅恪：《隋唐制度渊源略论稿》，河北教育出版社 2002 年版。
[10] 何德章：《魏晋南北朝史丛稿》，商务印书馆 2010 年版。
[11] 侯旭东：《北朝村民的生活世界：朝廷、州县与村里》，商务印书馆

2005 年版。

[12] 焦桂美：《南北朝经学史》，上海古籍出版社 2009 年版。

[13] 雷依群：《北周史稿》，陕西人民教育出版社 1999 年版。

[14] 黎虎：《汉唐外交制度史》，兰州大学出版社 1998 年版。

[15] 李凭：《北魏平城时代》，社会科学文献出版社 2000 年版。

[16] 李万生：《侯景之乱与北朝政局》，中国社会科学出版社 2003 年版。

[17] 李文才：《魏晋南北朝隋唐政治与文化论稿》，世界知识出版社 2006 年版。

[18] 李则芬：《两晋南北朝历史论文集》，台北：台湾商务印书馆，民国七十六年（1987）。

[19] 梁满仓：《魏晋南北朝五礼制度研究》，社会科学文献出版社 2009 年版。

[20] 林幹：《中国古代北方民族通论》，人民出版社 2010 年版。

[21] 逯耀东：《从平城到洛阳：拓跋魏文化转变的历程》，中华书局 2006 年版。

[22] 吕思勉：《两晋南北朝史》，上海古籍出版社 2005 年版。

[23] 吕思勉：《吕思勉读史札记》，上海古籍出版社 1982 年版。

[24] 吕一飞：《胡族习俗与隋唐风韵：魏晋北朝北方少数民族社会风俗及其对隋唐的影响》，书目文献出版社 1994 年版。

[25] 马长寿：《碑铭所见前秦至隋初的关中部族》，广西师范大学出版社 2006 年版。

[26] 毛汉光：《中国中古社会史论》，上海书店出版社 2002 年版。

[27] 毛汉光：《中国中古政治史论》，上海书店出版社 2002 年版。

[28] 缪钺：《读史存稿》，生活·读书·新知三联书店 1960 年版。

[29] 牟润孙：《注史斋丛稿》，中华书局 1987 年版。

[30] 钱穆：《国史大纲》，商务印书馆 1996 年版。

[31] 钱穆：《中国学术思想史论丛》，安徽教育出版社 2004 年版。

[32] 饶宗颐：《中国史学上之正统论》，上海远东出版社 1996 年版。

[33] 汤用彤：《汉魏两晋南北朝佛教史》，武汉大学出版社 2008 年版。

[34] 汤用彤：《魏晋玄学论稿》，上海古籍出版社 2001 年版。

[35] 唐长孺：《唐长孺社会文化史论丛》，武汉大学出版社 2001 年版。

[36] 唐长孺：《魏晋南北朝史论丛》，中华书局 2009 年版。

[37] 唐长孺：《魏晋南北朝史论丛续编》，生活·读书·新知三联书店 1959 年版。
[38] 唐长孺：《魏晋南北朝隋唐史三论》，武汉大学出版社 1992 年版。
[39] 田余庆：《东晋门阀政治》，北京大学出版社 2009 年版。
[40] 田余庆：《拓跋史探》，生活·读书·新知三联书店 2003 年版。
[41] 万绳楠：《魏晋南北朝文化史》，黄山书社 1989 年版。
[42] 万绳楠整理：《陈寅恪魏晋南北朝史讲演录》，贵州人民出版社 2007 年版。
[43] 王永平：《东晋南朝家族文化史论丛》，广陵书社 2010 年版。
[44] 王永平：《中古士人迁徙与文化交流》，社会科学文献出版社 2005 年版。
[45] 王仲荦：《魏晋南北朝史》，上海人民出版社 2003 年版。
[46] 熊德基：《六朝史考实》，中华书局 2000 年版。
[47] 严耀中：《魏晋南北朝史考论》，上海人民出版社 2010 年版。
[48] 阎步克：《察举制度变迁史稿》，中国人民大学出版社 2009 年版。
[49] 阎步克：《品位与职位：秦汉魏晋南北朝官阶制度研究》，中华书局 2002 年版。
[50] 殷宪主编：《北朝史研究：中国魏晋南北朝史国际学术研讨会论文集》，商务印书馆 2004 年版。
[51] 张庆捷：《民族汇聚与文明互动：北朝社会的考古学观察》，商务印书馆 2010 年版。
[52] 中国魏晋南北朝史学会、大同平城北朝研究会编：《北朝研究》（第六辑），科学出版社 2008 年版。
[53] 中国魏晋南北朝史学会、武汉大学中国三至九世纪研究所编：《魏晋南北朝史研究：回顾与探索：中国魏晋南北朝史学会第九届年会论文集》，湖北教育出版社 2009 年版。
[54] 周一良：《魏晋南北朝史论集》，北京大学出版社 2010 年版。
[55] 周一良：《魏晋南北朝史札记》，中华书局 2007 年版。
[56] 朱大渭：《六朝史论》，中华书局 1998 年版。
[57] 苏小华：《北镇势力与北朝政治文化》，中国社会科学出版社 2012 年版。
[58] [日] 谷川道雄：《隋唐帝国形成史论》，上海古籍出版社 2004 年版。

[59]［日］谷川道雄:《中国中世社会与共同体》,中华书局 2002 年版。
[60]［日］谷川道雄:《魏晋南北朝隋唐史学的基本问题》,中华书局 2010 年版。
[61]［日］川胜义雄:《六朝贵族制社会研究》,上海古籍出版社 2007 年版。
[62]［日］兴膳宏:《六朝文学论稿》,岳麓书社 1986 年版。
[63]［日］吉川忠夫:《六朝精神史研究》,江苏人民出版社 2012 年版。

后 记

书稿付梓之际，正值洛阳秋风飒爽之时，平素阴郁的天空在秋风的洗礼下，也显露出难得的清朗。这不禁让我想起陶渊明《九日闲居》中的诗句："露凄暄风息，气澈天象明。"虽然已过寒露，但澄澈的天空仍让人有"秋日胜春朝"的豪迈之气。于是，走在洛河岸边，感受洛浦秋风的同时，关于此书的点滴生发开来。

这本书是在我的博士生导师曹胜高教授悉心指导下完成的，在我读博士的时候，先生就将我的研究范围划定在魏晋南北朝，且一开始便将论文方向具体在"北朝文学南传研究"上。因为在先生看来，文学的影响不应只是单方面的，应该是相互的。尤其是南北朝时期的南北文学交流过程，此前的研究多注意南朝文学如何影响了北朝，那么是否北朝也影响了南朝？事实上，这一问题在曹道衡先提出假设之后，至今仍未有人能够清晰完美地进行解答。先生将这样一个重要的问题交付于我，显然对我寄予了厚望，当时对于博士究竟是什么还懵懂的我，没有过多地考虑就接了下来，现在看来真是无知者无畏。

当我深入南北朝的文献中时，才发现其中的艰辛。在我看来，困难主要有两点：第一，关于北朝文学的直接材料少；第二，很难找到合适的切入点。第一点属于客观因素，第二点属于主观因素。历来关于北朝文学的研究之所以不多，其主要原因就在于可以参考的直接文学史料不多，这极大地限制了北朝文学的研究范围以及深入研究的可能。为了解决这个难题，我开始大量阅读北朝历史典籍。从"八书二史"的基本史料，到陈寅恪、唐长孺、田余庆、逯耀东等名家名著。因为没有史学基础，好多时候是囫囵吞枣、不求甚解，花了很长时间，效果也不明显，却使我写的文章更像史学类，而非文学类。本来就缺乏灵性的我，写文章变得越发笨拙。但我仍然听从先生的教诲，读书从原典入手，不走捷径，不投机取巧，不怕慢就怕站。对史料的爬梳和整理，改正了我好作空泛之谈的毛病。

　　对于第二点，关于魏晋南北朝文史研究，几乎已经到了"题无剩义"的程度，但并非没有可以继续开垦的田地。先生曾经说研究魏晋南北朝，要十分聪明的人，像陈寅恪、田余庆等前辈这样，能够在微妙的史料背后挖掘出别人所看不见的惊世问题。我自问是个蠢笨的庸才，怎么样在浩瀚的史料背后找到合适的切入点？是一直困扰我的问题。好在有先生的不断鼓励和循循善诱的指导，有前辈学者透露在字里行间里的信息。每当我在山穷水尽之时，便找先生寻求帮助，经过先生高屋建瓴的点拨，回头再重新读前辈学者的著作，每每能够生发出"可以继续前进"的动力。

　　本书得以成型，离不开诸位前辈学者的指导，我衷心感谢他们对我无私的帮助。兰州大学张崇琛先生对待学问不倦求索的态度和君子品格，让我认识到为学与为人同样重要。青岛大学的师叔翟景运教授，在春节期间不辞辛劳，从本书整体结构到具体细节，逐字逐句为我提出修改意见，令我感念。西北大学文学院的孙尚勇教授，中国社会科学院的孙少华研究员，吉林大学的侯文学教授，参加了我的论文答辩会，并对我的论文提出了十分中肯的修改意见，让我清楚地认识到自己的不足之处。至今仍怀念与孙少华老师长春访书，与孙尚勇老师净月徒步时的情景。

　　曹门弟子朴实的学风和谨严的学规，也帮我改掉了身上的诸多毛病。在当世的浮躁中，安静地读书几乎成为奢侈，但师门中每周一次的读书会和讨论会，雷打不动，这在我们周围几乎是绝无仅有的。先生尝言独学无友则孤陋寡闻，学问最忌讳闭门造车，硕博几年，使我扎扎实实地读了一些书，改掉了不喜交流的毛病。读书会和讨论会成为我毕业以后最为怀念的精神家园。

　　在本书的撰写过程中，同门师兄弟对我的帮助非常大。他们与我切磋学问，周旋往复，契比金兰，或分享读书之乐，或共诉研究之苦。在我渴求帮助、需要安慰的时候，一路陪我走来。徐栋梁、付林鹏、张甲子、耿战超、陶国立、魏昕、郎镝、金官洙、李迪南、张林建、侯少博、张劲锋等同门的关怀令我感到手足般的温暖，我由衷地祝福他们。

　　毕业以后我来到洛阳师范学院文学院工作，校领导以及文学院刘继保院长，从生活到工作，给予我关怀和帮助，为我提供了安心读书工作的环境，营造了潜心研究的氛围。本书的出版离不开刘院长的支持和帮助，在此表示感谢。本书责任编辑张林老师的认真负责，也是本书得以顺利出版的保障，感谢其辛勤的劳动。

在我读书和学习期间，家人始终对我抱以理解和支持，让我在求学路上没有后顾之忧，希望日后以努力工作来回报父母。妻子栾波与我黾勉同心，不仅在我求学期间承担了主要家务，还在书稿的修改过程中，帮我校对、补订文字。我希望我们继续过着自得其乐的日子。

当我抬头看到夕阳透过窗户照在案前的书脊上时，一种莫名的温暖流淌在心间。这种温暖来自我所喜爱的工作，来自能够为这一工作奋斗终生的情怀。我忽然体会到，其实这种温暖的感觉来自感激和敬畏。"常怀感激之情，常怀敬畏之心"，先生这句朴实而有力量的话语，始终陪伴着我的成长。我感激对我有过帮助的人，我敬畏一路给我批评让我成长的人。是你们的关怀让我由无知变得无畏，让我由幼稚变得成熟，让我能够不惧怕前途的坎坷，继续上路。

2015 年 10 月 19 日
于洛阳师范学院 19 号公寓